民国世界文学经典译著·文献版（第四辑：法国小说）

◆ 长篇小说 ◆

Jean-Christophe

约翰·克里斯朵夫（一—四册）

[法] 罗兰·罗曼（Romain Rolland）著　傅　雷　译

上海三联书店

图书在版编目（CIP）数据

约翰·克利斯朵夫 / [法] 罗曼·罗兰著；傅雷译.
—上海：上海三联书店，2018.4
ISBN 978-7-5426-5980-4

Ⅰ.①约… Ⅱ.①罗… ②傅… Ⅲ.①长篇小说—法国—近代
Ⅳ.①I565.44

中国版本图书馆CIP数据核字（2017）第174563号

约翰·克利斯朵夫（一—四册）

著　　者 / [法] 罗曼·罗兰（Romain Rolland）
译　　者 / 傅　雷

责任编辑 / 陈启甸
封面设计 / 清　风
责任校对 / 江　岩
策　　划 / 嘎　拉
执　　行 / 取映文化
监　　制 / 姚　军

出版发行 / 上海三联书店
（201199）中国上海市闵行区都市路4855号2座10楼
电　　话 / 021-22895557
印　　刷 / 常熟市人民印刷有限公司

版　　次 / 2018年4月第1版
印　　次 / 2018年4月第1次印刷
开　　本 / 650×900　1/16
字　　数 / 2500千字
印　　张 / 153.75
书　　号 / ISBN 978-7-5426-5980-4 / I·1262
定　　价 / 698.00元（1-4册）

敬启读者，如发现本书有印装质量问题，请与印刷厂联系 0512-52601369

出版人的话

中国现代书面语言的表述方法和体裁样式的形成，是与20世纪上半叶兴起的大量翻译外国作品的影响分不开的。那个时期对于外国作品的翻译，逐渐朝着更为白话的方面发展，使语言的通俗性、叙述的完整性、描写的生动性、刻画的可感性以及句子的逻辑性……都逐渐摆脱了文言文不可避免的局限，影响着文学或其他著述朝着翻译的语言样式发展。这种日趋成熟的翻译语言，推动了白话文运动的兴起，同时也助推了中国现代文学创作的生成。

中国几千年来的文学一直是以文言文为主体的。传统的文言文用词简练、韵律有致，清末民初还盛行桐城派的义法，讲究“神、理、气、味、格、律、声、色”。但这也在一定程度上限制了情感、叙事和论述的表达，特别是面对西式的多有铺陈性的语境。在西方著作大量涌入的民国初期，文言文开始显得力不从心。取而代之的是在新文化运动中兴起的用白话文的句式、文法、词汇等构建的翻译作品。这样的翻译推动了“白话文革命”。白话文的语句应用，正是通过直接借用西方的语言表述方式的翻译和著述，逐渐演进为现代汉语的语法和形式逻辑。

著译不分家，著译合一。这是当时的独特现象。这套丛书所选的译著，其译者大多是翻译与创作合一的文章大家，是中国现代书面语言表述和中国现代文学创作的实践者。如林纾、耿济之、伍光建、戴望舒、曾朴、芳信、李劼人、李葆贞、郑振铎、洪灵菲、洪深、李兰、钟宪民、鲁迅、刘半农、朱生豪、王维克、傅雷等。还有一些重要的翻译与创作合一的大家，因丛书选入的译著不涉及未提。

梳理并出版这样一套丛书，是在还原中国现代文学史上的重要文献。迄今为止，国人对于世界文学经典的认同，大体没有超出那时的翻译范围。

当今的翻译可以更加成熟地运用现代汉语的句式、语法及逻辑接轨于外文，有能力超越那时的水准。但也有不及那时译者对中国传统语言精当运用的情形，使译述的语句相对冗长。当今的翻译大多是在著译明确分工的情形下进行，译者就更需要从著译合一的大家那里汲取借鉴。遗憾的是当初的译本已难寻觅，后来重编的版本也难免在经历社会变迁中或多或少失去原本意蕴。特别是那些把原译作为参照力求摆脱原译文字的重译，难免会用同义或相近词句改变当初更恰当的语义。当然，先入为主的翻译可能会让后译者不易企及。原始地再现初时的翻译本貌，也是为当今的翻译提供值得借鉴的蓝本。

搜寻查找并编辑出版这样一套丛书并非易事。

首先确定这些译本在中国是否首译。

其次是这些首译曾经的影响。丛书拾回了许多因种种原因被后来丢弃的不曾重版的当时译著，今天的许多读者不知道有所发生，但在当时确是产生过一定的影响。

再次是翻译的文学体裁尽可能齐全，包括小说、戏剧、传记、诗歌等，展现那时面对世界文学的海纳百川。特别是当时出现了对外国戏剧的大量翻译，这是与在新文化运动影响下兴起的模仿西方戏剧样式的新剧热潮分不开的。

困难的是，大多原译著，因当时的战乱或条件所限，完好保存下来极难，多有缺页残页或字迹模糊难辨的情况，能以现在这样的面貌呈现，在技术上、编辑校勘上作了十足的努力，达到了完整并清楚阅读的效果，很不容易。

“民国世界文学经典译著 · 文献版”首编为九辑：一至六辑为长篇小说，61种73卷本；七辑为中短篇小说，11种（集）；八、九辑为戏剧，27种32卷本。总计99种116卷本。其中有些译著当时出版为多卷本，根据容量合订为一卷本。

总之，编辑出版这样一套规模不小的丛书，把世界文学经典译著发生的初始版本再为呈现，对于研究界、翻译界以及感兴趣的读者无疑是件好事，对于文化的积累更是具有延续传承的重要意义。

2018年3月1日

［法］羅蘭·羅曼（Romain Rolland）著　傅　雷　譯

約翰·克里斯朵夫（一）

中華民國二十六年一月初版

譯者獻辭

眞正的光明決不是永沒有黑暗的時間，只是永不被黑暗所掩蔽罷了。眞正的英雄決不是永沒有卑下的情操，只是永不被卑下的情操所屈服罷了。

所以在你要戰勝外來的敵人之前，先得戰勝你內在的敵人；你不必害怕沈淪墮落，只消你能不斷的自拔與更新。

約翰·克利斯朵夫不是一部小說，——應當說：不止是一部小說，而是人類一部偉大的史詩。它所描繪歌詠的不是人類在物質方面而是在精神方面所經歷的艱險，不是征服外界而是征服內界的戰蹟。它是千萬生靈的一面鏡子，是古今中外英雄聖哲的一部歷險記，是貝多芬式的一闋大交響樂。願讀者以虔敬的心情來打開這部寶典罷！

戰士啊，當你知道世界上受苦的不止你一個時，你定會減少痛楚，而你的希望也將永遠在絕

附記

一 本書原文有兩種版本：一爲市上普通本，以每卷爲一册，共十册；一爲全集本，以卷一至卷三爲一册，卷四卷五爲一册，卷六至卷八爲一册，卷九卷十爲一册，共四册。茲從全集本體例分爲四册。

二 本書涉及專門名辭及音樂術語處皆由譯者另行註明，凡括弧內用兩行排之小字註釋皆係譯者增入。

三 本書爲羅曼羅蘭一生力作，譯者原擬於篇首冠以長序，玆以時間精力所限，暫付闕如。

譯者

約翰·克利斯朵夫

望中再生了罷!

譯者

第一章

黎明—清晨—少年

卷一·黎明

在平旦之前的黎明時分，
當你的靈魂在身內酣睡的辰光……
神曲，存罪界第九。

第一部

濛濛曉霧初開，

皓皓旭日方升……

神曲，淨罪界第十七。

當你見到克利斯朵夫的面容之日，是你將死而不死於惡死之日。

（古教堂門前聖者克利斯朵夫像下之拉丁文銘文。）

黎明

江聲浩蕩，在屋後奔騰。整天的雨水打在窗上。一層水霧沿着玻璃的裂痕蜿蜒流下。昏黄的天色黯澹了。室內是一股燠悶之氣。

初生的嬰兒在搖籃裏欠動。老人進來時雖把木屐卸在門外，他的步子仍使地板格格作響：孩子唏哭了。母親從牀上彎出身來安慰他；祖父摸索着點起燈來，使他不要害怕黑夜。火光中顯出老約翰·米希爾紅紅的臉，粗硬的白鬚，憂鬱的神氣與鋭利的眼睛。他走近搖籃；外套發出潮濕的氣味，腳下拖着一雙大藍布鞋。魯意莎對他做手勢叫他不要走近。她淡黄色的頭髮幾乎像白的一樣；面目很瘦削；綿羊般和善的臉上有斑斑的赤痣；蒼白的大口唇不大容易合攏，微笑時有些怯生生的樣子；眼睛是深藍的，沒有神采的，眼珠只有極小的一點，但含有無限的温情；——她凝視着孩子。

孩子醒過來，哭了。驚慌的目光望四下裏亂轉。多可怕啊！深沈的黑暗，劇烈的燈光，渾沌初鑿的頭腦裏的幻覺，包圍着他的窒悶的、蠕動不已的黑夜，無邊的陰影中放射出尖銳的刺激、痛苦、和幽靈，好似眩人眼目的光線一般：這些巨大的面龐臨着他，這些眼睛直視着他，直透入他內心使他莫名其妙！……他沒有力氣叫喊，嚇得不能動彈，張着眼睛與嘴，只在喉嚨裏喘氣。他的虛胖的大頭縮皺成可笑而又可憐的怪樣子；臉上與手上的皮膚是帶紫的褐色，又有些黃黃的斑點。

——天哪！他生得多醜！老人用着肯定的語氣說。

他把燈安放在桌上。

魯意莎撅起着嘴，好似一個挨了罵的小姑娘，約翰・米希爾瞧着她笑道：

——你不見得要我說他好看罷？即是說了，你亦未必相信我罷，這也不是你的過錯，小孩子都是這樣的。

孩子本是給燈光與老人的目光怔得發呆了，此刻纔回復過來開始叫嚷。或許他覺得母親的目光在撫慰他，鼓勵他訴苦。她對他張開着手臂說：

——把他遞給我罷。

老人照例發他的議論了：

——孩子啼哭的時候是不該遷就的。應得讓他叫喊。

但他仍舊走過來，抱起嬰兒咕嚕道：

——我從沒見過這樣難看的。

魯意莎用灼熱的手接住了孩子，藏在懷裏。她端相着他，露出一副又慚愧又歡喜的笑容：

——喔，我的小乖乖，她羞慚地說道，你多難看，多難看，我多愛你！

約翰·米希爾回到火爐旁邊，扳着面孔把火薪撩撥了一下；但莊嚴陰沈的臉上浮着微笑：

——好媳婦，他說。得了罷，不要懊惱了，他還有時間改變呢。而且這又有什麼關係？我們不過巴望他做一個好人罷了。

嬰兒與溫暖的母體接觸之下，立刻安靜了。只聽見他唧唧的忙着吸乳。約翰·米希爾在椅上望後微微一仰，重又張大其辭的說道：

——天下最美的莫過於一個誠實的君子。

他停了一刻，思量應否把這項思想再行申說開去；但他覺得已經無話可說；於是靜默了一會之後，又用懊惱的聲音問道：

——怎麽你丈夫還不回家？

——我想他在戲院裏，魯意莎怯生生地回答。他有豫奏會要參加。

——戲院已經關門了。我剛纔在門前走過，這又是他的一句謊話。

——不，不要老是責備他！或許我誤會了。他大概爲教課的事情躭擱了辰光。

——那也應回來了，老人不高興地說。

他躊躇了一會，重又低聲問她，似乎有些羞愧的神氣：

——他又……了麽？

——不，父親，不，父親，魯意莎急急回答。

老人瞅視她，她躲避他的目光。

——這是假的，你說謊。

她悄悄的哭了。

——天哪！老人一邊喊一邊望火爐上踢了一腳。撥火棒大聲掉在地下，把母子倆嚇了一跳。

——父親，我懇求您，魯意莎說，他要哭了。

嬰兒遲疑了一會，不知應該啼哭還是繼續吃奶；但因兩者不能同時並進，也就決定了後者。

約翰·米希爾放低了聲音，怒氣勃勃的說道：

——我對老天做了甚麼惡事而要有這醉鬼的兒子？我所過的生活眞是夠受了，什麼都不得享受！……但你，你，你難道不能阻止他麼？哼，這是你的本分啊。要是你把他羈留在家裏的話！……

魯意莎哭得更傷心了。

——不要再呵責我了，我已經這樣的苦惱！我所能做的都已做過。您眞不知我獨自一人的時候多麼害怕！好像一直聽得他上樓的腳聲，我等他開進門來，心裏想着：天哪！不知他又是什麼模樣了？……想到這層我就難過。

她抽咽着，渾身顫抖。老人不安起來。他走過來，把散亂的被單撩在她抽搐不已的肩上，用他粗大的手撫摩着她的頭；

——呃，呃，不用害怕，有我在這裏。

她爲了孩子的緣故安靜下來，勉強裝出笑容：

——我不該和您說這種話。

老人望着她，搖了搖頭：

——可憐的妮子，我決不是送了你一件美麗的禮物。

——這是我的過錯，她說。他不該娶我。他一定後悔他的行事。

——你要他後悔什麼呢？

——您很明白。您自己也曾因爲我嫁了他而生氣。

——不要說了。這是實情。我當初有些傷心。像他這樣一個男子——我可不用怕你難堪的說，——受過很好的敎養，又是優秀的音樂家，眞正的藝術家，——大可別有希圖，不必追求像你這樣一個一無所有的人，既不門當戶對也不是音樂界中的人。一百多年來，姓克拉夫脫的就沒娶過一個不懂音樂的媳婦！——但你知道我究竟並沒恨你，認識你之後，我便愛惜你。而且事情一經決定，再也不容重翻舊案；唯有老老實實的盡自己的本分纔對。

他回頭坐下，停了一會，用他慣常宣說道理時莊嚴的態度說道：

——人生的第一要義是盡本分。

他等待對方的異議，望火爐裏吐了一口唾沫；隨後，因爲母子倆都沒有什麼表示，他想繼續說下去，——卻又咽住了。

* * * * * *

他們不再說話了。約翰·米希爾坐在火旁，魯意莎坐在牀上，兩人都悲哀地幻想着。老人雖然那麼說，依舊想着兒子的婚事非常痛心。魯意莎也想着這件事情，埋怨自己，雖是她並無可以埋怨自己的地方。

她從前是一個女僕，當她嫁給約翰·米希爾的兒子曼希沃·克拉夫脫時，大家都覺得駭怪，她自己尤其莫名其妙。克拉夫脫家雖然沒有什麼財產，但在老人住了五十多年的萊茵河畔的小城中是很受尊重的。他們是父子相傳的音樂家，從科侖（Cologne）到曼海姆（Mannheim），所有的音樂家都知道他們。曼希沃在宮廷劇場當提琴師；約翰・米希爾從前是大公爵府中的音樂指揮。老人爲曼希沃的婚事大爲喪氣；他本來對於兒子抱有極大的希望；想要他成功一個他自己沒有成就的名人。這次的打擊把他的雄心毀滅了。所以他初時大發雷霆，咒駡曼希沃與魯意莎。但因爲他是一個好人，故等到他識得媳婦的品性以後便原諒了她；雖然表面上常是惡言厲色，心裏卻對她懷着慈父般的溫情。

沒有人能懂得促成曼希沃這件婚事的原因，曼希沃自己更加弄不清楚。這當然不是因爲魯意莎生得俏。她身上全無迷人的地方：又矮小，又蒼白，又羸弱；她和曼希沃和約翰・米希爾比起來眞是奇怪的對照，他們倆都是高大寬闊、面色紅潤的巨人，生着一雙結實的手，健飯豪飲，愛說愛笑，好作熱鬧的聲響。她似乎被他們壓倒了；人家難得留心她，她自己更是想法子躱避。要是曼希沃心地慈悲的話，還可相信他的犧牲一切其他的利益而娶她，是爲看中魯意莎樸實的好心之故；

然而他是最愛虛榮的人。像他那樣的男子，生得相當漂亮，自己亦未嘗不知，很會自誇，並非沒有天才，可以希圖結一門富室的姻事，甚至——誰知道？——可能迷惑個把他中產之家的女弟子，如他誇口的那樣……而竟突然挑了一個平民階級的女子，又窮，又醜，又無教育，對他沒有絲毫好處……竟可說是他賭輸了東道得來的！

但世上有些人永遠做着出人意料甚至出於自己意料的事情，曼希沃即是這等人物。他們未始沒有先見之明：——俗語說，一個有先見之明的人抵得兩個……——他們自負不受任何欺朦，會有把握地駛行他們的船。但他們是不替自己打算的，因爲自己不識得自己。但在他們慣有的空虛的時候，他們把舵丟下了；而凡是事情一經放手，它們便會賣弄狡獪和主人作梗。無人管束的船會向着暗礁直撞過去；機警的曼希沃便娶了一個廚娘。他和她訂立終身盟約的那天，他卻也非醉非癲；也不會被熱情衝動：眞是差得遠呢。但或許我們除了精神、心靈、感官以外，另有其他神秘的力量，在別的力量沈睡着的時候乘虛而入，做了我們的主宰；或許，當曼希沃走近河邊的少女之時，在她膽怯地望着他蒼白的瞳子中間，說不定卽是遇到了上述的那種力量，纔使他莫名其妙地和她坐在蘆葦叢中訂了婚約。

一結婚。他自己覺得做了一件屈辱的事。他在可憐的魯意莎面前毫不隱瞞，她呢，只是不勝卑恭的向他求恕。他也並不凶惡，就慨然原諒了她；但一忽兒後他又痛悔起來，或是在朋友中間，或是在他富家的女學生前面她們此刻表示輕蔑的神氣，在讓他校正指法與他手指相觸的時候也不再顫抖了。於是他沈着臉回家，魯意莎一眼就料到他照例的怨言；胸中梗塞着悲苦。再不然他逗留在酒店裏，想法子忘掉自己，忘掉對人的仇恨。像這種晚上，他大笑着回家，在魯意莎心中，這比別的日子的隱語與不說出來的怨恨更加難受。這種放蕩的行爲，每次使他所有少數的良知和家裏的金錢減少幾分，魯意莎覺得自己在這方面多少要負些責任。曼希沃陷到泥窪裏去了。照他的年紀，正在應當努力用功，發展他中庸的天資的時候，他卻聽任自己在斜坡上滾下，給別人佔據了他的位置。

至於替他拉攏金髮女傭的那種無名的力量，自然毫不介意。它已盡了它的使命；約翰・克利斯朵夫便在運命驅使之下下地了。

* * * * * *

天色全黑了。魯意莎的聲音把老約翰·米希爾從迷惘中驚醒，他對着爐火思前想後的已經出了神。

——父親，時候該不早了罷，少婦懇切地說。您得回去了，您還要走一程路呢。

——我等候曼希沃，老人回答。

——不，我懇求您，您還是不要留在這裏的好。

——爲什麼？

老人擡起頭來，留神望着她。

她不回答。

他又道：

——你害怕孤獨，你不要我等待他麼？

——嗳，是啊：這不過把事情弄得更糟；您會生氣；我可不願意。我懇求您罷？

老人歎了一口氣，站起來說：

——好，去罷。

他走近她，刺人的鬚在她額上輕輕觸了一下，問她要不要什麼東西，拈小了燈，在黝黯的室中走出去時和椅子撞了一下。但他沒有下樓已想起兒子醉後歸來的情景；他走一步停一步，幻想他獨自回家所能遭遇到的種種危險……

牀上的嬰兒在母親身旁重新開始騷動。他內部迸發出一種無名的痛苦。他盡力抗拒：彎着身子，握着拳頭，蹙着眉毛。痛苦愈來愈劇烈了，彷彿挾着無窮的威力。他不知它是什麼，亦不知它要到什麼地步：只覺得它巨大無比，永無窮盡。於是他可憐地哭了。母親用溫軟的手撫摩他，疼楚似乎已經減少了些；但他仍繼續哭泣，因爲覺得它依舊在身旁，盤踞在他內裏。——大人受苦時，只要知道痛苦的來處，便可用思想把痛苦驅逐到身體的一部分，可以治愈，必要時還可去掉；他可以固定痛苦的範圍，和他本身分離。嬰兒卻沒有這種自欺欺人的補救方法。他初次的受到疼痛是格外酷烈格外眞切。他覺得痛苦無邊無岸，如他自己的生命一樣，覺得它盤踞在他的胸中，壓在他的心上，控制着他的皮肉，直要把他侵蝕完了方始他去。

母親緊緊摟着他喃喃說道：

『好了，好了，不要哭了，我的耶穌，我的小金魚……』

他老是斷斷續續的悲啼。這個無意識的尚未成形的可憐蟲，對他命中註定的苦惱生涯似乎已經有了預感；所以無論如何也不能平靜……

黑夜裏傳來聖馬丁寺的鐘聲。嚴肅遲緩的音調，在雨水潮潤的空氣中繚繞，有如輕輕地踏在蘚苔上的腳步。嬰兒在嚎啕聲中突然靜默了。奇妙的音樂宛似一道乳流般在他胸中緩緩流過。黑夜發光，空氣柔和而又温暖。他的痛苦消散了，心花笑開了；他輕鬆地嘆了一口氣沈沈睡去。

三座安靜的鐘繼續奏鳴着，報告明天的節日。魯意莎聽着鐘聲，也想起她過去的苦難，想起睡在身旁的親愛的小兒的前程。她在牀上已經躺了幾小時，困頓不堪。她的手與身體都發熱；沈重的毛毯壓迫她，覺得被陰影窒悶欲死；但她不敢動彈。她望着嬰兒雖是夜裏，仍舊可以看出他憔悴的容顏。睡魔把她纏住了，狂亂的形象在她腦中映過。她以爲聽到曼希沃開門，心便驚跳起來。浩蕩的江聲在靜寂中益發宏大，有如野獸的叫吼。窗上不時發出雨點敲打的聲音。鐘鳴更緩，慢慢地靜寂下來；魯意莎在嬰兒旁邊睡熟了。

這時節，老約翰・米希爾冒雨佇立在屋前，鬚髭沾着水霧。他等待他可憐的兒子回來；他胡思亂想的頭腦中不斷地映過酒醉所致的種種慘劇；雖然他不相信這些事情眞會發生，但若不見兒子回來，他卽是歸去亦不能入睡。鐘聲使他非常悲傷，因爲他回想起幻滅的希望，想到此刻還在路上倚待歸人，不禁羞愧交迸的哭了。

* * * * *

流光慢慢地消逝。晝夜遞嬗，好似汪洋大海中的潮汐。幾星期過去了，幾個月過去了，周而復始。循環不已的日月仍好似一日。

光暗的均衡的步伐，孩稚的生命的節奏，指示出無限的幽靜的歲月。渾噩的生物在搖籃中夢想着他必要的需求，其中有痛苦的，亦有歡樂的；雖然這些需求隨着晝夜而起滅，但它們的井然有序，反像是晝夜隨着它們而往復。

人生的鐘擺沉重地動盪着。人的生命完全湮沒在此遲緩的搏動之中。其餘的只是幻夢，只是不成形的夢，蠢動的，斷片的夢，隨處飛舞的無數的原子，令人笑令人恨的眩目的旋風。還有喧鬧的聲響，騷亂的陰影，奇怪的形狀，痛苦、恐怖、歡笑、夢、夢……——一切全只是夢……在這渾沌的夢境中，卻有友好的目光對他微笑，有歡樂的熱流從母體與飽含乳汁的乳房中流遍他全身，有無知的、內部的精力積聚起來，巨大無比，有沸騰的波濤在嬰兒的微軀中洶洶作響。凡能洞燭他內心的人，便可看到湮在陰影中的世界，正在組織中的星雲，與乎方在醞釀的宇宙。他的生命是無限的。它是一切……

* * * * * *

歲月流逝……人生的河流中開始隆起回憶的島嶼。先是一些偏僻的小島，一些浮在水面上的岩石。在它們周圍，一片平靜的汪洋的水在晨光熹微中展布開去。隨後又是些新的小島在陽光中輝耀。

多少形象從心靈深處浮起，異乎尋常的清晰。無窮的日子老是在單調的擺動中輪迴不已永遠沒有什麼變更；連綿的歲月有些是歡悅的，有些是悲慘的。但時光的連續常會中斷，種種的往事超越年月而相接……

江聲……鐘聲……不論你回溯到如何久遠，——不論你在遼遠的時間中想到你一生的哪一刻，——永遠是它們深沈而熟習的聲音在歌唱……

夜裏，——在朦朧中……一道蒼白的微光照在窗上……江水洶洶作響。萬籟俱寂，它的聲音愈益宏大了；它威臨着萬物。時而它撫慰他們的睡眠，連它自己也像要在波濤聲中入睡了。時而它激怒狂吼，好似一頭噬人的瘋獸。終於它的咆哮靜止了：那纔是無限溫柔的細語，銀鈴的低鳴，清朗的鐘聲，兒童的歡笑，又似低吟淺唱的歌聲，縈迴繞舞的音樂。永遠不歇的偉大的母性之聲啊！它催眠着兒童，有如千百年來催眠過在他以前的無數代的兒童一樣；它滲透他的思想，浸潤他的幻夢，它的滔滔汩汩的和諧如大氅一般包裹着他，直到他躺在萊茵河畔的小墳上時還是圍繞着他。

鐘聲復起……天已黎明！鐘聲慢慢地傳播開去，如泣如訴，如怨如慕，滿着友愛與肅穆的情調。柔緩的聲音起處，幻出無數的夢境，前塵、往事、舊恨、新愁，對於先人的懷念，——兒童雖然不認識他們，但他確是他們的化身，因爲他曾是他們的一部，而此刻他們又在他身上再生。幾百年的往事在這種音樂中顫動。多少的悲歡離合！——他在臥室底裏聽到這聲音時，彷彿眼見美麗的音波在輕飄的空氣中蕩漾，自由的飛鳥掠過，和暖的微風吹過，一角青天向着窗子微笑。一道陽光穿過簾帷，溜瀉在他牀上。兒童所熟識的小天地，每早醒來在牀上所能見到的一切，他爲要役使之故費了多少力量纔開始認得和喚得出名字的一切，——總之他的王國放光了。瞧，那是飯桌，那是他躱在裏面玩耍的壁櫥，那是他在上面爬行的菱形地磚，那是裝着鬼臉給他講許多神怪故事的糊壁紙，那是講着滴滴答答只有他懂得的言語的座鐘。室內的東西何其多！他不能完全識得。每天他去開發這個屬於他的宇宙：——一切都是他的。——沒有一件不相干的東西，不論是一個人或一個蒼蠅，一切都有價值；一切都平等地生存着：貓、火、桌子，以及在陽光中飛舞的塵埃。一室有如一國；一日有如一生。在這些茫茫的空間怎辨得出自己？世界那麼大！眞要令人迷失。加以這些面貌，這些姿態，這種動作，這種聲音，在他周圍簡直是一陣永遠不散的旋風！他累了，眼睛閉了，睡熟了。甜蜜的、深沈的瞌睡會突然把他帶走，不論什麼時候，不論什麼地方，就在他所在的區處，在他母親的膝上，在他歡喜躲藏的桌下！……多甘美，多舒服……

這些生命初期的日子在他腦中蜂擁浮動，宛似一片被微風吹掠、被雲彩籠罩的麥田。

* * * * * *

陰影消散，朝陽上升。克利斯朵夫開始在白天的迷宮中尋出他的路徑。

清晨……父母睡着。他仰臥在小牀上，望着天花板上閃閃飛舞的光線，眞是其味無窮的娛樂。一忽兒，他高聲笑了，這是一種令人開懷的兒童的憨笑。母親俯出身來問道：『笑什麼呀，小瘋子？』於是他更加笑得厲害了，或竟是因爲有了聽他笑的人而勉強自己笑。媽媽沈下臉來把手指放在脣邊，叫他不要吵醒爸爸；但她疲倦的眼睛也不由自主地要笑出來。他們倆竊竊私語……父親突然憤怒地呵斥了一聲，把他們嚇了一跳。媽媽急忙旋轉身去像罪犯一般，假裝睡着。克利斯朵夫鑽入被窩裏屏着氣。死一般的靜寂。

過了一會，小小的臉龐又從被窩裏伸出來。屋頂上的定風針旋轉作響。水斗發出滴答的聲音。早禱的鐘聲響了。在吹着東風的時候更有對岸村落裏的鐘聲遙遙呼應。成羣的麻雀，蹲在滿繞長春籐的牆上聒噪，如一隊嬉戲時的兒童，其中總有三四個聲音比其餘的更加喧鬧。一隻鴿子在烟突頂上各各的叫。孩子玩味着這種種聲音，輕輕哼唱，不知不覺的高了一些，更高了一些，終於吵鬧的聲音惱怒了父親：『這頭蠢驢竟永遠不肯安靜！等着罷，讓我來擰他的耳朵！』於是他又躲在被窩裏，不知應該笑還是應該哭。他受驚了，屈服了；同時人家把他比擬驢子的念頭又使他忍俊不禁。他在被底下學着驢鳴。這一下他挨打了。他激出全身的眼淚來哭。他犯了什麼呢？他多麼想笑，想動！可是不准。他們怎麼能老是睡覺呢？什麼時候纔能起來呢？

有一天他忍不住了。他聽見街上有一隻貓，一條狗，一些奇怪的事情。他從牀上溜下，赤裸的小腳跟跟蹌蹌的踏在地磚上，想下樓去張望一下；但房門關着。他爬在椅上去開門，連人帶椅的滾了下來，結結實實的跌了一交，狂叫起來；臨了還挨一頓打。他老是挨打的！……

* * * * * *

他跟着祖父在教堂裏，又無聊，又拘束，再加人家不准他動。那些人一齊念念有詞，他完全莫名其妙，隨後又一齊靜默了。他們都扳起一副莊嚴沈悶的臉。這可不是他們平時的臉啊。他望着他們，有些畏怯。鄰居的老婦列娜坐在他旁邊，裝着凶惡的神氣，有時他甚至連祖父也認不得了。他有些害怕，後來也慣了，便用種種方法來解悶。他搖擺身子，彎着頭頸看天花板，做鬼臉，牽拉祖父的衣角，研究椅子墊上的草桿，用手指想戳一個窟洞。他聽鳥兒叫，他落開着下巴打呵欠。

忽然有一陣瀑布們的聲音：大風琴奏鳴了。一個寒噤沿着他的背脊直流下去。他旋轉身，下巴擱在椅背上，變得很安靜了。他不懂這種聲音，也不懂它有什麼意思：它只是發光，旋轉，甚麼都分辨不清。但多美妙！竟像並非在一座沈悶的舊屋內坐在一點鐘以來使他不舒服的椅上了。他髣髴懸在空中，像一隻鳥；當音樂如河水一般在教堂裏奔流，充塞着穹窿，衝擊着四壁的時候，人便和它一齊奮發，振翼翱翔了，到東、到西，只須聽其自然就得。自由啊，幸福啊，陽光四射……他半睡了。

祖父很不高興他，因爲他在彌撒祭中不大安分。

* * * * * *

他在家裏，坐在地上，手攀着腳。他剛決定把草毯當一條船，地磚當一條河。他相信走出草毯就會淹死。別人在房裏走過時全不留意，使他又奇怪又生氣。他拖着母親的裙角說：『你看這明明是母親聽也不聽的逕自走過水！當從橋上過。』——所謂橋是紅菱形磚中間的一道道的溝槽。——了。他怪生難受，好似一個劇作家看見觀衆在上演他的作品時交頭接耳一樣。

一忽兒後，他放棄了那個念頭。地磚不復是海洋。他伸長四肢躺在上面，下巴擱在石頭上哼着他自編的歌曲，一本正經的吮着大姆指，流着口涎。他全神貫注着地磚中間的一條裂縫。菱形磚的線條像人面一樣扮着鬼臉。細小的隙洞擴大起來，變成一個羣峯環繞的山谷。一條蜈蚣在蠕動：牠如象一般大。即使天上打雷，小孩子也聽不見。

沒有人關心他，他也不需要任何人。甚至草毯的船，地磚的岩穴和怪獸都用不到。他自己的身體已經足夠。幾多消遣的資料啊！他望着指甲哈哈大笑，可以幾點鐘的消磨過去。它們有各各不同的面貌，像他所認識的人，他使它們一起談話，跳舞，或者相打。——而且還有身體上其餘的部分呢！……他繼續視察身上的一切。多少奇怪的東西！有些眞是古怪得厲害。他望着它們出神了。遇到人家在這種情形中去驚動他時，他眞是受了極大的打擊。

* * * * * *

有些日子，他乘母親轉背的時候溜出屋子。先是人家追他，抓他回去；後來也慣讓他獨自出門了，只要他走得不太遠。他的家已經在鎮梢上，過去差不多就是田野。只要人家在窗子裏看得見他時，他一停不停的望前走，蹩着細步，不時還用一隻腳跳躍。但等到拐了灣，叢樹把他障住了別人的視綫時，他突然改變了。他停下來，咬着手指，思量着今天對自己講些什麼故事；他滿肚子都是呢。固然那些故事都很相像，但每件故事也可有兩三種講法。他便在其中挑選。慣常他講的是同一件故事，有時從隔天停下的地方接下去，有時從頭開始，稍稍加些變化；但只要一件莫須有的事情，或是偶然聽到的一個字，就可使他的思想在新的線索上發展開去。

「偶然」裏面含有豐富的資料。人家想不到在一塊木頭或一根扭斷的樹枝上面所能得到的境界。樹枝或木塊在籬垣下面就有，不然就攀折一根也得。這眞是一支神仙棒。要是它直長的話，便成爲一根矛或一把劍；只要揮舞一下就可顯出一隊人馬。克利斯朵夫便是將軍，身先士卒，爲他們做表率，他衝上山坡去襲擊。要是樹枝柔軟的話，便變成一條鞭子。克利斯朵夫騎着馬跳過危崖絕壁。有時馬滑跌了；騎馬的人倒在溝壑裏，狼狽不堪，呆望着弄髒了的手和擦破了皮的膝蓋。要是那棒是很小的話，克利斯朵夫就做樂隊指揮；他是隊長，亦是樂隊；他指揮，他亦歌唱；隨後他對灌木林行禮：綠的樹尖在風中搖曳，恰像無數聽衆的人頭。

他也是魔術師；大踏步的在田裏走，望着天，搖着手臂。他命令雲彩說：『——我要你們向右去。』——但它們向左。於是他咒駡它們，重申前令；一面偷覷着它們，心頭忐忑的跳，看其中至少有沒有一小塊服從他；但它們仍是若無其事的向左。於是他頓足，用棍子威嚇它們，氣沖沖的命令它們向左：這一次，它們果然聽話了。他對於自己的威力又是高興又是驕傲。他觸着花，吩咐它們變成金色的四輪車，好像童話那樣；雖然從未有過這種事實，但他相信只要有耐性，遲早總會成功。他尋一隻蟋蟀想叫牠變成一匹馬：他把棒輕輕地放在牠的背上，嘴裏念着訣語。蟋蟀逃了……他擋住了牠的去路。過了一會，牠伏在地下了，在他旁邊，他卻對牠望着。他忘記了魔術師的角色，只把可憐的蟲翻過身來朝天仰着，看牠扭曲的欠動而發笑。

他發明把一根破爛的繩子縛在他的魔術棍上，一本正經的丟在河裏，等魚兒來咬。他明知魚不肯咬無餌亦無鈎的繩，但他想牠們至少有一次，爲了他的緣故而破一次例；他的信心是不會窮蠢的，甚至用一條鞭子垂到街上陰溝石板的裂縫中去釣魚。他不時拉起鞭子，非常感動的，自以爲這一次繩子可重了些，要拉起如祖父所講的故事中的什麼寶物來了……

在這些遊戲中，他常有奇思妄想與出神的時候。周圍的一切都隱滅了，他不知做的是什麼事，甚至也記不起自己。這是突然之間發生的。走路的時候，上樓的時候，忽然覺得一片空虛……好似他什麼思想都沒有。當他心神回復，發覺自己仍在老地方，在黝黯的樓梯上時，他惘然怔住了。在樓梯的幾級之間，他彷彿度了盤盤的一生。

* * * * * *

祖父在晚間散步時常常帶着他一起。孩子牽着他的手在旁踽踽走着。他們走着泥路，穿過鋤鬆的田，聞着又香又濃的味道。蟋蟀叫着。許多巨大的烏鴉蹲在路上遠遠地望着他們，等他們走近時便沈重地飛去了。

祖父連聲咳嗽。克利斯朵夫很明白這個意思。老人極想講故事，但要孩子向他請求。克利斯朵夫立卽湊上去。他們倆很是投機。老人非常憐愛孫子；找到一個高高興興聽他談話的人於他更是快事他歡喜講他從前的事迹，或是古今偉人的歷史。他慷慨激昂的聲音顫動着，掩不住他兒童般的歡喜。似乎他自己聽得津津有味。不幸他說話的時候缺少字眼。這是他慣有的苦悶；因爲只要他一有發揮雄辯的衝動，就尋不出適當的字句。但他每次失敗之後又立卽忘記了，所以永遠不能就此罷休。

他講着雷果盧斯（按Régulus爲紀元前三世紀時羅馬執政）阿米奴斯（按Arminius爲紀元前日耳曼族首領），律左（Lütz w，按此人譯者不詳）的遊擊隊，科納（按Koerner爲德國詩人）和那個想刺殺拿破侖皇帝的史太勃斯。他眉飛色舞的講着那種空前絕後的功業。他說出許多歷史的名辭，聲調那麼莊嚴，簡直無法了解；他自以爲具有高妙的手段，能使聽的人在緊要的關口焦灼不耐：他停着，裝做要勒死自己的模樣，大聲的擤鼻涕；當孩子用着不耐煩的聲音問他：『後來呢，祖父？』時，他便心花怒放了。

終於有一天，當後來克利斯朵夫長大了識得祖父的脾氣時，他俏皮地裝做對於故事的下文滿不在乎的神氣：這一下老人可難過了。——但眼前他是完全給祖父的魔力吸住了。在激動的地方，他的血奔騰着。他不大了了講的是誰，那些事迹發生在什麼時候，不知祖父是否認識阿米奴斯，也不知雷果盧斯是否……天知道為什麼緣故——上星期日他在教堂裏見到的某一個人，但他和老人的心都為了故事中的英雄行為而高傲非凡，彷彿那些事情是他們自己所做的一樣因為老人與兒童都同樣的孩子氣。

在講到悲愴的時節，老人常常要插一段他念念不忘的說辭，那麼克利斯朵夫便不大高興了。那是些關於道德的議論，總是勸人為善的意思，但不免是人盡皆知的老調，例如：『溫良勝於強暴，』——或『榮譽比生命更寶貴，』——或『寧善毋惡』；——只是在他說來，意義還要糊塗得多。祖父不怕年輕小子的批評，儘管用他慣有的誇大的口氣，嘮叨着說些同樣的字句，句子不說完就停了，或在說話之間把腦子裏一時所想到的全盤說出，來填補思想的空隙；他一字一句加以頓挫，用種種相反的姿勢來增加說話的力量。孩子必恭必敬的聽着，以為祖父很會說話，但有些沈悶。

他們倆常愛提到那個征服過歐洲的高斯人（按此係指拿破命因高斯為拿破命出生地故言。），他們所知的關於他的傳說全是一派荒誕神怪的說數。祖父曾經認識拿破命，差些和他交戰。但他是識得這敵人的偉大的，他說過幾十遍：他肯去掉一條手臂，要是這樣的一個人物能夠生在萊茵河這一邊的話（按德法兩國以萊茵爲界）。可是天違人意：拿破侖畢竟是法國人；於是祖父只得佩服他；和他厮戰——卽是說祖父幾乎和拿破侖交鋒。事情是這樣的：當時拿破侖離開祖父的陣地只有十餘里（按係法國古里約等今公里之四倍）了，祖父他們是被派去上前迎擊的，但忽然一陣慌亂的情緒使一小隊人馬嚇得竄向樹林裏去了大家一邊逃一邊喊：『我們上當了！』據祖父說，他徒然想收拾逃兵，徒然撲在他們前面威嚇着哭着：但他們這一般人如潮水般把他簇擁着走，等到明天離開前綫已不知多遠了，換言之，他們是完全潰退了。但克利斯朵夫不耐煩地要他接講大英雄的戰蹟；他想着這些征遍世界的奇迹出神了。他彷彿活龍活現的看見拿破侖後面跟着無數的人，喊着愛戴他的口號，他舉手一揮，他們便旋風似的向着望風而逃的敵人追奔逐北去了。這是一種神話。祖父又錦上添花的加了一些，使故事格外生色；拿破侖征服了西班牙，也差不多征服了他最厭惡的英國。

克拉夫脫老人在熱情的敍述中，對於大英雄有時不免用出憤慨的稱呼。他的愛國情緒激醒了，也許在拿破侖敗北的時節比着伊哀那（德國地名拿破侖一八〇六年在此擊敗普魯士。）時節更加激昂。他打斷了話頭，對着河揮舞老拳，輕蔑地吐一口唾沫，說出些高貴的咒語，——他是不肯向人低頭的。——他稱他爲凶漢，野獸，沒有道德的人。如果祖父這種說話是想在兒童的腦筋裏建立公道的觀念，那麼得承認他並沒達到目的；因爲幼稚的邏輯很容易以爲『如果這樣的大人物沒有道德，可見道德並非如何了不得，第一還是做一個大人物』老人無論如何也料不到孩子會有這種思念。

他們倆都靜默着，咀嚼着這些神奇的故事，各人有各人的想法：——除非祖父在路上遇見了他貴族的東家（按係指祖父教授音樂的學生的家族。）出來散步。於是他猶豫不定的站住了，深深的行禮，說着一大串肉麻的客套話。孩子不知怎樣的臉紅了。但祖父心中是尊重固有權勢的，尊重『成功的』人的；他那樣的敬愛他故事中的英雄，大概亦因爲他們最是成功，比其餘的人更崇高的緣故。

當天氣極熱的時候，克拉夫脫老人坐在一株樹下，不消一刻便打瞌睡了，克利斯朵夫坐在他旁邊，在一堆搖搖欲墜的石子上，在一塊界石上，或是甚麼高而不便的古怪的位置上；兩條小腿盪來盪去，一面哼着，一面胡思亂想。再不然他仰天躺着，看着飛跑的雲；它們是像牛，像巨人，像帽子，像老婦，像廣大的風景。他和它們低聲談話；或者留神那塊要被大雲吞下去的小雲；他怕那些跑得飛快、黑得幾乎像藍的雲。他覺得它們在他的生命中占有重大的地位；覺得祖父與母親的全不在意非常可怪。這是些可怕的東西，要是它們想做兇的話。幸而它們走過了，獃頭獃腦的，有些滑稽的樣子，也不停下。孩子終於因望得太久而眼花了，搖擺手足，好似要掉在空中一般。他映着眼皮，被睡魔困住了。……靜悄悄的。樹葉簌簌作響，在陽光下顫抖，一層淡薄的水汽在空氣裏浮過，迷惘的蒼蠅旋轉飛舞，嗡嗡的鬧成一片，好像大風琴；蝗蟲熱得嘶嘶亂叫：一切都靜下去了……樹巔啄木鳥的鳴聲有一種奇怪的音色。在平原上，遠遠裏一個農夫在呼牛；馬蹄在灰白的路上響着。克利斯朵夫的眼睛閉了。在他旁邊，一隻螞蟻在橫在溝槽裏的枯枝上爬。他模糊恍惚了……幾個世紀過去了。他醒來時，螞蟻還沒有爬完小枝。

有時祖父睡得太久了；他的臉龐變得板板的，長長的鼻子縮襞了，嘴巴望下掛着。克利斯朵夫不安地望着他，生怕他的頭會變成一副神怪的模樣。他高聲歌唱，或者從石子堆上骨碌碌的滾下來，想驚醒祖父。有一天，他想出把幾支松針擲在他的臉上，告訴他是從樹上掉下來的。老人相信了，克利斯朵夫暗裏很好笑。但他想再來一下；纔舉手便看見祖父眼睜睜的望着他。這眞是糟糕的事情：老人是很尊嚴的，不允許人家嘲弄他，對他失敬：他們倆爲此冷淡了一個多星期。

路愈壞，克利斯朵夫覺得愈美。每塊石子的位置於他都有一種意義；那是他記得爛熟的。車輪的痕跡是地理上的變化，和道奴斯山脈（德國北部山脈）差不多是一類的。屋子周圍二公里以內的一切凹凸的地形他都記得淸淸楚楚。凡是他把那些溝槽改變一下的時候，總以爲自己的重要不下於帶着一隊工人的工程師；當他用腳跟把乾泥塊形成的土阜踏平，把旁邊的山谷塡滿的時候，便自以爲一天的光陰並沒有虛度。

有時在路上遇到一個駕着車子的鄉下人，他是認識祖父的。他們便上車，坐在他旁邊。這纔是人間的天國哩。馬奔得飛快，克利斯朵夫樂得笑開了，要是在路上遇到別的行人，他就裝出一副嚴肅的、若無其事的神氣，好像坐慣車子的一樣；但他心裏滿着驕傲。祖父和趕車的人談着話，不理會孩子。他呢，蹲在他們兩人的膝蓋中間，被他們的大腿夾壞了，僅僅坐着一些位置，往往是完全沒有坐，他可已經快活到無以復加，高聲說話，不管有沒有人回答。他端相着馬耳的擺動，眞是古怪！它們或左或右，或前或後，四面八方都會動，突梯滑稽，使他禁不住大笑。他觸着祖父叫他注意。但祖父沒有這種興致。他推開克利斯朵夫，叫他不要擾亂他。克利斯朵夫沈思起來，他想一個人長大之後，甚麼都不覺得驚奇了，神通廣大，樣樣都識得。他便竭力學做大人也藏起他的好奇心，裝做漠不關心的神氣。

他不則聲。車聲隆隆，使他昏昏欲睡。馬鈴舞動：丁、鐺、冬、丁。音樂在空中繚繞，像一羣蜜蜂般儘繞着銀鈴打轉；它按着車輪的節拍輕快地蕩漾着，其中藏着無數的歌曲，一闋又一闋的總是不完。克利斯朵夫覺得妙極了，中間有一支尤其悅耳，他渴想促使祖父注意，便高聲唱起來。可是他們沒有留意。他重新開始，高一個調子，——接着再來一次，簡直大叫了，——於是老約翰·米希爾生氣道：『住口！你喇叭似的聲音把人鬧昏了！』這一下他可嚇住了氣，滿臉通紅，一直紅到鼻尖，羞慚無地的緘默了。他痛恨這兩個老昏蛋，連他上感蒼天的歌曲都不懂得高妙！他覺得他們很醜，留着八天不刮的鬍鬚，身上發出一股難聞的氣味。

他望着馬的影子聊以自慰。這又是一種希奇的景象。這頭漆黑的牲口側躺着在路旁飛奔。傍晚回家的時分，牠遮掩了一部分的草地；遇到一座草堆，牠便爬上去，走過之後又回到老地方：口環脹得像一個破裂的皮球；耳朵又大又尖，活像一對蠟燭。這究竟是影子呢還是牲口？克利斯朵夫真不想獨自遇到它。他決不會跟在它後面跑，像他追逐着祖父的影子般立在他頭上踐踏。——斜陽中的樹影亦是動人深思的對象，像是橫在路上的柵欄；有一副淒涼的、古怪的、幽靈的神氣，好像在說：『不要再遠去了；』軋軋的車軸聲和得得的馬蹄聲都跟着反覆的說：『不要再遠去了！』

祖父與趕車的繼續不倦談着談不完的閒天。他們常常提高嗓子，尤其在講起當地的，或是有關公共利益的事情的時候。孩子停止了幻想，不安地望着他們，覺得他們倆似乎生氣了，生怕他們弄到拔拳相向的地步。其實他們正是在公憤的事情上談得最投機的辰光。而且往往他們全沒什麼怨憤，也沒有絲毫激動；他們談起無關痛癢的事情也張着喉嚨直喊，只爲了叫喊的愉快，這原是一般平民的樂趣。但克利斯朵夫不懂得他們的談話，只聽見他們粗大的聲氣，看見他們臉上的綫條縮做一團，便煩惱地想道：『他的神氣多凶惡啊！一定的，他們互相憎恨。他骨碌碌的轉動着眼珠！他大張着嘴巴！他在暴怒中唾着我的臉。天哪！他要殺死祖父了……』

車子停住。鄉下人喊道：『唔，你們到了。』兩個死冤家握握手。祖父先下來，鄉下人把孩子遞給他。加上一鞭，車子遠去了。祖孫倆已在萊茵河旁邊低陷的路口上。太陽望田裏沈下去。小路曲曲彎彎的差不多和水一樣平。又細又軟的草，悉悉索索的在腳下倒去。榛樹俯在水面上，一半已經淹在水裏。一羣蚊蚋在旋舞。一條小船悄悄的駛過，讓平靜的河流推送着。漣波吮着柳枝，唧唧作響。暮靄蒼茫，空氣涼爽，河水閃着銀光。回到家裏，只聽見蟋蟀在叫。一進門便是媽媽可愛的臉龐在微笑……

啊，甜蜜的回憶，慈惠的印象，好似羣鳥和諧的飛翔，將終身在心頭盤旋！……至於異日的征塵，雖有名城大海，雖有夢中風景，雖有愛人倩影，但其刻骨銘心的程度，決比不上這些兒時的散步，或每天在噓滿水汽的窗中所見的園林一角……

* * * * * *

如今是門戶掩閉的家裏的黃昏了。家……是抵禦一切可怕的東西的托庇所。陰影啦，黑夜啦，恐怖啦，不可知的一切都給擋住了。沒有一個敵人跨得進大門……爐火融融，金黃色的鵝，軟綿綿的在鐵串上轉側。滿屋是油香與肉香。飽餐的喜悅，無比的幸福，狂熱的衝動，無窮的歡躍！在溫和的暖氣，白天的疲勞，親人的聲音中間，身體嬾洋洋的軟癱下去了。消化食物的工作使他出了神：面孔、影子、燈罩，在黝黑的爐中閃閃飛舞的火舌，一切都有一副快活的、神奇的面貌。克利斯朵夫把面頰擱在盆子上，深深的體味着這種樂趣……

他躺在暖和的小牀上了。怎麼上來的呢？渾身鬆快的疲勞把他壓倒了。室內嘈雜的聲響和白天的印象在他腦中攪成一片。父親拉着提琴，尖銳而柔和的聲音在夜裏哀吟。但最甘美的幸福是，母親俯在他的身上，依着他的要求呼呼唔唔唱一支老調。父親覺得這種音樂是胡鬧；但克利斯朵夫總是聽不厭。他屏着氣，又想笑又想哭。他的心飄飄然了。他不知自己在什麼地方，只覺得胸中洋溢着温情；他把小小的手臂繞着母親的頸項，使盡全身的力量摟抱她。她笑道：

——你要勒死我了。

他把她摟得更緊了。他多愛她，愛一切！一切的人與物！一切都善，一切都美……他睡熟了。蟋蟀在竈肚裏叫。祖父的故事，英雄的面貌，在幸福的夜裏飄浮……像他們那樣做一個英雄！……是的，他將來是一個英雄！……他如今便是了……啊，生活多甜蜜！……

* * * * * *

在這小生命中間，洋溢着多少的精力、歡樂與驕傲！他的身心老是在躍動，飛舞迴旋，叫他喘不過氣。他像一條小壁虎似的日夜在火焰中跳舞（按歐洲俗諺謂此種壁虎能在火中跳躍不受灼傷）。甚麼也不能使他的熱情沮喪，一切都是熱情的養料。一場狂亂的夢，一道飛湧的泉水，一件希望無窮的至寶，一聲笑，一闋歌，一種永遠的陶醉。人生還沒有搵住他；他隨時躲過了；他在無垠中游泳。他多幸福！他生性就是幸福的！他中心相信幸福，竭盡他的熱情去追求幸福！……

人生可很快會叫他向理性屈服。

第二部

天已旦明，
曙色介其飛逝，
遙聽宛似海波奔騰……
神曲地獄界第一。

克拉夫脫家祖上是比國盎凡斯人。老約翰·米希爾在少年氣盛時鬧了亂子——因爲他那時專愛打架——之後逃出本鄉。差不多在半世紀以前他棲身到這個親王駐節的小城裏，紅紅的屋頂，尖尖的屋稜，濃蔭茂密的花園，排排節節的散佈在一個柔和的山崗下，倒映在灰綠的萊茵河裏。他是一個出色的音樂家，在此人人都是音樂家的地方馬上被人賞識了。四十歲後他和親王的樂隊長的女兒克拉拉·薩多羅斯結了婚，承襲了岳父的差使，便在當地生了根。克拉拉是一個溫靜的德國女子，生平所愛的就只有烹飪和音樂兩事。她對於丈夫的崇拜，彷彿像敬愛父親那樣。約翰·米希爾對於妻子的佩服亦不下於她的愛他。他們和和睦睦的同居了十五年，生了四個孩子。隨後克拉拉死了；約翰·米希爾大哭了幾場之後，過了五個月又娶了奧蒂麗·蘇茲，一個二十歲的姑娘，通紅的臉，非常壯健，老是帶着笑容。奧蒂麗正好和克拉拉有着一樣多的長處，而約翰·米希爾也正好一樣的愛她。結褵了八年之後，她也死了，但已生了七個孩子。連前妻所生的一共十一個，可是只有一個存活。雖然他非常疼愛孩子，但那麼許多次的打擊並沒改變他的好性情。最難受的打擊是奧蒂麗的死，這是三年以前的事他已到了不容易重建人生和再造家庭的年紀，但悲痛了一晌之後，老約翰·米希爾又恢復了他精神的均衡，這是任何災難所消滅不了的。

他是一個慈祥的人，但他的健康比一切都強。他生理上就有摒拒悲愁的力量，需要弗拉芒（按弗拉芒爲弗朗特一字之形容詞，弗朗特又爲今比利時荷蘭兩地之古名，其民以樂天著稱。）式的狂歡，兒童般的癡笑。不論心裏如何悲傷，他決不少喝一杯，少吞一口；從來不放棄音樂在他指導之下，親王的樂隊在萊茵河一帶博得小小的聲名，約翰·米希爾運動家般的體格與容易動怒的脾氣，也同時遍傳遐邇。他無論如何努力總不能克制自己：因爲這表面上暴烈的人實際是膽怯的，生怕敗壞名譽；他愛禮數，怕別人指摘。然而他受着血氣的支配：殺性起處，會突然之間暴躁起來，不但在樂隊練習的時候，即在音樂會中有時也會當了親王的面憤怒地擲着他的指揮棍，發瘋般亂跳，用着狂怒的急促的聲音咒罵樂師中的一個。親王看着覺得好玩；但被駡的音樂家不免懷恨他。雖然約翰·米希爾事後覺得羞愧，過了一刻便馬上表示過分的禮貌，想令人忘記仇恨，但他一有機會又勃然發作了。這種極端易怒的脾氣隨着年齡而加劇，終於使他的地位難於維持。他自己也覺得；有一天樂隊在他大發脾氣之後幾乎罷工，他便提出辭呈，心裏卻希望以他多年服務的資格，人家不致讓他引退，希望人家挽留他：可是全然沒有這回事；既然很高傲，不願意轉圜，他只得傷心的走了，暗暗怨恨人家的無情義。

從此以後，他不知怎樣消磨日子。七十多歲的人還很強健，繼續工作，一天到晚在城裏跑來跑去授課，辯論，長談，與聞一切的事情。加以他心思巧妙，想出種種的方法來消遣：他修理樂器，作改良樂器的試驗，有時也實現一部分。他也作曲，試着作曲。從前他寫過一闋彌撒祭樂，那是他常常提起的，是家庭的光榮。他爲之費了不少心血，以致得了充血症。他想叫自己確信是一部傑作；但他明明知道寫作的時候腦子裏是一片空虛。他不敢把原稿再看一遍，因爲每次在自以爲是創作的樂句中辨識出別個作家的斷片，是他嘐嘐力力硬綴起來的。這是他極大的痛苦。有時他也有自以爲很美妙的思想，便戰戰兢兢的跑向桌前，心想這一次究竟把靈機抓住了罷？——但他剛剛執筆，覺得又是一片空虛了;他竭力想把消失的樂思喚引過來,結果卻只聽到孟特爾仲或勃拉姆斯(按兩人均德國大音樂家)輩的有名的調子。

喬治桑(按係法國女小說家)曾言:『有些不幸的天才缺乏表現力,正如那個啞吧與口吃的大人物姚弗洛哀(按係法國自然科學家動物學家)所說的,他們把沈思所得的秘密帶到墳墓裏去。』——約翰・米希爾便是這等人。他在音樂和語言方面都不能表現他的意思;而他永遠抱着幻象:他眞愛說話,寫作,做一個大音樂家,大演說家!這是他心底的創傷;他不和任何人說,自己也不敢承認,拚命的不去想,但不由自主地要想,而一想到就覺得心碎。

可憐的老人!他始終不能完全表露他的本來面目。他胸中藏着多少美妙而有力的萌芽總是長不起來。對於藝術的尊嚴,對於人生的價值,他自有一種深刻動人的信仰,但一朝表現出來,往往變得誇張與可笑的東西。他多少高傲,但在現實生活中老是向上級的人低首下心。他渴望獨立,事實上卻是絕對的柔順。自命剛強,實際只是迷信。他賦有英雄的氣魄,眞實的勇敢;可又是多麼怯懦無用!——這是一個中途停頓的人物。

* * * * * *

約翰·米希爾曾經把他的野心移放在兒子身上；初時曼希沃也頗有實現他的大志的可能，他從小極有音樂天才，學習的時候非常容易，老早就成爲出名的提琴演奏家，不但在音樂會中久爲紅人，簡直爲一城崇拜的偶像。他鋼琴也奏得出色，還會弄些別的樂器。加之他很會說話，長得很好，雖然略嫌粗笨，——可確是德國認作古典美的那種典型：沒有表情的寬廣的額角，壯闊的正則的綫條，一叢鬈曲的鬍子：活像萊茵河畔的一尊邱比特（按邱比特爲希臘神話中的上帝）老約翰·米希爾體味着兒子的聲譽，對着演奏家出神入化的技藝嘆賞不置；老人自己就從來不能好好的奏一種樂器。表現思想的困難在曼希沃是決計沒有的，糟糕的是他絕對不思索；甚至連思索的念頭都沒有。他恰如一個庸碌的喜劇演員，調弄着抑揚頓挫的聲音，可全不問聲音表現的內容，只抱着焦急的虛榮心窺伺着他的聲音對於羣衆的效果。

最可怪的是，他雖然如約翰·米希爾一樣老是顧慮着場面上的態度，雖然小心翼翼的尊敬着社會法統，可始終有些急激的、出人不意的、昏憒的成分，令人說克拉夫脫家裏的人總帶些瘋癲。

起先這還不足爲害；似乎這種怪僻正是人家說他有天才的證據；因爲在明白的人看來，一個通常的藝術家是不會有這種現象的。然而不久他偏激的性情被大家肯定了；它的來源是杯中物。尼采說酒神是音樂的上帝；曼希沃本能地抱有同樣的見解；但在這種情景中，他的上帝竟毫無情義：它非但不把他所缺少的思想賜予他，反把他留存的少數的思想也一併剝奪了。在他荒唐的婚事（在大衆眼裏是荒唐的，所以在他眼裏也是如此）以後，他愈來愈放肆了。他深信自己的技藝高卓非凡，以至在短時間內竟完全毀失了。別的演奏家接踵而至，享受着羣衆的愛戴，把他的地位取而代之，使他非常難過；但他非但不奮起力追，反因失意而絕望了。他同一班酒店裏的夥伴把敵手毀謗一頓算是報復。他的可笑的驕傲，竟癡心妄想去承繼父親的樂隊隊長之職：結果是任命了另外一個：於是他以爲人家故意難爲他，做出懷才不遇的神氣。他藉着老克拉夫脫的聲望，在樂隊裏還保住提琴師的職位；但城中教課的差使慢慢減少了。這場打擊固然傷害了他的自尊心，但他的經濟尤其大受影響。幾年以來，因爲倒運，家庭的收入已經減少了許多。眞正富足過了以後，窮境來了，而且一天一天的加劇。曼希沃只做不知，他在裝飾與享樂方面並不因此少化一文，他不是一個壞人，但是一個半好的人，這也許更糟，生性懦弱，沒有絲毫彈性，沒有精神的毅力，只還自以爲慈父、孝子、賢夫、善人，或許他眞是慈父孝子等等，如果只要一種容易憐憫人的和善，只要那種把家人當做自己一部分肉體般愛惜的慈悲便算的話。且也不能說他十分自私：他的個性還不夠這種資格。他是什麼一種人呢？簡直無類可歸。這種無類可歸的人眞是人生中可怕的東西！好像是拋在空中的沈重的廢物，他們要往下傾跌，而且在勢不得不傾跌；於是一切和他們一起的人物也被他們拖累着一齊下墜了。

* * * * * *

在家境最艱難的時候，小克利斯朵夫纔開始懂得周圍的事情。

他不復是獨子了。曼希沃給妻子每年生一個孩子，全不管後來的結局怎樣。兩個在很小的時候就死了。其餘的兩個正是三歲和四歲。曼希沃從來不關心他們，不得不出門的魯意莎把他們託付給克利斯朵夫，他如今已有六歲了。

這件職務使克利斯朵夫犧牲不小：他爲此不得不放棄田野裏的舒服的下午。但他很得意人家當個大人看待，他一本正經的盡他的責任：竭力逗小兄弟們玩耍，把自己的遊戲做給他們看，盡心和他們講話，學着母親和嬰兒所說的言語。或者他輪流抱他們，像看見別人所做的那樣；重得不堪，揹負時便咬緊牙齒，用盡全身之力把小兄弟摟在懷裏，使他不要跌下。兩個小的永遠要人抱，從來不會厭倦；要是克利斯朵夫無力再抱時便哭個不休。他們給他喫了許多苦，他常常爲他們弄得狼狽不堪。他們很髒，需要慈母般的照顧。克利斯朵夫不知怎麼辦。他們磨難他。有時他眞想打他們一頓，但又想：『他們還小，甚麼都不知道』便慷慨地聽任他們抓、打、作弄。恩斯德會無緣無故的叫嚷，跺腳亂跳，滿地打滾；這是一個神經質的孩子，魯意莎囑咐克利斯朵夫不要違拗他的僻性。至於洛陶夫，則是狡猾如猴子，他老是趁克利斯朵夫手裏抱着恩斯德的時候，在他背後盡量搗亂；他毀壞玩具，倒翻水瓶，弄髒衣服，在壁櫥裏亂摸一陣，把碟子都打在地下。

他搗亂的凶狠的程度，往往使魯意莎回來非但不稱讚克利斯朵夫，反而對着狼藉滿地的情景——雖然不埋怨——憂愁地嘆道：

——可憐的孩子，你眞不高明。

克利斯朵夫受着羞辱，心裏說不出的難過。

* * * * * *

魯意莎從不錯過掙錢的機會，繼續在特殊情形中替人家當廚娘，或是幫人家端整婚筵，或是替人家張羅小孩受洗的宴會，曼希沃假裝不知：因爲這有傷他的自尊心；但她瞞着他而私下去做，他倒也並不生氣。小克利斯朵夫對於人生的艱難還一無所知；他除了父母的意志之外不知還有別的東西會限制他的願欲，而且父母的意志也並不如何妨害他，他們差不多讓他自然而然長成的；他只希望長大成人，可以爲所欲爲。一個人一步一趨所能碰到的釘子是他意想不到的；他的父母也不能完全自主，尤其是他意想不到的事情。他第一次窺見人羣中有治人與治於人的分別，而他的家人並非屬於前一類的那天，他整個的身心都反抗起來：這是他一生破題兒第一遭的受難。

那一天，母親替他穿了最乾淨的衣服，是人家布施的舊衣裳，經耐心的魯意莎改製的。依着她的吩咐，他到她工作的人家去接她。他一想要獨自進去，不免惴惴的害怕起來。一個男用人在廊廡下面閒蕩，攔住了孩子用長輩的口氣問他來意。克利斯朵夫紅着臉照着預先囑咐的話喘喘着說，他來看『克拉夫脫太太』。

——克拉夫脫太太？你幹麼要看她，克拉夫脫太太？——那個男僕用嘲笑的口吻在『太太』這個字上着重了一下。——她是你的母親麼？你從那邊上去，在走廊盡頭的廚房裏就可找到魯意莎。

他走過去，愈來愈臉紅了；他聽見人家狎習地稱他母親的小名，覺得可恥，他羞辱了，眞想逃到可愛的河邊去躲在叢樹下面編造故事的地方。

在廚房裏，他又被別的用人包圍，他們大聲的招呼他。在裏面靠近廚竈的地方，他的母親對他微笑，又是溫柔又是難堪的神氣。他跑過去撲在她的腿中間。她戴着一條白圍裙，手裏拿着一支木匙。她擡起他的下巴，使大衆看到他的臉孔，叫他給在場的每一個人去握手請安，這使他更加着慌了。他不肯，轉身朝着牆壁，用手遮着臉。慢慢的他膽子大了一些，在指縫間偷偷露出一隻亮晶晶笑迷迷的眼睛，每當人家瞧他一眼時便立即躲藏了。他暗中觀察着母親好像是很忙很重要的角色，這是他前所未見的；她從這隻鍋子到那隻鍋子嘗着味道，表示意見，用肯定的語氣說明烹調的訣竅，普通的廚娘都恭而敬之的聽着。孩子看見母親受人佩服，在這美妙非凡的，照耀着銅器的金光

的屋裏所擔任的角色時，心裏滿是驕傲，

大家的談話突然停止了。門開處進來一位太太，拖着硬綳綳的衣服悉索作響，用猜疑的目光在四周掃射了一遍。她年紀已經不輕，但還穿着一件袖子寬大的淺色衣衫；她手裏撩着衣裾，恐怕要碰到什麼東西。這可並不阻止她一直走到竈前，看看菜肴嘗嘗味道。當她微微舉起手臂的時候，袖子一滑下去，直到肘子上面一齊赤裸了：這在克利斯朵夫是認爲難看而不雅觀的。她對魯意莎說話的口氣是何等刺耳何等威嚴！魯意莎回答她又是何等恭敬！克利斯朵夫怔住了。他躱在他的角落裏想不給人家看見；但是毫無用處。太太查問這個男孩子的來歷時，魯意莎便跑來牽他謁見，抓住了他的手使他不得掩住臉孔；克利斯朵夫雖然想掙扎逃跑，但本能地覺得這一次是無論如何也不能抗拒的了。太太望着孩子嚇昏了的臉；她的第一個動作是慈愛的，對他和藹地微笑。但她又立刻扳起長輩的面孔，查問他的品行查問他的宗教信仰，他只是一言不答。她也看看衣服還行不行；魯意莎立刻說好極了，把他的上衣拉拉挺；克利斯朵夫覺得身上一緊，幾乎要叫起來。他不懂爲何母親要向那位太太道謝。

太太牽着他的手，說要領他到她的孩子那邊去。克利斯朵夫絕望地望着母親；但她對女主人笑靨承歡的神氣使他覺得無可希冀了，於是他跟着太太走，像一頭牽入屠場的羔羊。

他們到了一個園子裏，那邊有兩個孩子沈着臉，一男一女，和克利斯朵夫差不多年紀，好像正在生氣。克利斯朵夫的來到給他們解了圍。他們走攏來打量這新來的孩子。克利斯朵夫被太太丟下之後，呆呆的站在一條小徑裏，低垂着眼睛。那兩個站在幾步之外，從頭到腳的端相他，互相用肘子碰撞着，嘻嘻哈哈的笑。終於他們打定了主意，問他是誰，從哪兒來，他的父親是做什麼的。克利斯朵夫惘然若失的一言不答：他窘得幾乎哭出來；那個拖着黃色髮辮，穿着短裙，赤裸着兩腿的小姑娘，尤其使他狼狽不堪。

他們玩耍了。正當克利斯朵夫心神略定的時候，那位小少爺突然在他面前站住了，扯着他的衣服說：

——咦！這是我的！

克利斯朵夫弄得莫名其妙。說他的衣服是別人的，他覺得非常憤慨，用力搖頭表示否認。

——或許我還可認得淸淸楚楚哩！那個男孩說；這是我藍色的舊外套：這裏還有一個漬斑。

他把手指點着。隨後又繼續視察下去，看定了克利斯朵夫的腳，問他那雙滿是補釘的鞋頭是用什麽補的。克利斯朵夫面孔漲得緋紅，分明聽得小姑娘撅着嘴脣輕輕的和她的兄弟說：——他是一個窮小子。這一下克利斯朵夫可想出說話來了。他抑着喉嚨喃喃地說他是曼希沃·克拉夫脫的兒子，母親是廚娘魯意莎，——他覺得這個頭銜和一切其他的一樣好聽；這也的確不錯，以爲這樣一說就把他們的偏見駁倒了。但那兩個孩子，雖然給這幾句話引動了興味，可並不因此對他刮目相看。相反，他們倒擺出一副儼然的神氣。他們問他將來當什麽差使，廚子還是馬夫。克利斯朵夫重又沈默了，彷彿覺得一塊冰直刺入他的心窩。

兩個富家的孩子，突然對於窮小子發生了一種孩童的、殘忍的、無理由的反感，看他默不作聲的模樣更加膽大了，拚命想用什麽好玩的法子去捉弄他。小姑娘尤其頑皮。她窺破克利斯朵夫穿着狹窄的衣服不能奔跑，便靈機一動，要他做跳欄的遊戲。他們用小櫈子做起栅欄，叫克利斯朵夫跳過去。可憐的孩子不敢說出妨礙他跳躍的原因；他集中力量望前一衝，便筆直的躺在地下，引起周圍一陣鬨笑。得重新來過。眼淚汪汪的，他拚命一下，居然跳過了。這可還不能使他的劊子手們滿足，他們認爲柵欄不夠高，又把別的東西加上去，直到成爲一座眞正的峭壁的時候方始罷手。克利斯朵夫試着反抗，聲言不跳了。於是小姑娘喊他膽怯鬼，說他害怕了。克利斯朵夫忍受不住，明知一定要跌，便跳了，跌了。他的腳碰着了障礙物，所有的東西都跟着他倒下。他擦破了手，幾乎跌開腦袋；還有禍上加禍的是，他的衣服撕破了，在膝蓋那邊和別的地方裂開了好些。他又痛又羞；聽見兩個孩子高興得在周圍跳舞，痛苦到不堪言狀，他覺得他們瞧不起他，恨他：爲什麼啊？爲什麼啊？他眞想死了的好！——最難受的痛苦就莫過於兒童初次發現別人的凶惡：他以爲所有的人都在虐害他，沒有絲毫倚傍：一些也沒有，眞是一些也沒有！……克利斯朵夫試着爬起來；男孩子把他一推，又跌下去了；小姑娘在後面踢他。他重新再爬：兩個孩子卻一齊撲在他身上，坐在他背上，把他的臉壓在泥裏。於是他心頭火起；眞是災患太多了！他的疼痛的手，撕破了的美麗的衣衫，——這於他眞是一件大禍！——羞愧，悲傷，反抗強暴的心思，一下子來的多少災難，一齊融化成一股瘋狂的怒氣。他手和膝撐在地下，擻起身子，像狗一般抖擻一下，把兩個敵人摔開了；他們重新撲上來時，他低着頭直擂過去，給了小姑娘一巴掌，把男孩子一拳打倒在花壇中間。

於是一陣叫嚷，孩子們尖聲喊着跑進屋裏去了。之後只聽見砰砰的開門聲，怒氣勃勃的叫喚聲。太太跑來了，盡她的衣裾所容許的速度。克利斯朵夫看着她來，並不想逃；他給自己所做的事情嚇呆了……這眞是聞所未聞的事，眞是天大的罪孽；但他毫不後悔。他等着。他倒霉了。也罷！他已經絕望了。

太太向他衝上來。他覺得捱了打，聽見她怒氣冲冲的說了許多話，一些也辨不出。他的兩個小冤家又來了，觀看他的受辱，一面還要窮嘶極喊。用人們都來了，只聽見一片嘈雜的聲音。之後，魯意莎也被叫來了；她非但不保護他，反而不問情由動手就打，還要他求恕。他憤憤的拒絕了。母親用力把他搖撼，拖他到太太與孩子前面，勒令他下跪。但他跺腳，呼號，咬着母親的手，終於在僕人們的笑聲中逃跑了。

他去了，心裏好生難受，怨憤與捱到的一頓巴掌使他臉上發燒。他拚命的不去想它，急急忙忙搬着腳步，因爲他不願在街上哭泣。他想回家，用眼淚來蘇解自己的愁苦；他喉嚨梗塞，頭昏腦脹，他要爆烈了。

終於到了家，他奔上黑暗的樓梯，直到他臨河的窗下的老窠裏，氣吁吁的倒下，眼淚像洪水一般淌着。他不大明白爲何要哭，但他必得要哭；當他的第一陣洪流差不多完了的時候，他接着又哭，因爲他要痛哭，使自己難過，好似他在責罰自己的時候也把別人一併責罰了一樣。之後，他想父親快要回來，母親會全盤告訴出來，而他的苦難還不會就此窮盡哩。他決心逃走，不管什麼地方，只要從此不回家。

正在他下樓的當兒，他撞見了回家的父親。

——你在這裏幹麼，孩子？你往哪兒去？曼希沃問他。

他不回答。

——你大概闖了什麼禍。你做了什麼啊？

克利斯朵夫堅執着一聲不響。

——你做了什麼啊？曼希沃重覆的問。你願不願回答？

孩子哭起來了，曼希沃嚷起來了，兩個人的聲音愈來愈高，直到聽見魯意莎急急忙忙上樓的腳聲的辰光。她來了，還是驚魂未定的神氣。她開始痛駡，夾着巴掌，曼希沃明白了底細之後——也許他在未曾明白之前已經動手了——也附加幾記進去，好似要打死一頭牛一樣。他們倆叫嚷着。孩子哭喊着。終竟兩人同樣怒氣冲冲的爭論起來。曼希沃一面打着孩子一面說孩子並沒錯，說這是侍候別人的好處，他們仗着有錢就肆無忌憚。魯意莎一面打着孩子一面說她的丈夫是蠻漢，說她不答應他去碰孩子，說他把他打傷了。果然，克利斯朵夫流了些鼻血，他卻不大在乎，而且對於用濕布粗魯地替他塡塞鼻子的母親也大不滿意，因爲她繼續責駡他。末了，他們把他推在黝暗的角落裏，關着不給他喫夜飯。

他聽見他們對叫對喊；他不知他厭惡哪一個，似乎是他的母親；因爲他從來想不到她會這樣的凶惡。白天的苦難一齊湧塞在心頭：受到的痛楚，兒童們的蠻橫，那個婦人的強暴，父母的專斷，——還有他雖然不大明白，但覺得最爲痛心的，是他平時多麼引以自傲的父母，居然會向那些凶惡而卑鄙的人低頭。這種他第一次模模糊糊意識到的卑鄙，於他顯得非常下賤。他心中一切都動搖了：對於家人的欽佩與虔誠的敬重，對於人生的信心，愛人被愛的天真的需要，他的盲目而絕對的道德信仰，一齊瓦解了。這是整個的崩潰。他被暴力壓倒了，毫無自衛與躲閃的辦法。他感到窒息，自以為要死了，他在絕望的反抗中身體挺得僵直，用拳、用頭、用腳，望牆上亂打亂撞，大號大叫，痙攣着，拼命的撞着家具，滾在地下。

父母跑來了，把他抱在懷裏，如今是要看誰更溫柔了。母親替他脫了衣服，放他在牀上，坐在牀邊等他安靜下來。但他毫不讓步，什麼都不原諒，他假裝睡着，避免和她擁抱。他覺得母親惡劣而又卑鄙。他萬萬想不到她為生活和養活他而受的苦，也想不到她不得不鞭撻他的隱痛。

等到孩子眼中的淚水流完了最後一滴之後，他覺得稍稍安慰了些。他疲乏已極；但過於緊張的神經使他還不能立即入睡。剛纔的印象重又在他朦朧狀態中浮動。他尤其看到那個小姑娘，閃着亮晶晶的眼睛，聳着小小的鼻子，表示鄙夷的神氣，和她披在肩上的長髮，赤裸的腿，稚氣的做作的說話。他打了一個寒噤，以為又聽到了她的聲音。他記得自己在她前面的傻樣子；不禁痛恨她。他不能原諒她的侮辱，一心想把她也侮辱一頓，叫她哭一場。他尋思種種的方法，卻一個都想不出。她毫無忌憚他的神氣。但爲寬慰自己起計，他假定一切都依着他的心願而行。他便假想自己有權有勢，同時又假想她愛上了他。於是他造出一段荒唐的故事，甚至相信比眞的還要眞。

她爲他害了澈骨的相思病；但他瞧不起她。當他在她家門前走過時，她藏在窗帘後面偸覷他；但他裝做若無其事的模樣，同人家高高興興的談話。甚至爲增加她的苦悶起計，他出門遠行去了。他幹了很大的事業。——在此他插入從祖父的英雄故事裏選出來的幾段敍述。——這時候她卻悲傷得病倒了。她的母親，那個驕傲的婦人來哀求他道：『我可憐的女兒要死了。我懇求您，來罷！』於是他去了。她躺着，臉色蒼白，憔悴不堪。她向他伸出手來。她不能說話，只顧捧着他的手親吻哭泣。於是他慈愛地溫柔地望着她，囑咐她保養身體，答應娶她。故事到了這個地方，他爲延長自己的快意起計，把他的說話和舉動複述了好幾遍，睡眠把他帶走了；他帶了安慰睡熟了。

當他睜開眼睛時，白天已經來到；這一天可沒有昨日早晨那樣幽閒的光輝了：世界上已經有過變化。克利斯朵夫已經識得人間的蠻橫。

* * * * * *

有些時候家裏非常艱難。這種窘況也愈來愈頻數了。遇到這種日子，大家喫得很苦。感覺最清楚的要算克利斯朵夫。父親是毫無知覺的。他首先享用，爲他總是足夠的。他大聲講話，對自己所說的話大聲嘻笑；全不注意他檢菜時他的女人的目光和勉強的笑。當他把盤子遞給別人時，一半已經空了。於是再由魯意莎爲孩子們分配：每人兩個馬鈴薯。輪到克利斯朵夫時，往往盤裏只剩三個了，而母親還不曾有份。他預先已經知道，在沒有端到自己面前時早已數過。他便鼓足勇氣，用着不在乎的神氣說：

——只要一個，媽媽。

她微微不安。

——兩個，和大家一樣。

——不，我求你，只要一個。

——你不餓麼？

——不，我不大餓。

但她也只檢一個，他們小心地去掉皮，把它分成小塊，慢條斯理的喫着。母親監視着他，等他喫完時便道：

——喂，喫了這個罷！

——不，媽媽。

——那末可是你病了麼？

——我沒有病，我喫飽了。

有時他的父親責備他作難，把最後一個馬鈴薯充公了。從此克利斯朵夫可提防了；他把剩餘的一個放在自己盤裏，留給小兄弟恩斯德，他老是貪饞的，開頭就偸覷着，臨了便問他討：

——你不喫麼？那末給我罷，呃，克利斯朵夫？

啊！克利斯朵夫多麼惜厭他的父親，多麼恨他的不想到他們，甚至自己喫掉了他們的份兒都不知道！他肚子多麼餓，他恨父親，竟想對他說出來；但高傲的心思使他認爲在不能賺錢的時候沒有說話的權利。這塊給父親拿去的麪包，雖是他的名份，卻是父親賺得來的。他還是一無所用；對於大家是一重擔負將來，他可以說，——要是他能夠捱到將來的話。呋！但他在未到『將來』之前就要餓死哩！……

這種殘酷的餓肚的滋味，他比一切別的孩子都更覺苦楚。他的強健的胃受着磨折；有時他因之發抖，頭痛欲裂，胸中似乎有一個窟窿旋轉着，慢慢的擴大開去，好像有人把一柄錐子鑽進去。但他不訴苦；覺得母親偵伺着他，便裝做若無其事的神氣。魯意莎中心悲痛，隱隱約約懂得她的兒子省着不喫，讓別人多喫一些；她拚命排遣這種念頭，但總禁不住要這樣想。她不敢追究明白，不敢查問克利斯朵夫的實情；因爲如果屬實，她又將怎麼辦？她自己從小就慣於挨餓。當一個人無可奈何的時候，怨嘆又有何用？她因爲身體羸弱，食慾不振，的確想不到她的孩子飢餓時會更加痛苦。她甚麼也不和他說，但一次兩次，當別的孩子出去了，曼希沃做事去了之後，她留下克利斯朵夫替她做些雜事。她繞線，克利斯朵夫拿着線團。她驀地丟下一切，熱烈地把他拉在懷裏；雖然他已經很重，她仍抱他坐在膝上，緊緊摟着他，他用力把手繞着她的頸項，哭着，擁抱着，像兩個絕望的人。

——我可憐的孩子！……

——媽媽，親愛的媽媽！

他們甚麼也不多說；但彼此心裏明白。

* * * * * *

克利斯朵夫過了許多時候纔覺察他的父親喝酒。曼希沃的酒瘋至少在初時是不超過某種限度的。發作起來並不暴戾。大概總表示極度的快活。他說着廢話，幾小時的拍着桌子直着喉嚨歌唱；有時他死要和魯意莎及孩子們跳舞。克利斯朵夫明明看見母親的神色很憂愁；她遠遠的站着，埋頭做她的活計；避免着不向醉漢瞧一眼，當他說出使她臉紅的粗野話時，她溫和地想法叫他住口。但克利斯朵夫弄不明白；他多麼需要這種快樂，父親興緻勃勃的回家，簡直是像過節一樣。家裏平常滿是一片凄涼的景象，這種狂歡於他正是一種寬弛。他對着曼希沃滑稽的姿勢與無聊的打趣，發出中心的歡笑；他和他一起唱歌跳舞；而他覺得母親用生氣的聲音喝阻他眞是非常掃興。這怎麼會錯呢，既然父親也這樣？雖然他一直淸明而精密的頭腦，使他感到父親的行爲中有許多地方與他兒童嚴正的本能不盡符合，他可仍舊非常讚美他。這在兒童是一種天然的需要，是永久的自我之愛的一種方式。當一個人自認太弱，不能實現他的欲望滿足自己的驕傲時，在孩子便把這些欲望和驕傲寄託在父母身上，在一個被人生戰敗了的成人便回過來寄託在孩子身上。他們是或將是他夢想要成功的一切，是他希望成功而自己沒有成功的冠軍，是他的復仇雪恥的人；在這類滿足自己底『驕傲的寄託』中間，愛和自私便凝固地打成一片，令人感到陶醉與快意。因此克利斯朵夫忘記了一切對於父親的怨恨，試着尋求讚美他的理由：他讚美他的身段，他的堅實的手臂，他的聲音笑貌，他的歡樂；於是當他聽見人家佩服父親的技藝，或者父親過甚其辭的重述人家對他的恭維話時，克利斯朵夫便眉飛色舞，得意非常。他相信他的自吹自擂，把父親當做一個天才，當做祖父所講的英雄之一。

一天晚上，大約七點鐘時，他獨自在家。小兄弟們跟着約翰・米希爾散步去了，路意莎在河邊洗衣。門開處，曼希沃出人不意的闖了進來；禿着頭，衣衫不整，跳躍而入，一倒便倒在桌前的椅子裏。克利斯朵夫開始笑了，以爲又是他慣有的一種打趣；便迎上前去。但等他走近一看時，便再沒笑的心思了。曼希沃垂着手坐着，眼睛睞個不住，呆呆的向前瞪着；赤紅着臉，大張着嘴，不時發出嘓嘓的聲音。克利斯朵夫怔住了；開頭當父親在戲謔，但看他一動不動便害怕了。

——爸爸！爸爸！他喊道。

曼希沃仍是像母雞一樣嘓嘓的不住。克利斯朵夫絕望地抓着他的手臂，盡力搖撼道：

——爸爸，親愛的爸爸，回答我！我懇求你！

曼希沃身子軟綿綿的幌來幌去，搖搖欲墜；他的頭傾向着克利斯朵夫，瞅着他，嘴裏咕嚕咕嚕的吐出幾個不關連的憤怒的音母，當克利斯朵夫的眼睛和他迷亂的眼睛相遇時，一種異樣的恐怖抓住了孩子的心。他逃到臥室底上，跪在牀前，把臉孔藏在被底下；這樣的直有好久。曼希沃在椅子裏沈重地搖來擺去，胡說白道。克利斯朵夫掩着耳朵發抖。他心中經過的一切眞是無可形容：這是一種可怖的騷亂，一種驚駭，一種痛苦，好似死了甚麼親愛而尊敬的人一樣。

沒有一個人進來，室內只有父子兩個；天色黑下來了，克利斯朵夫的恐怖一分鐘一分鐘的增加。他禁不住要伸着耳朵聽，但聽到這個他不復辨識的聲音時，全身的血都冰凍了；跛足的鐘擺聲有如給這無聊的咕嚕打拍子。他支持不住了，他想逃。但出去時必得要在父親面前過；而克利斯朵夫一想到要重見他的眼睛就戰慄：他覺得他會嚇死。他試着用手和膝蓋在地下爬到門口。他不敢喘氣，不敢望一望，只要他在桌下看得到兩腳的曼希沃微微一動便停住。克利斯朵夫到得門口了；他笨手笨腳的握着門鈕，慌亂中一鬆手，門又突然關上了。曼希沃旋轉身來望時，他原來坐着搖擺的椅子失去了重心，砰的一聲倒在地下。克利斯朵夫逃跑的勇氣也沒有了，倚着牆眼看父親直躺在他腳下；他喊救命了。

一交跌下，曼希沃酒醒了一半。他對作弄他的椅子咒罵搥打了一頓之後，白費了幾回力氣想掙起來而掙不起來之後，他背靠着桌子坐直了；開始認出周圍的情境。他看見克利斯朵夫在哭，便叫他。克利斯朵夫想逃，可是逃不動。曼希沃再叫他；他又因爲孩子站着不動，便怒罵他。克利斯朵夫四肢顫抖着走近了。曼希沃拉他過去，抱他坐在膝上。開頭他擰孩子的耳朵，用着胡胡塗塗的言語把兒童應該如何尊重父親的話教訓了他一頓。隨後，他突然改變了念頭，一邊說着廢話一邊抱他在懷裏顛簸；於是他笑彎了腰。之後，他又急轉直下的想着悲哀的事情；他哀憐孩子，哀憐自己，緊緊摟着他幾乎叫他喘不過氣，把眼淚和親吻蓋滿着孩子的臉；末了，他唱着 De profondis（意大利語，按係一種追悼亡魂的禱詞，以「在深淵中」一語開首）。搖着孩子給他催眠。克利斯朵夫一些也不掙扎；他給恐怖懾住了。掩在父親的懷裏窒悶非凡，覺得他臉上冲出一股全是酒氣的呼吸與醉漢的打呃，討厭的淚水與親吻沾滿着他的面孔，他在厭惡與恐懼之中受難。他想叫喊，但嘴裏一聲也喊不出。他在這可怕的情景中，彷彿有一世紀之久，——直到後來，門一開，魯意莎挽着一籃衣服進來了。她叫了一聲，籃墜在地下，一直奔向克利斯朵夫，用着誰也不能相信的暴力把他從曼希沃的懷裏搶過來：

——哎喲！該死的酒鬼！她嚷道。

她的眼裏冒着火。

克利斯朵夫以為父親要去殺死母親了。但曼希沃被他女人出其不現的露面呆住了，一言不答的哭了起來。他在地下亂滾；把頭望着家具撞去，嘴裏說她說得有理，他眞是一個酒鬼，害一家的人受苦，磨折他可憐的孩子，他眞想死去。魯意莎鄙夷地旋轉身去，把克利斯朵夫抱到隔壁房裏，撫摩他，安慰他。孩子依舊顫抖不已，母親的問話也不能置答；隨後他嚎啕大哭了。魯意莎用水給他洗了臉，擁抱他，溫柔地和他說話，和他一起哭泣。終於他們倆都安靜了。她跪着，叫他也跪在身旁，他們祈求上帝治愈父親這種惡習，使曼希沃重新做一個好人，和從前一樣。魯意莎安排孩子睡下。他要她坐在牀側，握着他的手。夜裏，魯意莎在發熱的克利斯朵夫的牀頭坐了長久。酒鬼卻在地下打鼾。

過了一些時候，克利斯朵夫進了學校，專門在眼望天花板上的蒼蠅和拳擊同伴把他們推在地下那些玩意上消磨時光。他老是動個不住，老是吃吃的笑，從來不好好的學習；有一天因爲要學某個熟人的姿勢反而把自己摔在地下時，一向討厭他的老師說了一句難聽的隱喻，所有的孩子都大聲鬨笑了；有些並且揭穿隱喻，加上明白尖刻的註解。克利斯朵夫爬起來，羞得滿面通紅，拿起他的墨水瓶望着他看見第一個笑的人的腦袋上直摜過去。老師撲過來，給了他一頓拳頭；他受了鞭撻，跪在地下，外加極重的罰課。

他臉色發青，憤憤的回家，冷冷的聲言再不上學的了。人家卻並沒把他的說話放在心上。明天早上，當他的母親提醒他該去上學時，他安安靜靜的回答他說過不去了。魯意莎哀求他，恐嚇他：都是無用。他坐在角落裏，露着固執的神氣。曼希沃搥他，他叫喊；在每種刑罰以後要他求告，他總更加憤憤地回答一聲『不!』人家要他至少把緣故說出來，他卻咬牙齒，不肯開口。曼希沃捉着他送到學校，交給老師。可是他一回到座位上就開始毀壞手頭一切的東西：墨水瓶啦，筆啦，練習簿和書本啦，——一切做的很明顯，用着挑戰的神氣望着老師，逼得人家把他關到黑室裏去。——過了一會老師發見他用手帕縛在頸項裏拚命在兩端拉曳：他想自縊。

沒有法子，只得把他送回去。

*　*　*　*　*　*

克利斯朵夫非常耐苦。他從父親與祖父那裏秉受了強壯的體格。他們一家是沒有嬌弱這個字的：生病與否，他們從不有所怨嘆，任是什麼也不能把克拉夫脫父子的習慣改動分毫。他們不問什麼天氣都出門，夏天如冬天一樣，幾小時的淋在雨裏或曬在太陽底下，有時光着頭或敞開着衣服，由於疏忽或由於倔強，幾十里路的走着不覺疲倦，對於一聲不響，臉色蒼白，兩腿浮腫，心痛欲裂，不得不時時停下的可憐的魯意莎，他們不免投以輕蔑而又憐憫的目光。克利斯朵夫也差不多要和他們一樣輕視母親了：他不懂人家會生病；當他跌了一交，碰了一下，弄破了燙壞了的時候，他是不哭的，只對着使他受苦的東西發怒。他的父親的與小伙伴們的強暴，和他打架的街頭的野孩子，把他磨鍊得十分結實。他不怕挨打，常常流着鼻血腫着額角回家。有一天，人家不得不把他從這一類的惡鬥中救出來，差不多已窒息了，被敵人壓在身下，把他的腦袋望街石上猛烈的撞。他覺得這不足爲奇，預備把別人對付他的行爲照樣回敬別人。

可是他也害怕許許多多的東西；雖然別人全不知道，——因爲他很驕傲，——卻再沒比在他一部分童年長留着的那些恐怖使他更痛苦的事了。尤其在兩三年的時間中，它們簡直像疾病一般侵蝕着他。

他害怕隱在暗中的神祕，害怕好似窺伺着他性命的惡鬼，還有一切兒童腦中所有的妖魔的蠢動，使他以爲隨處都有這可怕的形象：無疑的，這是原始動物的殘餘的遺迹，迫近虛無的初期的幻覺，在母胎裏的可怕的酣睡，幼蟲入世時的覺醒，凡是這些最後的印象都化爲上述的那種神祕的恐怖。

他害怕擱樓的門。它正對着樓梯，老是虛掩着。當他要走過時，覺得心在跳躍；他鼓起勇氣一溜煙的跑過了，不敢瞧望一下。他覺得有什麼人或什麼東西在門背後。在門關上的日子，他從半開的貓洞裏清清楚楚聽到響動。這原不足爲奇，因爲很有些挺大的耗子；但他幻想響動的是一個鬼怪，七零八落的骨頭，百孔千瘡的皮肉，一顆馬頭，一雙嚇得死人的眼睛，總之是一副奇奇怪怪的形狀；他不願想，但不由自主地要想。他用顫危危的手去摸摸門鍵是否插牢，摸過之後還是不免在下樓時再三回頭。

他怕屋外的黑夜。有時他留在祖父那邊，或在晚上被派去有什麼差使。老克拉夫脫住在離城稍遠的地方，到科侖去的大路上的最末一所屋子。在這座房子與市梢上有燈火的窗子中間大約有二三百步，克利斯朵夫卻覺得有三倍的遠。有一段的路拐了灣，便甚麼都看不見了。黃昏時的田野是荒涼的；地下漆黑，天色蒼白得怕人。走過環繞大路的叢樹而爬上土丘時，還看得出天際有些昏黃的微光；但這種微光並不發亮，而且比黑夜更加悶人，使周圍的陰影愈加顯得黝暗……這是一種垂死的光。雲差不多降落在地平綫上。叢樹變得碩大無比，簌簌搖動。光幹的樹像是奇形怪狀的老人。路旁的標石發出蒼白的反光，影子蠕動着。溝壑裏有侏儒坐着，草裏有亮光閃鑠着，空中有怕人的飛掠的東西，還有不知從何而來的尖銳的蟲聲。克利斯朵夫老是惴惴的等待自然界中有什麼凶惡的禍事發生。他飛奔着，心如小鹿兒似的在胸中亂撞。

當他望見祖父室內的燈光時，他安心了。但糟糕的是往往老克拉夫脫還沒回家；那纔更加怕人哩。這座迷失在田野裏的老房子，卽在白天已使孩子非常膽怯。要是祖父在家，他便可忘記了驚懼；但有時老人會丟下了他出門，並不通知他。克利斯朵夫不曾覺察。室內很安謐。一切事物於他都是熟識的親切的。那裏有一張白木大牀；牀頭擱板上放着一部巨大的聖經，火爐架上擺着紙花，兩個女人和十一個孩子的照片，——老人在每張像片下面註着他們的生年死月。——壁上掛着嵌在鏡框裏的禱文，莫扎爾德（按係十八世紀末奧國大音樂家）和貝多芬（按係十八—十九世紀時德國大音樂家）的粗劣的雕版像。一隅放着一架小鋼琴，另外一隅放着一張中提琴；架上是凌亂的書，壁上掛着許多煙斗，窗口擺着幾盆風呂草。周圍的一切好像都是朋友。老人在隔室走來走去；可以聽見他鉋削或是敲釘的聲音；他自言自語，罵自己爲蠢才，或大聲唱着雜曲，感傷的歌謠，或英武的進行曲與酒歌。令人覺得處在很安全的環境裏。克利斯朵夫坐在近窗的大安樂椅中，膝上擺着一册書，埋頭看着圖畫出神了。天色漸漸昏暗，他的眼睛迷糊了，終於丟開書本，沈入恍恍惚惚的遐想中去了。車輪遠遠地轆轆響着。一頭母牛在田間叫着。城裏嬾嬾的鐘聲奏着晚禱。渺茫的欲望，模糊的預感，在幻想着的兒童心中覺醒了。

突然克利斯朵夫張皇起來，驚醒了。他舉目四矚：黑夜茫茫；側耳傾聽，萬籟俱寂。祖父剛纔出去。他打了一個寒噤，俯在窗外還想望一望他：可是路上很荒涼；萬物開始扳起駭人的面孔。天哪！要是它會來？——誰呢？……他可說不出。也許是可怕的東西……大門不容易關好。木板做的樓梯格格作響好似有人走過。孩子跳起來，拖着安樂椅，兩張椅子和一張桌子，擺到室內最安全的角落裏，把它們圍成柵欄：安樂椅靠着牆壁，左右各放一張椅子，桌子擺在前面。中間，他佈置一座雙階的梯子；他蹲在頂上，拿着書和幾本別的簿籍，當作被圍受困時的防禦物，於是他喘過氣來，因爲在他兒童的想像中，已經決定敵人無論如何不能越過柵欄：這是禁止的。

但敵人有時就會從書中躍出。——在祖父偶然買來的舊書裏，有些附着插圖，給孩子留下深刻的印象：他不敢看，卻捨不得不看。那是些神怪的景象，例如聖安東尼的誘惑（按聖安東尼爲紀元初期有名的隱士，屢拒誘惑。法十九世紀大小說家弗洛貝以此演爲小說，成爲不朽之作。），其中有鳥的骷髏在水瓶裏下糞啦，無數的蛋在破肚的青蛙中蠕勁啦，頭在腳趾上走啦，屁股吹着喇叭啦，還有日用的器具和動物的屍身，塞着大嘴，像老太太般蹲踞地前進。克利斯朵夫痛恨這些，但因為厭惡，反而常常要看。他久久不已的凝視牠們，不時向四下裏偷偷一瞥，看是什麼東西在窗欄中蠕動。——一本解剖書裏有一幅骷髏的圖尤其使他恐懼。當他將近書中那一幅圖的時候，他顫抖着翻着書頁。那些五顏六色的怪模樣對他有一種異樣的刺激。再加兒童腦筋裏固有的創造力，益發顯得光怪陸離。這些五光十色的圖象與現實之間的不同，在兒童是分辨不清的。夜裏，這些古怪的現象比他白天見到的生動的形象在他夢中更加騷動得厲害。

他也害怕睡眠。幾年中間惡夢一直侵擾他的安息：——他在地窖中閒蕩，便看見風洞裏鑽進那個裝鬼臉的骷髏。——他獨自在房裏，聽見走道上有輕微的腳聲，等到撲過去關門時，剛抓住門鈕，外面已經有人在拉曳了；他沒有力氣下鍵，只得喊救命。他知道外邊要進來的是誰。——他和家人們在一塊；可是他們的臉孔突然變了，做出許多發瘋的事。——他定定心心在看書；卻覺得有一件無形的東西環繞着他。他要逃，可是被繫住了。他要喊，嘴巴被塞住了，頸項被人緊摑着。他醒了，窒息欲死牙齒格格作響，纖縮顫抖了長久；他的苦悶總是擺脫不開。

他的臥室是沒有窗戶的一個角落；進口處挂着一條帷，把它和父母的臥室分隔着。厚濁的空氣使他悶塞。和他睡在一牀的兄弟們常常蹴他。他頭昏腦脹，白天牽掛的小事情此刻格外誇大了，化爲種種的幻覺。在這種近乎惡夢的情境中，任何微小的騷亂於他都很痛苦。地板的響動使他驚悸不止。父親古怪的鼾聲不像是人的呼吸，倒好似一頭野獸睡在那邊。黑夜壓迫他，似乎永沒窮盡，永遠是這樣的了：他受困於黑夜的時間彷彿已有數月之久，他氣吁吁的從牀上擡起半個身子用襯衫的袖子拭着額上的汗。有時他推醒弟弟洛陶夫；但他咕嚕着，把剩下的被一齊捲在身上又沈沈睡去了。

他這種狂亂的苦悶狀態，一直要延長到幔子下面的地板上透露一線魚白色的時候。這道黎明時分幽微的白光使他一下子和平恬靜了。誰也不曾在陰影中辨別出來的微光，他已覺得溜進屋裏來了，熱度立即消退，血流立即沈靜，彷彿泛濫的河水重新歸入河道一般；一陣平勻的暖氣流遍他全身，他的失眠的、乾澀的眼睛闔攏了。

晚上，當他看到睡眠時間的將臨便惶恐起來。他立志不再退讓，因爲怕惡夢，他強使自己終醒着。但疲倦終究把他征服；總是在他最不防備的時候，魔怪重又顯現了。

可怕的黑夜！大多數的孩子覺得多甘美，一部分的孩子覺得多可怖的黑夜！……他怕睡覺，又怕睡不着覺。不論睡熟與否，周圍總是些鬼怪的形象，幻想的幽靈，和在童年的曙光中浮動的幼蟲，好似在悽慘的疾病底暈影中蕩漾。

但這些幻想的恐怖不久便將在「大恐怖」前面消失，這大恐怖是侵蝕一切人類的「死」，明哲試着要忘掉它否定它而終歸無效的「死」。

* * * * * *

有一天他在壁櫥裏摸索的時候，他的手觸着了些不認得的東西：一件孩子的衣衫，一頂條紋的小帽。他得意揚揚的拿到母親前面，她卻非但不對他微笑，反而扳着生氣的面孔命令他放還原處。他遲疑着還要追問什麼緣故時，她便一言不答，搶過來放在他拿不到的一格裏去了。他弄得莫名其妙，接一連二的發問。終究她被逼不過，說出那是他未出世時已經死掉的一個小兄弟的東西。

他怔住了：他從未聽見講過這件事情。他靜默了一會之後又想多知道些。可是母親好像心不在焉；只說他也名叫克利斯朵夫，但比他乖。他又提出別的問句時，她簡直不願回答了。她說那個孩子在天上，爲他們大家祈禱。克利斯朵夫探聽不到更多的消息了；她命令他住口，讓她安心工作。她似乎眞是一心在縫級上面，露出一副擔着心事的神氣，眼睛也不擡起來。過了一會她看見他躲在角落裏生氣的樣子，便對他微笑，溫柔地叫他到外邊玩去。

這些斷片的談話使克利斯朵夫大爲騷動。唔，從前有過一個孩子，母親的一個兒子，完全和他一樣，取着同樣的名字，幾乎全部相同，可是已經死了！——死，他不大明白究竟是什麼一回事；但定是非常可怕的罷。——人家從未提起這另一個克利斯朵夫；他完全被人遺忘了。那麼要是輪到他死去的時候，也勢必是一樣的情形了？——這個念頭一直在他心裏打轉，直到黃昏時和全家同桌用膳，看他們說說笑笑講着不相干的閒話的辰光還未忘懷。在他死了以後人家居然還會這樣快活！嘐嘐！他從沒想到他的母親如此的自私自利，竟會在小兒子死後笑得出來！他對他們全瞧不起；他想哭他自己，預先哭着自己的死。同時，他亦想提出一大串問題；但他不敢；他記得母親叫他住口

時的口氣。——終於他忍不住了；在他睡覺的辰光，魯意沙去擁抱他，他便問道：

——媽媽，他是不是也睡在我的牀上？

可憐的母親打了一個寒噤，勉強裝做漠不關心的聲音問道：

——誰啊？

——那個小孩子……已經死了的，克利斯朵夫低聲說。

母親的手突然緊緊摟着他說：

——閉口，閉口。

她的聲音發抖；克利斯朵夫頭靠在母親懷裏，聽到她的心在跳。兩人靜默了一會，隨後她說道：

——永遠不要提起這個，我的寶貝……安心睡覺罷……不，這不是他的牀。

她擁抱他；他相信她的面頰濕了，可是還想肯定一下。他覺得心裏寬慰了些：由此看來，她究竟還是悲痛的！但一忽兒後，當他聽見母親在隔室用着安靜的、日常聽慣的聲音說話時，他又起了疑惑，究竟哪種聲音是真的，現在的還是剛纔的？——他在牀上沈思了許久，得不到答案。他切願他的母親難過：當然，要是母親悲哀時他也要悲哀的；但這樣他究竟安慰些。他將不至於覺得自己如何孤獨。——他睡熟了，明天他不再想了。

幾個星期之後，和他在街上玩耍的孩子之一沒有在老辰光來到。淘伴中有人說他病了：大家也就不以他不來遊戲而駭怪：已經有了解釋，那是很簡單的。——一個晚上，克利斯朵夫老早已經上牀；從他的屋角裏看見父母臥室裏亮着燈光。有人敲門，原來是一個鄰舍來談天。他隨隨便便的聽着，照例幻想着種種故事；談話的辭句不能完全傳到。突然他聽見鄰人說『他已死了。』他的血液便全部停住：因爲他懂得說的是誰。他凝神屛氣的聽着。他的父母發出慨歎的聲音。曼希沃大聲嚷道：

——克利斯朵夫，你聽見麼？可憐的弗理茲死了。

克利斯朵夫竭力用安靜的口氣答道：

——是，爸爸。

他胸口窒塞着。

曼希沃又來了

——是，爸爸。你所能說的就是這一句了麼？你不覺得難過麼？

魯意莎是懂得孩子的，說道：

——吁！讓他睡覺。

於是他們的聲音放低了。但克利斯朵夫豎起着耳朵，把所有的細節都聽到了：猩紅熱，冷水浴，昏迷，父母的哀痛。聽到後來，他不能呼吸了，一股氣塞着他，直昇到喉頭，週身毛骨悚然：所有可怕的景象都印在他腦子裏了。他尤其記得那種病是會傳染的，即是說別人也可和他一樣死法；他駭得渾身冰凍了：因爲他記得最後一次看見弗理茲時和他握過手，那天也曾在他屋前走過。——可是他忍着不則一聲，免得被逼說話；當父親在鄰人去後問他：『克利斯朵夫，你睡熟了麼？』時他也不回答。之後他聽見曼希沃對魯意莎說：

——這孩子沒有心肝。

魯意莎一言不答，但一忽兒後，她輕輕來揭開帷幔朝他的小牀望了一望。克利斯朵夫趕緊閉上眼睛，裝着他聽見兄弟們睡熟時的平均的呼吸。魯意涉躡足走開了。他卻眞想留住她！他眞想告訴她，說他如何害怕，求她救他，至少也得安慰他！但他怕人家恥笑，當做他膽怯無用：而且他已十分明白一切的說話都是白費的。於是他苦悶了幾小時之久，自以爲病魔已經侵入他的身體，頭裏疼痛，心裏難過，恐怖地想道：『完了，我病了，我要死了，我要死了！……』有一次，他在牀上坐起來低聲叫喚母親；但他們睡得正濃，他不敢驚醒他們。

從這時起，他的童年便受着『死』這個念頭的磨難。他的神經會無緣無故的受着種種的小苦楚，鬱悶啊，劇烈的疼痛啊，突然的氣厥啊等等。他的幻想在這些痛苦前面駭昏了，以爲每種痛苦之中都有害人的野獸來取他性命。他感到臨終的苦悶直有多少回！即在離開母親咫尺之處，她坐在他身旁，卻毫未覺察。因爲他在懦怯之中自有隱藏他的恐怖的勇氣，這是種種情緒奇怪地混合而成的：例如不肯求援於人的傲氣，覺得恐懼的可羞，和他不願驚動人家的顧慮。但他不住地想着：『這一次我可病了，病得很沈重了。這是咽喉炎的開端……』咽喉炎這名辭是他偶然聽到而記着的……『天哪！饒了我這一次罷！』

他頗有宗教思想:相信母親所說的一切,說靈魂在死後昇到上帝前面,如果它是虔敬的,可以進入天堂。但他對於這個旅行倒是害怕的成分多,高興的成分少。他全然不眼熱那些孩子,照他母親的說法是被上帝爲了獎賞他們之故在睡夢中召喚了去,絲毫不叫他們受苦。他朦朧入睡時便不免心驚膽戰,唯恐上帝對他也這麽來一下子。驟然離開了暖和的牀,在空中飄着,站在上帝前面:這一定是可怕的感覺。他理想中以爲上帝有如一顆其大無比的太陽,講話的聲音像打雷一般:這纔是大難臨頭哩!會得把眼睛、耳朵、幾個的靈魂,一齊燒掉!何況上帝還可以懲罰:誰說得定呢?……——除此之外,仍然免不了其他種種的難堪,他雖然不大了了,但可從談話之中猜想而知:什麽把身體關在一口匣子裏啊,獨自躺在一個窟洞裏啊,在平時人家帶他去做禱告的可厭的公墓上流離失所啊……上帝!上帝!多悽慘啊!……

可是活着也不見得愉快,眼看父親喝得爛醉,被他毒打,受別的孩子的欺凌,受大人們那種侮辱式的憐憫,沒有人了解他,連自己的母親也不。大家凌辱你,沒有一個人愛你,孤零零的,孤零零的,一個人眞是那樣的不足道!——是啊;但就是這一切給予他生存的欲望。他覺得胸中藏着一股怒氣鬱勃的力。這力，又是多麼可怪的東西！它眼前還一籌莫展；它好像在很遠之處，被什麼東西掩抑着，包裹着困縛着，不能動彈；他全然不知它有什麼主意，將來是什麼東西。但這力量的確在他心中，那是毫無疑義的，它在騷動，怒吼。明天，明天，那它纔來報復哩！他有瘋狂般的欲望要生存，爲的是報復一切惡事、一切寃屈，爲的是懲罰那些惡人，爲的是幹出偉大的事業。『呋！只要我活着……』（他思索了一下）『只要我活到十八歲！』——有些時候，他以爲要活到二十一歲。那是最大限度了。他相信他在這個年紀上已能統治世界。他想起他景慕的英雄，想起拿破侖，想起更古遠但他更愛戴的亞歷山大大帝。無疑的，他準是和他們一樣的人物，只要他再活十二年……十年。他簡直不想哀憐那些在三十歲上死掉的人。他們已經老了，享受過人生了……要是他們虛度了一生，那是他們自己的過錯。但現在就死，可是大大的絕望哩！年紀輕輕的死掉，在大人們心中永遠留着一個誰都可以埋怨的小孩子的印象，眞是太不幸了！他爲此拚命的哭，好像他已經死去一般。

這種死的悲愴使他在做兒童的幾年中非常苦惱，——直到後來對於人生起了厭惡之心時纔算治好。

在這些沈悶的黑暗中，在一刻淺似一刻的令人窒息的夜裏，好似一顆流落在黝黯的天空的明星般，開始射出照耀他一生的光明：音樂，神聖的音樂！……

*　*　*　*　*　*

祖父送給孩子們一架舊鋼琴，是他的主顧請他出卸掉而經他的耐心與巧思修理得差不多像個樣子的。這件禮物並沒受到歡迎。魯意莎覺得房間裏不加東西進去也夠狹小了；曼希沃說爸爸米希爾並沒破費：這不過是一堆燒飯用的木柴罷了。唯有小克利斯朵夫不知爲何對着這件新來的東西非常高興。他覺得這是一隻神仙的匣子，充滿着奇異的故事，好似祖父有時給他念幾頁而兩人都爲之出神的天方夜譚。他聽見父親在試音的時候，從中奏出一組輕快的和音，彷彿陣雨之後的一陣薰風，在林間濕透的枝條上吹下一陣淅瀝的細雨。他拍手喊道：『再來一次！』但曼希沃輕蔑地闔上琴蓋，說它全不中用了。克利斯朵夫不敢堅持，但儘自在樂器四周徘徊，只要人家一轉背，他便揭起琴蓋捺一個鍵子，好像用手指去觸動什麼大蟲的綠殼似的，想把關在裏面的動物放出來。有時，他急忙中用力太猛了；母親便對他嚷道：『你不肯安頓麼？不許什麼東西都亂動！』或在閣上琴蓋時壓痛了手指；他便哭喪着臉把疼痛難忍的手指放在口裏吮着……

此刻，他最大的快樂是他母親整天出去幫傭或到市裏買東西的時候。他聽她的腳聲下樓，到了街上，走遠了。等到他獨自一人時，便揭開鋼琴，端過一張椅子爬在上面；他的肩頭剛和鍵盤一樣高：這已儘夠實現他的願望了。爲何要等獨自一人的時候呢？平常也無人阻止他玩弄，只要不過於吵鬧。但他在別人前面有些害羞，他不敢。而且有人說話，有人走動；這是非常掃興的。獨自一人的時光卻好多了！……克利斯朵夫屏着氣，因爲要使周圍更加沈靜，也因爲中心忐忑，彷彿要去燃放大礮一般。手指按上鍵子時，他的心跳着；有時捺了一半就放手，再去捺別一個。知道這一個裏面出來的和那一個裏面的有什麼不同？……一下子，聲音出來了：有些是沈着的，有些是尖銳的，有些鏜鏜的響着，有些低低的吼着。孩子長久地傾聽着，一個一個低下去，寂滅了；它們有如在田野裏聽到的鐘聲般動盪着，隨風飄傳出去，輪番吹遠了；隨後，當你傾耳細聽時，還可聽到遠遠裏有別的不同的聲音交錯迴旋，彷彿羽蟲飛舞；它們好像在呼喚你，引你到窵遠之處……愈趨愈遠，直到神秘的深處，它們沈潛了……這纔消散了罷！……可不！它們還在喃喃細語呢……宛似翅翼的輕微的撃觸……這一切眞是多奇怪！有如精靈一般。那些聲音都很柔順，都幽閉在這隻破舊的小匣子裏，這纔是不可思議哩！

但最奇妙的是用兩個手指在兩個鍵上同時按捺的時候。永不會知道究竟要發出些甚麼來。有時兩個精靈是敵對的；它們互相着惱，扭打，怨恨，懊喪地咕嚕不已；它們的聲音激揚了，叫喊了，時而憤憤地，時而溫柔地。克利斯朵夫頂愛這種玩意：可說是些困縛着的野獸，嚙着牠們的鐵索；牢籠的壁上猛撞；彷彿要撞倒牆壁跳到外面，正像童話裏的鬼怪關在壓着梭魯門印璽的亞剌伯箱子裏。——又有些精靈卻諂媚你，蠱惑你；但它們只想噬嚙，十分狂熱。克利斯朵夫不知它們意向所在：它們勾引他使他神搖意蕩；簡直叫他臉紅。——還有別的時候，有些相親相愛的音符，互相摟抱着，好似兩人親吻時的情景；它們是嫵媚的，柔和的。這是些善良的精靈：它們笑靨迎人，面上沒有一絲皺痕；它們愛小克利斯朵夫，小克利斯朵夫也愛它們；他淚眼晶瑩的聽着，永不厭倦的回想它們。那是他的朋友，親愛的，溫柔的朋友。

兒童這樣的在音響的林中徘徊，覺得周圍有無數不相識的力量互相窺伺着，呼喚他，想撫慰他或吞噬他……

有一天他被曼希沃撞見了。巨大的聲氣使他駭得發抖。克利斯朵夫自以爲做了錯事，手掩着耳朵，防備猛烈的巴掌。但曼希沃竟例外的不呵責他；父親正在高興的時候，笑着問他：

——唔，你歡喜這個麼，孩子？他一邊親熱地拍拍孩子的頭。你要不要我教你彈奏？

他怎麼不要呢？……他喃喃地答說要的，高興極了。他們便一齊坐在鋼琴前面，克利斯朵夫這一次是爬在書堆上了，他精神貫注着學他的第一課。他先學得這些喧聲雜沓的精靈都有奇奇怪怪的名字，中國式的，單音母的，甚至是單字的。他怪異之餘，在幻想中造出別的美麗動人的名字，好似神話裏的公主一般。他不歡喜父親講起它們時所用的親狎的態度。而且當曼希沃彈出來時，它們已經變了樣子，換了一副淡漠的神氣。但克利斯朵夫仍是快活地學着它們之中的關係和等級，那些音階賽似一個王上統領着一隊兵士，或聯成一串的一羣黑人。他又詫異地發見每個兵士每個黑人都可輪流做君主或首領，甚至可以從中引申出全個聯隊，自高而下的排在鍵盤上。他愛提着支配它們的線索以爲玩樂。但這一切比較他早先所發見的幼稚多了：他再也找不出一個迷人的森林。然而他很用功，因爲這也並不納悶。父親的耐性使他很奇怪。曼希沃毫無倦容，叫他把同樣的功課重新來過幾十遍。克利斯朵夫不懂父親怎會如此費心：難道父親愛他麼？他多好啊！孩子一邊工作一邊抱着感激的心思。

但若他知道了老師所轉的念頭，便也不會這般滿意了。

* * * * * *

從這天起，曼希沃把孩子帶到一個鄰舍家裏，他在那邊組織一個室內音樂會，每星期演奏三次。曼希沃當首席提琴手，約翰·米希爾當中提琴手。另外兩個，一是銀行雇員，一是席勒街的老鐘錶匠。不時還有藥劑師挾着笛子來加入。總是下午五時開始，九時散場。一闋終了，大家喝些啤酒，鄰人們隨便進進出出，一言不發的聽着，靠牆立着，按着拍子搖頭頓足，抽着煙把屋裏弄得烏烟瘴氣。一頁復一頁，一曲復一曲的奏下去，甚麼也不會擾亂演奏者的耐心。他們不說話，全神貫注，皺着眉頭，不時發出心滿意足的咕嚕聲。此外，他們非但不能把曲子的美點表現出來，並且也感覺不到。他們的演技既不十分準確也不十分按拍，但從來不越軌，忠實地依照譜上的標識，奏出疾徐婉轉的細微之處。他們之於音樂，容易學會，也容易在不費氣力的平庸的完美之中獲得滿足；這種情形，在此號稱世界上最富音樂天才的民族中間是很普遍的。他們在口味方面也有飢不擇食的貪饞，並不挑剔食糧的質地，只要是數量可觀；對於這等強健的胃口，一切音樂都是好的，凡是內容豐滿的尤其歡迎，不知貝多芬與勃拉姆斯的分別，也不知在同一作家的一闋空洞的合奏曲（Concerto）與一闋動人的朔拿大（Sonate）之間的軒輊，因爲它們都是同樣的麵粉做成的。

克利斯朵夫躲在鋼琴後面屬於他的角落裏。沒有人會驚動他，因爲連他自己也得扒在地下鑽進去。裏面差不多是黝黑的；地下剛剛容得下一個孩子。他蜷縮着躺在地板上。煙霧直刺入他的眼睛與喉嚨；另外還有灰塵，一大堆一大堆的賽似牝羊的毛；但他全不在意，只顧嚴肅地聽着，像土耳其人似的盤膝而坐，用腌臢的手指把鋼琴後遮布上的洞眼愈挖愈大。所奏的音樂他並不全部歡喜；但也絕對沒有叫他納悶的東西，他可從來不想整理出什麼意見來；因爲他自信年紀太小，甚麼也不會懂得。有時的音樂使他入睡，有時的使他驚醒；無論怎樣，總不討厭。他並沒知道使他興奮的總是些上品的音樂。他確信沒有人看得見他，便裝着怪相，皺着鼻子，咬着牙齒，或者吐出舌頭，做出發怒的或憮憮無力的眼神，用挑戰的或精神抖擻的神氣揮舞手足，他一心想望前走，打，把世界弄成齏粉。他騷動到後來，終於鋼琴頂上露出一個人頭對他喊道：『喂，小子，你發瘋麼？不准和鋼琴搗亂，你不放手麼？我來擰你的耳朵！』——這使他又難堪又忿怒。爲何人家要來擾亂他的興致呢？他又不幹壞事。眞的，人家老是和他作對！他的父親又從而附和。人家責備他吵鬧，不愛音樂。他也居然信以爲眞。——要是和這些無精打彩奏着合奏曲的老實的公務員說，這般人中唯一眞正感覺到音樂的是這個小孩子時，眞會叫他們詫異不置哩。

如果人家要他安頓，那麼爲何奏那些鼓動他的曲子呢？在那種樂譜中，有飛騰的馬匹，刀劍的擊觸，戰爭的吶喊，勝利的歡呼，而人家倒要他和他們一樣搖頭播腦的打着拍子。其實他們只消奏些平板的幻想曲，或嘮叨而無意義的樂章就得。這類東西在音樂中並不缺少：例如高特馬克（按係近世匈牙利音樂家）的那一闋，剛纔老鐘錶匠就愉快地說過：『這很美。毫無粗糙的毛病。所有的棱角都修得圓圓的……』那時孩子便很安頓了，迷糊惝怳了。他不知人家奏些什麼，甚至到後來也聽不見了；但他很快活，四肢嬾嬾的幻夢了。

他的幻夢可並非什麼連貫的故事，而是無頭無尾的。難得現出一幅清楚的形象，例如母親做着點心，用刀刮去手指上的麵糊；——或是隔天見到的一隻河鼠在水裏泅着；——再不然是他想用柳條做成的一根鞭子……天知道爲何這些回憶會在此刻浮現！——但往常是一無所見；只覺得有無窮的事物。這正如有一大堆極重要的東西，不能說或毋庸說，因爲是人盡皆知的，從古以來卽是這樣的。有些是悲慘的，非常悲慘的；但絕無在人生中遭遇到的那種苦惱，也並不醜惡卑賤，如克利斯朵夫捱着父親的巴掌或想到甚麼羞辱時的感覺：它們只使他心頭充塞着淒涼靜穆的情調。而且也有光明的事物，散佈出一陣歡樂的泉流，於是克利斯朵夫想道：『是呵，是這樣的……我將來所做的便是這樣的。』他全然不知所謂這樣的是怎麼的，也不知爲何他說這句話；但他覺得必得要說，覺得那是如白天一樣明白的事。他聽到一片海洋的巨聲，似乎近在咫尺，只隔着一道砂堤。這片海洋是什麼東西，要把他如何擺佈，那是克利斯朵夫連絲毫觀念都沒有的。他只意識到這海洋要翻過堤岸，於是！……於是，將是一片美滿的境界，他將完全幸福了。只要聽着它，受着它宏大的聲音的催眠，一切細小的悲痛與恥辱都平復了；這些悲痛永遠是悲哀的，但已沒有羞辱與傷害的成分：一切顯得自然，差不多充滿着溫馨了。

平庸的音樂常常予他這種陶醉的境界。寫作這些東西的人是可憐的倉夫，一無所思，只想拚錢，或只想在他們空虛的人生上編造一些幻象，所以纔依照一般的方式——或爲標新立異起見而全然不照方式——堆砌音符。但卽在一個蠢才配製的聲音中間也有一種強烈的生命力，能在天眞的心靈上激發出狂風驟雨。甚至愚夫們所暗示的幻夢，或竟比用力拖曳他的過勁的思想更神祕更自由：因爲無意義的動作與廢話並不妨害心靈自身的觀照……

孩子這樣的存身在鋼琴後的一隅，被人忘記了，也忘記了別人，——直到他忽然覺得螞蟻爬上他的大腿的辰光，纔記起自己是一個小孩子，指甲烏黑，把鼻子望牆上輕輕挨着，雙手攀弄着腳的小孩子。

* * * * *

當曼希沃踹着足尖進來，撞見孩子坐在高不可見的鍵盤前面的那天，他端相着他，腦海裏忽然電光似的一閃：『一個神童！……怎麼他不曾想起呢？……眞是家庭的幸運！……無疑的，他一向認爲這個孩子將來不過是一個鄉下人，如他的母親一般。但試一下子是毫不破費的。唔，這倒是一個機會哩！他將來領他週遊德國，或許德國以外。這將是一種愉快而高尙的生活。』——曼希沃沒有一次不在他的行爲之中探求高尙的成分；也難得不如願以償。

他自從有了這種心思之後，一喫過晚飯，只要嚥下了最後的一口，便馬上把孩子再去供在鋼琴前面，要他複習白天的功課，直到他疲倦不堪，眼睛要闔攏的時候。之後，到了明天又是三次。之後是後天。從此以後天天如此。克利斯朵夫很快就厭倦了；後來竟悶得慌了；終於他支持不住，試着反抗了。人家教他做的功課眞沒意思；不過是要他的手在鍵盤上飛奔，愈快愈好，把大拇指迅速地彎曲過去（按鋼琴指法，在中指彈過第三音符時當用大拇指在食指中指下面彎過去彈第四音，以便奏完一個音階的八音。），或是把直僵僵的無名指練得婉轉如意。這眞叫他頭痛；而且毫無美感。完了，餘音嫋嫋的妙境，迷人的鬼怪，一刹那間預感到的幻夢的天地，……一切都完了……音階與其他的練習連續不斷，枯索的，單調的，無味的，比着飯桌上儘講着天天相同的菜肴的談話更無味。父親所教的東西，孩子不用心聽了；嚴厲地訓戒過後，他不得不勉勉強強繼續下去。冷不防的鞭撻是用不到多等的，他便用最惡劣的心情來反抗。有一晚他聽見曼希沃在隔室說出他理想的計劃時，更加氣憤填胸了。哦，這是爲要把他訓練成一頭多才多藝的動物來蹂躪人前去賣弄，所以纔來麻煩他，勒令他整天撥動那些象牙的鍵子！他連訪問一下親愛的河流的時間都沒有。他們對他有什麼仇恨而要這樣的磨折他呢？——他祇驕傲與自由雙方面都受了侮辱與損害。他決意不再彈弄音樂，或儘量的彈得壞，使父親灰心。這是不大容易的，但必得要把他的自由挽救過來纔好。

從下一課起他試着實行他的計劃。他一心一意的彈錯音符，遺漏所有急促的音節。曼希沃叫着嚷着，繼之以怒吼；戒尺像雨點一般落下來。他有一根粗大的戒尺，每逢彈錯一個音，便打一下孩子的手指；同時更在他耳邊狂吼，幾乎把他震聾。克利斯朵夫疼痛時便裝着鬼臉，咬着口唇不哭出來，堅決地仍是亂彈一陣，挨一下打便縮一下頭。但這不是個好辦法，他不久也發覺了。曼希沃和他一樣固執，他發誓即是他們支持到兩天兩晚也一個音都不留情，除非他好好的彈奏。克利斯朵夫卻拼命留神要使自己次次彈錯；他的小手在每個音節上都鄭重地打在旁邊的鍵子上，故意搗亂的神氣是顯而易見的了。曼希沃看到這種情形也懷疑他存心刁難了。戒尺的記數加了一倍，克利斯朵夫的手指完全麻木了。他可憐地哭着，靜靜地抽咽着，把淚水與嚎啕聲倒吞下肚。他懂得長此下去毫無僥倖可圖，便不得不使出最後的一着。他停下，想到他將要掀起的暴風雨已在預先發抖：

——爸爸，我不願再彈了，他鼓起勇氣說。

曼希沃駭呆了。

——怎麼！……怎麼！……他喊道。

他猛烈地搖着孩子的手臂幾乎把它扭斷。克利斯朵夫越來越抖得厲害了，舉着肘子準備挨打，一面繼續說：

——我不願再彈了。第一，因爲我不願挨打。而且……

他沒有法子說完。一記巨大的巴掌把他打斷了呼吸。曼希沃吼道：

——嘿！你不願挨打？你不願？……

於是拳頭像冰雹一樣。克利斯朵夫嚎啕着喊道：

——而且……我不歡喜音樂！……我不歡喜音樂！……

他讓自己從座位上滑下來。曼希沃狠狠地把他重新抱上去，抓着他的手腕望鍵盤上搗了一陣。嚷道：

——非要你彈不可！

克利斯朵夫嚷道：

——不！不！一定不彈！

曼希沃只得罷手，把他推在門外，說如果他不好好的彈奏他的練習，一個音都不遺漏，那他將整天整月的沒有東西喫。他把他一推，屁股上踢了一腳，關上了門。

克利斯朵夫站在樓梯上，那座又髒又暗，踏步都給蟲蛀了的樓梯上。一陣風從天窗的破玻璃中吹進來；牆上濕漉漉的滿是潮氣。克利斯朵夫坐在腌臢的踏步上；心在胸中跳着。又憤怒又慌亂。他輕輕地咒罵他的父親：

——畜生！你是這樣的東西！一頭畜生！……一個下賤的人……一隻野獸！哼，是的，一隻野獸！……我恨你，我恨你……呋！我希望你死，死！

他悲憤填胸，絕望地瞅着滑膩膩的樓梯，望着在破玻璃窗口迎風飄蕩的蜘蛛網。他覺得自己在苦難中孤獨無助。他張望着欄杆中間的空隙……要是他跳下去呢？……或者從窗裏？……是啊，要是他跳樓自殺來懲罰他們？他們良心上將何等痛苦！他聽見自己墮樓的聲響。上面的門突然打開了。悲愴的聲音喊着：『他跌下去了！他跌下去了！』脚步在樓梯上滾下來。父親、母親，撲在他身上號哭。她嚎慟道：『這是你的過失！是你害死他的！』他呢，揮着手臂跪在地下，把頭撞着欄杆，嚷着：『我是罪人！我是罪人！』——這副景象把他的痛苦減輕了。他對於哭他的人差不多要發起慈悲來了；但後來他想這是他們活該，便體味着復讐的快意……

幻想的故事編完之後，他發覺自己仍在樓梯高頭，站在陰暗裏，重新往下瞧了一眼，跳下去的心思完全沒有了。甚至還打了一個寒噤，恐防要墮下，趕緊退後了幾步。於是他覺得眞的被拘囚了，好似一頭可憐的鳥關在籠裏，永遠拘囚着，除了絞盡腦汁以外，毫無解救的了。他哭着哭着；用骯髒的小手擦着眼睛，一忽兒後滿臉都塗黑了。他一邊哭一邊繼續望着周圍的事物；這倒是一種消遣。他停止了一回呻吟，端相着正在爬動的蜘蛛。之後，他重新再哭，但沒有什麼勁道了。他聽着自己哭，儘管機械地荷荷的哼着，已不大明白爲何他要這樣了。不久，他站起來；窗子在吸引他。他坐在裏面的邊緣上，謹謹愼愼躲在後面，眼角裏窺視着他又好奇又憎厭的蜘蛛。

萊茵河在屋下流着。一個人在樓梯的窗口中臨河眺望，好似懸在動盪的天空。克利斯朵夫每次跳躍着下樓的時候總要望它一望，但從沒見到今天這樣的景色。憂愁的結果，感覺格外銳敏；他覺得在他的眼膜上，甚麼都映現得格外分明，因爲眼睛經過淚水的洗滌，把褪色的往事的遺跡一揩而空了。在孩子的心目中，河不啻是一個生物——不可思議的生物，但比他所見到的一切都強過百倍！克利斯朵夫俯下身去想看個仔細；嘴巴貼着玻璃，鼻子碰壞了。它往何處去呢？它要什麼呢？它的神氣好似對它的前途很有把握……甚麼也擋不住它，不論日夜中的何時何刻，不論天上是晴是雨，不論屋裏的人是悲是喜，它總繼續長流；一切都於它無關；它從無痛苦，只是充滿着精力。像它一樣眞是多少快活：穿過草原，銜着柳枝，在細小晶瑩的石子與砂塊上面流過，無愁無慮，無掛無礙，那樣的自由自在！……

孩子專心致意的注視着，傾聽着，覺得自己隨波逐流的跟着河去了……他閉上眼睛，便看見光怪陸離的顏色：藍的，綠的，黃的，紅的；看見巨大的影子在飛馳，波浪似的陽光在流動……種種的形象慢慢地分明了。那是一片寬廣的平原，微風挾着鮮草與薄荷的香味，藎草與麥桿迎風招展。百花遍地，矢車菊、罌粟、紫羅蘭。多美啊！空氣多清冽啊！躺在這些柔軟的濃厚的草上該是多舒服啊！克利斯朵夫快活極了，有些朦朧微醉的感覺，宛似在節日上父親在他的大玻璃杯中酌上些少萊茵美酒……河水流着……景色變了……如今是些垂在水面上的樹：齒形的葉子像小手似的浸在水裏，在漣波中迴旋蕩漾。林間露出一所村落，倒映在河裏。在微波輕拍的白牆上面，可以看到杉木與公墓上的十字架……隨後是峥嶸的岩石，連綿起伏的山巒，坡上有葡萄籐，有小小的松林，有城堡的遺迹。過後又是平原，麥桿，禽鳥，陽光……

浩蕩的綠波繼續奔流，好像一縷天衣無縫的思想，沒有波浪，沒有皺痕，閃鑠着綠油油的光彩。克利斯朵夫簡直看不見它了；他闔着眼睛，想格外聽個分明。洶洶的水聲充塞着他的頭腦使他眩暈；這永久的威臨一切的夢境在吸引他。急促的節奏在江水的澎湃中奔騰踊躍。無數的樂音隨着節奏而激發，有如葡萄籐沿着樹幹扶搖直上：其中有鋼琴上鏗鏘的和聲，提琴上淒涼的嗚咽聲，以及纏綿婉轉的笛音……風景消失了。河流隱滅了。一片柔和昏暗的氣霧。克利斯朵夫感動到中心顫抖。他此刻看到什麼呢?!呋眞是迷人的景象!……——一個褐髮的女郎在叫喚他，露着慵嬾與嘲弄的神氣……一個臉色蒼白的孩子，碧藍的眼睛哀怨地望着他……還有別的笑容別的眼睛，——有訝異的與惱人的眼睛，簡直使你臉紅，——有親切而痛苦的眼睛，好似狗的凝視，——有專横的眼睛，有苦惱的眼睛……這憔悴的婦人的面貌，烏黑的頭髮，緊鎖的嘴巴，眼睛似乎吞沒了半個臉龐，狠狠的瞅着他……最可愛的卻是那副用淡灰的眼睛睨着他微笑的面相，嘻開着嘴巴，小小的牙齒發亮……啊!仁慈的美麗的笑容!柔情把他的心融化了!叫人多舒適多愛它!再來一下罷!再對我笑一下罷!千萬不要去!——噯噯!它消散了!但他心中留着一股永難磨滅的美感。更無所謂苦惱，無所謂憂愁，無所謂一切了……只有一場輕飄的夢，一種清明的音樂，在陽光中浮動，好似處女宮中的衆星在晴朗的夏天閃鑠……——那麼方纔又是經過些什麼呢?使孩子驚心動魄的景象是什麼呢?他從未見過，可是認識它們，辨識它們。它們從何處來啊?從生命底哪一個黑暗的深淵中來啊?以往的呢還是將來的呢?……

此刻，一切都隱滅了，一切的景象都溶解了……最後一次，在霧雰中又映現出洋溢的河流，好似飛翔在太空時所見到的，它掩蔽着田野，威嚴而遲緩地流着，簡直像停止不動。遠遠裏，彷彿天際露出一道灰白的微光似的，一片汪洋的波濤動盪着，——那是大海。河向着它流去，它也向着河奔來；互相吸引。河流在海中泯滅了……音樂徘徊旋轉着，舞曲美妙的節奏發狂似地擺動着；一切都捲入它們勝利的漩渦中去了……自由的心靈把空間化為自由的天地，有如尖聲長鳴的翱翔太空的飛燕……歡樂啊！歡樂啊！甚麼都沒有了！……呋！只有一片無窮的幸福！……

* * * * * *

時間流逝，黃昏來了，樓梯已經埋在陰暗中。雨點滴在河上，變成無數的圓渦隨着波流打轉。有時，一根樹枝，幾片黑色的樹皮，悄悄的飄過，浮去了。殘忍的蜘蛛飽餐之後躲在黝黑的一隅。——小克利斯朵夫老是俯在風洞邊上；塗得骯髒不堪的蒼白的臉上浮着幸福的光彩。他睡熟了。

第三部

日色朦朧微晦

《神曲》净罪界第三十

他不得不讓步了。雖然他英雄式的抵抗極盡頑強，究竟要在戒尺下面屈服。每早三小時，每晚三小時，克利斯朵夫必得坐在這座磨折人的樂器前面。又要留神又是煩悶，一顆顆的淚珠沿着鼻子與面頰直流下來，時常凍得紅腫的小手在黑白的鍵子上蠕動，受着戒尺的威嚇，——那是一個音都不留情的，——加上大聲的叫吼，使他比着捱打更加痛恨。他相信自己厭惡音樂了，可是他非常用功。這種現象是決不能單用懼怕父親來解釋的。祖父有過幾句說話給予他深刻的印象。老人看見孫兒哭泣的時候鄭重地和他說，爲着人類最美最高尙的藝術，爲着撫慰人類造成人類光榮的藝術而喫些苦是値得的。克利斯朵夫對於祖父這種把他當作大人的說法非常感激，非常動情，因爲這句說話正投合了兒童刻苦的心思，和方在醞釀之中的高傲的性情。

但主要的原因，還是多少音樂情緒的深刻的回憶，使他不由自主的終身依戀音樂，並且為他痛恨的、竭力反抗而無效的藝術效勞。

依照德國的習慣，城裏有一座戲院，演着歌劇、喜劇型歌劇、通俗歌劇、悲劇、喜劇、雜劇，一切可以上演的東西，不拘種類不拘風格。每星期表演三次，從六點到九點。老約翰・米希爾每次必到，他的興趣是沒有什麼偏愛的。有一次他帶着孩子同去。幾天以前，他先把情節和他詳細解釋了一番。克利斯朵夫一些也不會懂；但他記得頗有些可怕的事情；心中焦急着要一睹為快，同時也十分害怕。他知道劇中要有一場雷雨，他怕要遭雷殛。他知道劇中有一場戰爭，可不敢斷定自己不致被害。隔夜，他在牀上大大地煩惱了一陣。到了那天，他希望祖父有什麼事情阻他不能來。時間近了，祖父還不會到，他卻又開始發愁，時時刻刻從窗裏張望。終於老人來了，他們一齊動身了。他的心忐忑亂跳，口乾舌燥，一個字都說不出。

他到了那座家裏時常講起的神秘的屋子。約翰・米希爾在門口遇見幾個熟人；孩子緊緊握着他的手深恐失散，他不懂為何在這個時候他們還能安安寧寧的有說有笑。

祖父坐在老位置上，在第一排緊靠樂隊的地方。他憑着欄杆立刻和次低音提琴手閒扯起來。在此，他是得其所哉了；因爲他在音樂方面的權威，在此自有人聽他說話；他便利用，竟可說濫用——這種機會。克利斯朵夫甚麼也不會聽見。等待開演的心情，美麗非凡的劇場，和使他膽怯的擁擠的群衆，把他怔住了。他不敢旋轉頭去，以爲所有的目光都瞅定了他。他痙攣地把小小的便帽夾在膝蓋中間；圓睜睜的眼睛直望着神奇的帷幕。

終於有人拍了三下。祖父擤過鼻涕，從袋裏掏出腳本，那是他從來不肯放過一字的，有時甚至會因之而忽略舞臺上的情形。樂隊開始演奏了。從第一個和音起，克利斯朵夫便覺放下了心。這個聲音的世界，可是他的世界了；自此以後，不論臺上的場面如何怪異，他總覺得很自然了。

幕啟處是一些紙板做成的樹，和並不比此更真的東西。孩子大張着嘴，非常驚佩的望着，可並不詫怪。然而劇情發生在荒誕的東方，他簡直沒有絲毫概念，詩句都是些無味的廢話，無法弄出一些頭緒來。克利斯朵夫甚麼也看不清，把一切都弄混了，把這個人物認作那個人物，拉着祖父的衣袖提出可笑的問句，證明他全盤不懂。可是他非但不厭煩，反覺津津有味。他根據那本荒謬的腳本編了一部自己發明的小說，和臺上所演的全不相干；眼前的事實時時刻刻與他編的故事牴觸，不得不加以修正，孩子並不因此着慌。他在臺上喊着種種不同的聲音的人物中加以選擇；忐忑不安的注意着他私下表示同情的那些人物的命運。他尤其爲一個美人兒顚倒，不老不少的年紀，金黃的長髮，巨大的眼睛，赤着腳走路。奇形怪狀不近情理的演出並沒使他驚愕。臃腫肥大的演員的醜態，脫腔走板的歌手分站兩行，做着毫無意義的姿勢，窮嘶極喊時的怪相，淩亂的假髮，男高音歌手的高底靴，克利斯朵夫私心傾倒的女友的化裝，五顏六色的塗抹一臉：這些情景在兒童尖銳的目光中都不曾留下印象。他好似一個人處於戀愛的情景中，熱情使他盲目，再也看不淸所愛的人的眞面目。兒童固有的神奇的想像力，更使他隨時擋住不快的感覺，加以適當的改造。

這些奇迹都是由音樂煊染而成的。音樂把萬物罩上一層薄霎，使一切都顯得高尙美妙、動人。音樂使心靈感染着需要愛慕的渴望；同時又供給許多可愛的幽靈來塡補它造成的空隙。小克利斯朵夫熱情如沸。有些樂句動作使他十分難受，不敢擡起眼睛，不知這是善是惡，他一忽兒蒼白，一忽兒緋紅，額上流着汗，顫抖着唯恐旁人發覺他的惶亂。到了第四幕，那樁不可避免的禍事終於降臨在一對愛人身上，這在劇中是預備給男主角與女主角尖聲大嚷的機會，但孩子自以爲快要窒息了；他喉頭疼痛，好似受了風寒一般；他把手摀着頸項，口涎都不能嚥下了，眼裏飽和着淚水。幸而祖父感動的程度也和他不相上下。他對於戲劇有一種兒童般天眞的感興。在最激動的情節上，他裝做若無其事的咳嗽，掩飾心中的煩亂；但克利斯朵夫看得很淸楚，暗暗歡喜。他熱極了，簡直是昏昏沈沈的，坐着異常難過，但他唯一的念頭是：『還有長久麼？但願不要完了！……』

突然，一切都完了，他不懂爲什麼緣故。幕下了，大家站起來，神魂搖蕩的意趣打斷了。

老孩子和小孩子在夜裏回去。多美妙的良夜！多靜穆的明月！他們倆默默無言，咀嚼着他們的回憶。終於老人問他道：

——你快活麼？

克利斯朵夫答不出來，他還受着感情的控制，加以他不願說話，恐怕驅散了幻景；他不得不努力一番，纔鬆了一口氣喃喃說道：

——呋！是的！

老人微笑着。過了一會他又說:

——你瞧,音樂家的職業何等美妙!還有什麼會比創造這些神奇的景色更光榮?這無異做了塵世的上帝。

孩子驚訝起來。怎麼!這是一個人造的!他眞沒有想到。他幾乎以爲這是自然而然產生的,是天地的出品……一個人·一個音樂家,像他將來有一天也會成就的那樣,竟然造出這等作品!吆!但望有這一天,只要一天也好!之後……之後,隨便怎樣都可以!就是死也甘心!他問道:

——祖父,這是誰作的呢?

祖父說是法朗梭阿·瑪麗·哈斯萊,一個德國青年音樂家,住在柏林,他從前認識的。克利斯朵夫豎起耳朵靜聽着,突然問道:

——那麼你呢,祖父?

老人戰慄了一下。

——什麼?他問。

——你你有沒有也做過這些東西？

——當然，老人用着生氣的聲音說。

他不則聲了；走了幾步，深深地歎了一口氣。這是他終身隱痛之一。他一向想寫作戲劇音樂，老是缺少靈感。他的紙夾裏的確藏着他創作的一二幕樂譜（按係指樂劇而言，故云幕。）；但他對於它們的價值毫無把握，從來不敢拿給任何人批評。

直到家裏，他們倆不再交談一句。他們回去都睡不着。老人心裏難過，拿着聖經來安慰自己。克利斯朵夫在牀上回想着晚間的經過；細小的節目他都記得，赤足的女郎又在他面前顯現。當他朦朧入睡的時光，一句樂詞在耳邊繚繞，好像就在樂隊近邊一般的淸楚；他驚跳起來，昏昏沈沈的倚枕想道：『將來，有一天，我，我也要寫作這種東西。吠！我究竟能不能呢？』

從這時起，他唯一的欲望是再到戲院去；他對於工作那麼熱心，以致家裏的人把看戲作爲他工作的酬報。看戲變了他唯一的思念：上半星期他想着過去的戲，下半星期他想着下次的戲。他竟怕要爲了戲劇而害病；驚懼的結果使他常常覺得有三四種病象。到了那天，他不喫飯，好像心中非常煩惱，騷亂不堪，他對時鐘望了五六次，以爲天色永遠不黑的了；終於捱不過，他在售票櫃開門前一小時便出發，恐怕沒有位置；又因爲他第一個到，不免慌張起來。祖父和他講過，有兩三次因爲看客不多，演員寧可退還票價而停演。他留心着來的人，數着他想：『二十三，二十四，二十五……呋！不夠……永遠不夠多的了！』當他看見花樓或正廳裏進來幾個重要的人物時，心又放鬆了些；自言自語道：『這一個，他們總不敢請他回去罷。一定的，他們要爲了他而開演。』——但他還是不敢確信，直到樂師們進場之後方始定心。可是他又擔憂着幕啓的時候，會不會有像某一晚臨時更改節目的情形出現。他的小眼睛虎視眈眈地瞅着中音提琴手的樂譜架，看看譜上的題目是否預定上演的戲。看明白後，過了兩分鐘又再看一下，證明自己有沒有看錯……樂隊的指揮還沒有進場。一定是他生病了……幕後有忙亂的人聲，有談話聲與急促的腳步聲。鬧了禍麼？出了意外的亂子麼？大家靜下來了。指揮已經在他的位置上。一切都似乎準備就緒了……還不開場！怎麼一回事呢？……他焦灼萬狀。——終於，開演的記號響了。他的心忐忑的跳起來。樂隊奏着序曲；於是克利斯朵夫在數小時內沉浸於幸福之中，唯恐戲劇要完場使他的幸福終止。

* * * * * *

過了一些時候，一件音樂界的大事使克利斯朵夫精神大爲興奮。第一次激動他的那齣歌劇的作者法朗梭阿·瑪麗·哈斯萊要來了。他將親自指揮音樂會演奏他的作品。滿城都轟動了。年青的大師在德國正引起劇烈的爭辯；十五天內，人家只談論着他。他到了之後可又是一番景象。璺希沃和老約翰·米希爾的朋友們時時刻刻講着他的新聞；他們說他有如何古怪的習慣與奇特的行爲。孩子熱心地聽在耳中。他一想到大人物卽在此地，住在他的城市裏，呼吸着同樣的空氣，踏着同樣的磚地時，他暗地裏非常激動，只希望見一見他。

哈斯萊就擱在大公爵招待他的府第裏。他只爲到戲院去主持預習的事情纔出門，在這些場合，克利斯朵夫是不能進去的；他又因懶惰之故來往都坐着親王的車子。因此克利斯朵夫很少瞻仰他的機會；他只有一次在路上瞥見他的皮外氅，深深的埋在車廂底裏；然而他已經在路上等待了幾小時，用肘子左一下右一下的，在擁擠的閒人羣中奪到而且保住了第一排的地位。他又費去大半天的時間，站在府第外面，對着人家說是大師的臥室的窗子窺探着。往往他只看見緊閉着的百葉窗因爲哈斯萊起身很遲，差不多整個上午窗子總是關着的。所以消息靈通的人說哈斯萊怕見日光，永遠過着黑夜的生活。

終於克利斯朵夫得以走近他的英雄了。那是舉行音樂會的日子。全城的人都到場。大公爵及其家族占據了御用包廂，上面懸着冠冕，兩個肥胖的小天使把它高高的舉在空中。戲院佈置得如舉行什麼大典時的氣概。舞臺上紮着柏枝，點綴着開花的橄欖。有些本領的音樂家都設法在樂隊中當一個角色以爲榮。曼希沃依舊拉他的提琴，約翰·米希爾則指揮合唱。

哈斯萊出場時，滿園是一片歡呼喝彩的聲音，婦女們站起來看個仔細。克利斯朵夫拚命把眼睛釘住了他。哈斯萊的面貌顯得很年輕清秀，但已有些虛脹而疲倦的模樣；鬢角是光光的，鬈曲的黃髮下面隱約可見頭頂微禿，眼睛是藍的，目光是浮泛不定的。一小撮黃色的鬚，一張帶有嘲弄色彩的嘴巴，要是仔細看，可以看出它時時刻刻在欠動。他身軀高大，像是站不穩的樣子，可並非爲了倘促，而是由於疲倦之故。他的指揮的藝術，在圓融婉轉之中含有任情使性的傾向，巍巍的巨大的身軀做着時而柔和時而剛強的姿勢，恰像他的音樂一樣。可見他非常的神經質；他的音樂便反映出這種性格平時懨懨無生氣的樂隊此時亦感染了這種震動急激的生命。克利斯朵夫呼吸迫促，雖然深恐引起人家的注意，仍是禁不住要在坐位上騷動；他站起來，音樂對他發生那麼強烈那麼突兀的震撼，逼得他搖頭頓足，揮舞手臂，使旁邊的聽衆大爲不安，恐怕要受着他拳腳的蹴擊。而且全場的人都狂熱到出了神，圓滿的成功比着作品本身更使他們驚心動魄。末了，掌聲與歡呼聲如大雷雨一般，加上樂隊中的喇叭，依着德國的習慣發出巨大的叫聲表示對於作者的敬意，克利斯朵夫得意揚揚的抖索着，彷彿那些榮譽就是他自己的。他看見哈斯萊眉飛色舞，像兒童般志得意滿時，格外覺得高興。婦女們投擲鮮花，男人們揮着帽子；一大羣的聽衆望着舞臺如潮水一般擁過去。每個人都想握一握大師的手。克利斯朵夫看見一個熱烈的女人把他的手拿到脣邊，另外一個搶着哈斯萊放在指揮桌上的手帕。他莫名其妙的也想擠到臺邊，但若他眞的迫近了哈斯萊，可要狼狽不堪的立即逃避哩。他像一頭羊似的，低着頭在裙角與大腿之間亂鑽。——他太小了，擠不過去。

幸而祖父在門口找到了他，帶他同赴獻給哈斯萊的夜樂會(Sérénade)。夜裏大家點着火把，全個樂隊的人員都在場。所談論的，無非是剛纔聽到的神妙的作品。到了爵府前面，大家靜悄悄的集在大師窗下。雖然哈斯萊已和衆人一樣預先得知，但大家好像都有一種神祕的模樣。在靜寂的良夜，開始演奏哈斯萊作品中最著名的幾段。哈斯萊和親王倆在窗口露面了，衆人齊聲喝彩。兩人都向大家行禮。親王派了一個僕人來請樂師們到府裏去。他們穿過廳堂，壁上滿是油畫，繪着戴盔的裸體人物：他們都是深紅的顏色，做着挑戰的姿勢。天上蓋着大塊的雲，好似海綿一般。廳堂上也有大理石的男人和女人，下部遮着短裙。人們走在那麼柔軟的地毯上毫無聲息；隨後進到一間廳裏，光亮如同白晝，桌上擺滿着飲料和出色的東西。

大公爵在那邊，但克利斯朵夫看不見他：他眼睛裏只有哈斯萊一人。哈斯萊迎着音樂家們向他們道謝。他搜尋措辭，在一句說話中遭了頓挫，便做着一個滑稽的姿勢，引得大家笑開了。衆人開始喫東西。哈斯萊特別請出四五個藝術家，祖父亦在其內，和他說了幾句恭維的話；他記起約翰·米希爾是最先演奏他作品的人中之一；又說他常常聽見一個朋友，祖父從前的學生，稱頌他的才德。祖父惶惑地道謝；回敬他幾句過分的諛辭，以至克利斯朵夫雖很崇拜哈斯萊，也不禁爲之害羞。

但哈斯萊似乎覺得很舒服很自然。臨了，祖父期期艾艾的茫無所措便牽着克利斯朵夫去見哈斯萊。哈斯萊對克利斯朵夫微笑，心不在焉的摸着他的頭；當他曉得孩子歡喜他的音樂，在等待一見他之前曾幾晚不睡時，他便抱起他來，親熱地向他發問。克利斯朵夫快活得臉紅，惶惑到作不得聲，簡直不敢望他。哈斯萊擡起他的下巴，強要他舉起頭來。克利斯朵夫偸覷了一下：哈斯萊的眼睛很溫和，有些笑意；他也笑了。之後，他覺得在他親愛的大人物的臂抱中那樣的幸福，以至流下淚來。哈斯萊也被這天眞的愛感動了；和他更加親熱，擁抱他，如慈母般溫柔地和他說話。同時他和孩子說些古怪的話，呵他癢逗他發笑；克利斯朵夫眞的禁不住破涕爲笑了。不多時他已和他混熟，毫無拘束的對答哈斯萊；他自動附在哈斯萊的耳邊說出他所有的小計劃，好似他們倆已是老朋友一般：例如他怎樣想做一個如哈斯萊一樣的音樂家，製作如哈斯萊一樣的作品，成爲一個大人物等等。老是怕羞的他，居然非常流暢的說着，他不知自己說些什麽，他完全出神了。哈斯萊聽着他的嘮叨笑開了，說：

——你長大之後，當你成功了一個出色的音樂家的時候，你到柏林來看我，我將幫你的忙。

克利斯朵夫快活到答不出話來。哈斯萊打趣他道：

——你不願意麼？

克利斯朵夫用力搖頭，搖了五六次，表示他並非不願意。

——那麼，一言爲定？

克利斯朵夫仍用手勢來回答。

——至少得擁抱我！

克利斯朵夫把手臂圍繞着哈斯萊的頸項，使盡平生之力緊抱他。

——喂，鬼東西，你把我弄潮了！放手罷！擤擤你的鼻涕！

哈斯萊一邊笑一邊親自替羞喜交迸的孩子擤鼻涕。他把他放在地下，牽他到桌子旁邊，把糕餅塞滿了他的衣袋，和他作別道：

——再見！不要忘記你的諾言。

克利斯朵夫沈溺在幸福裏。其餘的人都不存在了。他滿懷着熱愛的情緒留神着哈斯萊的友情動作，哈斯萊舉起杯子說話了，面孔突然緊張起來：

——我們不該因這種日子的歡樂而忘記了我們的敵人。這是永遠不應忘記的。我們之不被打倒並非因他們之故。他們將來的不致顚覆也不能由我們擔保。所以我的舉杯慶祝健康，對於有些人是除外的！

大家對於這種特別的祝辭笑着鼓掌；哈斯萊也和大家一起笑，恢復了他的興致。但克利斯朵夫覺得不痛快。雖然哈斯萊是他崇拜的英雄，他也不敢議論他的行爲，但究竟認爲在這一個晚上是只應當有快樂的面貌與思念的，想起這種醜惡的事情不免掃興。可是這印象是模糊的；而且很快被過度的歡悅和在祖父杯中喝的些少香檳酒所驅散了。

祖父在歸途上不住的自言自語：哈斯萊對他的恭維使他飄飄然；他喊着說哈斯萊是一個大人物，一百年中只有一個的。克利斯朵夫一聲不響，心頭充滿着一片愛慕的醉意。他擁抱過他，他摟他在懷裏！他多慈祥！多偉大！

他在小牀上熱烈地擁抱着枕頭想道：

——啊！我願意死，為他而死！

* * * * * *

光明的流星在小城的天空照耀過後，在克利斯朵夫的精神上發生了確切不移的影響。在他全部的童年，這是他定睛細看過的活模型。六歲的小人，看着哈斯萊的榜樣纔決心也要製作音樂。實在說來，他早已在不知不覺中製作了；他沒有等到明知自己製作的時候已經製作了。

對於一顆音樂家的心，一切都是音樂。凡是顫動的，激蕩的，抖戰的，驕陽逼人的夏日，冷風吹嘯的長夜，流動的光明，閃鑠的星辰，狂暴的雷雨，禽鳥的歌唱，昆蟲的幽鳴，樹木的蕭蕭，愛慕或憎厭的聲音，家裏熟習的聲響，呼啞的門，夜裏在脈管裏奔流的血，——所有的一切都是音樂；祇要去聽就是。這種宇宙萬物的音樂在克利斯朵夫心中發出回響。他所見所感，全都蛻化為音樂。他的內心有如羣蜂嗡嗡的蜂房。但沒有人注意到。他自己更覺察不到。

像所有的兒童一般，他一天到晚哼個不停。不論什麼時候，不論做着什麼事情：——在路上跳躍着散步的時候；——或是爬在祖父家裏的地板上，手捧着頭，埋首在書中圖畫裏的時候；——或是躲在廚房裏最黝暗的一隅，在黃昏時坐在小椅子裏惘然幻想的時候；——老是聽到他的小嘴在呢呢唔唔，閉着嘴，鼓起面頰，捲動舌頭。這樣會毫不厭倦的玩上幾小時；先是沒有留意的母親到後來也不耐煩地喊起來了。

當他在這種朦朧狀態中覺得厭倦時，他覺得需要動彈一下，弄些聲響出來。於是他發明音樂，直着喉嚨唱着。他爲着生活上的種種場合製造種種的音樂。有的調子是爲他早上如小鴨般在盆裏洗濯時用的。有的是爲他爬上圓櫈坐在可惡的樂器前面時用的，——更有爲他從櫈上爬下來時用的（這是比前者更嘹亮的樂曲）。也有爲媽媽把晚餐端上桌子時用的：——那時他走在她前面奏着軍樂。——他從餐室莊嚴地走向臥室時，替自己奏着凱旋進行曲。有時他趁這個幾會和兩個小兄弟排列成行：三個人嚴肅地依次走着，各有各的進行曲。但克利斯朵夫自然而然把最美的一支留給自己。每種音樂都是嚴格地應用於特殊的場合；克利斯朵夫從來不把它們弄混。任何人都會纏誤；但他對於其中的細節分辨得非常清楚。

有一天他在祖父家裏打轉，頓着腳跟，仰着頭，挺着肚子旋轉着，漫無目的地轉着，直要使自己頭暈，一面哼着他的曲子，——老人正在修鬍子，停下來伸出他滿是皂沫的臉望着他說道：

——你唱什麼呢，孩子？

克利斯朵夫回答說他不知道。

——再來一下！約翰・米希爾說。

克利斯朵夫試着：可再也找不到他的曲調了。祖父的留神使他很得意，很想炫耀一下他曼妙的歌喉，他照着自己的腔調唱起一段歌劇；但老人所要求的並非這個。約翰・米希爾緘默着，似乎不再關心他了。但當孩子在隔室玩耍時，他仍把房門虛掩着。

幾天之後，在用椅子圍成的圓圈中，克利斯朵夫正做着一齣音樂喜劇，是他用戲院裏斷片的回憶湊成的；他學着戲子，很嚴肅的按着默奴哀（Menuet——按係舞曲名，盛行於十八世紀，爲三拍子的節奏，亦應用於純粹音樂作爲曲名）跳舞，向着挂在壁上的貝多芬像行禮。他轉身迴旋的時候，從半開的門裏看見祖父探着頭對他望着。他以爲老人在笑他，便害羞起來，立刻停止了，奔向窗前，把面孔貼在玻璃上，假做沈思出神的模樣。但老人一言不發，走向他，擁抱他；克利斯朵夫看見他很快活。兒童的自尊心乘機活動了：他精細的感覺已經知道自己受人賞識；但他不能確知在劇作家、音樂家、歌者、舞蹈家這些才能中間，祖父最讚賞他哪一項。他想大概是歌舞部分，因爲他方纔正在弄這些玩意。

一星期後，當他全都忘記了的時候，祖父用神秘的神氣和他說，他有些東西給他看。他打開書桌，檢出一本樂譜展開在鋼琴架上，叫孩子彈奏。克利斯朵夫詫異之下，胡亂弄出一些頭緒。那張樂譜是手寫的，是老人非常致意的粗大的筆跡。第一個字母都是寫的花體。祖父坐在克利斯朵夫身旁替他翻着樂譜；過了一會他問孩子這是什麼音樂。克利斯朵夫專心一意的彈着，無暇辨別彈的是什麼東西，回答說不知道。

——留神！你認不得麼？

是啊，他的確相信是認得的；但不知在哪裏聽過，……祖父笑道：

——想一想罷。

克利斯朵夫搖搖頭：

——我不知道。

實在說來，他精神上頗有些微光閃過；他覺得這些曲調，……可是不！他不敢……他不敢辨認。

……

——祖父，我不知道。

他臉紅起來。

——喂，小獸子，你看不出是你的曲調麼？

不錯，他覺得這是毫無疑問的；但聽到這麼說心頭不免震動了一下：

——呋！祖父！

老人得意揚揚的和他解釋道：

——瞧：這是歌（按原文爲aria，意大利文，指音樂中可以歌唱的一種單純的無伴奏的曲子），是你星期二滾在地下時唱的。——這是進行曲，是我上星期叫你再唱而你想不起來的。——這是默奴哀，是你在我的安樂椅前按拍跳舞的……瞧。

在封面上，美麗的莪特字體（按係德國字體與通行之拉丁體稍異。）寫着：

約翰·克利斯朵夫·克拉夫脫全集卷一。

童年的娛樂：歌，默奴哀，華爾茲，進行曲。

克利斯朵夫惶惑起來。看到自己的名字，這美麗的題目這巨大的譜本，竟是他的作品！……他繼續囁嚅道：

——呋！祖父！祖父！……

老人拉着他。克利斯朵夫跪在他膝上，把頭藏在約翰·米希爾的懷裏。他快活得臉紅了。比他更快活的老人，重新用裝做——因爲他覺得自己要感動了——若無其事的聲音和他說：

——當然，我照着歌的性質加上了伴奏與和聲。還有……（他咳了一聲）——還有，我在舞曲下面加了一段脫利奧（按Trio一字原義乃三部或三種樂器合奏之音樂；但十八世紀後期默奴哀舞曲之第二部常不稱默奴哀而題爲脫利奧，此處恐即此義。）因爲……因爲這是習慣如此！……而且……我想這也沒有什麼妨礙。

克利斯朵夫奏着音樂。——他因爲得和祖父合作非常得意：

——那麼，祖父也得寫上你的名字。

——這是不必的。而且除你之外，這段緣由也不必讓外人知道……只是……——（在此他的聲音發抖了）——只是以後當我不復在世的時候，這可使你記起你的祖父，是不是？你不會忘記他罷？

可憐的老人沒有把胸中的話完全說出：他預感到他的孫兒將來不致像他一樣的沒世無聞，所以在他的作品中加進一些自己的可憐的調子，於他眞是一種快樂，無邪的快樂；但他這種分享理想的光榮底欲望亦是很謙卑的，動人的，因爲他並不署名，只想加進他一縷思想使它不致完全湮沒而已。——克利斯朵夫感動之下，拚命吻着他的面頰。老人悲喜交集，儘吻着他的頭髮。

——不是麼？你會記得的。將來，當你成爲一個優秀的音樂家，一個大藝術家，爲家、爲國、爲藝術爭光的時候，當你成名的時候，你將記得是你的老祖父第一個識得你，第一個預料到你的前程？

他噙着淚聽着自己說話，可還不願給孩子看破他這種弱點。他狂咳了一陣，扳着憂鬱的臉，拿樂譜珍藏起來，把孩子打發走了。

* * * * * *

克利斯朵夫回到家裏，快樂得飄飄然。路上的石子都在他周圍跳舞。可是家人對他的態度使他的醉意蘇醒了一些。他自然意氣揚揚地急忙講述他的音樂收穫，他們卻大聲叫嚷起來。母親嘲笑他。曼希沃說是老人發瘋，說像他這樣的把孩子弄得神魂顛倒，還不如保養保養自己的身體；至於克利斯朵夫，寧可他丟開這些無聊的東西，馬上坐到鋼琴前面把練習彈奏四小時。先得學會好好的彈奏；至於作曲，等他將來技藝純熟無可再進的時候再去研究不遲。

這些明哲的說話，初聽好似曼希沃想防止兒童在幼年便趾高氣揚的危險，其實是並不如此。沒有多少時間之後，他還表示他的意思正是相反呢，但因他自己從來沒有一些思想需要借音樂來表現，也絕對沒有表現任何思想的需要，以致他在演奏家的迷夢中認為作曲是次要的東西，它所有的價值祇能靠了演奏家方纔存在。當然，他對於人家崇拜大作曲家如哈斯萊之流的熱情也並非無動於衷；對於這種凱旋式的榮譽，自亦和對於一切圓滿的成功同樣抱着尊敬的心思；——

可不免暗中嫉妒，因爲他覺得這些彩聲應該是他演奏的人享受而是被作曲家強奪去的。然而他從經驗上知道大演奏家的榮耀亦並不遜色，而且因爲是他個人享受的，所以更加美滿更加稱心快意。他裝做很崇拜大音樂家的天才，但歡喜講述他們可笑的軼事，使人對他們的智慧與品行懷着鄙薄的心思。在他心目中，演奏家是站在藝術階梯的最高峯的：因爲他說，舌頭是人身最高貴的部分，旣是人盡皆知的道理，那麼沒有言語的思想還成什麼東西？沒有演奏家的音樂又是什麼？

然而不論他訓誡克利斯朵夫的用意如何，究竟維護了孩子精神上的均衡，不致因祖父的獎飾而喪失。而且在這一點上，他的訓誡還嫌不夠。克利斯朵夫立刻認爲祖父比父親聰明得多；他的不至疾首蹙額的去彈琴，並不眞是爲了服從而是爲了稱心如意的夢想，他的手指在鍵盤上移動的時候，心裏便胡思亂想起來。他一邊彈着無窮盡的練習，一邊聽見有一種驕傲的聲音不住的在內心喊着：『我是一個作曲家，一個偉大的作曲家。』

從這一天起，因爲他是一個作曲家，便開始作曲了。在勉強能夠寫信之前，他試着在家用帳簿上撕下來的紙片上塗着烏黑的音符。但要知道自己有什麼思想，如何把它寫下來，於他倒是一椿苦事，結果是除了強、求、思、想、以外，甚麼也想不出來。他在創造樂句的時候，也有同樣百折不撓的精神；因爲他是天生的音樂家，好歹總算達到了目的，可是那些句子依舊毫無意義。他卻得意非凡的拿給祖父看，弄得他喜極而泣，——如今他年紀愈大愈容易流淚了——說是妙極了。

這種情形儘夠把孩子養得驕縱起來。幸而他天生是明白事理的，再加上一個自以爲從不予人影響的人的影響，纔完成了他的教育。——那是魯意莎的哥哥，在世人眼中正是一個十足道地的明理識性的模型。

他和她一樣矮小、清瘦、羸弱，有些傴背。人家不知他準確的年紀，大概還不過四十歲，但好像已經五十，甚至五十以上的樣子。他有一副小小的皺襞的、微紅的臉；和善的藍眼睛很蒼白，彷彿枯萎的相思花。他的便帽是到處戴着的，因爲怕冷，怕過路風；當他除下時，便露出一顆光禿的小頭顱，淡紅色的，圓錐形的，叫克利斯朵夫和小兄弟們一見便樂不可支。他們老是拿他開玩笑，問他怎樣處置了他的頭髮，加上曼希沃劇烈的打趣，更使他們恐嚇他要鞭打他的光頭。他總是第一個先笑開了，很有耐性的聽讓他們擺佈。他是一個流浪的小販，一村復一村的背着一個包裹，其中包羅萬有什麼糖、鹽、紙張、圍巾、鞋子、罐頭食品、日曆、曲譜、樂品、一應俱全。好幾次有人想叫他住定一處，替他盤下一副生財，一爿雜貨店。但他總是擺不下去：夜裏起來把鑰匙放在門下，背着包裹走了。這樣便可幾個月的毫無影蹤。後來卻又出現了：黃昏時候，聽見叩門的聲音，門挨開了一半，露出一個禿頂的頭，恭敬地脫下帽子，睜着他和善的眼睛，怯生生地微笑。他說：『大家好』進來之前留神拭着他的鞋子，從年紀最大的起頭向每個人行禮，之後，揀屋裏最隱僻的一角坐下。他抽着煙斗，傴着背，靜待大家照例的冰雹似的打趣告終。克拉夫脫父子都含着輕蔑的神氣侮弄他。他們覺得這個傢伙很可笑；小販的微賤的地位又損傷了他們的尊嚴，他們對他明白露骨的表示這種情緒；但他好似毫無知覺，儘管很敬重他們，把他們弄得軟化了，尤其是老人，對於人家對他的敬禮特別敏感。他們歡喜和他劇烈的打趣，甚至魯意莎都要為之臉紅。她早已低首下心，承認克拉夫脫家種種方面的優越，決不懷疑她的丈夫與舅翁是否有理；但她溫柔地愛着她的哥哥，他心中也暗暗地敬愛她。他們兩人都是家裏沒有親族的人，都是卑微的，處處退縮的，被人生壓倒了的；同病相憐的情緒，逆來順受的性格，使他們依依不捨，滿是辛甜交迸的感覺。克拉夫脫父子又壯健，又快活，是愛說愛笑，亨樂人生的人；在他們中間，這一對怯弱而善良的人好似處在人生之外或人生的旁邊，心心相印，同病相憐，可從來不說出來。

克利斯朵夫那種兒童式的殘酷與輕狂的性格，和祖父與父親一樣，對於小販抱着輕侮的心理。他當他一件滑稽的東西開懷；他的荒唐過分的惡作劇，對方總是泰然忍受。克利斯朵夫心裏可愛着他，只是自己也不覺得罷了。他的愛他，第一因爲他有如一件馴服的玩物，要他怎樣就怎樣。第二也因爲總可以從他那邊弄到些好東西：一塊糖啊，一張圖象啊，什麼有趣的新鮮玩意啊等等。這個小人物的來到使孩子們皆大歡喜，因爲他常有些出人意外的玩意兒。他雖然很窮，卻總有法子給他們每人一件恩物；他也不會忘記家裏任何人的節日（按係指本名聖徒的節日，西俗視爲一人一年中的大節。）。他準期而至，從袋裏摸出些討歡喜的禮物，總是有心有意挑選的。大家受慣了這些饋贈，難得想到謝他一聲。他呢，有東西能夠送人這種樂趣似乎已使他心滿意足了。但不大睡得安穩的克利斯朵夫在夜裏溫着白天的事情的時候，偶而想起舅舅的慈愛，也對這個可憐的人懷着感激之情；可是一到見了舅舅的面又絕無表示，一心只想調侃他了。而且他年紀太小，不懂得善良眞有如何的價值：在兒童的語言中，善與惡差不多是同義字；高脫弗烈特舅舅便是一個活潑潑的好證據。

一晚曼希沃出外應酬去了，高脫弗烈特獨自在下面的房裏，當魯意莎安排兩個小的去睡覺時，他走出去坐在屋子附近的河邊。克利斯朵夫閒着無事，便跟踪他，照例如小狗般作弄他，直弄到自己氣吁吁的滾在他腳下。他躺在地上，把鼻子鑽在草裏。等他喘息稍定，又尋些別的傻話來說；想到之後便大聲嚷着笑彎着腰，臉孔一直埋在泥裏。可是毫無回音，他覺得這種靜默有些奇怪，擡起頭來預備把傻話再說一遍。他一眼瞅着高脫弗烈特的臉，在沈沈暮靄中罩着金黃色的霧氣。他的妙語在喉頭停住了。高脫弗烈特微笑着，半闔着眼睛，半張着嘴巴；悲苦的面容顯得非常嚴肅。克利斯朵夫擡起身子端相着他。黑夜來了；高脫弗烈特的臉龐漸漸隱沒了。四下裏是一片靜寂。克利斯朵夫也被高脫弗烈特臉上映射出來的神祕的印象懾住了。大地在陰暗中，天上很清明：羣星顯現了。河上，微波拍岸。孩子迷迷惘惘，不知不覺地嚼着草。蟋蟀在身旁叫着。他覺得自己要睡去了……突然高脫弗烈特在黑暗中唱起來。他的聲音很微弱，重濁，像是抑在內部的聲音，二十步外就聽不清。但它有一種動人的眞摯；可說是有聲的思想，在這種明如秋水的音樂裏面，直可燭照出他的心底。克利斯朵夫從未聽到這樣的唱，亦從未聽到這樣的歌。遲緩的，簡單的，天眞的，這種歌聲用着嚴肅的、凄凉的、單調的、從容不迫的節拍前進，——間以長時的休止，——隨後又繼續出發，並不顧慮到達它的終點，便在黑夜中消失。它彷彿來自遠方，可不知它究竟何往。它的淸明的情調中充滿着騷亂：表面的靜謐之下藏有悠久的愴痛。克利斯朵夫凝神屛氣，不敢動彈，他感動得全身發冷。歌聲終了之後，他匍匐而前，啞着喉嚨叫道：

——舅舅！……

高脫弗烈特不回答。

——舅舅！孩子又說，一邊把他的手和下巴擱在高脫弗烈特的膝上。

高脫弗烈特用親切的聲音答道：

——我的孩子。

——這是什麼啊，舅舅？告訴我，你唱的是什麼東西？

——我不知道。

——告訴我是什麼！

——我不知道。這是一支歌。

——是你編的麼？

——不，不是我編的！你眞是好古怪的念頭！……這是一支舊曲。

——誰編的？

——不知道。

——什麼時候編的？

——不知道。……

——當你小的時候麼？

——在我出世之前，在我父、祖、曾祖出世之前，這是一向有的。

——多奇怪！從來沒有人和我講起過。

他思索了一會：

——舅舅，你還知道別的麼？

——知道的。

——再唱一支，好麼？

——爲什麼再唱一支？一支已夠。一個人需要唱應當唱的時候纔唱。不該爲了娛樂而唱。

——可是，當人家演奏音樂的時候？

——這不是音樂。

孩子沈思起來。他不大懂得。但他要求說明：的確，這不是音樂，不是一般的音樂。他又問道：

——舅舅，是不是你，你編造的？

——什麼？

——那些歌！

——那些歌？吠！怎麼我可以編造呢？這是不能編造的。

孩子用那慣有的邏輯追問道：

——但是，舅舅，這在從前究竟是有一次編造出來的啊？……

高脫弗烈特堅決地搖搖頭：

——這是一向有的。

——但是，舅舅，難道人家不能再作別的，不能編造新的歌麼？

——爲什麼要編？已經各式齊備了。有爲你悲哀時唱的；有爲你快活時唱的；有爲你倦於征途而想念遙遠的家的時候唱的；有爲你唾棄自己的時候唱的，因爲你曾經是一個卑賤的罪人，地下的一條蟲；有爲你想哭泣的時候唱的因爲別人待你不好；有爲你心地歡樂的時候唱的，因爲風和日暖，天朗氣清，你看到永遠仁慈永遠對你微笑的上帝的天地……爲一切一切的情境都有了。爲什麼我要編造呢？

——爲做一個大人物！孩子說；他心中是裝滿了祖父的教訓和他天真的夢想。

高脫弗烈特溫和地笑了笑。克利斯朵夫懊惱起來，問道：

——爲什麼你笑？

高脫弗烈特答道：

——呋！我，我不爲什麽。

他撫摩着孩子的頭，問道：

——那末你要做一個大人物麽，你？

——是的，克利斯朵夫高傲地回答。

他以爲高脫弗烈特會讚賞他。高脫弗烈特卻問道：

——幹麽做大人物？

——爲編造美麗的歌曲？

高脫弗烈特重又笑道：

——你要作歌，爲要做一個大人物；你要做一個大人物，爲要作歌。你倒像一條追着自己的尾巴打轉的狗。

克利斯朵夫生氣了。要是在別的時候，他決不肯忍受慣被他嘲笑的舅舅反過來嘲笑他。同時，他從未想到高脫弗烈特竟有相當的聰明可以在推理上難倒他。他搜尋着答辯或無禮的話來回報他，可是一句也找不到。高脫弗烈特接着又說：

——當你長大之後，你永遠不會作一支歌曲。

克利斯朵夫抗議道：

——如果我要作呢！……

——你愈要作便愈不能作。要作，須得和它們一樣。聽啊……

月亮剛從田野後面上升，圓圓的，光華燦爛的。一層銀色的霧在地面上，在閃鑠的水面上浮動。青蛙們在談話，草地裏的蝦蟆唱出幽揚的聲音。蟋蟀銳長的低鳴彷彿應答星光的閃動。微風拂着榛樹的枝條。河後的山崗上，傳來夜鶯清脆的歌聲。

——何用你歌唱呢？高脫弗烈特沈默了長久，嘆着氣說。——（不知他對自己說還是對克利斯朵夫說。）——難道它們不比你所能作的一切唱得更好麼？

這些夜間的聲響，克利斯朵夫不知聽過多少次，但從沒聽到這樣的境界。的確：何用人們歌唱呢?……他覺得心裏充滿着柔情與哀傷。他眞想擁抱草原、河流、天空、親愛的星。他對高脫弗烈特舅舅懷着一腔的愛，此刻他認爲舅舅是所有的人中最善、最美、最聰明的一個。他想他從前何等錯看他，舅舅一定很難過的，因爲克利斯朵夫不了解他，他心中非常痛悔，眞想向他嚷道：『舅舅，不要難過了，我不再凶惡的了！寬恕我，我眞愛你！』但他不敢。——他驀地撲在高脫弗烈特的臂抱裏，但心裏的說話無從出口，只是反覆地說：『我眞愛你！』一面又熱烈地擁抱他。高脫弗烈特又驚又喜，儘管說：『怎麽？怎麽？』他也擁抱孩子。——隨後他站起來牽着他的手說：『得回去了。』克利斯朵夫很憂鬱，因爲舅舅沒有懂得他的意思。但當他們到家時，高脫弗烈特向他說：『別的晚上，如果你願意，我們再去聽上帝的音樂，我再給你唱別的歌。』克利斯朵夫感激地擁抱他和他道晚安，看出舅舅是懂得他了。

從此以後，他們常常在黃昏時一起散步；他們不交一言的沿河走，或是穿過田隴。高脫弗烈特慢慢地抽着煙斗，克利斯朵夫拉着他的手，對着陰暗有些害怕。他們坐在草上；靜默了一會之後，高脫弗烈特和他談着星辰和雲彩，教他辨別泥土、空氣與水的氣息，辨別在黑暗中飛舞蠕動跳躍浮游的萬物底歌聲、叫聲、響聲；告訴他晴雨的先兆，夜間的交響樂中的無數的樂器。有時高脫弗烈特唱着或悲或喜的歌曲總是一派的；克利斯朵夫聽到時也有同樣的激動。他一晚從來不唱一支以上的歌曲；克利斯朵夫注意到：若是要求他時，他是唱得很勉強的；必得要他自然而然心裏想唱時纔行。往往要默默無聲的等待長久；正當克利斯朵夫想着『他今晚不唱的了』的時候，高脫弗烈特纔決意唱。

一天晚上，恰巧高脫弗烈特不唱歌，克利斯朵夫想起把他作的小小的歌曲，他費了許多心血，自己非常得意的作品唱給他聽。他要表現自己是一個何等樣的藝術家。高脫弗烈特靜聽着，末了他說：

——這多難聽，可憐的克利斯朵夫！

克利斯朵夫羞得一句話也答不出來。高脫弗烈特憐憫地又說：

——爲什麼你作這支歌呢？多難聽！又沒有人強迫你做。

克利斯朵夫憤慨極了，滿面通紅的抗議道：

祖父認爲我的音樂很好哩。

——啊！高脫弗烈特不慌不忙的說。他一定是有理的。這是一個博學的人，他在音樂方面是內行。我，我是一些不懂的。……

過了一會又道：

——但我覺得很難聽。

他平靜地望着克利斯朵夫，看見他失望的臉色，便笑道：

——你還有別的歌曲麽？也許我更歡喜別的。

克利斯朵夫想他別的歌曲的確可以消滅第一支的印象；便全部唱給他聽。高脫弗烈特一聲不響，等他唱完之後，搖搖頭，十分肯定的說：

——這更難聽了。

克利斯朵夫咬着口唇，下巴發抖；眞想哭出來。高脫弗烈特彷彿也狼狽起來，堅持道：

——這多難聽！

克利斯朵夫用着幾乎要哭出來的聲音喊道：

——可是究竟爲什麼你說它難聽？

高脫弗烈特忠厚的眼睛望着他答道：

——爲什麼？……我不知道……且慢……它的難聽……第一因爲它無聊……是的，對了……它是無聊的，毫無意思……當你寫作的時光，你沒有什麼可說。爲什麼你要寫呢？

——我不知道，克利斯朵夫用着可憐的聲音說。我想寫一支美麗的歌曲。

——對啦！你是爲寫作而寫作的。你爲要做一個大人物爲要叫人佩服纔寫的。你曾經驕傲自得，你撒了謊：所以你受罰了……對啦！在音樂上驕傲而說謊時，總免不了受罰。音樂需要謙虛與真誠。否則它算什麼呢？豈非對上帝的不敬與褻瀆麼？上帝是永遠賜給我們美妙的歌曲，說着老實話的。

他覺察孩子的難堪，想擁抱他。但克利斯朵夫憤憤地閃開了；幾天之內他對他生氣了。他恨高脫弗烈特。——但他徒然對自己說：『這是一頭驢子！甚麼都不知道。比他聰明得多的祖父卻認爲我的音樂很好；』——心裏可明白舅舅是對的；高脫弗烈特的說話印入他的腦裏了；他覺得自己說謊之可恥。

因此，雖然他固執地懷着仇恨，他此刻寫作音樂時總忘不掉舅舅了；因爲想起『舅舅作何感想』的念頭，常常羞愧地把所寫的東西撕掉。當他不知不覺寫了一支明知不大眞誠的樂曲時，便小心謹藏起來不給舅舅看到，想起他的批判就要發抖；只要高脫弗烈特說：『這還不壞……我歡喜……』他就十分高興了。

有時爲報復起計，他賣弄狡猾，把名家的作品冒充自己的唱給他聽，要是高脫弗烈特偶然認爲可厭時，他便樂不可支。但高脫弗烈特並不着慌。他看克利斯朵夫拍着小手在他周圍歡舞跳跟時，他也眞心的笑了；而且他總是這樣的答辯：『這或許是寫得很好的，但毫無意義。』——他從來不願赴那些人們在家裏組織的小音樂會。不論所奏的作品多美，他總開始打呵欠，裝出一副煩悶的神氣。不多時他支持不住，無聲無臭的溜走了。他說：

——你瞧。孩子：你在屋內所寫的一切全不是音樂。屋內的音樂等於屋內的太陽。音樂是在外面的，是在你聞着上帝的可愛的小曲的時候的。

他老是講起好上帝：因爲他很虔敬，和每星期五守齋而裝做非常剛強的克拉夫脫父子不同。

* * * * * *

不知什麽緣故，曼希沃突然改變了意見，他不但贊成祖父保存了克利斯朵夫的作品，而且費幾晚的功夫把樂稿鈔寫了兩三份，使克利斯朵夫大爲驚奇。人家問他緣故時，總是答說『將來自會明白；……』或是一邊笑一邊搓着手，摩着孩子的頭給他開玩笑，再不然是高高興興地打他幾下屁股。克利斯朵夫討厭這種親熱；但他看到父親的確很快活，只覺得莫名其妙。

曼希沃和祖父之間頗有神秘的計議。一天晚上，克利斯朵夫很驚訝的得悉，他，克利斯朵夫，把『童年的樂趣』題獻於雷沃博大公爵殿下了。曼希沃先探得了親王的意思，知道他很樂意接受這種敬禮。於是曼希沃得意非凡的聲言，一刻也不能躭誤，應當進行下列幾項步驟：一、繕具正式的聲請書遞呈親王；二、刊印作品；三、組織一個音樂會演奏孩子的作品。

曼希沃和約翰・米希爾又開了好幾次長久的會議，熱烈地討論了兩三晚。那是不准人家去擾亂他們的。曼希沃繕寫，修改；修改，繕寫。老人高聲說話，彷彿念着詩句。有時他們生氣，或者拍着桌子，因爲他們想不出措辭。

之後，他們把克利斯朵夫叫去，安排他坐在桌子前面，握着筆，右邊站着父親，左邊站着祖父；後者隨即念出詞句叫他默寫，句子的意義孩子是完全不懂的，一則他每一個字寫來都很喫力，二則曼希沃在他耳邊高聲嘶喊，三則老人的聲調那樣的做作。已叫克利斯朵夫心慌意亂，簡直不想再去聽它的意義。老人的感動亦不下於他，坐立不安的在室內踱來踱去，用各式各種的手勢來做文字的表情；他又時時刻刻來看孩子的寫作；克利斯朵夫被背後兩顆巨大的頭顱嚇昏了，伸着舌頭，筆都抓不住，字體的勾勒太長了，或者把所寫的字都弄糊塗了；——於是曼希沃怒吼狂叫，米希爾大發雷霆；——必得重頭再寫，老是重頭再寫；等到快要完工時，毫無斑點的紙上又落上一大滴墨汁：……於是大家擰他的耳朵，他眼淚汪汪的；可還不准哭出來，因爲要防淚水弄汚紙張；——老人只得重新再念，從第一行起；他以爲要長此下去，至死方休的了。

終於完工了；約翰·米希爾靠着壁爐架，用着快樂的聲調覆念一遍；曼希沃仰在椅子裏，眼望着天花板，顚頭聳腦的裝做內家，體味着書信的風格：

高貴尊嚴之殿下！

竊臣行年四歲，音樂即爲臣兒童作業。自是以還，文藝之神寵錫有加，屢頒靈感。光陰荏苒，倏屆六齡：文藝之神頻頻以抒寫胸臆爲囑。顧渺小幼弱，稚騃無知，臣恐又安敢輕於嘗試。唯神命難違，不得不勉力以副，迺成拙作，謹敢不辭罪戾，瀆呈於吾

高貴之殿下之前，以博一粲。伏維

殿下聰明睿智，德被六藝；四方才士，皆蒙

恩澤；區區愚忱，當邀

洞鑒！

臣約翰・克利斯朵夫・克拉夫脫百拜具呈。

克利斯朵夫甚麼也沒有聽到；他能把功課交代完了已是不勝欣幸：唯恐人家要叫他再寫一

遍,便溜到野外去了。他對於自己所寫的東西毫無概念,也毫無顧慮。但老人念了一遍再念一遍,以便好好的體味一番;等到完了時,他和曼希沃一致同意,認爲是一篇傑作。信和作品一齊呈上之後,大公爵也表示同樣的意見。他叫人傳言兩者的風格都很優美。音樂會的事情也得邀批准了,他允許把他音樂研究院的大廳讓曼希沃自由支配,並且答應在舉行音樂會的那天召見青年藝術家。

於是曼希沃趕緊組織音樂會。宮廷音樂聯合會答應幫他忙;初步奔走的成功激動了他偉大的意念,便同時籌備用精美的版本刊印『童年的娛樂』。他想在封面上加一張他和克利斯朵夫兩人的鏤版像,孩子坐在鋼琴前面,他,曼希沃,手裏拿着提琴。但事實上他不得不放棄這個計劃,並非爲了費用的昂貴——這是曼希沃從來不畏縮的,——而是爲了時間趕不及。於是他換了一幅象徵的圖畫,着一隻搖籃,一個喇叭,一個鼓,一隻木馬,中間是一架豎琴,放射太陽的光芒。獻辭中親王的名字印得特別大,作者的題名是『約翰·克利斯朵夫·克拉夫脫,旹年六歲。』(實在他已有七歲半)那張圖畫的鏤版費很貴,直叫祖父賣掉了一座十八世紀的雕有人像的古櫃纔籌得這筆款子;那是老人從來不肯割愛的東西,雖然古董商華姆塞和他商量過好幾次,他總不肯答應。但曼希沃確信樂譜發售預約的收入一定遠過於付出的費用。

還有一樁事情叫他們忙着呢：即克利斯朵夫在音樂會中所穿的服裝問題。他們舉行了一個家庭會議。曼希沃的意思，想叫孩子穿着短服，足脛裸露着，像一個四歲的孩子的打扮。但克利斯朵夫在他的年紀看來已很壯實；而且人人認識他，沒法瞞過大衆的。於是曼希沃想出一個非常得意的念頭：決定叫他穿着燕尾服，打着白領結。魯意莎儘管反對，儘管說他們要把孩子弄成一副可笑的模樣也是無用。曼希沃已預想到這種出人不意的裝束所能發生的效果。事情就此決定了；裁縫便來量取這個小人物的尺寸。此外還要講究的內衣與漆皮鞋，這些又是貴得非凡的東西。克利斯朵夫穿着新裝拘束不堪。爲使他習慣起見，人家叫他穿了新衣練了好幾次琴，也教他如何行禮。他一刻兒的自由也沒有了。他很憤怒，但不敢反抗：因爲他想自己將要完成一件顯赫的事業；他爲之又是驕傲又是害怕。大家很疼他；怕他受涼；頸項裏圍着絲巾；鞋子有人替他烘燥；飯桌上他有最道地的菜。

終於偉大的日子到了。理髮匠先來開始替他作初步的化裝，把他倔強的頭髮燙鬆了，直到像羊毛一般柔順服貼時方始放手。全家的人在他周圍巡閱，說他漂亮極了。曼希沃把他左右前後端相過後，用手在額角上敲了一下，去採了一朵花插在孩子的衣襟上。魯意莎向天舉着手，悲哀地說他的神氣活像一隻猢猻。這句話叫克利斯朵夫非常難受。他自己也不知對他的打扮應該得意還是含羞。他本能地覺得侷促不堪；在音樂會中可更加慌得厲害了：這便是他可紀念的一天的主要情操。

* * * * * *

音樂會快要開始了。場中一半是空的。大公爵沒有來。一個親熱而消息靈通的朋友來報告新聞，說府裏正在開會，大公爵不會來的了：這是從可靠方面得來的訊息。曼希沃悶悶不樂，騷亂非凡，大踏步的踱着，俯在窗上張望。老約翰·米希爾也在着急，但他是在替孫子擔心，絮絮不休的叮囑他。克利斯朵夫也感染了家人的狂亂；他的樂曲是不放在心上的，但想到向大衆行禮的念頭不免慌張起來；因爲拚命的想，簡直是苦悶極了。

可是必得要開場了：羣衆已露出不耐煩的神氣。樂隊奏起高利奧朗的序曲（按高利奧朗爲紀元前五世紀時之將軍，貝多芬以之爲題，作有序曲）。孩子既不知高利奧朗，亦不知貝多芬；因爲雖然常常聽到他的作品卻並不知道作者；他從不關心所聽到的作品是什麼題目；他用自己發明的名字稱呼它們，編造出小小的故事或小小的景色：他通常把作品分作三類：水、火、土，其中更有無數細微的區別。莫扎爾德是屬於水的一類的；他是河畔的一片草原，在江上飄浮的一層透明的游霧，一場春天的細雨，一條虹霓。貝多芬卻是火的；時而是烈焰熊熊，濃煙繚繞的炭火，時而是一座着火的森林，放射出一股霹靂四射的濃密的火雲；時而是滿天閃爍着毫光，在九月的良夜裏顯出一顆明星，緩緩地流過，隱滅了，令人看着中心顫動。這一次，這顆英雄的靈魂底熱情，依舊使他中心沸騰。火焰把他捲去了。其餘的一切都消滅了：這其餘的一切與他又有什麼相干？慌忙失措的曼希沃，懊惱苦悶的約翰·米希爾，這一切忙亂的人物，群衆，大公爵，小克利斯朵夫，他把這些人做什麼用呢？他正處在如醉如狂的意境中。他氣吁吁的，噙着眼淚，兩腿軟癱了，從手掌到腳踝都痙攣了；血液洶湧，渾身發抖……——正當他這樣的豎起耳朵，藏在一根臺柱後面聽着的辰光，樂隊倏地中止了；休止了一刻之後，用銅樂器奏起軍樂來。兩種音樂的轉換，來得如是突兀，使克利斯朵夫不禁咬牙切齒，憤怒非常的在地下跺腳，對着牆壁悅悅擧頭。但曼希沃高興的了不得：原來是親王駕到了，所以樂隊奏着國歌向他致敬約。翰·米希爾對孫兒重又頗聲叮囑了一遍。

序曲從新開始，終於奏完了。此刻可輪到克利斯朵夫登臺了。曼希沃把節目排得很巧妙，使他的和兒子的技藝同時表顯出來：他們將合奏莫扎爾德的一闋鋼琴與提琴的朔拿大。爲增加效果起計，克利斯朵夫應當單獨先出場。人家把他領到前臺的進口處，指給他看放在臺上前部的鋼琴，又重新把擧動教了他一遍便推他出去。

他並不過於害怕，因爲他長久以來已經在戲院裏走慣了。但當他獨自站在臺上，而對着百來隻眼睛的時候，他驀地膽小起來，自然而然的望後一退，甚至想縮進後臺：但他看見父親怒目而視，做着手勢，只得繼續向前。而且臺下的人已經瞥見他了。他一邊前進一邊聽見四座交頭接耳的好奇的聲音，隨後又繼之以笑聲，漸漸傳遍全場。曼希沃的預測完全不錯，孩子的裝束果眞發生了他意料中的效果。這個頭髮長長的孩子，布希米人般的皮色（按係微帶棕色之謂），怯生生的拖着紳士式的晚禮服，叫滿座的人爲之粲然。有些人士站起來看個仔細；一忽兒四下裏盡是一片鬨笑聲，這當然毫無惡意，但卽是最鎮定的演奏家也要爲之神魂不定。笑聲，目光，對準着臺上的手眼鏡，把克利斯朵夫駭壞了：他唯一的念頭是走到鋼琴，在他心目中那無異是大海中一座島嶼。他低着頭，目不邪視，沿着臺邊加緊腳步；到得中間時，並不像預定的那樣對大衆行禮，卻旋轉背去逕自撲向鋼琴。椅子太高了，沒有父親的幫助坐不上去：他慌亂中並不等待，竟屈着膝蓋爬上去。臺下的人看了又爲之樂開了。但此刻克利斯朵夫是得救了：在他的樂器前面，便誰也不怕了。

終竟曼希沃亦出場了；他承蒙羣衆的好意，報以相當熱烈的彩聲。朔拿大開場了。孩子奏來非常穩實，無懈可擊，抿緊着嘴，眼睛釘住了鍵盤，兩隻腳垂在椅子下面。音符一個個的流過，他漸漸的覺得更自在了，彷彿處於熟稔的朋友中間。一陣喁喁的讚美聲一直傳到他耳邊；他想起大家緘默着靜聽他讚賞他，不禁志得意滿起來。但他一奏完，恐懼重又抓住他的心：人家對他的彩聲使他害羞甚於快樂，當曼希沃牽着他走到臺邊向大衆行禮時，更加羞愧無地。他順從着，深深地行了禮，冒失的神氣令人覺得好玩；他可侷促不堪，臉紅耳赤，彷彿做了甚麼可笑下賤的事情。

他重新被人抱在櫈上：獨奏着『童年的娛樂』。這可轟動全場了。每曲終了，大家熱烈歡呼；要求他再奏一遍；他對於自己的成功非常得意，同時亦差不多生氣了，因爲他們的喝彩簡直如同命令。演奏完畢，全場的人站起來歡呼叫好；大公爵傳令一致鼓掌。但這一次因爲克利斯朵夫獨自在臺上，便坐在椅子裏一動也不敢動。他漸漸低下頭去，通紅着臉，不知如何是好；他拚命扭轉着臉不敢朝臺下覷視一眼。曼希沃出來把他抱在手裏，要他用手做飛吻的姿勢，指給他看大公爵的包廂。克利斯朵夫全然不聽。曼希沃抓着他的手臂，低聲威嚇他。於是他柔順地做了手勢，但低垂着眼睛，繼續扭轉着頭，苦惱極了：他莫名其妙的痛苦着，自尊心受傷了，他不歡喜那些在場的人。他們徒然對他拍手，他總不能寬恕他們的笑，拿他的窘相來開心，他不能寬恕他們看見他這副可笑的形景，縣在空中送着飛吻；他差不多恨他們喝彩了。等到曼希沃放他下地時，他立刻奔向後臺。在路上，一位太太把一束紫羅蘭擲中了他的臉，他狼狽不堪，愈加拔步飛跑，甚至撞倒了一張椅子。他愈跑，人家愈笑；人家愈笑，他愈跑。

終於他到了舞臺的出口處，在一大堆擁塞着看他的人羣中低着頭鑽過去，一直跑到後臺底上躲着。祖父欣喜欲狂，儘管祝福他。樂隊裏的樂師笑開了，向孩子道賀，他卻既不願望他們一眼，也不肯握一握手。曼希沃側着耳朵靜聽着，估量着不絕的掌聲，要把克利斯朵夫重新領到前臺去。但孩子執意不肯，拉着祖父的衣裾，不論誰走近他總是舉足亂踢。後來他竟大哭起來，人家只得把他放下。

正在這個時候，一位官員進來說大公爵傳喚兩位藝術家到包廂裏去。這種形景的孩子怎能出去見人呢？曼希沃咒罵着，他的憤怒更增加了克利斯朵夫的恐懼。爲遏止他洪水似的眼淚起計，祖父答應他一斤可可糖，要是他靜下來的話；貪饞的克利斯朵夫馬上停止了；嚥着眼淚，聽人擺佈，但還要人家預先賭咒，決不出其不意的再把他送到臺上去。

到了親王包廂的客室裏，他先見一位穿着便服的先生，哈叭狗式的臉龐，口脣上留着一撮鬍子，下面垂着尖尖的短鬚，身材矮小，血色健旺，胖胖的，半取笑半親熱的招呼他，用肥大的手拍拍他的面頰，稱他爲『再世的莫扎爾德！』這便是大公爵。——接着，他去見公爵夫人，她的女兒，以及其他的貴冑。但因爲他不敢擡起眼睛，所以對於這些漂亮人物的唯一的回憶，只是從腰帶到腳這一部的美麗的衣飾與制服。他坐在年青的公主膝上時，既不敢動彈，也不敢呼吸。她向他提出許多問句，曼希沃用着必恭必敬的呆板的方式回答：但她不聽曼希沃，只顧調侃着孩子。他覺得面孔愈來愈紅了；又以爲個個人都注意到了他的臉紅，想要尋句話來解釋，便深深地嘆了一口氣，說道：

——我臉紅了，我很熱。

少女笑開了。但克利斯朵夫並不像剛纔恨大衆一般的恨他；因爲這笑聲是令人聽了愉快的；她又擁抱他，他也絕對不惹厭。

這時候，他瞥見在走廊裏包廂的進口處，祖父帶着一副又高興又羞愧的神氣，也想進來說幾句話，只是不敢，因爲沒有人招呼他。克利斯朵夫心中突然湧起溫情，覺得非要人家對這可憐的老人也給以公平的待遇，非要人家知道他的價值不可。他的舌頭轉動了；他湊到他新交的女友耳邊喃喃地說：

——我要告訴您一樁秘密。

她笑着問：

——哪一樁呀？

——您知道，他接下去說，我的舞曲中美麗的脫利奧，我剛纔奏的舞曲？……您知道麼？……——（他輕輕的哼着）——噯！這是祖父作的，不是我的呀。所有其他的歌曲都是我的。但這一闋卻是最美的。那是祖父作的。祖父不願意人家說出來。您不會說的罷？……——（他指着老人）——唔，那個便是祖父。我眞愛他。他待我眞好。

這麼一來，年青的公主哈哈大笑了，說他眞是一個可愛的寶貝，拚命的吻他，可是出乎克利斯朵夫意料之外的，她竟把這件事情向大家說了出來。大家一齊笑了；大公爵向老人道賀，他卻羞慚無地，想解釋一番，期期艾艾的好似罪犯一般。但克利斯朵夫再也不向少女說一句話；儘管她作弄，他總是不響，扳着臉孔：他瞧不起她，因爲她不守信約。他對於親王們的印象也因了這件不光明的舉動而大受影響。他非常憤慨，以至人家所說的話，和親王笑着稱他爲「他的」鋼琴家，「宮廷音樂師」等等，一概沒有聽見。

他和家人們出來，從戲院的走廊裏直到街上，老是被人包圍着，有的恭維他，有的使他大大不快的擁抱他；因爲他不願被人擁抱，絕對不容許人家不邀他的同意而隨便擺佈他。

終於，他們到了家，一關上門，曼希沃立刻罵他爲『小混蛋』，因爲他說出脫利奧不是他作的緣故。孩子明知他所做的是一件高尙的行爲，値得稱讚而非該受埋怨的，便反抗起來，和父親挺撞。曼希沃生氣地說，要是他不會好好地彈奏的話，還要挨一頓打哩；但他做了這種蠢事以後，音樂會的效果全失了，克利斯朵夫對於公道正誼懷有很深的信念；便坐在一隅發氣：他對父親、公主、所有的人都瞧不起。鄰人們來向他的父母們道賀，和他們一起歡笑，好像是他的父母演奏的，又好像他是他們的，他們大家的一件東西，愈加憤憤不平了。

這時節，府裏的一個僕役奉着大公爵的命送來一隻金錶，年青的公主送給他一匣細巧的糖。兩件禮物都很得克利斯朵夫的歡心；他不知更愛哪一件；但他心情那麼惡劣；一時不肯承認自己歡喜；他繼續生氣，覷着糖果，自忖對於一個背信的人的禮物究竟應否收受。他正在想讓步的辰光，他的父親要他立刻坐到書桌前面，由他念出字句來叫他寫一封感謝的信。這可究竟過分了！或者爲了一天的慌亂，或者爲了曼希沃要他寫

『殿下的賤僕，音樂家……』

那樣叫他羞慚無地的字句，他竟大哭了，沒有法子叫他寫一個字。僕人等着在旁冷嘲熱諷。曼希沃只得自己動筆。這可並不使曼希沃對他更加寬容。禍上加禍的是他把錢掉在地下，打破了。咒罵像冰雹似的集中在他身上。曼希沃嚷着說罰他沒有點心。克利斯朵夫憤憤地說這正是他所要的。為懲戒他起計，魯意莎聲言要收沒他的糖果。克利斯朵夫悲痛之餘，說她沒有這種權利，說那是屬於他的，他的，決不是任何人的：任何人不能搶他的！他挨了一巴掌，盛怒之下把匣子從母親手裏搶過來。摔在地下，踏一陣。他挨了一頓鞭打，抱到房裏，脫了衣服，放在牀上。

晚上，他聽見父母和朋友們享用着豐盛的晚餐，那是八天以前就為慶祝音樂會而預備起來的。他對於這種不公平的行為，憤怒到幾乎要死在枕上。他們高聲嘻笑，碰杯道賀。他們對客人說孩子疲倦了；沒有人眷念他。只在喫過晚飯以後，當別人告辭的辰光，有一個人的腳聲漸漸的近來，老約翰·米希爾俯在他的牀上擁抱他，叫他：『我的好克利斯朵夫！……』之後，他慚愧地溜走了，一句話也不多說，卻把藏在袋裏的幾塊糖塞給他。

這對於克利斯朵夫真是非常甜蜜。但他已經為白天的情緒弄得疲倦透了，再也沒有力量去染指祖父給他的好東西。他累乏之極，差不多倒下便睡熟了。

他的睡眠是不安穩的。他的神經都寬弛了，好像放電一般震撼的身體。一種獷野的音樂在夢中追隨着他。他半夜裏驚醒過來。白天聽到的貝多芬的序曲在耳邊作響，急促激動的氣息充滿着他的臥室。他在牀上坐起，揉揉眼睛，自問究竟睡着沒有……不，他沒有睡。他識得這種音樂，識得這種憤怒的呼號，這種瘋狂的叫吼，他聽到自己的心在胸中忐忑亂跳，血液在沸騰，面上給一陣陣狂熱的風吹着。迴旋飛舞，卻又突然停住，好似大力之神的意志把風勢阻斷了。這巨大的靈魂深入了他的內部，把他的四肢與心靈都支解了，變得無限的龐大。他在世界上走着。他是一座山，大風雨在內部吹打着。狂暴的大風雨啊！痛苦的大風雨啊！……噯噯！何等的痛苦！……但它無關係！他覺得自己那麼剛強……受苦罷！再要受苦！……啊！能夠剛強是多麼好！一個人剛強而能受苦是多麼好！……

他笑了，笑聲在靜寂的夜裏響亮着。父親醒了，喊道：

——誰啊？

母親輕輕地說：

——不要響！這是孩子在做夢！

他們三個都緘默了。周圍的一切都緘默了。音樂消散了，只聽見睡在房裏的人的不勻的鼾聲，

那是些患難的同伴，相倚相偎的坐在脆弱的舟中，被一種令人眩暈的力量驅使着，在黑夜裏飄浮。

卷一終

卷二·清晨

第一部　約翰·米希爾之死

清晨

三年過去了。克利斯朵夫快要滿十一歲。他繼續受他的音樂教育：跟聖馬丁寺的風琴手弗洛李昂・霍才習和聲學，那是祖父的一個朋友，很博學的人。老師教他說，凡是他最歡喜的和音，他聽了身心陶醉禁不住要打寒噤的和聲是不好的，禁用的。孩子追問什麼緣故時，所得到的唯一的回答是：因爲規律不允許。但他既是一個天性倔強的兒童，便反而因之更愛這些和音。他在人人佩服的大音樂家的作品中找到這種例子時非常快活，拿去給祖父或老師看。祖父回答說，這在大音樂家是令人欽佩的，貝多芬或罷哈（十八世紀德國大音樂家。）是百無禁忌的。老師卻沒有這般妥協的心腸，他生氣了，嚴厲地說這並非他們作品中最好的部分。

克利斯朵夫如今得以出入於音樂會和戲院了；各種樂器他都學着彈弄。他已奏得一手的好提琴；父親想替他在樂隊裏弄一個位置。他居然非常稱職，所以實習了幾個月之後，就正式被任為宮廷音樂聯合會的第二提琴手。這樣，他便開始掙錢；而這也並不嫌早了，因為家裏的情形一天不如一天。曼希沃愈加縱酒，祖父愈加老了。

克利斯朵夫明白家裏悽慘的境況，年紀雖小，卻已具有成人的嚴肅而擔着心事的神氣。雖然他覺得毫無興趣，雖然晚上不免在樂隊裏打瞌睡，但他很勇敢地完成他的職務。戲劇不再像他幼小的時候使他發生往日的情緒了。他小時候——四年以前——最大的野心是佔據他今日所佔據的位置。如今，人家叫他彈奏的音樂之中倒有一大半是他不歡喜的；他雖還不敢遽下批判，但心裏覺得那是些無聊的東西；要是偶然演奏高雅的樂曲時，他又不滿意別人演奏時的那種漫不經心的態度；他最愛的作品，結果不過使樂隊裏的同事們在幕下之後嘆嘆氣搔搔癢，微笑着拭着汗，平心靜氣的互相講些不相干的故事，好似做了一小時的健身運動後的情景。他從前鍾情的人物，那個金髮赤足的歌女，此刻又從近處看到了；他常常在休息用點的時間遇到她。她知道他曾經鍾情於她，也就樂意擁抱他；他卻毫無快感了：她的化裝，氣味，粗大的手臂，饕餮的胃口，都使他憎厭；如今他簡直恨她了。

大公爵沒有忘記他的鋼琴師：並非在鋼琴師這個頭銜上應得的微薄的月俸準期支付，——相反，這永遠要催討纔得領到哩；——但不時傳喚克利斯朵夫到府裏去，或是因爲有什麼貴賓到了；或是因爲那些爵爺們興之所至要聽他彈奏，往往是在晚上，正當克利斯朵夫想獨自清靜一會的辰光。那是非丟下一切急急奔赴不可。有時，人家叫他在下房裏等着，因爲晚餐沒有終席。僕役們見慣了他，便狎習地和他談話。隨後，他被引進一間金碧輝煌的客室，那些酒醉飯飽的人用刺眼的好奇的目光望着他。他必得走過上蠟的地板去吻爵爺們的手；他呢，愈長大愈不靈活，因爲他覺得自己可笑，他的高傲受到了損傷。

隨後他坐在鋼琴前面，不得不爲這些蠢貨——他認爲他們是這樣的東西，——彈奏。有時候，周圍那種淡漠的神氣竟使他不願終曲。他覺得缺乏空氣，好似要窒息一般。當他奏完時，人家稱讚他，介紹他見這個見那個。他想人家當他是親王豢養的珍禽異獸之一，所有的讚美倒是傾向於主人方面的成分多。他以爲被人看得卑微下賤，養成了一種病態的敏感，因爲不敢表現出來，所以愈加痛苦。在最單純的行動中，他亦看出侮辱的成分：要是有人在客廳的一隅笑，便以為是在笑他，可不知笑的是他的舉動呢還是他的服裝，面貌，手足。一切都使他感到屈辱：人家不和他談話他覺得屈辱，和他談話也覺得屈辱，當他小孩子般給他糖果也覺得屈辱，要是大公爵用那種貴人們隨便的態度在他臨走時給他一枚金幣，尤其使他難堪。他因為貧窮，因為被人認作貧窮而苦惱。有一天晚上回家的時候，他所受的金錢使他難過到甚至把錢丟在地窖的風洞裏。可是一忽兒後，他不得不卑賤地去拾回來，因為家裏積欠肉店的賬已有好幾個月了。

他的父母可不大想得到這種驕傲的痛苦。他們因他受到親王的優遇而很高興。善心的魯意莎，簡直想不出為她的兒子還有比在府第裏在那麼優秀的人群中消磨一晚更美妙的事。至於曼希沃，那更是在朋友面前誇耀的好資料。但最快樂的要算是老祖父。他很愛獨立不羈，議論長短，瞧不起爵嚴偉大；但他對於金錢、權勢、榮譽、社會的聲望等等，頗有一種天真的欽佩；當他看見孫兒接近那些有錢有勢的人們時，真是得意非凡：他深深的叫嚼着，好似這種光榮是他身受的一般；雖然他竭力裝做若無其事，總掩不住臉上的光彩。凡遇克利斯朵夫到府裏去的晚上，老約翰・米希爾總設法借端留在詹意涉那邊。他等待孫兒回來，簡直像孩子一般的不耐煩。當克利斯朵夫回家時，他先裝做漫不經心的神氣提出無關緊要的問句，好比：

——唔？今夜可順利麼？

或者是親熱的逗引，例如：

——啊，我們的小克利斯朵夫回來了，他會講些什麼新聞給我們聽聽哩。

再不然便用一句巧妙的讚語吹捧吹捧他：

——公子在上，我們這廂有禮了！

但克利斯朵夫沈着臉，顯得很懊惱，冷冷的回答一聲『晚安』之後便去坐在一旁生氣。老人繼續問訊，提出更確切的問句，孩子的回答卻祇有唯唯否否。別人也加入進來問長問短：克利斯朵夫可愈來愈雙眉緊鎖，一字一句差不多全是在他嘴裏硬逼出來的，終於約翰·米希爾盛怒之下，說出難聽的話。克利斯朵夫也對答得很不恭敬；結果弄得不歡而散。老人走了，砰的一聲關上了門。克利斯朵夫使這些可憐的人大爲掃興，他們也全然不懂他惡劣的心緒。要是他們在精神上甘爲奴僕，可並非他們的過錯！他們簡直想不到另有一種做人的方法。

於是克利斯朵夫變得深藏了；雖然他對家人不下什麼判斷，總覺得他和他們之間有一條鴻溝分隔着。當然，他也把這種隔膜的情形過於誇張；即使他們思想不同，但若他能和他們親切交談，亦未始不能叫他們了解他。然而最難的莫過於父母與子女間的絕對的親切，即令他們十二分的相親相愛亦難辦到：因爲一方面，尊敬之心減少了兒童的信託心；另一方面，自恃年高與富有經驗這種謬誤的觀念從中作梗，令人輕視兒童的情操，殊不知他們的情操有時和大人的一樣有意思，而且差不多永遠比大人的更眞誠。

克利斯朵夫在家見到的來往的人，聽到的談話，使他和家人隔離得更遠了。

到他們家裏來的有曼希沃的朋友，其中多數是樂隊裏的樂師，歡喜喝酒的獨身者；他們並非壞人，但是俗不可耐；他們的笑聲和腳聲直使屋宇爲之震動。他們愛好音樂，但議論音樂時的胡說白道實在惱人，他們熱情感動時的莽撞粗俗，大大地損傷了兒童純潔的情操。當他們這樣地稱讚他心愛的樂曲時，他覺得簡直是侮辱了他本人。他扳着臉，氣得發靑，裝出一副冰冷的神氣，假做對於音樂全無興趣；他竟要恨音樂了，要是可能的話曼希沃說他：

——這傢伙沒有心肝。他毫無知覺。我不知他這種性格是從誰那裏得來的。

有時他們一起唱着四部——四拍子的——合唱的日耳曼歌，是平板無味的和聲，進行得非常沈重遲緩，恰如那些歌唱的人一樣。於是克利斯朵夫躲在最偏僻的一間房裏對着牆壁咒罵。

祖父也有他的朋友：風琴師，地毯師，大胡琴師，都是一般嘵舌的老頭兒，永遠說着同樣的打趣話，永無窮盡地討論着藝術、政治，或是當地世家的家譜，——其實他們的興趣並不在乎所講的題目，而在乎談話本身和相與談話的人物。

至於魯意莎，她只見到幾個鄰婦，和她講些街坊上的閒話，不時也有些『好心的太太』借端說是關切她，來約她在下次宴會中去幫忙，還要越俎代庖的顧問孩子們的宗教教育。

在一切客人中，克利斯朵夫最討厭丹奧陶伯伯。他是約翰・米希爾前妻、克拉拉祖母的前夫之子。他和人合辦一個做非洲與遠東貿易的商務公司。他可說是實現了那些新派德國人的典型，他們一方面對於民族古老的理想，冷嘲熱諷的表示唾棄，一方面又因事事順利之故，對於『力』

和『成功』另有一種崇拜，表示他們並不從自己的立場來觀察事情。但要改換一個民族悠久的性格是難於一蹴即幾的，於是被掩抑的理想隨時會在言語舉動與道德習慣之間流露出來，例如日常生活中一樁極微細的事情會令人引用歌德的名句；這眞是良知與利害觀念的奇特的混合，是一種奇怪的努力，想把舊時德國中產階級的誠實的原則，和新式商店領袖的不顧廉恥加以調和：這種調和雖然帶着僞善色彩，但還不至如何惹人厭惡，——因爲它結果使德國的『力』、『貪欲』、『利益』成爲一切權利、一切正誼、一切眞理的象徵。

克利斯朵夫光明磊落的性格爲之大受損傷。他不能判斷他的伯伯是否有理；但他恨他，覺得他是敵人。祖父也不歡喜這種心理，他反對這些理論；但他在辯難中很快就被駁倒，因爲丹奧陶口齒伶俐，容易把老人大度的天眞變成可笑。約翰·米希爾終竟把自己的好心引以爲羞；且爲表明他並不像人們意想中的那樣落伍起見，也學着丹奧陶的說法：但在他口中說來未免有些異樣，甚至他自己都覺得難堪。但雖然他心裏別有見解，丹奧陶的實例終究使他眼熱；老人對於一個在實際事務上能幹的人是很尊敬的，因爲他覺得自己絕對無能，所以尤其豔羨。他巴望孫兒之中也有一個到達同樣的地位。曼希沃也有這個意思，決心叫洛陶夫學伯伯的榜樣。因此家裏的人都竭力奉承這位盼望將來提拔他們的有錢的親戚。他呢，知道人家少不了他，便利用這種心理扳起主人的架子；他事事都要參與，發表意見，毫不隱瞞他輕視藝術與藝術家的心情；竟可說他是爲屈辱他的音樂家的親戚起計，纔故意這樣的放肆；他對他們加以惡意的戲謔，他們也居然卑鄙地跟着笑。

克利斯朵夫尤其被他的伯父作爲嘲笑的目標；他可不是耐性的人。他一言不發，咬牙切齒，露着兇惡的面相。伯父看他這種沈默的憤怒覺得非常好玩。但有一天丹奧陶在飯桌上過分揶揄他時，克利斯朵夫禁不住心頭火起，對他臉上吐了一口唾沫。這可眞是一件駭人聽聞的事。伯父先是怔住了，一聲不響；隨後他重新找到了說話，咒罵的言語如潮水一般流出來。克利斯朵夫也被自己的行爲駭得坐在椅子裏不能動彈，竟不覺得冰雹般的拳頭望他身上打來；但當人家要拉他跪在伯父前面時，他拚命掙扎，推開母親，一溜煙逃到屋外去了。他在田野裏亂竄，直到喘不過氣來時方始停下。他聽見遠遠裏呼喚他的聲音；他思量着既然不能把敵人摔在河裏，要不要自己跳下水去。他露宿了一夜。黎明時分，他去敲祖父的門。老人爲了克利斯朵夫的失踪一夜不曾闔眼，着急萬分，簡直沒有力氣埋怨他。他送他回家，因爲看見他狂亂失常的狀態，誰也留神着絕口不提隔天的事；而且還得設法使他平伏，因爲他晚上還要到爵府裏去演奏哩。但曼希沃在幾星期中一直嘮叨着，——假裝並不特別對一個人說，——說一個人對於使他丟臉的下流人物要給他看看上流榜樣實在是很費心思的。當克利斯朵夫在路上遇見丹奧陶伯伯時，他旋轉頭去，掩着鼻子，做出深惡痛絕的表情。

他在家裏既沒有多少好感，便盡量減少留在家裏的時間。人家對他的無窮的約束使他非常痛苦：要他無條件尊敬的人物與事情太多了；克利斯朵夫可沒有尊敬的能耐。人家愈想使他馴服，把他養成一個依規蹈矩的小德國人，他卻愈覺有擺脫羈絆的必要。在樂隊或爵府裏那些難受的、悶死人的、浮華的集會之後，他的樂趣是像小馬一樣在草地上打滾，穿着新短褲從綠草如茵的山坡上溜滑下來，或是和街坊上的野孩子擲石相戰。要是他不大做這種遊戲，可並非爲怕責罵或挨打之故，而是因爲沒有同伴：他和別的孩子總是廝混不來。即是街上的野孩子也不歡喜和他玩耍，因爲他把遊戲過於當眞，下手也過於沈重。在他一方面，亦慣於孤獨無伴，不去親近與他年紀相仿的兒童：他覺得玩得不高明是可羞的，便不敢加入他們的夥。於是他假裝對於遊戲全無興趣，雖然心裏渴想人家邀他參加。但沒有人向他說一句話，他便做出滿不在乎的神氣，暗自悲傷的走了。

他的安慰祇有等高脫弗烈特舅舅來到的時候和他出去閒逛。他愈來愈接近他了，他對舅舅的獨立不羈的性格頗有好感。高脫弗烈特到處流浪，不肯住定一處的樂趣，如今他完全懂得了。他們常常在黃昏時到田野裏去，漫無目的地直望前走；因爲高脫弗烈特老是忘記時刻，總是回去得很晚，受人埋怨。最快活的是在夜裏當大家睡熟時溜出去。高脫弗烈特明知這是不應當的；但克利斯朵夫哀求他；而他自己也捨不得這種樂趣。到了半夜時分，他到屋前來照着預約的方式吹嘯一聲。克利斯朵夫是和衣睡着的。他偷偷的下牀，把鞋子拿在手裏；凝神屏氣，像野人般巧妙地爬到廚房窗下。他爬上桌子；高脫弗烈特在外邊用肩頭接應他。他們倆出發了，像小學生一般的高興。

有時他們還去找到漁夫奚萊彌，高脫弗烈特的一個朋友；他們趁着小船在月下飄浮。從槳上溜滑下來的水珠宛如一串半音階的聲響。一層乳白色的薄霧籠罩在河面上。羣星在天空發抖。兩岸的雞聲遙相呼應；有時聽見半空中雲雀振翼高飛的拍翅聲，牠們把月光誤作天明。大家默默無語。高脫弗烈特低低的唱着一支歌。奚萊彌講着動物的奇怪的生活；他敍述時那種簡短的、謎樣的口氣加增了事實的神祕性。月亮隱在樹林後面去了。他們的船沿着陰沈的崗巒前進。黯黯的天光水色混成一片。水上沒有一絲波紋。萬籟俱寂。扁舟在黑夜裏蕩漾。它蕩漾麼？飄浮麼？停留着不動麼？……蘆葦搖曳，望四下裏紛披，好似絲綢飄拂聲。他們悄悄地上岸，走下河邊慢慢地走回去。有時他們直到拂曉時分纔回家。總沿着河邊走：翠銀白色的鯉魚，麥穗般綠，或寶石般藍，在熹微的晨光中簇擁而來；牠們有如曼杜女神（Meduse 按係神話中滿首亂蛇之女神。）頭上的翠蛇蠕動，貪饞地追逐人家擲下的麵包；等到麵包沈下去時，牠們也跟着擁在周圍，像漩渦一樣打轉，隨後又像一道閃光似的倏地溜散了。河水染着粉紅與葵黃的光色。翠鳥依次覺醒了。大家急急忙忙的回去；如出門時一樣小心的爬進空氣沈悶的臥室與牀。克利斯朵夫倒下便睡熟了，滿身帶着田野裏清新的香味。

這樣的一切都很圓滿，人家可以毫不覺察，要不是有一天被小兄弟恩斯德告密的話：從此，克利斯朵夫被監視着不得出去了。但他仍是設法私逃，總把這個當小販的舅舅和他的朋友看得比任何別的夥伴更有意思。家裏的人都不勝慨歎。曼希沃說他甘爲下流。老約翰・米希爾嫉妒克利斯朵夫對於高脫弗列特的親熱；他責備孩子在儘可接近上流社會、侍奉貴人的環境中，甘心和那麼微賤的夥伴厮混。大家認為克利斯朵夫不識擡舉。

* * * * * *

雖然金錢的困難隨着曼希沃的放縱與懶惰而俱增，但在約翰·米希爾在世的時光，生活還勉強過得去。他是對於曼希沃唯一稍有影響的人，使他在下流的傾向中有所顧忌。再則老人普遍的聲譽，也能令人稍稍忘記醉鬼的無行。遇到家裏缺少銀錢的時候，他時常予以補助。除了他以前任樂隊指揮的資格所支領的薪俸以外，他還從教課與校準鋼琴方面收到一些零錢。他把這些進款大部分都交給媳婦，她雖然用種種方法瞞着他，他依舊知道她手頭拮据的情形。魯意莎想起他為了他們而苦熬苦省非常難過。老人一向過慣舒服的生活，闊綽慣的，所以他的熬苦尤其值得佩服。有時他的犧牲還嫌不夠；為償還急迫的債務起計，約翰·米希爾不得不偷偷地賣掉心愛的家具、書籍、紀念品。曼希沃覺察他的父親瞞着他而贈予魯意莎的金錢；常常逞強搶得去。魯意莎是什麼痛苦都隱瞞着的，但孩子們不免洩漏出來；當老人得悉這種情景時便大發雷霆：兩個男人大吵一場，把大家駭得發抖。他們倆都是異乎尋常的激烈，立刻口出惡言，互相威嚇；似乎預備動武了。但卽在最激昂的時候，一種根深蒂固的尊敬心老是控制着曼希沃，不論他如何狂亂，結果總是在父親的咒罵與斥責之下低頭。他可並不因此而稍稍斂迹，一有機會便故態復萌；約翰·米希爾想起將來，不禁慄慄危懼。

——可憐的孩子們，他和魯意莎說，我下世之後，你們將變得什麼樣子！……幸而，他撫摩着克利斯朵夫說，我還能支持到這個孩子能夠扶養你們的時候！

但他計算錯了：他已經到了生命的終途。這自然是誰都想不到的。八十多歲的人，還有一頭白髮，其中更有幾簇灰白的髮絲，在濃厚的鬍子中間也有全黑的鬚根。牙齒雖然只落剩十來個，但咬嚼起來還十足有勁。看他用餐眞是怪有趣的事情。他胃口很旺，雖然他責備曼希沃縱酒，他自己喝起來也不攙一滴水。他尤其愛喝莫才爾出產的白葡萄酒。至於其他的葡萄酒啊，蘋果汁啊，上帝創造的一切可口的東西，他都很賞識。他可決不糊塗到把理性掉在酒杯裏，他是有節度的。固然，像他那種寬大的節度，換一顆意志薄弱些的理性，就要在酒杯裏慘遭滅頂的了。他目力很好，腳頭很健，勞作不倦。六時起牀之後，道道地地的櫛沐一番：因爲他很重視禮貌與物議。他獨自在家過活，一切都親自動手，絕對不要媳婦干與他的事務；他打掃臥室，預備咖啡，縫補脫落的鈕扣，敲釘，黏貼，修理；穿着襯衣在屋裏來來往往，上上下下，用宏大的男低音不住的唱着，做着歌劇裏的手勢。——隨後他出門，不問是什麼天氣。他去幹他的事情，一件也不遺忘。但時間是難得準確的：或是在街頭巷尾和熟人絮絮不休，或是和他忽然記起了面貌的鄰婦說笑打趣：因爲他歡喜年輕嬌豔的臉龐與老朋友。他這樣的耽留着，從來不知道時間。可是他決不錯過午餐的時刻：他隨處用膳，不必人家邀請便坐下。他總要晚上纔回去，長久地看過了一番孫兒們之後。他睡在牀上，在未曾闔眼之前念一頁破舊的聖經；夜裏，——因爲他每晚不過睡一二小時，——他起來拿一本廉價買來的舊書：歷史、神學、文學或科學；他翻到那裏便念幾頁，不管有趣無趣，也不大明白其中的意義，但一個字都不放過，直到重新入睡時方始罷休。星期日他到教堂裏去參加彌撒祭，和孩子們散步，玩着地球的遊戲（按此係歐洲老年人的一種遊戲）。——他從來不生病，除非腳指裏有些瘋痛，使他夜裏在牀上念着聖經的時候發咒。他髣髴這樣的可以繼續到百歲，他也不見有什麼理由使他不超過這個年紀；當人家預祝他將百歲而終的時候，他卻以爲對於上帝的恩惠是絕對不當指定界限的。唯有他容易流淚與一天比一天容易生氣的情形，纔令人覺察他的老況。些微的不耐會使他如發瘋般的暴怒。紅紅的臉與短短的頸頸變成赤色。他怒氣冲冲的咕嚕着，結果不得不因氣喘而住口。家庭醫生是他的一個老朋友，勸他保養身體，把他的脾氣與嗜慾同時加以節制。但他非常固執，爲表示大無畏起計，反而更加放縱；他嘲笑醫藥與醫生，表示全不把『死』放在心上，說話之間也直捷了當說出他絕對不怕死。

夏季很熱的一天，他喝了許多酒，爭論了一番之後，回家到園裏作工。他歡喜翻耙泥土。禿着頭，曬在酷烈的太陽底下，剛纔爭論的餘怒還未平息，他憤憤地鋤着田。克利斯朵夫坐在瓜棚下面，手裏拿着一冊書，可並不閱讀；他聽着催人入夢的蟋蟀的鳴聲出神，懵懵騰騰的望着祖父的動作。老人背對着他，彎着腰在拔除芟草。克利斯朵夫突然看見他站起來，手臂亂動了一陣便如石塊似的倒下了，臉孔埋在泥裏。一剎時，他想笑出來，隨後看見老人躺着不動，便叫喚他，跑過去盡力搖撼他。他害怕了。他屈着膝想用兩手把埋在泥裏的巨大的頭顱擡起。可是它沈重非凡，加以他自己渾身戰抖，簡直無力移動它。但當他看見望上翻過去的又白又紅的眼睛時，他駭怕極了：馬上放手，發出尖銳的呼聲。驚駭之餘，他站起身望外奔逃，一邊喊，一邊哭。一個過路人攔住了孩子。克利斯朵夫一句話也說不出，只指着屋子，路人走進去，克利斯朵夫跟着他。鄰近的人聽見叫喊也走來了。一霎時園子裏擠滿了人。大家踏着花草，俯在老人身上，搶着說話，兩三個男人把他從地下扶起。克利斯朵夫在進口處而躊站着，雙手捧住臉；他怕看，但禁不住要看；當衆人擡着祖父走過他身旁時，他在指縫間窺見老人巨大的僵直的身體：一條手臂垂在地下；頭顱靠在一個扛擡的人膝上，隨着衆人的步伐搖來擺去；面部浮腫，滿是泥土，流着血，還有大張的嘴巴和怕人的眼睛。他又叫喊着逃走了。他一口氣跑到母親家裏，好似有人追逐他一般。他尖聲怪叫的衝進廚房。魯意莎正在檢洗蔬菜。他撲在母親懷裏，絕望地摟緊着她，向她求救。他嚎啕哭泣，臉都抽搐了，一時說不出話來。但在他第一個字眼上，她立刻明白了。她面無人色，手裏的東西一齊掉在地下，一言不發的急忙望外跑去。

克利斯朵夫一個人倚着櫥櫃，哭個不休。小兄弟們在玩耍。他對於經過的事情不大明白是怎麼回事，他並不想着祖父，腦海裏唯有剛纔目睹的可怕的景象；他唯恐人家強迫他回到那裏再去看這些慘況。

果然，到了晚上，當兩個小兒弟們在屋裏做過了各式各種淘氣的事情以後，開始嚷着煩悶，嚷着肚子餓的時候，魯意涉忽忽忙忙回家，牽着他們的手領到祖父家裏。她走得很快；恩斯德與洛陶夫擺出他們的老脾氣，嘰咕起來；但魯意涉喝令他們靜默時的口吻那麼嚴厲，使他們不敢再則一聲。一種本能的恐怖抓住了他們：在進門的時候一齊哭了，天色還未全黑；落日最後的微光在室內映出奇特的反照，射在門鈕上，鏡子上，挂在半晦的壁上的小提琴上。老人的臥房內燃着一支蠟燭；搖曳的火焰和慘淡的暮色交錯之下，室內沈重的陰暗益發悶人欲絕。曼希沃坐在窗下，大聲哭着。俯在牀上的醫生，遮住了牀上的人。克利斯朵夫心跳欲裂。魯意涉叫孩子們跪在牀側。克利斯朵夫偷偷的覷視一眼。他意料在下午那幅景象之後，定還有甚麼駭人的情景，但一瞥之下就差不多安心了。祖父一動也不動，似乎睡熟着。孩子一剎那間好似覺得祖父已經痊愈了。但當他聽見老人急促的呼吸，當他仔細矚視之下，看見這虛腫的臉上染着暗地時殷紅的傷痕，當他懂得這眼前的人快要死去時，他發抖了；一邊念着魯意涉教他的祝望祖父痊愈的禱辭，一面暗中祈禱要是祖父不能痊愈的話還是就此死去的好。他擔心着將要發生的事情。

老人從墮地的時候起便失了知覺。他只淸醒了一刻，剛剛足使他明白自己的情境：——眞是好不慘痛。神甫已經在場，替他誦讀臨終的禱文。人家把他從枕上扶起；他沈重地張開眼睛，它們好似已不聽他指揮了；他大聲呼氣，莫名其妙地瞪視着火光與衆人的面孔；他突然張開嘴來，臉上表示出一種難以形容的恐怖。

——那麼……——他囁嚅着說，——那麼，我要死了麼！……

這可怕的音調直刺入克利斯朵夫的心坎，從此深深的印入他的記憶中了。老人不再說話，只像嬰兒一般呻吟着。隨後他又昏迷過去，呼吸更加困難；他怨歎着，舞動着手，好似和致命的瞌睡掙扎奮鬭。在彌留的狀態中，他叫了一次：

——媽媽！

多悲痛的印象啊！老人這種囈語，如克利斯朵夫悲愴地呼喊母親，——他日常生活中從未提起的他的母親，這是至大的恐怖中至大而無益的呼號！……他顯得平靜了一會；心中閃過一道良知的微光。他的沈重的眼睛，其中的虹彩好似四散飄浮，和孩子嚇呆了的眼睛相遇，忽然發亮起來。

老人勉強想微笑想說話。魯意莎牽着克利斯朵夫走近牀邊。約翰·米希爾的舌頭動了一動，試用他的手撫摩孩子的頭。但他又立刻昏迷過去。一切都完了。

孩子們被趕到隔壁房裏，但大家在忙亂之中沒有功夫照顧他們。克利斯朵夫受着厭惡的心理的引誘，在半開半閤的門裏偸覷着這副悲慘的面容，仰臥在枕上，被殘酷的鎖鍊緊束着頦頸……這副一秒鐘一秒鐘地縮癟下去的面容，……這個陷入虛無裏的生命『死』如喞筒一般吸引他，……還有這可憐的殘喘，這機械的呼吸，有如在水面上破散的氣泡，這肉體最後的翕動，當靈魂已經遠離的時候，掙扎着要生存。——隨後腦袋滑在枕頭旁邊。於是一切都靜寂了。

直到幾分鐘之後，在嚎啕聲、祈禱聲、因死亡引起的種種喧鬧聲中，魯意莎纔瞥見蒼白的孩子抽搐着嘴巴，張大着眼睛，痙攣地握着門鈕。她迎上前去。他在她懷裏發病了。她抱着他。他失去了知覺。他醒過來時發覺自己躺在牀上，驚悸得狂叫起來，因爲陪他的人走開了一忽兒，又發病了，昏暈過去。當夜和明天，他一直發熱。第二天晚上，他平靜下來，沈沈睡去，直到下一天的日中。他覺得有人在房裏走動，母親俯在他的牀上擁抱他；他以爲聽到遠鐘甜蜜的歌聲。但他不願動彈，好似在夢裏一般。

當他重新睜開眼睛的時候，高脫弗烈特舅舅坐在牀側。克利斯朵夫疲倦極了，甚麽也記不起。隨後他又想起來，哭了。高脫弗烈特站起身擁抱他。

——哦，孩子，哦？他溫柔地說。

——喲，舅舅，舅舅！孩子緊緊偎着他呻吟。

——哭罷，高脫弗烈特說，哭罷！

他也哭了。

等他蘇解一些的時候，克利斯朵夫揉着眼睛，望着高脫弗烈特。高脫弗烈特懂得他要問他什麽事情。

——不，他把手指放在口邊說。不應當說話，哭泣是好的。說話是不好的。

孩子堅執着要求。

——這是全無用處的。

——只有一件事情，只有一件！……

——甚麼事？

克利斯朵夫躊躇了一會，問道：

——喲！舅舅，他如今在哪裏？

——孩子呀，他和上帝在一起。

但克利斯朵夫所問的並不是這個。

——不，你沒有懂：他在哪裏，他？

（他所說的是肉體。）

他用着顫抖的聲音繼續問道：

——他還在屋子裏麼？

——今早已經葬了，我們的親愛的人，高脫弗烈特答道。你沒有聽見鐘聲麼？

克利斯朵夫覺得安慰了。後來他想起從此不復看見親愛的祖父時，又傷心地哭了。

——可憐的小貓！高脫弗烈特反覆的說，眼望着孩子，充滿着同情心。

克利斯朵夫等待高脫弗烈特安慰他；但高脫弗烈特毫無舉動，因爲明知這是不相干的。

——高脫弗烈特舅舅，孩子問道，難道你不怕這個麼，你？

（他心裏眞希望高脫弗烈特不怕，並且告訴他這方面的秘密！）

但高脫弗烈特變得躭心的神氣。

——住口！他說，聲音也有些變了……

——怎麼不怕呢？他停了一會又說。可是怎麼辦？事情是這樣的。唯有忍受罷了。

克利斯朵夫表示反抗地搖搖頭。

——必得要順從，我的孩子，高脫弗烈特再三說。他要如此。應得愛他意志所欲的事情。

——我恨他！克利斯朵夫恨恨地說，對天伸着拳頭。

高脫弗烈特驚駭之餘，命他住口。克利斯朵夫自己也對着剛纔所說的話害怕起來，和高脫弗烈特一同祈禱。但他的心在沸騰；當他喃喃地說着屈服與順從的言語時，心底裏實在對於可惡的事情，對於造成這事情的魔怪，懷着深惡痛絕與反抗的情緒。

* * * * * *

白晝一天一天的過去，多雨的黑夜跟着消逝。在新近耙耡過的泥土底下，可憐的約翰·米希爾孤零零的長眠着。當時候，曼希沃幾次三番的悲號慟哭。但一週還未終了，克利斯朵夫便聽得他發出中心的歡笑。人家在他面前提起死者的名字時，他立刻裝出一副哭喪的臉；但一忽兒後又興奮地指手劃脚的談話了。他的哀傷是眞誠的；但他不能籠罩在悲哀的印象之下過活。

隱忍的魯意莎，依着她一切都逆來順受的性格，順受了這件禍事。她在每日的祈禱之中加上一段祈禱；她按期到墓地上去從事打掃，好似這墳墓亦成了她家務中的一部。

高脫弗烈特對於老人長眠着的一坏黃土的關心，眞是動人。當他來到本地的時候，總帶一件紀念物，或是親手做的十字架，或是約翰·米希爾生前歡喜的什麼鮮花。他從來不忘記，而且老是瞞着別人去的。

魯意莎有時帶着克利斯朵夫同到墓地上去。這塊肥沃的土地，種滿着陰森森的花草樹木，在陽光中飄浮着重濁的味道，再夾着蕭颯作聲的柏樹的氣息：克利斯朵夫厭惡這一切。但他不敢承認這種憎厭，因爲他以爲這是卑怯與褻瀆而責備自己。他非常苦惱。祖父的死一直在他心頭盤旋。可是他久已知道什麽叫做死，久已想過，也久已害怕。但他還沒有見到；凡是第一次目睹的人方知他原來一無所知，既不知所謂死，亦不知所謂生。一切都頓時動搖了；理智也全無用處。一個人自以爲活着，自以爲有了多少人生的經驗：可是一朝發覺自己一無所知，一無所見：精神織成幻象的帷幕，遮掩肉眼，使它看不見可怕的現實，人祇是罩在這層幻覺網裏討生活罷了。在痛苦的觀念和一個流血受苦的生物中間，沒有絲毫關係。在死的觀念和一路掙扎一路死去的靈肉的痙攣中間，也沒有絲毫關係。人類一切的言語，人類一切的智慧，在現實底令人駭怕令人眩暈的境界旁邊，祇是傀儡的木偶而已——這般可憐蟲輾側於汚泥血泊之中，所有的精力不過枉費於想確定一種生活，而這生活卻在一小時一小時的腐蝕下去。

克利斯朵夫日夜想着這個問題。彌留時的回憶緊緊追隨着他；令人毛骨聳然的呼吸仍在耳邊縈繞。整個的天地改變了；好似滿佈着一片冰霧。在他周圍，不論他轉向哪邊，他總覺得到處有盲目的野獸•對他的臉吐出噬人的氣焰；他知道自己處於這破壞的力•的威脅之下，而這是無法可想的。但這個思念非但不能壓倒他，反而燃燒起他的憤慨與怨恨。他全無隱忍退讓的氣息。他向着「不可能」低頭，直撞過去，雖然撞得焦頭爛額，雖然不得不承認他並不比它高強，他可仍是不斷地反抗痛苦。而今而後，他的生活是時時刻刻對於他不願忍受的運命•底殘酷的鬭爭。

* * * * * *

對於他念念不忘的這些思想，生活的艱難反而變成一種排遣。家庭的破產，一向被約翰·米希爾延宕着，如今他下世之後，便迅速地臨到了。克拉夫脫家最可靠的經濟來源，與老人同歸於盡；貧窮苦難進到家裏來了。

曼希沃還要增加他們的窘況。他非但不加緊工作，反因擺脫了唯一的管束之故，更加耽溺於他的惡習中去了。他幾乎每晚都是爛醉的歸來，從不帶一文所賺的錢回家。而且他差不多已失掉全部教課的主顧。有一次，他酩酊大醉的到一個女學生那邊去上課；從此以後，家家都把他摒之門外了。在樂隊裏，人家只因追念他的父親纔勉強容忍他，但倍意沙擠發他有隨時被人辭退的可能。

有幾晚，他在演戲快要完場的時候纔到，因此人家已經威嚇他說要叫他走路。有兩三次，他忘得乾乾淨淨，簡直不到場。在他發起傻勁的時光，他甚麼都做得出，心猿難熬的要說瘋話，要胡鬧！有一晚在上演華爾古爾一劇的中間，竟想奏起他的小提琴大合奏曲來。人家費了許多力氣纔把他擋住。在演劇時，他或是爲了臺上好玩的景象或是爲了忽發奇想，居然大笑出聲。他把周圍的樂師樂開了；他們爲他可笑之故百般奉承他。但這種傻容比嚴厲更加難受，克利斯朵夫爲之羞愧欲死。

孩子此刻升爲首席小提琴手了。他設法監視他的父親，遇到必要時便代替他，在曼希沃發酒瘋的日子強迫他靜默。這可並非易事，最好是不去留心他；否則醉鬼一知道有人暗中覷視他時會裝做鬼臉，或是說出一大堆廢話。因此克利斯朵夫旋轉目光，唯恐看到他做出什麼傻事；他勉力專心他的職務，但免不了聽見曼希沃的胡說白道與旁人的笑。他噙着滿眶的眼淚。善心的樂師們發覺這種情形，哀憐他；他們放低笑聲，避着克利斯朵夫談論他的父親。但克利斯朵夫覺得他們的憐憫，他知道只要他一出去，嘲笑聲便頓時大作，他知道他的父親成了全城的話柄。他毫無阻止的能力；這於他簡直是受罪。演劇終場之後，他領父親回家；他挽着他的手臂，忍着他的嘮叨，勉強掩藏父親的歪斜的步履。但孩子這樣遮遮掩掩的爲着誰呢?雖然他費盡心機，總難得把曼希沃一直領回家裏。到了街上拐彎的地方，曼希沃聲言他急須赴朋友們的約會，任何理由也不能說服他使他爽約的了。而且還是謹慎些，不要過於堅持爲妙，免得父親咒罵起來，引得街坊鄰舍推窗張望。

所有家用的錢都給他化盡了。曼希沃把自己掙來的錢喝完了還不算，還把女人和兒子辛苦換來的錢也化到酒店裏去。魯意莎傷心的哭，但自從她的丈夫厲聲和她說家裏沒有一件東西是她的，她嫁給他時一個大也沒有之後，她便不敢抗拒了。克利斯朵夫想反抗：曼希沃就把他掌嘴，當他野孩子看待，依舊搶去了他手裏的錢。孩子年紀正在十二三歲之間，生得結實，對於這種訓誡開始咕嚕了；可是他還不敢抗爭，聽讓搜刮。母子倆唯一的生路是把金錢藏匿起來。但曼希沃心思特別靈巧，當他們出去之後，他總有法子搜尋到手。

這種方法不久也不夠應付了。他賣掉父親傳下來的東西。克利斯朵夫心痛地眼看着書籍、牀、家具、音樂家的肖像、一件件的搬走。他一句話也不能說。但有一天，曼希沃在祖父的舊鋼琴上猛撞了一下，揉着膝蓋，憤怒地咒罵說家裏簡直沒有轉動的餘地，必得要出清一切破舊的東西時，克利斯朵夫可大嚷了。的確，自從堆滿了祖父的家具以來，屋裏弄得擁塞不堪，很可以把那個舊家，克利斯朵夫童時消磨了最美妙的光陰的親愛的舊家賣掉。的確，那架舊鋼琴已不值什麽錢，聲音都是發抖的，克利斯朵夫也久已放棄，如今所用的是親王慷慨贈與的新鋼琴了；但不管它如何破舊如何殘廢，總是克利斯朵夫最好的朋友：它曾啓示兒童以無邊的音樂世界；他在它黃黃的光滑的鍵盤上發見音響的王國；而且這也是祖父的一件成績，他費了幾個月的功夫爲孫兒修理完整：它是一件神聖的物品。因此克利斯朵夫抗議說人家沒有權利可以賣掉它。曼希沃勒令他緘口。克利斯朵夫卻更高聲叫嚷，說鋼琴是屬於他的，不准別人動的。他預備挨一頓痛打。但曼希沃冷笑着對他瞅了一眼，不則聲了。

明天，克利斯朵夫已經忘記了。他回到家裏，很疲倦，但心緒還不壞。他被小兄弟們狡猾的目光怔住了。他們裝做專心看書，卻在暗中覷視着他，留心着他的動作，等他瞪視他們時，又一齊埋首到書本裏去了。他深信他們又在搗什麽鬼，但他久已習慣，也就處之泰然，決意等發覺時照例打他們一頓，於是他便不願深究，只顧和父親談話了；他坐在火邊，用着平日沒有的那種關切詢問孩子一天的經過。克利斯朵夫在談話時，發見曼希沃偷偷地和兩個小的擠眉弄眼。他心裏一陣難過，便跑到自己房裏……鋼琴的地位空了！他悲痛地叫了一聲；聽見隔室小弟兄倆在鬨笑。全身的血都湧上他的臉，他向着他們猛撲過去，喊道：

——我的鋼琴！

曼希沃擡起頭來，裝出一副不知情的喫驚的神氣，使孩子們愈發笑得厲害了。他自己看到克利斯朵夫可憐的窘相時也撐持不住，旋轉頭去噗哧一聲笑了出來。克利斯朵夫失去了行爲的意識，像瘋子般撲向父親。曼希沃仰在安樂椅裏猝不及防。孩子摑住了他的喉嚨喊道：

——賊！

一轉瞬間，曼希沃抖擻一下，把緊緊抓住他的克利斯朵夫摔在地磚上。孩子頭撞着柴堆，爬起來跪着，昂着頭，氣吁吁的繼續喊道：

——賊！……偷盜我們，偷盜母親和我的賊！……出賣祖父的賊！……

曼希沃站着，在克利斯朵夫頭上提提拳頭；孩子卻用怨毒的眼睛瞅着他對他挑戰，氣得發抖。

曼希沃也頗倔不住。他坐下把頭埋在手裏。兩個小的尖聲怪氣的叫着逃跑了。喧鬧過後是一片靜寂。曼希沃喃喃地說着些不清不楚的話。克利斯朵夫倚在牆上，仍是咬牙切齒的用眼睛釘住他。曼希沃開始責備自己了：

——我是一個賊；我偷空了我的家。我的孩子們瞧不起我。我還是死了的好！

當他喃喃地說完之後，克利斯朵夫並不移動身子，只是厲聲問道：

——鋼琴在哪裏？

——在華姆塞處，曼希沃答道，卻不敢擡起頭來。

克利斯朵夫上前一步，說：

——拿錢來！

失魂落魄的曼希沃從袋裏摸出錢來交給兒子。克利斯朵夫正想望門外走去時，曼希沃卻喊他道：

——克利斯朵夫！

克利斯朵夫站住了。曼希沃顫聲接下去說道：

——我的小克利斯朵夫！……不要鄙薄我！

克利斯朵夫撲上去勾住他的頸項嗚咽道：

——爸爸，我親愛的爸爸！我不鄙薄你！我多麽苦惱！

他們倆嚎啕大哭了。曼希沃自怨自歎的說：

——這不是我的過錯，我可並不凶惡。不是麽，克利斯朵夫？唔，我並不凶惡？

他答應不再喝酒了。克利斯朵夫搖搖頭表示不信的神氣；曼希沃承認當他手裏有錢的時候便忍不住。克利斯朵夫思索了一會，說道：

——你知道麽，爸爸？應當……

他停住了不說下去。

——甚麽啊？

——我害羞……

——替誰害羞？曼沃希天眞地問。

——替你。

曼希沃扳了一個鬼臉，說：

——這不打緊。

克利斯朵夫說明應當把家裏所有的錢，連曼希沃的俸金在內，統統交給另外一個人，由他把曼希沃需用的數目，按日或按星期交給他，曼希沃在羞愧的情緒控制之下，竟進一步聲言自願當場繕具呈文，請求大公爵把他的俸金按期付與克利斯朵夫代領。克利斯朵夫表示拒絕，因爲覺得父親這種屈辱是可恥的。但曼希沃渴欲作一些犧牲，執意要寫。他被自己這種慷慨的行爲感動了。克利斯朵夫一定不肯拿這封信；剛好回家的魯意莎得悉原委之後，聲言她寧願行乞，不願丈夫做此丟人的事。她又說她相信他，確信他會因愛護他們之故而痛改前非。結果大家都動了柔情；曼希沃的信忘記在桌子上，隨後被丟入抽斗裏藏起來了。

然而幾天之後，魯意莎在整理家務時重新發見了那封信；因爲曼希沃故態復萌，使魯意莎非常難過，所以她非但不撕掉它，反而放在一邊。她把它保留了好幾個月，幾次三番把送出去的念頭抑捺下去。但有一天她看見曼希沃又毆打克利斯朵夫，搶去了孩子的錢，便再也忍不住了；當她獨自和啜泣的孩子一起時，她去拿了信交給他說：

——拿着去罷！

克利斯朵夫還遲疑了一會；但他懂得要是想從全部的破產中保留着他少數的進款，就祇有出此一着。他向着爵府走去。二十分鐘的路程，他直走了一小時。羞愧的心思壓迫着他。近年孤獨生活所激發起來的他的傲氣，在想到要去公然宣布父親的惡習時深深地受傷了。由於一種奇怪的天然的矛盾，他明知父親的嗜好是大衆週知的，卻偏要自欺欺人，假裝一無所知：他寧可粉骨碎身，可不願承認這一回事。如今卻是他自己要去……了！幾十次，他幾乎要回轉家門，在城裏繞了二三匝，快要到了又縮回來。但這件事情所牽涉的不祇他一人。還有他的母親和兄弟們。既然父親對他們遺棄不顧，便應得由他以長子的地位來幫助他們。沒有遲疑的餘地，沒有心高氣傲的餘地：即是羞愧恥辱，也得嚥下肚去。他進了府邸。在樓梯上，他又幾乎逃回來。他跪在石階上，一手按着門鈴，在廊廡下面停留了幾分鐘，直到有人來了纔不得不進去。

公事房裏大家都認得他。他求見劇院總管閣下，哈曼·朗巴哈男爵。一個年青的辦事員，胖胖的，禿着頭，鮮花似的皮色，穿着白背心，戴着粉紅領結，和他親熱地握手，同他談論隔夜的歌劇。克利斯朵夫把來意重新申述了一遍。辦事員回答他說這時候男爵不得空閒，但若克利斯朵夫有什麼呈文，可以由他們附在別的要簽字的文件中遞進去。克利斯朵夫把信授給他。辦事員瞥了一眼，奇怪地喊道：

——哎喲！他高興的說。這纔是好念頭！他早該想到這麼辦吧！他一生之中從沒做過比此更出色的事情。啊！老酒鬼！什麼精靈會使他下這決心的？

他突然停住了。克利斯朵夫把呈文一手搶了去，憤憤地喊道：

——我不准您！……我不准您侮辱我！

辦事員呆住了：

——可是，親愛的克利斯朵夫，他說，誰想侮辱你呢？我不過說出大家都會想到的念頭罷了，即是你自己，你也是這樣想的。

——不！克利斯朵夫氣冲冲的回答。

——怎麽！你不這樣想？你想他不喝酒麽？

——不，這是不確的！克利斯朵夫說。

他跺腳亂跳。

辦事員聳聳肩：

——那麽，爲何他要寫這封信呢？

——因爲……克利斯朵夫說，——（他不知怎樣說纔好，）——因爲我每個月來支領我的俸金，我可以同時領取父親的。用不到我們兩個都來……我的父親很忙。

他對於自己荒唐的解釋臉紅起來。辦事員望着他，帶着譏誚而憐憫的神氣。克利斯朵夫把信紙在手裏揉做一團，表示要走了。辦事員卻站起來，執着他的手臂說：

——等一忽兒，我去想法子。

他走進總管的辦公室去了。克利斯朵夫在別的辦事員們矚視之下等待着，他不知如何是好。他想在人家沒有給他回音之前溜走；正要拔步的當兒，門開了：

——爵爺很願接見你，過於慇懃的辦事員對他說。

克利斯朵夫只得進去。

哈曼·朗巴哈男爵是一個矮小的老人，樸實整潔，留着鬢角與一小簇鬚，下巴剃得光光地，他從金絲眼鏡上面望了克利斯朵夫一眼，依舊埋頭寫他的東西，對他侷促的行禮也不點首致答。

——這樣說來，他停了一會說道，您要求，克拉夫脫先生？……

——爵爺，克利斯朵夫急忙答道，請原諒。我已考慮過。我沒有什麼要求了。

老人並不想對於這突兀的改變意見追究根由。他只更仔細地望着克利斯朵夫，咳了幾聲，說道：

——請您，克拉夫脫先生，請您把手裏的信交給我。

克利斯朵夫發見總管的目光釘住在他不知不覺繼續揉搓的紙團上。

——不必了，爵爺，他囁嚅着說。此刻可以不必了。

——請您給我，老人安安靜靜的再說一遍，彷彿甚麼也沒有聽見。

克利斯朵夫機械地把團皺的信授給他，嘴裏儘說着一大堆糊裏糊塗的話，老是伸着手預備收回他的呈文。爵爺把紙張細心展開來讀了，望着克利斯朵夫，讓他不知所措地說他的話；隨後打斷了他的話頭，目光狡獪地一閃：

——好，克拉夫脫先生，您的請求批准了。

他擺一擺手，把孩子送了出去，重新寫他的東西。

克利斯朵夫走出來，狼狽不堪，當他重行走過公事房時，那位辦事員親切地和他說：

——別見恨啊，克利斯朵夫！

克利斯朵夫聽人擺佈，任人握手，只不敢擡起眼睛。

他羞慚無地的出了爵府。人家和他所說的話都回想起來；他以爲在器重他而哀憐他的人底惻隱心中，有一種侮辱意味的譏諷。他回到家裏，對於魯意莎的問話只憤憤地回答幾個字，彷彿爲了剛纔所做的事情而懷恨她。他想起父親，受着內疚的痛苦的煎熬。他想和父親全盤說出，求他寬宥。可是曼希沃不在家。克利斯朵夫眼睜睜的醒着等待他，直到半夜。他愈想愈難過：他把父親理想化了，把他當做一個懦弱的、善良的、不幸的、爲家人欺弄的人。他一聽見樓梯上的腳聲便從牀上一躍而起，想迎上前去撲在他懷裏。但曼希沃那樣爛醉的情景，使克利斯朵夫簡直沒有走近他的勇氣；他重新上牀，嘲笑自己做了一場幻夢。

過了幾天，當曼希沃得悉這件事情時，他大發雷霆：不顧克利斯朵夫怎樣的哀求，還自跑到爵府裏去吵鬧一場。他回來時卻滿面羞慚，對於經過的情形一句不提。人家對待他很不客氣，告訴他關於這件事情應當換一種口吻，——人家只因爲看在他的兒子面上纔維持他這筆俸金，要是將來知道他再鬧出什麼醜事來，定將全部予以取銷。因此，克利斯朵夫眼見父親不多時便忍受這個局面，甚至還以首先想到這種犧牲的念頭自豪。

這可不能阻止曼希沃不到外邊去訴苦，說他的錢被女人與兒子搜刮完了，說他爲他們喫苦一世，如今只落得什麼享用都不週全。他也設法騙取克利斯朵夫的錢，用種種的甘言蜜語和詭計，使克利斯朵夫禁不住好笑，雖然他沒有笑的理由。可是克利斯朵夫輕易不爲所動，曼希沃也不敢堅持。他在這個目光炯炯地批判他的十四歲的孩子前面覺得異常膽怯。他偸偸地使弄狡獪作爲報復。他到宵夜店裏去開懷暢飮，一文不付，說是應得由他的兒子來償還的了。克利斯朵夫恐怕醜事張揚出去，便不敢抗議；他和魯意莎商妥，要想盡方法來償清曼希沃的債務。——還有，自從他自己不支領俸金以後，他更加忽視提琴師的職務了；缺席的次數愈來愈多，終竟被人擯諸門外，雖經克利斯朵夫請求亦是無用。因此，孩子變成扶養父母兄弟扶養全家的唯一的人。

這樣，克利斯朵夫在十四歲上便做了家庭的領袖。

* * * * *

他毅然接受這艱苦的重任。他的高傲不許他求助於別人的慈悲心，發誓要獨自打出生路。從童時起，他就因看見母親請求並接受那些難堪的施捨而非常痛苦；當她得意揚揚的從某個施主那裏捧了什麼餽送之物回家，母子間就要爭執一番。她不覺得其中有何惡意，倒是因爲能夠利用這筆錢使她的克利斯朵夫少喫些苦，並且在菲薄的晚餐中間添一盤菜而非常高興。但克利斯朵夫沈着臉，晚上一句話也不提了；他不加說明的拒絕這樣加添的菜。曾意涉很難過；不識趣地強要兒子喫；他執拗着；終於她不耐煩起來，說出刺耳的話，他亦照樣的回答；於是他把飯巾望桌上一丟，跑出去了。他的父親聳聳肩，說他假作清高，兄弟們嘲笑他，把他的一份瓜分了。

可是總得想法子過活他在樂隊裏的薪金已不夠用了，便開始教課。他的演奏天才，他的聲譽，尤其是親王對他的寵信，替他在富有的中產階級間招致了不少主顧。每天早上，從九點起，他給小姑娘們授鋼琴課，她們往往比他年紀大，賣弄風情的勾當使他膽怯，愚蠢的演奏使他生氣。她們在音樂方面眞是其笨無比；反之，對於可笑的感覺倒是特別銳敏；她們譏諷的目光，一些不放鬆克利斯朵夫笨拙的舉動。這於他眞是受罪。坐在她們身旁，挨在椅子的邊緣上，臉紅耳赤，懷着一腔的怒氣，又不敢動彈，竭力忍着，生怕說出什麼傻話來，又怕說話的聲音有什麼給人笑話之處，勉強裝做嚴厲的神氣，同時卻覺得人家在暗中覷視他，弄得他張皇失措，在訓導學生的時候忽然恐慌起來，恐怕自己變得可笑，實際卻已經可笑了，終於在激動之下說出得罪人的言語。他的學生們要報復他是很容易的；她們絕對不錯過機會，或是用某種目光瞅着他使他難堪，或是向他提出最簡單的問句使他一直紅到眼睛再不然，她們要求他做些小事情，　例如到一件家具上拿什麼忘掉的東西：——這於他眞是最痛苦的差使：因爲他必得在衆目睽睽之下走過房間，它們毫不憐惜地窺伺着他可笑的動作，不靈活的腿，直僵僵的手臂，侷促不堪的硬繃繃的身體。

這些功課之後，他得奔赴戲院裏的預習會。他時常來不及喫中飯，袋裏帶着些麵包鹹肉之類在休息時間吞嚥。有時他庖代音樂指揮多皮阿·帕弗，這位先生覺得孩子很有才具，不時叫他代行主持樂隊的預習事宜。此外他還得繼續自己的音樂教育。另外一些功課使他一直忙到傍晚演戲的時光。終場之後，往往爵府裏派人來傳喚他。他在那邊得彈奏一二小時。公主自命爲音樂的內家；她非常愛好音樂，絕對不分優劣。她向克利斯朵夫提出古怪的節目，平板的舞曲與名家的傑作雜沓並列。但她最大的樂趣是叫他即興彈奏；所出的題旨都帶着一種肉麻的多情的色彩。

到了半夜時分，克利斯朵夫從爵府裏出來，困頓不堪，灼熱的手，昏沈沈的頭腦，空無一物的胃。渾身流着汗，外面卻下着雪或是寒氣徹骨的冰霧。他要穿過半個多城纔得到家；他徒步回去，牙齒格格打戰，渴睡欲死，還得留心腳下的泥窪，以免弄污了他獨一無二的晚禮服。

他回到一向和兄弟們合住的臥室：在此穢氣充塞的屋披下，他畢竟得以卸下他苦難的枷鎖，這時候，他對於生命的憎厭與絕望，孤獨無伴的情緒，比任何時都格外強烈的湧上心頭。他幾乎連脫衣的勇氣都沒有。幸而他的頭倒在枕上之後，渴睡立刻使他消失了痛苦的意識。

但在夏季天方黎明的時候，冬季遠在黎明之前，他便得起牀。他要自己做些功夫：從五時至八時之間，是他唯一的自由的時間。可是他還得耗費一部分光陰去對付公家委託的工作，因爲宮廷樂師的頭銜和親王的寵幸，使他不得不爲宮廷慶祝會製作應時的樂曲。

這樣看來，連他一線的生機都受到毒害了，即是他的夢也絕對不自由。但照一般的公例，壓迫與拘束使他的夢更爲有力。行動不受束縛時，心靈便缺少了活躍的理由。心事重重的牢籠與平庸的作業在克利斯朵夫周圍愈逼得緊，他反抗的心愈覺得獨立不羈。要是換了一種無拘束的生活，他也許會隨波逐流，一任偶然的擺佈，每天只有一二小時的自由時；他的精力便在這時間內盡量激發出來，好似急流在岩石中間奔騰湍瀉。一個人把他的努力集中在謹嚴的限度之內，原是藝術上最好的紀律。在這個意義上，可說苦難不獨爲思想的導師，且亦爲風格的導師；它教精神與肉體同時懂得節制。當時間有限、言語有度之時，一個人不會說出廢話，而且養成了只從要點着想的習慣。這樣，因爲生活的時間較少，所以便過了雙倍的生活。

事實便是如此。克利斯朵夫在羈靮之下參透了自由的價值；他絕不在無謂的行動言語上浪費寶貴的一分一秒。他天性容易下筆，寫出很多而很混亂的東西，與之所至，一任思想的荒誕性，雖然思想很眞誠，但在它的趨向之間絲毫不加選擇；可是事實上他不得不用最少的時間表白最豐富的內容：他的短處便爲這項條件糾正了。對於他精神上藝術上的發展，這是最重大的影響：——老師的教導與名作的榜樣都比不上。在他個性醞釀成熟的這幾年內，他養成了把音樂看作一種確切的言語的習慣，每一個音有它的意義：他簡直痛恨那些言之無物的音樂家。

然而他那時所寫的東西還遠不能完全表白他的思想，因爲他還遠不能發見他自己，他在外界得來的情操中摸索，那是教育灌輸給兒童的賽似第二天性般的東西。他祇直覺地感到他生命的本體，可還沒有感到青年期的激情，把他的本來面目從假借得來的衣飾下面表顯出來，彷彿一聲霹靂掃盡障蔽天空的雲霧一般。在他心中，曖昧而強烈的預感，和他無法排遣的無意識的奇怪的回憶混成一片。他痛恨自己這種浮誇的表現，眼見所寫的東西遠遜於他實在的思想而懊喪。他悲苦地懷疑自己。但他不能因此荒唐的失敗而表示退縮；他發憤要做得更好，做出偉大的作品。可是他老是失敗。在充滿着幻象的寫作的一剎那過去之後，發覺自己所寫的東西毫無價值，把它撕掉，燬掉，使他益增惶愧的是，眼見所寫的應時作品，所有的作品中最壞的部分，被人珍藏着無法加以毀滅，——例如爲慶祝親王誕辰所作的雜奏曲『王家的鷹』和公主亞台拉伊特出閣時的頌歌，化費了許多金錢用精緻的版本刊印出來，使他惡劣不堪的成績永垂後世：——因爲他是相信後世的……他羞辱得哭了。

熱情興奮的年頭！不屈，不撓，不息！在駭人的勞作中間毫無娛樂。沒有遊戲，沒有朋友。怎麼會有呢？下午，當別的孩子玩耍時，小克利斯朵夫正蹙額凝神坐在樂譜架前面，在塵埃滿目光線黝暗的劇場中間。晚上，當別的孩子睡覺時，他還是在那邊，疲憊不堪的在椅子裏軟癱了一樣。

他和兄弟們全無親熱的情分，最小的一個恩斯德，十二歲，是一個下流無恥的小壞蛋，整天和幾個如他一般的小無賴混在一起。不但學了種種可惡的習氣，且還養成許多丟人的習慣，老實的克利斯朵夫簡直連想像也想像不到；有一天他看到了，不勝痛恨。至於洛陶夫，爲丹奧陶伯伯寵愛的一個，是預備學習商業的。他很規矩，很安頓，但狡猾不堪；他自以爲比克利斯朵夫高明萬倍，不承認他在家庭裏的權威，但喫他掙來的麪包倒是認爲當然的事。他承受了丹奧陶與曼希沃兩人對克利斯朵夫所懷的仇恨，學着他們的胡說白道。兩個兄弟都不歡喜音樂；洛陶夫更學着丹奧陶伯伯的樣瞧不起音樂。克利斯朵夫把他家長的職分看得很認眞，他的監督與訓戒使小兄弟們覺得拘束，想起來反抗；但克利斯朵夫拳頭既結實，對於自己的權力又看得分明；他把他們訓練得唯命是聽。可是他們對他亦儘可暢所欲爲；他們利用他的輕信，需索錢財，造謊撒謊，再在背地裏嘲笑他。善心的克利斯朵夫老是中他們的鬼計；他渴望人家愛他，甚至一個親熱的字眼就可消釋他的宿怨。他可以爲了些少的愛情原諒他們一切。但有一次，當他們假意和他擁抱，使他感動到下淚而背後竊笑他被他聽見之後，他的信任心便大大地動搖了：他們原來利用他當時的感動，把他們覬覦已久的親王賜給他的金錶弄到手。他鄙棄他們，但因爲無可救藥的輕信輕愛的天性，仍不免繼續受騙。他明明知道，痛恨自己，當他發覺他們又在作弄他的時候，把他們痛打一頓。之後，他又去咬他們第一次丟下的餌而上鉤了。

還有一樁更悲辛的痛苦留給他呢。他從慇懃的鄰人那邊得悉父親說他壞話。曼希沃享受過了兒子的光榮以後，居然靦顏到嫉妒兒子的成功。他要設法抑壓他。對於這種事情，哭是愚蠢的，唯有付之一笑；即是生氣也可不必：因爲曼希沃自己也不明白自己的作爲，只爲了失勢而惱羞成怒。克利斯朵夫緘默着，恐怕開起口來會說出太難堪的話，心中卻含着無窮的悲苦。

家庭裏的那些晚餐眞是淒涼的集會！黃昏時全家圍着燈光坐在斑斑汚點的桌布前面，在無聊的廢話與咀嚼聲中，克利斯朵夫對他們又恨，又憐，又愛！唯有和善心的媽媽纔感到有親切的情緒息息相通。但魯意莎亦和他一樣整天的勞作；晚上她困乏已極，幾乎一句話也不說，喫過晚飯在縫補襪子時就打盹了。而且她善心到對於丈夫與三個孩子的愛情絲毫不加區別；她同等的愛他們，克利斯朵夫雖然極需要心腹，卻不能把母親當作心腹。

他深藏起來，幾天的不開口，在抑鬱沈悶之中完成他單調累人的工作。這種生活方式對於兒童是很危險的，在此轉變的年齡，身體的機構格外敏感，容易受到破壞的影響，容易在以後的歲月中變成畸形。克利斯朵夫的健康因此大壞。他先天秉受了一副堅實的骨格，一身康健的完無瑕疵的皮膚。但當早熟的心事與過度的疲勞在身上爲痛苦開了一個隙洞的時候，茁壯的體格不過替痛苦供給更豐富的養料罷了。老早他就有神經系的種種病象。幼年時他一不如意便會發暈，抽搐，嘔吐。到了七八歲他在音樂會初露頭角的年代，晚上是睡不安穩的，他夢囈，叫喊，哭笑；每當他有什麼興奮的心事時，這些病態的現象便回復一次。之後是劇烈的頭痛，時而是頸窩或腦殼兩邊的疼痛，時而是頭顱像鉛一般沈重。眼睛也使他不好過：有時像針戳入眼眶裏；他常常眩暈不能看書，必需停止幾分鐘纔能恢復。數量不足或污穢不潔的食物，沒有定時的飲食，弄壞了他強健的胃。胃腸的疼痛侵蝕他，肚子的泄瀉磨難他。但他最感痛苦的是心臟：它簡直如發瘋一般的沒有規律：時而它在胸中小鹿兒似的亂跳，幾乎要爆烈；時而它有氣無力，好似要停止。夜裏，孩子溫度的升降真是駭人；一忽兒是高熱度，一忽兒變爲貧血症。他熱得發燒，冷得發抖，苦悶不堪，喉嚨抽搐着，一股氣塞住着使他難於呼吸。——自然，他的幻想大大地恐慌了：他不敢把這些感覺告訴父母；但他不斷地加以分析，分析時所用的注意力愈加擴大他的痛楚，或更創出些新的痛楚，他想起他知道的一切病症自以爲害了這種病或那種病。一件一件的輪過去；他自以爲快要盲目了，又因走路時偶然要發暈，便怕要倒斃了。——永遠是這種中途夭亡的恐怖纏繞他，壓迫他，緊緊不捨的追隨他。啊！要是他必得死，至少不要在目前，不要在尙未勝利之前！……

勝利……那個固定的意念，在他不知不覺中燃燒他的內心，在此心力交瘁、厭惡人生的狀態中支撑着他！這是對於他的前程和現狀的信念，雖然暗晦，但很強烈的信念！……他的現狀麼？一個神經質的、病態的、在樂隊裏拉提琴和寫些平庸的雜奏曲的孩子麼？——不。他的眞相還遠在這孩子以外呢。這不過是外表，不過是一天的面目罷了。決不是他生命的本體。在他深邃的本體和他面貌、思想的目前的形式之間絕無絲毫關係。他自己很明白這一點。要是他攬鏡自照，他亦不會認識自己。這寬大紅潤的臉，突出的眉毛，深陷的眼睛，下端粗大的短鼻，寬弛的鼻孔，笨重的下腮，撅起的嘴巴，所有這全副醜陋惡俗的面具，於他都不相干。他在他的作品中亦並不更能認識自己。他批判自己，知道他所作的東西和他的現狀都是無聊。可是他確信他的前程，確信他將來的作品。他有時責備自己這種肯定的信念，認爲是驕傲的謊言；他愛自羞自辱作爲對於自己的懲罰。然而信念歷久常存，任是如何也不能加以更變。不論他做什麼想什麼，沒有一宗思想一件行為一件作品不包含不表白這信念：他知道自己具有這奇特的情操，知道最眞實的他並非目前的他，而是明日的他……將來他會顯露眞相！……他胸中燃燒着這種信仰，醉心於這道光明！啊！但望今天不要把他在中途阻斷！但望他不要落在今天所安排下的陷阱之中！……

這樣，他把他的船放在歲月的中流，目不邪視的危危然倚着船欄，直望着他的目標駛去。在樂隊裏，在嘵舌的樂師中間，在飯桌上，在他的家人中間。在府邸裏，當他心不在焉的彈奏着為貴人們消閒的時光。老是生活在這曖昧的未來上面，一個原子便可毀滅的未來，——沒有關係！——他總是在未來上面討生活。

* * * * * *

在他的屋披下面，他獨自對着舊鋼琴。黑夜來了。白晝垂盡的微光瀉在樂譜上。他拚命睜着眼睛細讀，直到最後一滴的日光漏盡。過去偉大的心靈，在這些無言的紙上湧出無限的柔情，甜蜜地滲透了他的內心。他熱淚盈眶。彷彿覺得有一個親愛的人物在他背後，氣息輕輕地拂着他的面頰，雙臂要來摟抱他的頸項。他打了一個寒噤，旋轉身去。他覺得，他知道他不是孤獨的。有一顆愛人人愛的靈魂在這裏，在他身旁。他因爲不能抓住它而哀歎，但卽是這種與悵惘交錯的傷感亦有幽密的甘美。連悲哀都是光明的。他想起他傾心的大師，那些在音樂上精神不死的已往的天才，懷着一腔的熱愛，他想着超人的幸福，那定是這些光榮的朋友的一部分罷，既然他們的幸福還是反映得那麽鮮豔，他夢想要和他們一樣放射出廣被衆生的愛。其中幾道疏疏的光芒用神聖的笑容照耀着他的苦難。輪到他來做神明了，輪到他來成爲歡樂的中心，成爲生命的太陽！……

噯！要是他能有一天和他所愛的人們一樣，達到他豔羡的光明的幸福，他便將看到他的幻象了……

第二部 奥多

一個星期日，克利斯朵夫被樂隊領袖多皮阿·帕弗邀請到離城一小時的鄉間別墅中去午餐，他乘着萊茵河的船前往。在甲板上，他坐在一個和他年紀相仿的少年旁邊，少年慇懃地給他讓出座位。克利斯朵夫毫不在意。但一忽兒後，覺得他的鄰人不斷地端相他，便也瞅了他一眼。這是一個金髮的少年，紅潤的胖胖的面頰，頭髮光溜溜的梳在一邊，口唇上隱約有些微髭：雖然他竭力裝做紳士的模樣，究竟還脫不了大孩子的神氣；他穿扮得非常講究：一身法蘭絨的服裝，淡黃的手套，白皮鞋，淡藍的領結；手裏還拿着一根細杖。他從眼角裏偷覷着克利斯朵夫，可不旋轉他的頭，頸項直僵僵地好似一隻母雞；遇到克利斯朵夫望着他的時候，他連耳朵都紅了，從袋裏掏出報紙，裝做用心閱覽。但幾分鐘之後，他又搶着把克利斯朵夫掉在地下的帽子檢起來，克利斯朵夫對於那麼週到的禮貌覺得訝異，重新望了他一眼，他又重新臉紅了；克利斯朵夫冷冷地道謝：因爲他不歡喜這種過分的慇懃，討厭人家關切他。總之，他不願受人恭維。

一忽兒他忘記了；風景吸住了他的注意力。長久以來他不得出城；所以他盡量體味着撲鼻的空氣，船頭的水浪聲，浩蕩的河面，以及兩岸時時變易的景色：灰色平坦的邊岸啊，半身浸在水裏的叢柳啊，城中矗立着莪特式尖塔與黑烟繚繞的工廠煙突啊，還有金黃的葡萄籐與奇特的巖崖等等。他正在出神地自言自語的時候。他的鄰人羞怯地用梗塞的聲音吐出幾句關於他們所見的廢墟的掌故，那些古迹是修復得非常講究的，蓋滿着常春籐：他這種解釋彷彿在對他自己陳說，克利斯朵夫給他鼓動了興致，便向他問訊。他慇懃對答，因爲能夠顯露他的才學而很高興；對克利斯朵夫總口口聲聲稱爲『宮廷提琴師先生。』

——您可認識我麼？克利斯朵夫問他。

——呋！是的！少年答道，天眞的欽佩的口吻，打動了克利斯朵夫的虛榮心。

他們交談起來。那個少年在音樂會中見過克利斯朵夫；聽到人家說起他的事情更給予他深刻的印象。他沒有把後面這一層告訴克利斯朵夫，但克利斯朵夫感覺得到，詫異之餘頗有竊竊自喜的心理。人家從沒對他用過感動而恭敬的口吻。他繼續問他關於經過的城市的史蹟，少年便把新近得來的嶄新的知識炫耀出來，使克利斯朵夫大爲欽佩。但這不過他們談話的借端罷了：他們兩人眞正感到興趣的卻是互相認識他們本人。他們不敢直捷爽快的提到這個問題，不過有時發出一兩句笨拙的問話。終於他們下了決心；克利斯朵夫得悉他的新朋友叫做『奧多・狄哀納先生』，是城裏一個富商的兒子。他們自然而然發見共同的熟人，慢慢地談鋒順利了。他們興奮地嘮談着，直到克利斯朵夫的目的地。奧多也在這裏下船。這樁偶巧使他們非常詫異；克利斯朵夫便提議在午餐以前兩人一起散步一會。他們望田野裏走去。克利斯朵夫親熱地挽着奧多的手臂，告訴他自己的計劃，彷彿他們從小就相識的一般。他缺少年齡相若的夥伴，所以和這個有教養有知識而對他抱有好感的少年一起時便感到一種無可形容的愉快。

　　時間過得很快，克利斯朵夫不覺得。狄哀納因爲少年音樂家對他表示信任而正在得意的頭上，不敢告訴他午餐的時間已到。末了，他認爲必得提醒他了；但克利斯朵夫正在森林中向着山崗爬去，回答說先得到了崗上再說；等他到了上面時，他望着草地上躺下，好似準備在此消磨一天的模樣。一刻鐘後，狄哀納看他全沒動身的意思，便重新幽怯地說：

——可是您的午餐？

克利斯朵夫四肢伸直的躺着，雙手枕在頭下，靜靜地答道：

——算了罷！

隨後，他望着奧多，看見他出驚的神氣，便笑道：

——這裏眞太舒服，我不去了。讓他們等罷！

他擡起半個身子：

——您可忙着麼？不，是不是？您知道該怎麼辦嗎？我們同去午餐。我認得有一家鄉村飯店。

狄哀納頗有一番意見要說，並非有人等他，而是因爲要他突然之間決定一件事是很爲難的：他很有規律，甚麼都得預先準備。但克利斯朵夫提議時的口吻簡直令人無法拒絕。因此他便聽任擺佈，兩人重又交談下去了。

到了飯店裏，熱情突然降落下來。兩人心中都盤算着誰作這午餐的東道的問題：各人暗暗裏都要爭這主人的榮譽：狄哀納是因爲更有錢，克利斯朵夫是因爲更窮。他們不說一句直接的話；但狄哀納想用點菜時的主人的口吻來確定他的權利。克利斯朵夫窺破了他的用意；便點着別的更精緻的菜表示抗議；他要顯出自己很自然的樣子。狄哀納想再作一番努力，搶着挑選酒類，克利斯朵夫狠狠地瞪了他一眼。點了飯店裏所有的最貴的一瓶。

對着這餐豐盛的筵席，他們都有些畏縮了。他們無話可談，勉強喫食着，一舉一動都很侷促。他們突然發覺他們倆原很陌生，互相留神着。他們竭力想鼓動話頭，只是枉然：話頭一來便打斷了。最初的半小時眞是煩悶欲死。幸而飽餐的效果立刻發作了。兩人的目光中又恢復了多少互相信賴的神色。尤其是難得如是大嚼的克利斯朵夫變得特別嘵舌。他講述他生活的艱難；奧多也打破了保留的態度，承認他也並不幸福。他生得嬌弱膽怯，他的同伴們欺侮他，嘲笑他，不肯原諒他與衆獨異的舉動，他們惡意的捉弄他。——克利斯朵夫握着拳頭，說他們要是在他面前再來嘗試的話，一定不會有什麽好處。——奧多也不爲他的家人了解。克利斯朵夫是識得這種苦處的；他們覺得同病相憐。狄哀納的父母想要他做一個商人，承繼他的父親。但他想做一個詩人。他一定要做詩人，即使要逃出本鄉，如雪萊一樣嘗遍千辛萬苦，亦所不惜！（而且父親的財產始終要落到他的手裏，這可不是一筆小款子。）他紅着臉說，他寫過幾首關於生活的苦惱的詩；但雖然克利斯朵夫再三要求，終不敢朗誦出來。末了，他畢竟中心感動的吟了二三首。克利斯朵夫認爲高妙之至，他們討論他們的計劃：將來他們要合作劇本與民謠。他們互相欽佩。在克利斯朵夫的音樂聲名之外，他的魄力與舉動的大膽予奧多以強烈的印象。克利斯朵夫也覺得奧多溫雅瀟灑——在此世一切是相對的，——博學多聞，那是克利斯朵夫全然缺少而非常渴望的。

肚子塞得滿滿地，肘子倚在桌子上，他們絮絮的談着，用着憐愛的目光互相傾聽着。白晝一刻一刻的過去，應得動身了。奧多作了最後一次的努力搶奪帳單；可是克利斯朵夫惡狠狠的目光釘住着他，使他不敢再堅持。克利斯朵夫只擔心一件事情，唯恐開來的帳單超過他所有的錢；在這種情景中他寧可拿出他的錶來，卻不願向奧多開口，但他不必到這地步；這頓午餐不過把他一個月的錢差不多全部化完罷了。

他們走下山崗，傍晚的陰影已經在松林中擴張開去；樹巔還在粉紅色的光中搖晃動蕩，發出一片波濤聲；遍地是濃厚的紫色的松針，踏着沒有一些聲響。他們倆緘默着。克利斯朵夫覺得心頭有一種奇特而甘美的情氛，他很幸福，他想說話，悲苦的情緒壓抑着他。他停了一刻，奧多亦跟他停住。四下裏寂靜無聲。蜂在一道陽光中嗡嗡作響。一根枯枝墮在地下。克利斯朵夫握着奧多的手顫聲問道：

——您願意做我的朋友麼？

奧多喃喃的答道：

——願意的。

他們互相握着手，渾身打戰，簡直不敢舉目相矚。

一會兒後，他們重復前進，相隔着幾步路；直到森林盡處都不再交談一句：他們害怕他們自己，也害怕他們神祕的感動。他們走得很快，一直走出樹蔭方始停住，定了定心，互相牽着手，欣賞着這清幽的晚景，斷斷續續的吐出一言半語。

到了船上，坐在船首，在暮色蒼茫中他們試着說些不相干的話：但他們都聽不見說的甚麼；兩人又是快樂又是疲憊；既不覺得需要談話，也不覺得需要握手，甚至也不必相視：他們的心已經那麼接近了。

快要到達的時候，他們約定在下星期日相會。克利斯朵夫把奧多一直送到家門口。在黯淡的煤氣燈光下，他們互相羞怯地微笑，中心感動的說了一句『再會』。兩人分別之後都鬆了一口氣，因爲幾小時以來他們緊張到疲倦不堪，直要費多大的力量纔能迸出一言半語來打破沈默。

克利斯朵夫在黑夜中獨自歸去，心裏唱着：『我有一個朋友了，我有一個朋友了！』他甚麼都看不見，甚麼都聽不到，專心一意的只想着這一句。

他一回家納頭便睡，馬上睡熟了。但他夜裏醒了二三次，彷彿有一個固定的念頭驚擾他。他再三的說：『我有一個朋友了；』說過之後纔重新睡去。

*　*　*　*　*

翌日早上，他覺得一切好似做了一個夢。爲證明那並非夢境起計，他盡力追想隔天一切的細枝小節。教課時他還在一心回想；下午在樂隊裏又是那樣的心猿意馬，以至一出劇院竟記不得剛纔奏的是什麽東西。

回家，他看見已經有一封信等着他。他用不到問它的來處。他跑去關着房門展讀。淡藍色的信紙，端整挺拔而猶豫不定的字體，段落分明的寫着：

『親愛的克利斯朵夫先生，——我可以稱爲我至尊敬的朋友麽？

『我念念不忘的想着昨天的聚首，多謝您對我的盛意。我眞感激您對我的一切。您的可愛的言語，愉快的散步，還有出色的午餐！我只因爲您破費了那麽多的錢而有些不快。何等美妙的日子啊！在這奇遇之中，豈非自有天意麽？我覺得是運命意欲我們相聚。想起下星期的約會，我多快活！我希望您不致因不赴宮廷樂長先生的午餐而有所不便，否則我定要過意不去哩！

『我永遠是，親愛的克利斯朵夫先生，您的忠僕與朋友。

『再啓者：——下星期日請勿到我家裏來。最好請到公園中相會。』

奧多·狄哀納。

克利斯朵夫噙着淚讀完了信；把它吻着，大笑出聲，在牀上跳踊。之後他立即跑到桌前拿起筆來寫回信。他一分鐘也不能等。但他沒有寫信的習慣；他不知怎樣表現他滿腔的熱情；他筆尖戳破了信紙，手指沾滿了墨水，急得跺腳。臨了，在吐着舌頭換了五六次稿紙以後，終於用歪歪斜斜七高八低的字體寫成功了，別字連篇是不必說的：

『我的靈魂！既然我愛你，你怎麼敢說感激呢？我不是告訴你，在沒有認識你之前我是如何悲苦如何孤獨麼？你的友誼於我是最大的財寶，昨天我是幸福了，幸福了！這是我有生以來第一次。我念着你的信歡喜得哭了。是的，不必懷疑，親愛的，是運命使我們接近的；它要我們結爲朋友，以便完成偉大的事業。朋友！多甜蜜的名辭！我終究能有一個朋友了麼？呋！你不會離開我吧，是不是？你將忠實於我吧？永遠！永遠！……一同長大，一同工作，我把我音樂的奇想，把在我腦中打轉的奇怪的東西，你把你的智慧與驚人的才學，共同合作，那纔美妙哩！你知道的事情何其多！我從沒見過像你這般聰明的人。有時候我很不安：似乎我不配受你的友誼。你如此高尚，如此完滿，居然肯愛一個如我這樣鄙俚的人，眞使我感激不盡！……可是不！我剛纔說過，不該提及感激二字！在友誼上，誰也不是誰的恩人，誰也不是誰的受恩者。要是恩賜，我決不接受！我們是平等的：既然我們相愛。要就擱我多少時候纔能見你啊！我將不到你家來，既然你不願：——可是老實說，我不懂你這種提防；——但你更賢明，你一定是對的。

『還有一句！永遠不要提及金錢。我恨金錢，它的名字，它的本身，我都恨。雖然我沒有錢，但還足夠款待我的朋友；爲朋友而傾我所有是我的樂趣。你豈非亦是同此心理的麼？如果我有何急需，你不將把你全部的財產給我麼？——但這永遠不會！我有一雙好手，一顆好腦袋，永遠會掙得我的麵包。——星期日會罷！——天哪！整整的一星期不看見你！兩天以前，我還不認識你！過去那麼長久的沒有你，我怎麼能生活的呢？

『樂長有些咕嚕的神氣。但你不必比我更操心！其餘的人和我有什麽相干？不論現在或將來，他們對我愛怎樣想就由他們怎樣想罷！我說不出我怎樣愛你。我是你的，你的，從指甲到眼珠都是的。永遠是你的。

克利斯朵夫。』

克利斯朵夫在一星期等待的時期中異常焦灼。他繞道而行，在奧多家的四周徘徊，——並不是想看到他，但看到他的家已夠使他感動得發紅發白。到了星期四，他忍不住了，又寫第二封信，比第一信更熱烈。奧多用着多情的口吻回答他。

終於星期日臨到了，奧多如約而至。但克利斯朵夫在走道上已經等了一小時以上，已經開始因看不見他而苦惱了，深怕奧多害了病，因爲奧多失信之事是他絕對不曾想過的。他輕輕地反覆的說：『天哪！叫他來罷！』他拾起園中小徑上的石子用棒敲着；他暗中決定，如果他一連失手三下，奧多便不會來了，不然的話，奧多將立刻出現。可是雖然他那麽留神，事情亦並不難於成功，他竟連失三下，正在這時候，奧多卻安詳地走來了：因爲奧多永遠是端莊整飭的，卽在心中有事的辰光也是如此。克利斯朵夫奔上前去，啞着喉音和他道日安。奧多回答他：日安；他們便再也找不出話頭來了，除非是說天氣極好，此刻正是十點五分或六分，要不然就是十點十分，因爲爵府裏的大鐘老是走得慢等等的廢話。

他們到車站去，搭着火車到鄰站，那是他們遠足的目的地。在路上，他們交談不到十個字。他們試用富有表情的目光來補充：但亦並無更好的成績。他們徒然想表示他們是何等樣的朋友；眼睛可一些都表示不出，他們簡直在扮演趣劇了。克利斯朵夫覺察到這種情形，不免畏縮起來。他不懂爲何他竟無法表白，甚至一小時以前滿懷的情緒都感不到了。奧多或許不會如是明白的覺察到這種厄運，因爲他沒有那樣眞誠，而且也更加重視自己；但他也感到同樣的意與心違的境界。實際是兩個孩子在離別的一星期內把他們的情操提得太高了，以至在現實中無法繼續維持，而相見之下的第一個印象是發覺各人所想的全是幻象：應得把熱情降低纔好。但他們下不了決心來承認這種事實。

他們在鄉間徘徊了一整天，始終不能驅散他們之間的陰沈的空氣。這天是一個節日：鄉村客店和樹林裏擠滿着散步的人，——都是些中產階級的人合家出來遊散，大聲喧鬧，隨處在喫東西。他們的心緒愈加惡劣了，認爲是這些不識趣的人阻止他們覺得如上次散步時的無拘無束的境界。但他們儘管談着，搜索枯腸想出談話的題材；他們都怕發覺他們無話可說。奧多搬出他書本上的知識。克利斯朵夫講着音樂作品和小提琴的演奏法。他們互相着惱，他們聽着自己的談話惱怒自己。可是他們講着講着，唯恐停頓；因爲要是停頓之後，他們更將墮入冰冷的深淵。奧多想哭出來；克利斯朵夫則想丟他在那裏自己溜掉，因爲他又是羞慚又是煩悶。

只在搭車回去前一小時的辰光，他們纔開始融解。在樹林深處，有一條狗的聲音；牠在追逐什麼東西。克利斯朵夫提議躲在路旁，以便窺伺那被狗追逐的野獸。他們在草堆中亂跑。狗一忽兒走遠一忽兒走近。他們跟着或左或右，或前或後。吠聲來得更響了；殺性勃發的，嗚咽似的狗吠聲表示牠的煩躁不耐；牠向着他們奔來了。克利斯朵夫與奧多伏在枯葉上面，在一條小徑的車轍裏，屏息不動的等待着。吠聲靜止了；狗失掉了牠的線索。遠遠裏叫了一聲之後，樹林裏頓時靜寂下來。萬籟俱寂，只有無數的生物，不息地咀嚼着樹木的蟲類，發出一種神秘的聲音，——那是永永不息的，有規律的死的氣息。孩子們聽着，呆着不動。正當他們灰心了想站起來說：『完了。牠不會來了』的時候，——忽然一頭野兎從草堆裏一躍而出，向着他們奔來：他們同時瞥見了，發出歡呼的叫喊。野兎蓦地躍到旁邊，一個觔斗栽到斫下的木柴堆中去了；草葉紛披的動作，如什麼東西掉在水面上所激起的縐痕般消失了。雖然他們後悔不該叫喊，這段奇遇已使他們樂開了。他們想着野兎倉惶躍走的神氣笑彎了腰，克利斯朵夫更滑稽地學牠的樣。奧多也來模倣。隨後他們互相追逐爲戲。奧多做野兎，克利斯朵夫做狗；他們在森林中在草坪上往來馳騁，穿過籬垣，跳過土壕。一個鄉下人對着他們大嚷，因爲他們奔入麥田裏；但他們並不因此停步。克利斯朵夫學做狗的狂吠學得那麼逼眞，把奧多笑出眼淚來。臨了，他們沿着斜坡滾下來。一邊如發瘋般吶喊。當他們連一個字都說不出來時，便坐下彼此瞇着眼睛相視。如今他們是快活了，對自己完全愜意了。這是因爲他們不再扮演英雄式的朋友而赤裸裸的露出他們的本來面目之故，他們原只是兩個孩子啊。

他們手挽着手，唱着毫無意義的歌曲回來。可是，正當動身的時候，他們又想扮起他們的角色；

在最後的一株樹上交錯地刻上他們姓名的縮寫。但他們的一團高興畢竟戰勝了忸怩的多情的做作；在歸去的車廂裏，他們每次目光相遇，總禁不住要莞爾而笑。他們分別之前，彼此都說他們過了『快樂無比』的一天；這個信念一待他們獨自一人的時候愈加證實了。

* * * * * *

他們重新慘澹經營，比蜜蜂更耐性更巧妙：因爲他們藉着多少平淡無奇的斷片的回憶，居然把他們自己和他們的友誼造成一幅奇妙的幻象。在整整的一星期中，他們在想像中互相理想化，到了星期日重復聚首；雖然事實與幻象差得很遠，但他們已養成了熟視無睹的習慣。

他們以能夠結爲朋友而覺得驕傲。他們那種對照式的性格使他們彼此相契。克利斯朵夫沒有見過比奧多更美的人。他的纖巧的手，美麗的頭髮，鮮豔的面頰，羞怯的談吐，彬彬有禮的舉止，整飭潔淨的服裝，都使克利斯朵夫心折。奧多亦傾倒克利斯朵夫蓬勃的精力與獨立不羈的性格。他秉受着歷史悠久的遺傳，對於一切的權威都有宗教般的敬重，如今和一個天性反叛既成法統的同伴斷混一起時，不禁感到又驚又喜的情緒。他聽見克利斯朵夫批評城裏素有聲望的人士，看他帶着輕侮的神氣學做大公爵的模樣，儘管驚駭到微微發抖，總覺得有一種痛快的樂趣克利斯朵夫覺察自己對於他的朋友具有這種魔力，便格外放肆，他像一個老革命黨徒般把社會的習俗、國家的法律、攻擊到體無完膚。奧多聽着，又驚愕又快意，幽怯地試着附和他，但究竟要左右顧盼，恐防被人聽見。

在他們散步的時候，克利斯朵夫只要看見田野裏柵欄旁邊有禁止前進的牌示時便要跳過柵欄，或是在私人產業的牆上採摘花果。奧多膽戰心驚的唯恐被人撞見；但這些情緒自有特別甘美的滋味；當晚上回去的時候，他自以爲是英雄好漢了。他膽怯地佩服克利斯朵夫。他生來要服從別人的性格，在這段祇須依順別人的意志的友誼中獲得滿足。克利斯朵夫從來不要他的朋友在決定主意方面操心：他決定一切，替他打算如何支配他的日子，甚至替他打算如何支配他的一生，替奧多決定前程時也就像決定他自己的一般，替他作種種的規劃，絕對不容置辯。奧多聽到克利斯朵夫支配他的財產爲將來建築一座由克利斯朵夫發明的戲院時，未免有些憤懣，但他並不提出異議，他的朋友的獨斷的口氣使他畏縮，使他真的相信商人奧斯加・狄寂納先生所掙來的財產於此找到了最高尚的用途。克利斯朵夫萬萬想不到他強姦了奧多的意志。他生性專斷，想不到他的朋友會另有其他的願望。要是奧多表明一種和他不同的希冀，他也會毫不遲疑的犧牲他個人的偏愛。爲了朋友，他甚麼都肯犧牲。他渴欲爲他赴湯蹈火。他熱望能有機會把他的友情表露一下。他希望在他們散步時遇到什麼險事而由他上前。爲了奧多，他是連死也甘心樂意的。目前，他唯有提心弔膽的監護着奧多，在艱難的地方牽着他的手，好似對付一個小姑娘似的；他怕奧多乏力，怕他太熱，怕他受涼；他們在樹下坐定時，克利斯朵夫脫下外衣披在奧多身上；走路時又替奧多拿着外套；他幾乎要把他連人抱起哩。他脈脈含情的像望情人一般的望着奧多。實在說來，他眞是動了愛情了。

他自己可不知道，他還不懂什麼叫做愛情。但有時，當他們一起的時候，他感到一種說不出的惶亂，——和他們初交的那天在松林下感到的同樣的情緒，——一陣紅潮泛上面頰。他害怕起來。由於一種本能的默契，兩個孩子彼此走遠，互相逃避，在路上忽前忽後，裝做在叢樹中探索桑實；可弄不明白爲何心中如此騷亂。

在他們的書信中，這些情操尤其熱烈，而且不會與事實牴觸；他們的幻象也絲毫不受妨礙不受威脅。如今他們每週要通信二三次，都是熱烈的抒情的作風。他們難得提及實在的事情，只用着晦澀的語調掀起嚴重的問題，在這種口吻中熱情會突然一變爲絕望。他們互稱爲『我的寶貝，我的希望，我的愛，我的我自己。』他們恣意濫用『靈魂』這字眼。他們用悲劇的色彩描繪他們命運的可悲，又因把他們的苦難使朋友不安而覺得難過。

——我很生氣，我親愛的，克利斯朵夫寫道，因爲你爲我而痛苦。我可不能讓你痛苦：你、不、該、難過，我、不、願、意、你、如、此。（他在旁邊劃了一道線，把信紙都戳破了。）如果你痛苦，我哪裏還有生活的勇氣？我的幸福都在你身上。喔！願你幸福罷！所有的苦難，都由我快快樂樂的來承當！思念我罷！愛我罷！我需要人家愛我。你溫暖的愛情可以使我生存。唉，要是你知道我如何打戰！我心裏彷彿是隆冬凜烈，冷風吹嘯。我擁抱你的靈魂。

——我的思想親吻你的思想，奧多回答。

——我把你的頭抱在手裏，克利斯朵夫又寫道；凡是我的口脣從未做過而永不會做的，會全心全意的爲你而做：我擁抱你，如愛你一般熱烈。留神啊！

奧多假裝懷疑他：

——你是不是如我愛你一樣的愛我？

——噢！天哪！克利斯朵夫嚷道豈止一樣，而是十倍、百倍、千倍於你！怎麼！難道你不覺得麼？你要我怎樣纔能打動你的心呢？

——我們的友情多美啊！奧多歎道。從古以來有過與此相同的麼？這如夢一般甜蜜而新鮮。但願它不要消散！要是你不再愛我了呢！

——你多糊塗，我愛，克利斯朵夫答道。原諒我罷，但你這種杞憂使我憤慨。你怎麼能問我會不愛你呢？於我，生活便是愛你。死也不能阻抑我的愛情。卽使你要毀滅它，也是不可能。假使你負我，假使你使我心碎腸斷，我亦將含笑而死，用你感應與我的愛情來祝福你。請你，請你永遠不要把這種卑怯的憂慮使我悲戚了罷！

但一星期後是輪到他了：

——三天以來，我聽不到你的一言半語。我渾身抖戰。你忘記我了麼？言念及此，我的血冰凍了……是啊！無疑的……前天，我已覺得你對我冷淡。你不愛我了！你想和我分離了！……聽眞！如果你忘記我，如果你竟負我，我將殺死你如殺死一條狗！

——你侮辱我，我親愛的心肝，奧多呻吟着說。你使我下淚。我不該受此侮辱。但你愛怎樣就怎樣罷。你對我可以爲所欲爲，即使你毀滅我的靈魂，我也將有一閃的光明生存着來愛你！

——神威在上！克利斯朵夫喊道。我害我的朋友哭了！……咒我罷！打我罷！把我摔在地下罷！我眞該死！我不配受你的愛！

他們信上的地址有特別的寫法，郵票有特別的黏法，斜貼在信封的右下角，以便和他們寫給普通人的信有所分別。這些孩氣的舉動，對於他們頗有愛情的神祕的魅力。

* * * * * *

有一天，克利斯朵夫教課回來在一條鄰近的街上看見奧多和一個年紀相若的少年親熱地談笑。克利斯朵夫面色蒼白了，眼睛釘住着他們，目送他們拐灣之後失了踪影。他們完全沒有瞧到他。

他回家去：彷彿黑雲遮着太陽，一切陰暗了。

下星期日他們相遇時，克利斯朵夫先是一些不提。但散步了半小時以後，他喉嚨梗塞着說道：

——星期日我在十字街頭瞥見你。

——哦！奧多答道。

他臉紅了。

克利斯朵夫接下去說：

——你不是獨個子。

——是的，我和別人一起。

克利斯朵夫嚥了一口唾沫，假裝着毫不介意的聲音問道：

——他是誰？

——我的表兄弟法朗玆。

——啊！克利斯朵夫說。

停了一回又道：

——你沒有和我說起過他。

——他住在萊納巴哈。

——你和他常常見面麼？

——他有時到這裏來。

——你，你也到他那邊去麼？

——有時也去。

——啊！克利斯朵夫又說。

奧多想轉換話題，叫他的朋友注意在樹上磨啄的一頭鳥。他們談着別的東西。十分鐘後，克利斯朵夫突然又回過來問道：

——你們很投機麼？

——和誰？奧多問。

（他可完全明白是誰。）

——和你的表兄弟。

——是的，爲什麽你問？

——不爲什麽。

實在奧多是不大歡喜這位表兄弟的，他常常和奧多搗蛋，作弄他。但一種奇怪的狡猾的本能，慫恿他過後再加上一句：

——他很可愛。

——誰？克利斯朵夫問。

（他知道是誰。）

——法朗兹囉。

奧多準備克利斯朵夫表示意見；但他好似全沒聽見一般。他在榛樹上攀折椏枝。奧多又道：

——他很好玩，老是有故事講。

克利斯朵夫假痴假呆的吹噓作聲。

奧多卻更進一步：

——他又是那樣聰明……那樣漂亮！……

克利斯朵夫聳聳肩，意思之中是說：

——這傢伙與我有什麼關係呢？

當奧多想乘興繼續下去時，克利斯朵夫突然斬斷了他的話頭，指着遠處的一個目標奔過去。

整個下午，他們絕口不談這問題了；但他們很淡漠，裝出一種他們之間少有的過分的禮貌，尤其在克利斯朵夫一方面。他把說話抑在喉頭，終於他忍不住了，轉身對着離開他五六步遠的奧多威嚴地握着的手，一下子滔滔汩汩的傾吐出來了：

——聽我說，奧多！我不願你和法朗茲親熱，因爲……因爲你是我的朋友；我不願你愛別人甚於愛我！我不願！你瞧，你是完全屬於我的……你不該……要是我失去你，我唯有一死！我不知我將怎麼辦。我將自殺。我將殺死你。不，對不起！……

他眼眶裏滿含着淚水。

奧多對於這種充滿着恐嚇性的痛苦底眞誠性，又是感動又是驚駭，急忙發誓說他不論目前或將來，永遠不會如愛克利斯朵夫般愛別人，說他全不把法朗茲放在心上，如果克利斯朵夫歡喜的話，他將永遠不和表兄弟見面。克利斯朵夫把這些話直嚥到肚裏，他的心又再生了。他深深地呼氣，高聲的談笑，眞心的謝了奧多。他對於自己剛纔的舉動非常慚愧；但確是放下了一樁重大的心事。他們相向握手，一動不動，互相望着，都覺羞喜交集。他們默默無言的踏上歸途；隨後又交談起來，重新找到了愉快的心情，彼此更覺密切了。

但這還不是這類爭執的最後一場。如今奧多感到他對於克利斯朵夫的威權以後，便設法濫用起來；他知道哪一處是感覺靈敏的地方，無論如何也禁不住要動手去觸，並非他看克利斯朵夫生氣有什麼快樂；他可是非常害怕的呢。但在磨難克利斯朵夫的時候，他證實了自己的力量。他並不凶惡：不過具有女孩子般的心理罷了。

於是他雖然許下諾言，仍舊和法朗茲或什麼別的同伴手挽手的一起，高高興興，有說有笑，怪親熱的樣子。當克利斯朵夫埋怨他時。他嘻嘻哈哈的好像全不在意，直要看到克利斯朵夫眼睛變了，口唇發抖，方纔轉換語氣，擔憂起來，答應下次不再開始了。但他明天又這麼來一套。克利斯朵夫寫着憤怒的信給他，稱他爲：

——無賴！但願我從今以後再不聽到你的名字！我再也不認識你了。讓你去見鬼罷，你，還有像你一類狗一般的東西一齊去見鬼罷！

但只要與多一句乞憐的說話，或是像有一次那樣寄給他一朵象徵永遠矢忠的花。便可使克利斯朵夫愧悔交迸的寫道：

——我的天使！我是一個瘋子。忘記我的該死的行爲罷。你是世間最好的好人。你的一節小指已比愚蠢的整個的克利斯朵夫有價值了。你有多麼細膩的温情。我含淚吻着你的贈花。它在這裏，在我心上。我把它用力壓到皮膚裏面，願它使我流血，使我對你的善心和我的糊塗保有格外強烈的感覺！……

可是，他們慢慢的互相厭倦了。說小小的口角足以維持友誼的話是錯誤的。克利斯朵夫恨與多逼他做出那種激烈的行爲。他試着推究，他責備自己的專橫。他光明磊落與熱情衝動的天性，初經情愛使傾心相許，要別人也同樣的推誠相予，不留餘地。他不答應別人分享友誼，自己已準備爲朋友犧牲一切，故要朋友亦爲他犧牲一切於他不獨認爲應當而且是必需的。但他漸漸覺得世界不是照他這種固執的性格造成的覺得他在要求人家不能給他的東西。於是他設法抑制自己。他嚴厲地自責，認爲自己自私自利，沒有權利獨占他的朋友的情愛。他作了一番眞誠的努力，想讓他的朋友獲有完全自由，雖然這於他是一種極大的犧牲。他甚至由於屈辱自己的衝動，想勉強勸奧多不要疏遠了法朗茲；他勉強使自己相信他很樂意看到奧多在別的夥伴中也覺得稱心快活。但當輕易不會受騙的奧多狡猾地聽從他的勸告時，他便禁不住對奧多扮起冷淡的面孔；突然之間他又發作了。

充其量他只能原諒奧多在更加喜歡他的大前提下交結別的朋友；但他絕對不能容忍的是謊言。奧多既不撒謊，也不作僞：他祇是天性難說眞話，好似一個口吃的人，總有些期期艾艾的神氣；他所說的既不完全眞實，也不完全虛假；或是因爲羞怯，或是因爲沒有認淸自己的情操，他難得用完全確切明白的方式說話，他的答語是模棱兩可的；無論什麼事情，他總是掩掩藏藏的帶有神祕色彩，使克利斯朵夫心頭火起。當人家捉住他的錯處時，他非但不承認，反而竭力抵賴，造出許多荒唐無稽的故事。有一天，克利斯朵夫憤激之下，打了他一巴掌。他以爲他們的友誼是從此完了，奧多永遠不會原諒他的了。但生氣了幾小時後，奧多反先來遷就他，彷彿甚麼事情都沒有發生。他對於克利斯朵夫的暴行毫無仇恨；或許還覺得有種快感呢。他既不滿意克利斯朵夫的容易受騙與一心相信他的謊話，同時竟有些瞧不起克利斯朵夫而覺得自己比他優越了。在克利斯朵夫方面，也恨奧多居然毫無抵抗的忍受凌辱。

他們彼此都不用初交時期的目光相看了。兩人的短處很鮮明地顯露了。奧多覺得克利斯朵夫獨立不羈的性格沒有先前那種魅力了。在散步時，克利斯朵夫眞是一個惹厭的同伴。他全不顧慮世故人情，放浪形骸，脫去上衣，解開背心，敞開衣領，撩起衣袖，把帽子蹺在棍子的一端，迎風呼吸。走路時揮舞手臂，嘴裏吹嘯，高聲歌唱；他皮色鮮紅，流着汗，塵埃滿身；好似一個鄉下人趕節回來的神氣。貴族式的奧多就害怕和他一起時遇到別人。當他在路上瞥見一輛車子時，他設法落後十數步，裝做獨自散步的模樣。

即在鄉村客店或歸途的車廂裏，克利斯朵夫也一樣的惹人厭，他高聲說話，想到什麼就說什麼，對待奧多的狎習的程度簡直令人生氣；對於大衆皆知的人物加以毫無好意的批評，或竟指摘坐在近旁的人的體格面貌；再不然，他便絮絮不休的談着他日常生活或健康方面的瑣事。奧多白白地對他丢眼風，做出驚愕的表情：克利斯朵夫簡直不知不覺。奧多看見鄰人臉上挂着微笑，羞辱得眞要鑽下地去。他覺得克利斯朵夫粗俗不堪，不懂自己怎麼會給他引得入迷。

最嚴重的是克利斯朵夫繼續藐視一切闌雞、牆垣、以及「禁止通行」「懲罰不貸」一切限制他的自由而保衞神聖的業產的牌示。奧多時時刻刻提心吊膽，勸告是白費的：克利斯朵夫爲表示大無畏起計，反而搗亂得更凶。

有一天，克利斯朵夫和奧多，不顧（或正因爲）牆上脊着玻璃瓶的碎片而爬進一座私家的樹林，他們正像在自己家裏一般自由地散步的時候，劈面撞見了一個看守的人，把他們咒駡一頓，還威嚇着要控告他們，之後又用最難堪的態度把他們趕了出去。奧多當時毫不生氣；自以爲已經下了牢獄，哀哀求告，無聊地推說他是無意之間跟着克利斯朵夫進來的，並沒留神是什麽地方。當他逃出來後，他也並不欣喜，卻就嚴辭責備他的同伴，抱怨克利斯朵夫連累他。克利斯朵夫狠狠地瞪了他一眼，叫他：『膽怯鬼！』他們彼此說了許多激烈的話。奧多要是能夠認得歸路的話，早就和克利斯朵夫分手的了；然而他不得不跟着克利斯朵夫；他們裝做兩人並非同道的模樣。

天空醞釀着雷雨。他們在發怒的時候不曾覺察。悶熱的田野裏響着蟲蟻的叫聲。一下子一切都靜寂了。他們過了幾分鐘方纔發覺：耳朵裏嗡嗡的響起來。他們擧目一望，只見天色陰慘慘的，堆滿着大塊的烏雲，從四下裏像千軍萬馬般奔騰而來，好似有一個窟窿吸引它們集中到一處。奧多驚駭之下，不敢和克利斯朵夫說；克利斯朵夫俏皮地裝做甚麽都不看見。可是他們不聲不響的走攏來。田野裏沒有一個人，也沒有一絲風影。僅僅一縷灼熱的氣息，有時從樹葉上掠過。突然一陣狂風從地下捲起滾滾的灰塵，摧倒樹木，劇烈地抽擊他們。隨後又是無邊的靜寂，比先前更加淒厲。奧多下了決心，顫聲說道：

——陣雨來了。得回去了。

克利斯朵夫答道：

——回去罷！

但已經太晚了。一道眩目的光芒閃過，天空的烏雲怒吼起來。一霎時，旋風把他們包圍着，閃電使他們心驚膽戰，雷聲使他們耳朵發聾，從頭到腳浸在傾盆大雨裏。他們在無遮無蔽的荒野裏，半小時的路程內沒有人煙。在排山倒海似的雨水中，在殺氣騰騰的黑暗裏，一聲聲的霹靂發出殷紅的光芒。他們想奔跑，但雨水浸透的衣服緊貼在身上，無法開步，鞋子在水裏發出咕兹咕兹的聲音，渾身上下都是濕淋淋的雨水直挂。他們艱難地喘着氣。奧多把牙齒咬得格格作響，憤怒得像發瘋一般；他對克利斯朵夫說着許多難堪的話；他要停下，說走路是危險的，威嚇着要坐在路上，躺在耘過的泥地裏，克利斯朵夫一言不答，儘管望前走，風雨閃電使他睜不開眼睛，隆隆的響聲使他失魂落魄，他也有些張皇，可忍着不說。

忽然陣雨過了，如來時一樣的突兀。但他們都已狼狽不堪。實際是爲平素在衣飾上隨便慣的克利斯朵夫，加增一些淩亂還不足使他改變；但爲那麼講究修飾的奧多，便不免扮起一副尷尬面孔；他好像不脫衣服洗了一個澡；克利斯朵夫回頭一望，禁不住笑出來。奧多受了這般嚴重的打擊；連生氣的力量都沒有了。克利斯朵夫動了憐惜的心腸，高高興興的和他談話。奧多回報他惡狠狠的一眼。克利斯朵夫領他到一個農家，兩人烘乾了衣服，喝着熱酒。克利斯朵夫覺得這次奇遇很好玩。但奧多覺得全不配胃口，在後半節的散步中一言不發。他們生氣着回家，分別時也不握手。

在這件事情以後，他們有一個多星期不見面；彼此很嚴厲地批判了一番。但在他們自己懲罰自己，取消了星期日的散步以後，他們煩悶不堪，仇恨也終於消滅了。克利斯朵夫照例先去遷就，奧多也居然接受了。他們便言歸舊好。

他們雖然齟齬，卻總是彼此少不了。他們有很多的缺點，兩人都很自私。但這種自私是天眞的，並無成年人可厭的計算，而且這自私亦不能阻止他們眞心相戀。他們多麼需要戀愛與犧牲！小奧多想起幻想中以他自己爲主角的傳奇時，伏在枕上哭了；他造出悲壯的事蹟，把自己想做英勇非凡，保護着他疼愛的克利斯朵夫。至於克利斯朵夫，當他看見或聽見什麼美妙出奇的東西時，總想：

『要是奧多在此的話!』他把他朋友的形象混入他全部的生活中間;這形象慢慢地幷化,變得那麼可愛,竟使他忘記了朋友的一切而爲之陶醉了。克利斯朵夫回想起長久以前奧多說過的話,感動得發抖。他們互相模倣。奧多學着克利斯朵夫的態度、舉動、筆跡。克利斯朵夫看見這影子般的人拾着他的牙慧,剽竊他的思想當作新思想時,非常憤慨。但他不覺得自己也在模倣奧多,倣效他的穿扮、走路,和某些字的讀音。這是一種魅惑。他們互相參透內心,洋溢着溫情,如泉水一般到處飛湧。各人以爲這種柔情是被朋友激發起來的,可不知是他們青春的心覺醒底先兆。

* * * * * *

素來不提防人家的克利斯朵夫,把他的紙張隨處扔着。但一種本能的貞潔心使他把寫給奧多的信稿和奧多的回信藏在一邊。他並不把它們鎖起來,只是夾在他的樂譜中間,自以爲那裏決沒有人去搜尋。小兄弟們的奸刁,他是不放在心上的。

若干時以來,他發覺他們望着他竊竊私語:互相在耳邊念着一段文辭,隨後便捧腹大笑。克利斯朵夫聽不見他們的說話;而且照他對付他們的老法子,對於他們的行動和嘻笑全不在意。但有幾個字引起了他的注意：好像是熟悉的。不久他便確信兄弟們偷看了他的信。但當他喝問互稱『我親愛的靈魂』的恩斯德與洛陶夫時，他一些口供都逼不出來。孩子們假裝不懂，聲言他們自有愛怎樣稱呼便怎樣稱呼的權利。克利斯朵夫看見所有的信都放在原處，也就不追究下去了。

不久以後，他撞見恩斯德在魯意涉安放銀錢的抽斗裏偷東西。克利斯朵夫猛力搖撼他，乘機說出他久已想說的話；他用着難堪的語調數說恩斯德的許許多多的罪狀。恩斯德卻不受訓戒，傲慢不遜的回答說克利斯朵夫甚麼也不能責備他：他又說出隱射克利斯朵夫與奧多的友誼的雙關語。克利斯朵夫先是不懂；但當他聽見把奧多牽涉到他們的口角中去時，便強迫恩斯德說說明白。小兄弟儘管冷笑；之後看到克利斯朵夫氣得發青，就害怕得不肯說了。克利斯朵夫知道逼他不出；聳聳肩坐下，做出一副鄙夷不屑的神氣。恩斯德卻動了興，又來說些無恥的話；他竭力損傷他的哥哥，說着一大串愈來愈卑鄙的事情。克利斯朵夫拚命忍着不發作。當他澈底明瞭時，連眼睛都紅了，在椅子上一躍而起。恩斯德來不及叫喊，克利斯朵夫已撲在他身上和他一起滾在地下，把他的頭望地磚上亂撞。在驚怖的狂叫聲中，魯意涉，曼希沃，全家的人都跑來了。大家把被打得七葷八素的恩斯德拖出來。克利斯朵夫還不肯放手：不得不把他攢打開去。大家叫他野獸，他也的確有這副神氣。眼睛幾乎從頭裏爆出來，他咬着牙齒一心只想重新撲向恩斯德；當人家追問他緣故時，他怒氣更加增了一倍，嚷着要殺死他。恩斯德也閉口不肯說。

克利斯朵夫不能飲食也不能入睡。他在牀上抖着哭着。他不單爲了奧多而痛苦，尤其是胸中發生了巨大的變化。恩斯德眞想不到使他的哥哥難過到怎樣的田地。克利斯朵夫性情頑固，有如淸教徒一般，他不能忍受人生的汚點，卻免不了一件一件的發現出來，使他深惡痛絕。十五齡的童子，雖然生活很自由，本能極強烈，竟還是天眞未鑿。天生的貞潔與不得空閒的工作，保存着他的童心。小兄弟的說話可替他揭開了一個深淵。他從未想到自己會有這種醜行；如今這念頭進入了他的心坎以後，他一切愛人與被愛的樂趣完全消失了。不但是他和奧多的友誼，而是一切的友誼被毒害了。

更糟的是，幾句冷嘲熱諷的言語使他相信（也許全是不足信的謠言）他成爲小城裏下流人物所注意的目標；尤其是隔不多時，曼希沃指責他和奧多的散步的時候，愈加使他難堪。在曼希沃，很可能是出諸無意；但存了戒心的克利斯朵夫在一切言語中都覺得有猜疑他的意味；他幾乎自認爲罪人了。同時，奧多也經歷着同樣的苦悶。

他們還試着偷偷地相會。但從前那種忘形的境界再也追尋不到了。他們交誼中的坦白的情調改變了。這兩個孩子，一向用着羞怯的柔情相愛着，從來不敢作一次友誼的親吻，理想中最大的幸福唯有相見與共同體味着他們的幻想，如今，他們覺得被無賴小人的猜疑所沾污了。甚至把最無邪的行動也自疑爲不正當：舉目相矚啦，伸手相握啦，他們都要臉紅，因爲各人心裏想着不良的念頭。他們的交際簡直維持不下去了。

他們並不明言，但自然而然的少見面了。他們試着通信。但留神着一切的措辭。書信變得淡淡無味，彼此都灰心了。克利斯朵夫藉口工作繁忙，奧多借端種種的事情，停止了通信。不久之後，奧多進了大學；於是，光照過他們一生中幾個月的友誼就此陰晦了。

而且一場新的愛情佔據了克利斯朵夫的心，使一切光明都爲之黯然無色，這次和奧多的友誼也不過是未來的愛情的先導罷了。

第三部 彌娜

事情發生前四五個月的時候，參議官史丹芬·洪·克里赫新寡的夫人離開了故夫供職的柏林，帶着女孩子遷住到她的出生地，這個萊茵河流域的小城裏來。她在此有一所祖傳的老屋，附帶着一個極大的花園，簡直和公園相彷，從山坡上蜿蜒而下，直到河邊與克利斯朶夫的家相近的地方。克利斯朶夫在他屋拔下的臥室裏可以看到垂在牆外的沈重的樹枝，和瓦上生着綠苔的紅色屋頂。園子右側有一條荒僻的傾斜的小路；從此，可以爬在一根界石上從牆上眺望遠景：克利斯朶夫就不會放過這種機會。他看到荒草當路的小徑，如野生的草原般的綠茵，盤錯虬結的樹木，和窗戶緊閉的白屋面。每年一二次，有一個園丁來兜一個圈子，開開門窗，把屋子通通氣。隨後園子又給自然佔領了，一切重歸靜寂。

這靜寂使克利斯朵夫感到很深的印象。他徐徐地爬在他的瞭望臺上；先是他的眼睛，繼而是他的鼻尖，他的嘴巴，隨着他身軀的長大而達到牆頂的高度；如今他已可站在腳尖上把手臂伸進牆內了；當黃昏在草坪上放射着金黃色的柔和的光波，在松樹蔭下映出深藍的反照時，克利斯朵夫便在這累人的姿勢中把下巴擱在牆上凝視着，傾聽着。他在此出神了，直要到聽見路上有人走過的時候。在夜裏，種種的香氣在園中飄浮；春天是紫丁香；夏天是馨息花；秋天是枯萎的落葉。當克利斯朵夫深夜從爺爺府裏回來的時候，不論他如何疲倦，總要在門外站一刻，深深地呼吸這陣濃郁的花香；然後懷着厭惡的心理回到他臭穢的臥室裏。兒時，他也會在克里赫家鐵門外空草叢生的磚地上玩耍過。門前有兩株百餘年的果樹矗立兩旁；祖父坐在樹下抽着煙斗，地下的果子正好給孩子們用作投擲為戲的彈丸。

一個早晨，他照例爬上界石，有意無意的眺望着。正想爬下的當兒，忽然覺得有些異樣的感覺。他目光轉注着屋子，看見窗戶大開，陽光直灑到室內；雖然沒有一個人影，但那座老屋彷彿從十五年的長夢中睡醒了，露着笑容。克利斯朵夫回去時不免懷着驚愕的心情。

在飯桌上，父親講起街坊上紛紛議論的資料：克里赫夫人帶着女兒來到了，行李多至不可勝計。栗樹周圍的場地上擁滿着閒人，觀看起卸箱籠什物。在克利斯朵夫狹隘的生活中，這件新聞簡直是一樁大事，錯異之餘，他一邊出發工作，一邊依着父親照例誇大的敍述，想像這座魅人的屋子裏的主人當是如何模樣。隨後他的例行功課佔據了他的心，也就忘記了；直到傍晚將要歸家的時候，一切纔重新在腦中浮起；好奇心的衝動，驅使他踏上他的瞭望臺，窺視園牆裏面究竟有些甚麼事情。他只見靜寂的小徑，直立不動的樹木好似在夕陽中睡熟了一般。幾分鐘之後，他忘記了好奇心的對象，耽心於甘美的靜謐中去了。這個奇怪的位置，——搖搖欲墜的站在界石頂上，——於他是沈思幻想最好的處所。在荒僻的小路盡頭，在陰暗的一隅，曝着日光的花園自有一種神奇的光芒。他的思想在這些和諧的空氣中自由飄盪，樂聲嘹亮起來；他聽着入睡了……

他這樣地睜着眼睛張着嘴巴幻夢着，他不能說他從哪時夢起，因爲他甚麼都沒有看見。突然他喫了一驚。在他前面，在一條小徑拐灣的地方，兩個女人對他望着。一個是穿着孝服的少婦，面目姣好而並不端正，金黃的頭髮微帶灰色，身軀高大，儀容典雅，微側着頭顯得很慵倦的模樣，用着和善而嘲弄的目光矚視他。另外一個是十五歲上下的小姑娘站在母親背後，也穿着重孝，恰恰表現出一個孩子在發狂般憨笑的狀態。母親一邊望着克利斯朵夫，一邊示意止住小姑娘的笑；她便雙手掩着嘴巴，好似忍俊不禁的模樣。這是一個鮮豔潔白粉紅色的圓圓的臉；小小的鼻子微嫌太大，小小的嘴巴微嫌太闊，小小的下顎微嫌臃腫，眉毛細膩，眼目清朗，茂密的頭髮打着辮子盤在頭頂上，顯露出渾圓的頸窩與光滑雪白的額角：總而言之，活像克拉拿赫（按係德國畫家，作品以嫵媚動人著稱）畫上的臉龐。

克利斯朵夫被這副突然顯現的形象呆住了。他非但不逃，反而釘住在他的位置上。直到年青的太太老是挂着那副嘲弄的笑容向他走上幾步時，克利斯朵夫纔驚醒過來，從界石上跳下，——簡直是滾下，——把牆上的石灰抓去了一大塊。他聽見一種和善的聲音親熱地叫他『孩子！』還有一陣兒童的笑聲，輕快清脆，好似鳥語一般。他蹲在牆腳後的地下張皇了好一會之後，纔拔步飛奔，彷彿怕人追逐似的。他心裏滿是羞慚，回到自己臥房裏獨自一人的時候，愈覺得惶愧。從此他不敢再走那條小路，唯恐人家埋伏在那邊等待他。當他必須冒險經過那座屋子時，便在牆邊掠過，低着頭簡直連奔帶跑的不敢回視。同時，他可念念不忘的想着兩副可愛的容顏；他爬上擱樓，脫了鞋子使人聽不見脚聲；他試從天窗裏遠望克里赫家的住宅和花園，雖然他明知除了樹巔和屋頂上的煙突以外是甚麼都瞧不見的。

一個月以後，他在每週舉行的宮廷音樂聯合會中演奏一闋他所作的鋼琴與樂隊合奏曲。在樂曲最後的一段，他偶然瞥見克里赫夫人和她的女兒在對面的包廂中望着他。這次的巧遇於他是全然意想不到的，他一陣迷糊，幾乎錯失了他與樂隊的呼應。直到一曲終了的時候，他都在機械狀態中演奏。奏完之後，他雖不敢向克里赫母女那邊望去，但仍瞥見她們鼓掌的神氣有些過分捧場的模樣，彷彿有意叫他見到她們的喝彩。他急忙離開了前臺。走出戲院時，在甬道裏又看見克里赫夫人雜在人叢中似乎特地等待他走過。說他不看見她是不可能的；但他假做沒有看見；縮回來改從戲院的邊門裏急急忙忙走出去。隨後他卻埋怨自己不該如此；因爲他明知克里赫夫人絕對不記他什麼仇恨。可是他知道要是以後得再來一次的話，他一定還是那個樣子。他怕在路上撞見她。當他遠遠地瞥見一個與她相似的人影時，便馬上換一條路走。

結果還是她來就他。

* * * * * *

有一天他回去午餐時，魯意莎得意揚揚的告訴他，說有一個穿着制服的僕人送來一封寫着他的名字的信；她授給他一個黑邊的大信封，反面刻着克里赫家爵位的徽號。克利斯朵夫拆開信來，讀到正是他怕讀到的文字：

『本日下午五時半敬請

光臨茶敍，此致

宮廷樂師克利斯朵夫・克拉夫脫先生。

約瑟芬・洪・克里赫夫人啓。』

——我不去，克利斯朵夫說。

——怎麼！魯意莎喊道。我已回復人家說你去的了。

克利斯朵夫和母親吵了一場，責備她不該與聞和她不相干的事。

——僕人立等要回音。我說你今天正好有空。在那時間你本來沒有事。

克利斯朵夫徒然生氣，徒然賭咒說他一定不去，終竟是閃避不掉的了。到了邀請的時間，他縐着眉頭穿裝；暗裏可並不討厭這強迫制服他的圈蹩的巧事。

克里赫夫人毫無困難的認出音樂會中的鋼琴家便是亂髮蓬鬆在她花園的牆頂上伸頭探頸的野孩子。她在鄰舍人家打聽到關於他的事情，得悉孩子艱苦奮鬬的生活，不由得動了興趣想和他交談一下。

克利斯朵夫穿着一件不稱身的常禮服，活像一個鄉下牧師，懷着羞怯的心理到了那邊。他一心想叫自己確信克里赫母女倆第一次看見他的時候未必辨清他的面貌。他穿過長長的甬道，踏在地毯上毫無聲息，一個僕人領他到一間有通到園子裏的玻璨門的室內。那天正下着寒冷的細雨；壁爐裏的火生得很旺。從窗裏可以望見煙霧迷濛中的樹影，窗下坐着兩位女人，克里赫夫人膝上擺着活計，她的女兒捧着一册書，克利斯朵夫進去時，她正在閱讀。她們一見他便互相丟了一個眼色。

——她們認得我哩，克利斯朵夫張皇地想。

他擺出全副精神行了禮，顯得手足無措的樣子。克里赫夫人快樂地微笑着，對他伸出手來。

——日安，親愛的鄰人，她說。我很高興見您。自從我在音樂會中聽過您的演奏之後，便想把您賜予我們的愉快告訴您。既然唯一的方法祇有請您來，希望您原諒我的冒昧。

在這些平凡的客套中雖然含有幽默的氣息，卻自有一種眞情實意使克利斯朵夫鬆了一口氣。

——她們並沒認得我哩，他寬慰地想道。

克里赫小姐正闔上書本，好奇地端相着克利斯朵夫；她的母親指着她說道：

——這是我的女兒彌娜，她也渴想見一見您。

——可是，媽媽，彌娜說，我們並非第一次相遇了啊。

於是她笑了出來。

——她們認得我哩，克利斯朵夫狠狠地想。

——不錯，克里赫夫人也笑着說，我們來到的那天，您曾訪問過我們。

小姑娘聽了這些話，愈發放聲大笑了，克利斯朵夫的窘相更使彌娜笑個不住。這是發瘋般的笑，連眼淚都笑出來了。克里赫夫人想阻止她，可是自己也禁不住笑；克利斯朵夫雖然侷促不安，亦抵抗不住笑的傳染。她們的開懷笑樂是情不自禁的，沒有法子為之生氣。但當彌娜喘過氣來問克利斯朵夫在她們牆上有什麼事情可做時，他弄得不知所措了。她把他的張皇引為笑樂，他失魂落魄的不知囁嚅着說些甚麼。克里赫夫人端過茶來，纔算解了他的圍。

她親切地詢問他的生活狀況。但他心神還沒安定，不知如何坐下，也不知如何把握那顛來晃去的茶杯；他以為每當人家替他冲水、加糖、提牛奶，端點心時應當急急忙忙的站起來，恭恭敬敬的道謝，在他的硬領與禮服中間直僵僵的緊箍着，好似在一個甲殼裏，不敢亦不能把頭左右旋轉，他是給克里赫夫人無數的問句與變化不測的舉動征住了，給彌娜的目光懾服了，他覺得她的眼睛釘住了他的面孔、手、動作、衣服。她們愈想使他自由自在，結果愈使他着慌，——克里赫夫人滔滔不竭的和她談話，——彌娜賣弄風情的向他擠眉弄眼；眞覺得好玩。

終於她們放棄了這種逗引他的方法，因爲這樣得來的答語只有敬禮與幾個單字；老是一個人說話的克里赫夫人也厭倦起來，請他坐到鋼琴前面去。他奏了一闋莫扎爾德的作品，比着在公衆前面更覺羞怯。但卽是他的羞怯，在這兩個女子旁邊感到的惶亂，與乎胸中起伏的情緒，使他又快樂又難堪的境界，和樂曲中纏綿悱惻、童貞皎潔的情調融洽一致，令人感到春天一般的醉意。克里赫夫人感動之下，說出她的這種感覺，語氣之中自然免不了上流人物的那種誇獎的口吻；這可並不減少她的眞誠，裝飾適分的話在一個可愛的人說來亦是甜蜜的。頑皮的彌娜靜默了，她驚奇地望着這說話多麼蠢笨而手指的表情又多麼豐富的青年。克利斯朵夫感到她們的同情，開始放膽了。他繼續彈奏；隨後微微轉身向着彌娜，垂着眼睛，勉強裝着笑容，羞怯地說道：

——這便是我在您們的牆上所作的。

他奏了一支短曲，的確是把他蹲在牆上望着花園的樂思演繹而成的作品，實際可並非在他見到彌娜和克里赫夫人的那晚，——（爲了何種祕密的理由他定要令自己相信是那晚作的呢？）——而是好幾晚以前作的；在那悠揚遲緩的一節中活畫出羣鳥在靜謐的夕陽裏歡唱，莊嚴的古樹沈沈入睡的印象。

兩位女子愉快地聽着他。等他彈完時，克里赫夫人站起來興奮地握着他的手，眞情洋溢的謝了他。彌娜拍着手嚷道：『妙極了，』並且說爲使他得以作成與此同樣『高卓』的樂曲起計，她可以叫人替他靠牆安放一架梯子，讓他工作更加方便。克里赫夫人叫克利斯朵夫不要聽彌娜這擬妮子的瘋話，說既然他歡喜她的花園，儘可隨他高興常常的來，而且他也不必來向她們行禮，要是他覺得麻煩的話。

——您也不必來向我們行禮，彌娜好玩地學着她母親的說話。可是，如果您眞的不來行禮您可小心些！

她用手指示意，裝出一副威嚇的神氣。

彌娜絕對沒有定要克利斯朵夫謁見她們的意思，也不想勉強他盡禮數；但她歡喜給人家一些小小的印象，她本能地覺得這是怪有趣的玩意。

克利斯朵夫快活到滿面通紅。克里赫夫人講起他的母親和她從前認識的他的祖父。兩位女子的眞誠懇摯滲透了他的心；他把這輕易流露出來的慈悲，這浮表的善心加意誇張，因爲他一心要認爲是深刻的情操。他用着天眞的信心講述他的計劃和苦難。他再也不覺察時間的消逝，當僕人進來通報晚餐已經預備好時不禁喫了一驚。但當克里赫夫人邀請他一起用餐，好似他們快要、而且已經成爲好友一般時，克利斯朵夫的惶惑立刻變爲愉快了。他坐在母女倆的中間，可是他在飯桌上所顯的本領，遠不及鋼琴前面的討人歡喜了。他這一部分的教育是完全欠缺的；他一心認爲在飯桌上主要的事情是喫喝，方式是無關大體的。於是整潔慣的彌娜便覺得非常可惱了。

大家預備他喫過晚飯就走。但他跟着她們走進小客廳，和她們一起坐下，不想走了。彌娜連連呼欠，向着她的母親示意。他全不覺得，因爲他陶醉在幸福之中，以爲別人亦和他一樣，——因爲彌娜在望着他時仍舊向他丟眼色，——還有因爲他坐下之後不知道怎樣站起怎樣告辭。要是克里赫夫人不是老老實實送他動身的話，他竟會這樣的坐一夜。

他走了，克里赫夫人的栗色眼睛，彌娜的藍眼睛，都有一道愛憐的光在他心中盤旋；他手上覺得細膩的手指的接觸，如花一般柔和；還有他從沒呼吸過的微妙的香味，籠罩着他，使他昏迷，使他魂銷魄散。

* * * * * *

他兩天以後再去，照着預先的約定，給彌娜上鋼琴課。從這時起，他按期前往，每星期二次，時間是早上；但他往往在晚間再去談天或奏琴。

克里赫夫人很樂意接見他。這是一個聰明賢淑的女子。她的丈夫故世時，她只有三十五歲：雖然身心都還年輕，卻毫無遺憾地從她先前顯露頭角的交際場中退了出來。她的格外容易退隱，也許因爲她已經痛快地享過浮華的樂趣，也許因爲她健全的理性認爲一個人不能在過去和現在，永遠保有這種愉快。她很眷念她的亡夫，並非因爲在他們的伉儷之間她對他有過類似愛情般的情分：她只需要一種溫存的友誼；她是感官安靜而情懷懇摯的女人。

她一心一意教養女兒；但她在愛情方面的中庸的節度，也減少了母愛中熱情過度的與病態的成分，當一個婦人的愛與被愛底含有妒意的苛求只能向兒女身上發洩時，嬌養的情形原是免不了的。她很珍愛彌娜，但把她判斷得非常明白，對於她的缺點亦毫不假借，甚至對自己亦沒有一些幻象。生來是聰明機警，膽識過人，她犀利的目光一瞥之間即能發見每個人的弱點與可笑之處；她覺得好玩，可沒有半點惡意；因為她心中的寬恕與譏諷的成分幾乎相等，儘管一面取笑別人，一面仍樂於幫助別人。

小克利斯朵夫於她正是一個施展她的善心與批評精神的好機會。在她來到本城的初期，與外界不相往來的守制期間，克利斯朵夫變了她藉以消遣的對象。第一是為了他的才具。她雖不是音樂家，但很愛音樂；她在其中覺得有撫慰靈肉雙方的快感，使慵懶地耽溺在淒涼的情趣裏。當克利斯朵夫彈奏的時候，她坐在爐火旁邊，手裏做着活計，露着浮泛的微笑，在她的手指機械地搬動之間，在她渺茫的幻想於過去悲歡離合的印象中間浮動的當兒，體味着一種無言的快感。

但她對於音樂家比着音樂尤感興趣。她雖然不能辨別出克利斯朵夫真正的特點，但有相當的聰明足以感覺到他難能可貴的天賦。她懷着好奇的心思靜觀着這神祕的火焰在他內心伸吐。

她很快就賞識他的德行、正直、勇敢，還有那堅毅耐苦的精神，因爲他是一個兒童，所以表現出來時感人格外深切。可是她矚視他時依然不改她洞燭隱微的譏諷的目光。他的笨拙、醜陋以及可笑之處，使她覺得好玩，但也並不把他如何當眞（她當眞的東西是很少的）。克利斯朵夫血氣方剛的滑稽的神情，激烈的古怪的僻性，使她相信他精神上並不如何均衡；她把他看做如所有克拉夫脫家的人一樣，都是老實的好人，優秀的音樂家，但多少有些瘋顚的氣息。

克利斯朵夫不覺得這種輕描淡寫的譏諷，祇感到克里赫夫人慈悲的心腸。人家好心看待他是多麼難得的事！雖然因了宮廷裏的職務每天有與人交接的機會，可憐的克利斯朵夫卻仍是一個小野人，沒有知識沒有教育。貴人們的自私心唯有爲利用他的天才起計纔關心他，可絕對不想在任何方面幫助他。他到爵府裏時，奏完音樂就走，從沒有人肯化費一些心思和他談話，要卽是空空洞洞的讚美他幾句。自從祖父去世以後，不論在家在外，沒有一個人想幫助他修習學問，學些做人之道。知識的愚昧與舉動的粗鄙，使他深感痛苦。他想獨自修養成人，儘管弄得滿頭大汗也是徒然。書籍啦、談話啦、表率啦，他一切都沒有。他覺得需要向一個朋友宣洩他的苦悶，總下不了決心。卽是和奧多，他也不敢，因爲他剛剛吐露出幾個字，奧多就用着高級的儼然的口吻說話，這簡直是把一塊燒紅的烙鐵放在他的心上。

在克里赫夫人前面，一切都覺得自在了。她自動地，用不到他請求——（這原是驕傲成性的克利斯朵夫所最難啓齒的！）——溫和地告訴他什麼事情不該做，什麼事情應該做，在穿裝、用餐、走路、說話各方面加以指點；任何應用的錯誤，失格的地方，應對的失禮，她都不放過他。而且因爲她識得孩子陰沈易怒的性格，所以採用那麼輕巧的手段，使他絲毫不覺有傷他的自尊心。她也給他獲得文學方面的修養，卻沒有特地爲之的神氣：她對於他異乎尋常的愚昧似乎恬不爲怪；但從不放過指出他的錯誤的機會，簡簡單單的，若無其事的，好似克利斯朵夫所犯的錯誤是很自然的過失，她的教育絕對不出以迂腐沈悶的教課的方式，只在她們黃昏的團聚中，叫彌娜或他朗誦美麗的故事，或德國與外國詩人的名作。她當他如家裏的孩子般看待，稍微在長輩的親熱的口吻中加以區別，但他是覺察不出的。她甚至關心他的衣服，替他更新，給他編織毛絨圍巾，送給他修飾用的小東西，一切都出以親切懇摯的態度，使他受到禮物與照顧時不覺得難堪。總而言之，她對他抱着慈母般的小心和罣念，這是一切善心的女子對於付託給她們的兒童都天然具有的心腸，也不必定要對於兒童感有如何深刻的情操纔行。然而克利斯朵夫認爲這種溫情是對他個人而發的，便不禁感激涕零；他常常有熱情衝動的表現，克里赫夫人雖然覺得可笑，仍不免感到多少快意。

和彌娜的關係又是另外一種了。克利斯朵夫給她上第一課時，還完全陶醉在前天的回憶和女孩子的媚人的目光中，不料這一次所遇到的卻是一個與幾小時前全然異樣的小人，不禁大爲詫異。她簡直不望他，不聽他說話；當他舉目向她時，一股冰冷的神色把他呆住了。他尋思了好久，推究在哪一點上得罪了她。實在他並沒得罪她；彌娜對他的情操，昨天的和今天的也完全沒有什麼異樣，祇是一種純粹的淡漠罷了。她第一次接見他時的微笑，不過是女孩子家一種賣弄風情的本能，在新來的客人身上試驗她眼睛的魅力，只要在她無事可做的時候就想這麼來一下，也不管是什麼奇醜的人物。但一到明天，這輕易征服來的俘虜於她已不感絲毫興趣。她嚴格地觀察克利斯朵夫，覺得是一個難看的、貧窮的、毫無教養的少年，雖然善於彈琴，但一雙手那麼腌臢，拿刀叉的樣子又是那麼惹厭，喫魚的時候居然使用刀子。在她眼裏，他實在沒有動人之處。她很願跟他學習鋼琴，甚至也肯和他玩耍，因為她目前沒有別的伴侶，而且雖然她竭力想裝做大人，究竟還有孩子天性中的過剩的快樂成分，如她的母親一樣，被新近的喪事壓迫得忍無可忍的要爆發出來。她心中非不把克利斯朵夫看得比一頭家畜更重要；要是她在最冷淡的日子還有向他使弄眼色的時候，只是為了純粹的忘形，因為她想着別的事情——再不然是只因為她不肯喪失她的習慣。但當她這樣望着他時，他的心可忐忑的跳起來了。她簡直不覺得他有這種心境：她獨自在編造故事。這位姑娘正在用可愛的得意的幻想來蠱惑自己的感官的年齡。她老是想着愛情，那種興致十足與好奇心極盛的情態，只因為她倘是惑昧無知纔可說是純潔無邪。而且她幻想中的愛情，恰如教養很好的閨女般，不外乎婚姻一類的形式。她的理想還沒有定形。時而她想嫁一個少佐，時而想嫁一個卓越而正宗的詩人，如席勒（按係德國大詩人）之流。一個個的計劃旋起旋滅，最後想到的她亦用同樣正經同樣堅信的心理對付。但不管是哪些計劃，只要有優越的現實擺在眼前，便隨時準備退讓。因為一般傳奇式的少女逢到有不夠理想但更可靠的現象在她們前面出現時，很容易忘卻她們的幻想。

日前，多情的彌娜還很安靜冷淡。雖然她有貴族的姓氏與世家的名號使她以之自傲，卻頗像一個小家碧玉式的德國女子，正在美妙的青春期。

* * * * * *

克利斯朵夫自然一些不懂得女子心理的複雜的機構，——而且表面上比實際上更複雜。他常常爲兩位女友的舉動弄得恍恍惚惚；但他那麼熱烈的愛她們，以至相信她們的一切都使他有些不安，確信她們愛他的程度正如他愛她們的一樣。親切的一言一語，一瞥一視，使他快樂得出神，有時甚至感動到下淚。

他在小客廳裏對着桌子坐着，克里赫夫人在幾步以外就着燈光縫紉……——（彌娜在桌子的另一頭看書；他們不交一言：只從臨着花園的半開的門裏瞥見小徑上的細沙在月光下閃爍；一陣輕幽的啁啁聲從樹巔上傳來……）——他覺得心裏充滿着幸福。突然之間，他無緣無故從椅上躍起，跪在克里赫夫人前面，握着她有時拿着針或不拿針的手狂吻，嗚咽着把他的嘴、把他的面頰、把他的眼睛偎倚着。彌娜從書上擡起眼睛，微微聳一聳肩，做出鄙夷的神氣。克里赫夫人微笑着眼看這大孩子撲在她的腳下，用她另一隻空着的手撫摩他的頭，用她柔和婉轉而微帶嘲弄的聲音說道：

——唔，大孩子，唔，怎麼啦？

噢！多温和甘美啊，這聲音，這恬靜，這微妙的難言的氣氛，沒有叫嚷，沒有衝突，沒有艱辛，在苦惱的人生的一片水草中間，——還有那照耀着生靈萬物的英雄的毫光，——神明的詩人，歌德、席勒、莎士比亞輩的作品中喚引起來的奇異的世界，力，痛苦，愛情的狂潮！……

彌娜的頭埋在書裏，朗誦着，興奮的情緒使她臉上泛起紅暈，嬌嫩的聲音偶然有些含糊不清的地方，念到戰士與帝王的談吐時，裝出一種儼然的音調。有時克里赫夫人自己拏起書本，把自己的柔情機智注入書中悲壯的處所；但她往往是仰在安樂椅裏靜聽着，膝上老放着她的活計：想着自己的念頭微笑：——因爲在一切作品的內部她總是找到她自己的思想。

克利斯朵夫也試着諷誦，但念了一會不得不放棄：他期期艾艾的讀不下去了，跳過句讀，好似一些不懂書中的意義，在悲愴的段落上就停住，因爲覺得自己感動到快要流淚。於是他懊喪地把書丟在桌上，引得兩位朋友鬨然大笑……他多麼愛她們！他到處帶着她們的印象，並且把她們和莎士比亞、歌德等的人物的形象混淆在一塊。他幾乎對他們分辨不淸了。詩人某句雋永的名言，使他心底裏熱情激醒過來的句子，和第一次念給他聽的親愛的嘴巴分離不開了。二十年後，他重讀或見到上演哀特蒙（按係歌德名劇）或羅米奧（按係莎翁名劇）時，總不期然而然的想起這些恬靜的黃昏，這些幸福的幻夢，和克里赫夫人與彌娜的心愛的面貌。

他幾小時的望着她們，晚上，當她們念書的時候，——夜裏，當他在牀上睜着眼睛夢想的時候，——白天當他在樂隊裏機械地演奏着、對着譜架半闔着眼皮夢想的時候。他對於兩人都有一種最無邪的溫情；雖然不知道何爲愛情，卻自以爲動了愛情。可是他不知究竟愛着母親呢還是女兒。他嚴重地推敲了一番，不能選擇。但他覺得既然無論如何非下一個決心不可，他便傾向於克里赫夫人。等他一朝選定之後，果然發現他所愛的確是她了。他愛她的聰明的眼睛。愛她半開着口的浮泛的微笑，年青的美麗的前額，分披在一邊的光滑細膩的頭髮，輕咳的模糊的聲音，母性的柔和的手，典雅端莊的舉止，和那神祕的靈魂。當他坐在她身旁溫和地給他解釋一段文字時，他快樂到渾身打戰：她的手支撑在克利斯朵夫的肩上；他覺得她手指的溫暖，她的呼吸輕輕地吹着他的面頰，也聞到她肉體的醉人的香味：他出神地聽着，並不想在書本上，那是他一些也不會懂得的。她發覺了，要他把她說過的述說一遍：他一句都說不出；她便笑着生氣了，把他的鼻子揿在書裏，說他將永遠是一頭小驢子。他回答說這於他毫無關係，只要他是『她的』小驢子而她不把他趕走的話。她假作刁難；隨後卻說雖然他是一頭蠢笨不堪的小惡驢，她可答應不趕他，——或許還歡喜他，——雖然他除了本性善良以外是一無所用。於是他們倆都笑開了，他的心沈浸在歡樂中間。

* * * * *

克利斯朵夫自從發見自己愛克里赫夫人之後，對於彌娜便不在乎了。他對她的傲慢冷淡的神情覺得憤憤不平；但既然常常要和她見面，他便慢慢地放膽了，在她前面恢復了他自由不羈的舉動，也不隱藏他惡劣的心緒。她歡喜挑撥他，他也不客氣的回答她。他們互相說些難堪的話，克里赫夫人聽了只顧笑笑。克利斯朵夫在鬬嘴的技術上是不高明的，有時竟憤慨到瞧不起彌娜；他確信他所以還會回到她那邊去，只是爲了克里赫夫人之故。

他繼續教她鋼琴，每星期二次，從早上九點到十點，他監視着她音階的與其他的基本練習。他們上課的房間算是彌娜的書室，一切的陳設都很逼真的反映出少女荒誕的思想。

桌上擺着一大羣小貓的塑像，都在奏弄樂器——簡直如整個樂隊一般，——有的奏着小提琴，有的奏着中提琴。此外還有一面隨身可帶的小鏡子，一套化裝用品和文房用品，佈置得齊齊整整。什景几上擺着小小的音樂家胸像：壁額的貝多芬。頭戴睡帽的華葛耐，貝爾凡特式的阿波羅（按係阿波羅神影像之一種貝爾凡特乃羅馬教皇宮內之一美術館名此處所指係藏於該館之影像臨本）。壁爐上放着一隻青蛙，抽着蘆葦做的煙斗，一把紙扇，上面畫着巴哀埒脫劇院的全景（按係音樂家華葛耐之紀念劇院巴哀埒脫係德國地名）。兩格的書架裏陳列着幾册書：有魯布克（德國美術史家）、蒙森（德國史家）、席勒、于勒凡納（法國十九世紀冒險小說及科學小說的作家）、蒙丹（法國十六世紀大作家）諸人的作品。牆上掛着聖母與西施丁納（按係拉斐爾名作之一）和海高瑪（德國畫家）作品的照片；周圍都用藍與綠的絲帶繞着。另外還有一幅瑞士別莊的風景裝在銀色的薊木框裏；室內所有的角落裏都擺滿着各式各種的像片，有軍官的，有男高音歌手的，有樂隊指揮的，有女朋友的，——全都寫着詩句，或至少在德國認爲詩句似的文字。房間中間，在大理石的圓柱頭上供着鬍髭滿頰的勃拉姆斯像。鋼琴上面，用綫掛着幾隻飄來蕩去的絲絨做的猴子和女孩子家的紀念物。

彌娜總是遲到的，倦眼惺忪，滿臉不高興的神氣，向克利斯朵夫略伸一伸手，冷冷地道聲日安，便不聲不響的，威嚴地鄭重地坐在鋼琴前面。當他獨自一人的時候，她愛彈奏那些無窮盡的練習，因爲可以藉此延長她的朦朧狀態與胡思亂想，但克利斯朵夫強迫她注意那些艱難的練習，她爲報復起計，便盡量的彈得壞。她有相當的音樂天才，可不歡喜音樂，——正如多數的德國女子一樣。但她也像多數的德國女子一樣認爲應當歡喜；所以她上課時相當的用心，除非有時候發起魔鬼似的刁勁來激怒她的老師。她竭力做作出來的、冰冷的、心不在焉的神氣，尤其惹他惱恨。最糟的是當她認爲應當把她的心靈貫注入一段表情豐富的樂曲裏的時候：她變的非常多情，實際可一無感情。

坐在她身旁的小克利斯朵夫並不十分有禮。他從來不恭維她：差得遠呢。她因此懷恨他，他指摘一句，她便對答一句。無論他說什麽話，她總要抗辯，她強說她的確照着樂譜彈奏的。他憤慨之下，兩人便鬪起嘴來。眼睛對着鍵盤低垂着，她覷視着克利斯朵夫，看他惱怒的神氣暗暗稱快。爲消遣愁悶起計，她想出許多小詭計。唯一的目的是打斷課程叫克利斯朵夫生氣。她假做勒住自己的喉嘴以引起人家的注意；或是連聲咳嗽，或是有什麽要事得吩咐女僕。克利斯朵夫知道這是喜劇；彌娜也知道克利斯朵夫知道是喜劇，可是她覺得好玩，因爲克利斯朵夫不能把他所想到的話在她面前說出來。

有一天她又玩着這些把戲，力竭聲嘶的咳嗆着，用手帕掩着鼻子，好像要昏厥過去的樣子，一邊偷覷着氣憤之極的克利斯朵夫，忽然靈機一動，把手帕掉在地下，強使克利斯朵夫拾起來：這是他最不高興做的。之後她報答他一聲貴婦人口吻中的『謝謝！』幾乎使他發作起來。

她認爲這玩意太夠味了，不由得想再來一下。明天她重演一回。克利斯朵夫屹然不動，胸中懷着一腔怒氣。她等了一會，用着憂愁的聲音說道：

——請您檢起我的手帕，好不好？

克利斯朵夫忍不住了：

——我不是您的僕人，他粗暴地說道。您自己檢罷！

彌娜氣急之下，突然站起，把櫈子都撞倒了：

——喔！這可太凶了，她憤怒地敲着鍵盤，恨恨的出去了。

克利斯朵夫等着她。她竟不回來。他對於自己的行爲覺得慚愧，覺得自己眞是一個粗漢。而且他也忍無可忍了，她把他作弄得太難堪了！他怕彌娜告訴她的母親，使他永遠失掉克里赫夫人的歡心。他不知如何是好：因爲他儘管後悔他的粗暴失禮，卻無論如何也不願道歉。

翌朝，雖然想彌娜不見得再肯來上課，他仍舊横着聽天由命的心準時而到。但彌娜心高氣傲，決不肯告訴母親，加以她的良心亦不能完全祛除內疚，於是比平時使他多等了五分鐘之後出來了，直僵僵地坐在鋼琴前面，也不回頭，也不開口，好似沒有克利斯朵夫這個人。她可並不因此而不上他目前的和以後的課，因爲她很明白克利斯朵夫在音樂方面本領高強，而她也應當學習彈得一手好好的琴，如果她想成爲（她正是自命如此的）一個系出名門、教育完全的小姐的話。

但她多煩悶啊！他們倆多煩悶啊！

* * * * *

三、月裏一個白茫茫的早晨，細小的雪片如羽毛般在灰色的天空飄舞。他們倆在書房裏。天上僅僅透出一些微光。彌娜照例把她彈錯的音辯說是譜上寫的。克利斯朵夫雖然明知她撒謊仍不免俯在譜上細看一下那爭論的一段。她一隻手放在譜架上並不拿開。他的嘴巴緊挨着她的手。他想看譜，總是看不見：他望着別樣東西，——望着那細膩的、透明的、如花瓣似的東西。突然，——（他不知腦子裏想到什麼）——他把口唇用力壓在這隻可愛的小手上。

兩個人都同樣的喫了一驚。他望後一退，她把手縮了回去，——兩個人都滿面通紅。他們倆不交一言，不望一眼。在慌亂中沈默了一會之後，她重新彈奏；胸部一起一伏，好像受到壓迫一般她連一接二的彈錯音符，他可絲毫不覺：他比她更加慌得厲害哩；太陽穴裏忐忑的跳着，甚麼都聽不見，爲破除沈默起計，便梗塞着喉嚨胡亂說出一些指摘的話。他想他在彌娜的心目中是從此完了。他爲着自己的行動羞愧無地。認作又荒唐又粗俗。上課的時間完了，他和彌娜分別時不敢擡頭望一眼，甚至連行禮都忘記了。可是她並不恨他。她再沒有把克利斯朵夫看做沒有教養的念頭；她所以彈錯了那麼多的音，只因她暗中覷視着他，抱着詫異與好奇的心思，而且破天荒第一遭的對他懷着好感。

當她獨自一人的時候，並不像別的日子那樣去找她的母親，卻偷偷地躲在房裏，仔細推究着這件非常的事故。她在鏡子前面支頤自照。她覺得自己的眼睛又是溫和又有光輝。她輕輕地咬着口唇凝神細想。她得意地望着自己可愛的臉龐時，那一幕的景象又在她面前浮現了，她紅着臉微笑。在飯桌上，她顯得很快樂很興奮。一部分的下晝她不願出去，只留在客廳裏，她手裏拿着一件活計，做不到十針就弄錯；但這和她有什麼相干！在室內的一隅，背向着母親，她微笑着；再不然，動了想寬弛一下的興致，在房裏跳躍飛奔：高聲唱歌。克里赫夫人駭了一跳，說她瘋了。彌娜卻笑彎了腰，緊摟着母親的頸項狂吻一陣，

晚上回到房裏，她過了許多時候纔睡覺。她老是望着鏡子，竭力回想，但因爲整天想着同樣的事情，以至甚麼也想不起。她慢慢地脫卸衣服；時時刻刻停下來，坐在牀上追憶克利斯朵夫的面貌：顯現出來的是一個幻想中的克利斯朵夫，如今她覺得他並不怎樣可憎了。她躺下，熄滅了火。十分鐘後，早晨的景象突然又浮到記憶裏來，她大聲笑了。她的母親輕輕地起來推開房門，以爲她不肯聽話仍在牀上看書，結果發覺彌娜安安靜靜的躺着，在陪夜燈黝暗的光下看見她睜開着眼睛。

——怎麼啦？她問道，什麼事情使你這樣快活？

——沒有什麼，彌娜嚴肅地回答。我不過在思索罷了。

——你一個人倒很會消遣。可是此刻應該睡覺了。

——是，媽媽，柔順的彌娜回答。

她心中亦暗暗咕嚕着：

——可是你去罷！去罷！直到房門重新掩上，她能夠繼續體味着她的幻夢的時候。於是她慵懶地墮入迷惘中了。一切都準備睡去，卻又突然快活得跳醒：

——他愛我……多幸福啊！他愛我真是多溫柔！……我多愛他！她擁抱着枕頭沈沈睡熟了。

* * * * * *

兩個孩子第一次重新相遇時，克利斯朵夫覺得彌娜對他的態度大爲詫異。她對他道日安，又用很溫柔的聲調向他問好；她乖乖地謙虛地坐在鋼琴前面，簡直是一個柔順的天使。她再沒頑皮學生搗亂的念頭，而是虔敬地恭聽克利斯朵夫的指示，承認他說的有理，當她彈錯一個音符時，自已就尖聲駭叫起來，用心糾正。克利斯朵夫弄得莫名其妙。在短時間內她大有進步。她不但演奏得更好，而且歡喜音樂了。克利斯朵夫雖然最不會恭維人家，至此也禁不住稱讚她幾句。她歡喜之下，紅着臉用感激而畏怯的目光向他道謝。她爲着他費心打扮，繫着色彩細膩的絲帶；她對他裝做媚人的眉眼與笑容，使克利斯朵夫又憎厭，又惱怒，又是心神搖蕩。如今是她尋出話題來說了；但她的談吐全無孩子氣息：她嚴肅地講着，用着學究式的口吻引經據典，說出詩人的名句。他難得搭答，只覺心神不安：這個新的彌娜是他從來不認識的，令他又是驚奇又是惶惑。

她老是端相着他。她等着……等什麼呢？……她自己有沒有明白？……她等他再來一下。——他可提防着自己，確信他以前的行動簡直如一個村野的孩子；他似乎絕對不想那件事了。但她開始煩躁起來；有一天當他安安靜靜坐在與危險的小手隔離着相當的地位時，她突然一陣心焦：用一個無暇思索的迅速的動作把她的手膠住在他的口唇上。他先是駭了一跳，繼而激怒愧恥起來。但他仍是熱烈地親吻她的手。這種天眞的無恥使他非常憤慨，幾乎想把彌娜就這樣的丟下獨自跑掉。

然而他再也做不到。他已被擒住了。熱情激動之下，一陣狂亂的思潮在胸中起伏，甚麼都分辨不清了。有如山谷裏的水汽一般，那些思念慢慢地在心頭浮起。他在這層愛情的霧雾中自由飄蕩；不管他做着什麼事情，總在一個固定的曖昧的念頭周圍盤旋打轉。這是一個陌生的欲、望，可怕的，迷人的，好似火焰之於飛蛾。自、然、底盲目的力突然奔騰起來了……

* * * * * *

他們經過一個期待的時期。他們互相觀察，互相渴望，互相畏懼。他們都很不安。他們之間依舊有小小的爭執吵架；但親熱狎習的情景沒有了：他們緘默着。各人在靜寂中用心培植他的愛情。

愛情對於以往的事情頗有奇特的影響。自從克利斯朵夫發見自己愛彌娜之後，便同時發見他是一向愛她的。三個月以來，他們差不多天天見面，從沒留神到這段愛情。但既然他此刻愛了她，便應該是他從古以來愛她的了。

他的終究能發見出他所愛的對象，於他真是一種快慰。長久以來他在戀愛而不知誰是他的愛人！如今他寬慰了，恰如一個病人感受着通體的、曖昧的、令人煩躁的苦楚，一朝看到這說不出的難過悶定在身體的一部而變爲尖銳的痛苦時，倒覺得爽快。最能磨折人的是一種沒有目標的愛情：它侵蝕你的精力使它崩潰。至於自己心裏明白的熱情固然會使精神趨於偏激，會使人疲憊不堪，但至少可以曉得爲了什麼。無論什麼都可忍受，總不要空虛！

雖然彌娜已叫克利斯朵夫明白她並不把他視同路人，但他仍不免暗自煩惱，以爲她鄙薄他。他們彼此從沒有過一個明確的觀念；但這觀念的模糊惝恍的程度也莫過於今日了：這是一組奇幻的、斷片的想像，沒有法子互相調和：因爲他們的思念遊移於兩個極端之間，當他們遠離時認爲對方有某些魅力，當他們相聚時認爲對方有某些缺點。實際上他們都沒有這些缺點和魅力；在好壞兩方面，他們都造出種種幻象。

他們也不知自己渴望什麼。以克利斯朵夫而論，他的愛情方式是要求別人用溫情來滿足他專橫絕對的渴望，那是他從小就有的，而且他竟想強使別人予以滿足，不管他們心裏願意與否。有時，在這完全犧牲自己與別人——或許尤其是犧牲別人——的專制的欲望中，更攙入多少暴烈而曖昧的欲望，使他爲之迷離恍惚莫知所以。在彌娜方面，尤因爲有小說可做而動了好奇心，竭力想從其中覓取滿足自尊心與多情的快感；她在她所感的情緒方面故意自欺。他們愛情中大部分是純粹書本式的。他們想起讀過的小說，自以爲具有某些實在是沒有的情操。

然而到了一個時期，這些小小的謊言，這些小小的自私的脾氣，要在神聖的愛情底光彩前面消失無餘。這個時期或是一天，或是一小時，或是永恆不滅的幾秒鐘……而這時間的來到又是完全出人意外的！……

* * * * * *

一天晚上，只有他們兩人在一起。客廳沈浸在陰影裏。他們的談話蒙上了一層嚴重的色彩，談的是「無窮」和「生與死」的問題。這是比他們的愛情衝動更偉大的範圍。彌娜怨嘆她的孤獨：克利斯朵夫自然而然回答說她並不如她所說的那麼孤獨。

——不，她搖搖頭說，這些不過是空話。各人顧着自己的生活，沒有人理睬您，沒有人愛您。

靜默了一會之後：

——那麼我呢？克利斯朵夫突然說道，感情衝動到面色發白。

熱情洶湧的小姑娘驀地站起，握了他的手。

門開處，克里赫夫人進來了。兩人望後一退。克利斯朵夫把頭埋在書本裏，不知看些什麼。彌娜俯身做着活計，把針刺痛了手指。

整個黃昏他們不復單獨相對了，他們也怕單獨相對。克里赫夫人起來想到隔室找一件東西，平素不大情願的彌娜跑去代替了母親；克利斯朵夫趁此機會動身了，竟不和她道晚安。

明天，他們重復相遇，急急要賡續隔天打斷的談話，總是不成功。機緣可很湊巧，他們隨着克里赫夫人出去散步，屢次有自由交談的機會。但克利斯朵夫開不得口；他因之非常難受，在路上盡可能的遠離着彌娜。她假裝沒有注意到他這種失禮的舉動，但心裏很不高興，並且在面上老實表現出來。當克利斯朵夫終於勉強吐出幾個字來的辰光，她臉色冰冷的聽着，以至他幾乎沒有勇氣說完他的句子。散步完了，時間過去了。他因爲不知利用時間而非常懊惱。

一星期過去了。他們以爲對於彼此的情操有所誤會。他們不敢斷定沒有夢到前晚的景象。彌娜懷恨着克利斯朵夫。克利斯朵夫怕單獨遇見彌娜。他們從沒有這般冷淡。

終於有一天——早上和一部分的下晝陰雨不止。他們坐在房裏，不交一言，看看書，打打呼欠，望望窗外；顯得煩悶憂鬱。到了四點鐘，天氣開朗了。他們奔到園子裏去，倚在平臺上仰望着從山坡上直展到河邊的草坪。地下冒着煙，溫暖的水汽向着陽光上升；點滴的雨水在草上發亮；濕地的氣味和百花的香味交混在一起；黃澄澄的蜜蜂在四周迴旋飛舞。他們並肩坐着，彼此不望一眼，都沒有打破沈默的決心。一隻蜜蜂笨拙地降落在飽和雨水的籐上，一陣水珠濺了她滿身。他們倆同時笑了；立刻他們覺得消了氣，覺得他們原是一對好友：但仍不敢互相矚望。

突然，她頭向着別處，抓住他的手說：

——來！

她牽着他奔向樹木茂密的曲徑裏，兩旁植着黃楊，轉灣抹角，彷似一個小小的迷宮。他們爬上山坡，在漬水的泥地上溜來滑去，濕透的樹枝在他們頭上搖擺。快到崗上時，她停下來呼一口氣。

——等一等……等一等……她輕輕地說，努力想恢復她的呼吸。

他望着她。她微笑着，半張着嘴喘息着；她的手在克利斯朵夫的手裏抽搐着。他們覺得血流在脈管裏與顫抖的手指裏躍動。周圍是一片靜寂。樹上金黃色的嫩芽在陽光中打戰：一陣細雨從樹葉上飄下，發出銀鈴似的聲音；空中是燕子尖長的叫聲。

她旋轉頭來向着他，髣髴電光般的一閃。她摟着他的頸項，他撲在她的懷裏。

——彌娜！彌娜！親愛的！……

——我愛你，克利斯朵夫，我愛你！

他們在一張潮濕的木櫈上坐下，心裏充滿着愛情，一種甜蜜的，深刻的，荒唐的愛情。其餘的一切都消滅了。自私啊，虛榮啊，隱在心底的念頭都不復存在了。心靈中的雲翳，被愛情的氣息一掃而空。他們笑瞇瞇的含着淚水的眼睛都在說：『愛啊，愛啊。』這冷酷而風騷的小姑娘，這驕傲的小男兒，渴欲傾心相許，渴欲爲了對方而受苦以至於死。他們彼此不識得了他們不復是他們自己；一切都改變了：他們的心，他們的面貌，還有他們的眼睛，照耀着慈愛與溫情的光輝。純潔的一刹那；自我犧牲與捨身利他的一刹那，這些美德在人生中是沒有第二回的！

熱狂地說了些不清不楚的話以後，海誓山盟的互相許諾以後，一邊斷斷續續的說話一邊陶醉地親吻了一番以後，他們發覺天色已晚，便互牽着手奔回去，幾乎在狹窄的曲徑裏撲跌，撞在樹上也不覺痛，他們是快活到盲目與陶醉的地步了。

他和她分手以後並不卽行回家：他是沒有法子睡覺的了。他出城在田野間亂走，在黑夜中漫無目的地躑躅。空氣很新鮮，鄉間是黝暗一片，沒有半個人影。一頭梟淒涼地叫着。他像夢遊病者般走着，爬上滿繞葡萄藤的山崗。城裏細弱的燈光在原野裏發抖，星光在漆黑的空中閃鑠。他在路旁的牆垣上面坐下，不知爲何忽地流下淚來。他太幸福了；過度的歡樂是悲與喜交錯成功的；他一方面因爲自己的幸福而感激涕零，一方面爲那些不幸福的人們一掬同情之淚，其中還有好景不常的感慨與乎人生美妙的醉意。他痛快地哭泣，在哭泣中睡熟了。當他醒來的辰光，已是天方破曉的時分。白茫茫的曉霧逗留在河上，籠罩在城上，那邊是睡着渾身困倦而滿心照着歡笑之光的彌娜。

* * * * * *

一早他們就設法在園中相會，把你憐我愛的話重說一遍；但已非復隔天那種兩小無猜的情態了。她有些裝做情人身分的神氣；他雖比較眞誠，亦扮演着一個角色。他們談着將來的生活。他對於自己清寒微賤的家境表示遺憾。她卻炫耀她的寬宏大度，把自己的大度暗自得意。她自言不把金錢放在眼裏。這固然不錯，因爲她還沒有識得金錢，沒有嘗過缺少金錢的滋味。他對她許願，將來要做一個大藝術家；她覺得這好玩而又美麗，如小說一般。她自以爲應當做出一副眞正情人的功架：念着詩歌，非常多情。他受着傳染，講究修飾；變得很可笑；推究說話的方式，變得迂腐不堪。克里赫夫人望着他笑，思量着什麽事情把他弄成這樣一副蠢相。

但他們的確消受了多少詩意盎然的時光。它們在黯澹的日子中突然發出輝煌的光彩，猶如濃霧之中的一道陽光。只要望一眼，一舉手，一投足，一個毫無意義的字眼，就會使他們浸透了幸福；譬如說，傍晚時分在黝黯的樓梯頭上道聲『再會』，兩對眼睛在陰影裏互相搜尋，互相會意，雙手相觸時的寒噤，聲音的顫抖，這些莫須有的細事，在夜間他們輕淺的夢裏便會一一想起，那時節每小時的鐘聲會使他們驚醒，心裏如溪水的細語般唱着：『他愛我。』

他們發見了萬物之美。春天的微笑有萬種的溫柔。天空之中有光華，大氣之中有柔情，這是他們前所未識的。整個的城市，紅色的屋頂，破舊的牆垣，高低不平的街道，都蒙上一層嫵媚的情調，使克利斯朵夫心神俱醉。夜裏，當大家睡熟的時候，彌娜從床上爬起，憑窗遐想，悄悄的只覺得渾身發熱。下午，當他不在眼前的辰光，她坐在鞦韆架上出神，膝上放着一冊書，微閉着眼睛，慵倦的，懶懶的，身心一齊在春風裏飄蕩。她如今幾小時的坐在鋼琴前面，始終不懈的耐性幾乎惹人厭惡，她反覆不已的奏着那些把她感動得發冷發白的和音與樂節。她聽着舒芒（德國浪漫派音樂家）的音樂下淚。她覺得對於所有的人類充滿着慈悲與矜憐；而他也和她一樣。他們偷偷地施捨路上的窮人，互相交換着同情的目光：他們因為能夠這般慈悲而覺得很幸福。

實在說來，他們的善心是有間歇性的。彌娜忽然發見那個從她母親幼小時就服侍起的老使女弗列達過着多麼悲慘微賤的生活；便跑到廚房裏摟着正在熨衣的女僕的頸項，使這善心的老媽子大嚇一跳。但兩小時以後她仍不免把弗列達厲聲呵責，因為她沒有在第一次鈴聲上就跑來。至於克利斯朵夫，儘管對於全人類抱着熱愛，儘管常常為避免踏死一條蟲而繞道，卻絕對不把自己家裏的人放在心上。由於一種奇怪的反應，他對於別人愈親切，對於家人愈冷淡：他難得想到他們，對他們說話非常粗暴，見到他們就討厭。他們兩人的慈悲心只是一種過度的溫情如疾病一般的洋溢出來，向第一個遇到的人盡量發洩。除了這種疾病發作的時間以外，他們比平日更自私；因為他們的精神集中於唯一的思想，甚麽都得歸向那宗思想方面去

這女孩子的面貌，在克利斯朵夫的生活中占據了極重要的地位。當他在花園裏找她，遠遠地瞥見白色的衣裳的時候；——當他在戲院裏，在樂師們尚未到齊，聽見樓廳的門開處，傳來那麽熟稔的歡樂的音調的時候：——當他在別人的閒話中聽到說出這可愛的姓氏克里赫的時候，他眞是多麽感動！他臉孔發紅發白，幾分鐘之內，甚麽都不見不聞。立刻狂潮陣雨般的血流在全身奔騰，無名的精力在內心飛躍。

這年輕的肉感的德國女郎有些奇怪的玩意。她把戒指放在麪粉上，得由兩個人先後用牙齒啣起而鼻子上不沾白粉。或者用一根綫穿着餅乾，各人咬着綫的一端；得一邊嚼着綫一邊儘最快的速度咬到餅乾。他們的臉迫近了，氣息融和了，口脣相接了，他們裝着假笑，手足卻變得冰冷。克利斯朵夫忽然想嚙她的口脣使她疼痛；便突然望後退去；她仍裝着勉強的笑容。他們旋轉背去，假作冷淡，暗中偷偷地互相覷視。

這些亂人心意的遊戲，他們覺得又好玩又慌亂。克利斯朵夫簡直有些害怕，寧可有克里赫夫人或別人在眼前阻礙他們。無論當着何種不識趣的人，他們心靈的溝通決不會稍受影響；外界的約束反使他們的默契格外親切格外甜蜜。那時候，一切都於他們具有無窮的價值：一個字，一個眼風，口唇的一動，已足夠在日常生活的平凡的簾幕之下，透露出他們豐富的內心生活。這一點，祇有他們能夠會意：至少他們相信是如此。於是他們互相微笑，爲了那些小小的神祕而得意。單聽他們的談話，除了無關緊要的應酬話外甚麼特點都抓不到；但對於他們無異是永久的戀歌。他們在聲音笑貌之間辨別出瞬息萬變的細膩的地方，其中的意義有如打開着的書本一般明白，甚至閉上眼睛也能看到：因爲只要他們傾聽自己的心，便可聽到朋友心中的回聲。他們對於人生，對於幸福，對於他們自己，都抱着滿懷的信心。他們的希望是無窮的。他們愛着，被愛着，很幸福，沒有半點陰影，沒有一絲懷疑，沒有對於前途的恐懼！唯有春天纔有這種清明的境界！天上沒有一片雲翳。那麼嬌嫩的信心，似乎沒有一件東西會使它枯萎。那麼豐滿的歡樂似乎沒有一件東西會使它窮盡。他們活着麼？做夢麼？當然他們在做夢。在人生與他們的幻夢之間完無共同點。要卽是，在這神奇的時間，他們本身卽是一場幻夢：他們的生命未隱在愛情的氣息中溶解了。

* * * * *

他們自以爲巧妙而其實很笨拙的策略，不多時便給克里赫夫人窺破了。有一天，彌娜坐在和克利斯朵夫過分接近的地位談話時，她的母親出人不意的闖進來使他們急忙閃開，顯得慌忙失措的樣子；從此彌娜就疑心她的母親有些覺察了。可是克里赫夫人假裝一無知覺，使彌娜差不多要抱憾，因爲她很想借此和母親爭吵一番，把他們的愛情渲染得更富於才子佳人的小說色彩。

她的母親卻提防着不給她這種機會；她太聰明了，決不會因之不安。她只在彌娜前面用着譏刺的口吻談起克利斯朵夫，毫無憐惜地嘲笑他的滑稽可笑的神態：幾句說話便把他毀壞了。然而她這種行爲並非基於肚裏的什麼謀劃，祇受着本能的衝動罷了：一個賢慧的女子在保衛她的所有物時，慣有這種天然的欺弄手段。彌娜竭力否認那些批評的眞實性，抗辯，生氣，說出無禮的話，都是枉然；母親的評語實在是確當不過，克里赫夫人具有殘忍的巧妙手段，能夠把人批評得一針見血。克利斯朵夫寬大的鞋子，難看的衣服，塵埃堆積的帽子，鄉下人的口音，行禮時可笑的怪樣子，粗俗不堪的高大的聲氣，凡是足以損傷彌娜自尊心的地方都不放過：而且這一切不過偶而談起，從無故意攻擊的形式；等到彌娜憤慨之下預備對答時，克里赫夫人已經若無其事的顧左右而言他了。可是箭痕已經留下，彌娜已經受傷了。

她看待克利斯朵夫的目光慢慢地不似從前寬容了。他約略有些覺得，不安地問道：

——爲什麼您這樣的望着我？

她答說：

——不爲什麼。

但一忽兒後，當他快樂的時候，她又嚴厲地埋怨他笑得太響了。他呆了一呆，從未想到和她一處時連笑也得留神：他完全掃興了。——或者當他講得出神的時候，她用着無心的神氣打斷他的話頭，不客氣地指摘他疏忽的修飾，或是用一種令人生氣的教訓口吻挑剔他俚俗的措辭。他簡直不想開口了，有時竟爲之生氣。隨後他又叫自己相信這些惱人的舉動也是彌娜關切他的一種表示；彌娜自己也是這麼想。於是他羞怯地勉強領受這種教誨。可是她對他總不滿意，因爲他難得聽了她的話而且能檢點自己。

至於她心中的變化，他還來不及覺察。復活節到了，彌娜得隨着母親到悲瑪那邊的親戚家裏去住幾天。

分別以前的最後一星期，他們恢復了初期的親密。除了一些不耐煩的表示以外，彌娜比任何時都更慇懃。動身的前夜，他們在花園裏散步了長久；她把克利斯朵夫拉到松樹下面，把一口小香囊挂在他的頸上，裏面藏着她的一綹頭髮；他們重新立下終生的盟誓，相約天天寫信；在天上選定一顆星，以便黃昏時兩人在兩地同時眺望。

致命的日子到了。夜裏他再三問着自己：『明天她將在哪裏？』此刻他又想：『是今天了。早上她還在此地。晚上呢……』不到八點鐘他便去了。她還未起身。他試着在花園裏散步；但滿心煩躁，只得走回來。走廊裏堆滿着箱籠包裹；他在房裏揀着一個角落坐下，側耳傾聽着開門的聲音，樓板上格格的聲音，認出在上面來往的腳步聲。克里赫夫人微笑着走過，對他用着譏諷的口吻道日安，可並不停下。終於彌娜出現了，面色蒼白，眼睛浮腫；她昨夜並沒比他睡得更穩。她吩咐僕人，似乎很忙碌；她一邊給克利斯朵夫握手，一邊繼續和老弗列達談話。她已準備出發了。克里赫夫人重新進來。母女倆討論着一個帽籠的事情。彌娜似乎全沒注意克利斯朵夫。他被人丟在一邊，可憐地站在鋼琴旁。她和她的母親出去，一忽兒又進來；站在門口再和克里赫夫人說了幾句，然後把門帶上。只有他們倆了。她奔到他前面，執着他的手把他牽到隔壁百葉窗已經關上的客室裏。於是她突然把臉偎貼着他的臉，緊緊地用力擁抱他。她一邊哭一邊問道：

——你答應，你答應你永遠愛我麼？

他們低聲嗚咽着，抽搐地抑制着，恐防被人聽見。等到有腳聲走近時他們便分開了，彌娜揉揉眼睛，和僕人們依舊裝起儼然的神氣；但說話的聲音有些發抖。

他偷偷地把她掉在地下的手帕揣在懷裏，那是一方腌臢、打皺、臉水濕透的手絹兒。

他坐着她們的車子一直送到車站。兩個孩子相對坐着，簡直不敢彼此望一眼，恐防要淌眼淚。他們的手偷偷地互相摸索，緊握着發痛。克里赫夫人用着狡猾的和善的神情望着他們，假裝一無所見。

終於時間到了。車子發動的時候，克利斯朵夫開始在車旁奔馳，也不向前面望，儘管和車站上的人員碰撞，眼睛釘住了彌娜，直到車子追過了他把他丟在後面。他繼續飛奔，直到甚麼都不見了的時候，纔氣吁吁的停下，發見自己擠在站上的一羣不相干的人叢中。他回到家裏，恰巧所有的人都出去了；他便哭了一個早晨。

* * * * * *

他初次識得離別的滋味。對於一切沉溺在愛情中的心，這眞是不堪忍受的煎熬。世界是空的，人生是空的，一切都是空的。不復能呼吸了：這是致命的悲痛。尤其是人去樓空而遺跡宛在的時候，在共同生活過的環境中流連徘徊的時候，在同一場合苦苦追懷那往日的歡情的時候。這纔像是身臨險窟，令人心旋搖搖，頭暈目眩，險些兒跌下而竟跌了下去。驀然眼見「死」就在前面。是啊，的確是它：生離只是死別的一種面具而已。我們眼見最心愛的人物消逝：所謂生命也隨之俱滅了，這是漆黑的深淵，這是虛無一片。

克利斯朵夫回到一切平時愛去的地方，使自己格外難過。克里赫夫人把花園的鑰匙交給他，讓他隨時可去散步。他當天就回到那裏，苦悶到幾乎窒息。他似乎找到了已經遠去的人兒的影子；一切草坪上都有她的形相在飄動；他等她在每條小徑拐彎的地方出現，雖明知她不會出現，但他一定要這麼想，他去探尋印下他愛情的回憶的蹤跡，迷宮中的小路，蔓藤環繞的平臺，樹蔭下的櫈子，反復不已的說：『八天以前……三天以前……昨天，就是昨天，她還在此地……甚至就是今兒早上……』這些思念儘管在他心中盤旋，直到他胸膈悶塞像要窒死的時候方纔停下。——在這哀傷上面更加上對於自己的憤恨，痛恨虛度了良辰，不會好好利用。他有過多少時間，享受過和她耳鬢廝磨聲息相聞的樂趣！他可不會懂得細細體味！他聽讓時間消逝，不會一刻兒一刻兒的好好咀嚼！如今！……如今可太晚了！……不可補救了！不可補救了！

回到家裏，他只覺得家人可厭。他們的面貌、舉動、無味的談話，使他不能忍受；可是他們一切還不是和昨天，和以前她在這裏的時候一樣！他們依舊過着照例的生活，好似他們旁邊並沒發生這麼不幸的事情。城市也是無知覺。人們依舊幹着他們的營生，笑着，鬧着，忙亂着；蟋蟀照樣的唱，天上照樣輝煌。他恨他們，覺得被普天之下的自私壓倒了。不知他，他一個人就比整個宇宙更自私。在他心目中，甚麼都沒有價值了。他再沒有什麼慈悲。他再不愛什麼人了。

他過着悲慘的日子。他仍機械地幹着他的事情，但生活的勇氣是消失了。

一天晚上，他不聲不響正在和家人用餐，郵差敲門進來送給他一封信。在不曾看到筆跡之前，他的心就認得了。四雙眼睛直射着他，冒冒失失的滿懷着好奇心等他拆閱，希望在這件事情上排遣一下他們的煩悶。克利斯朵夫把信放在盤子旁邊，忍住着不拆，若無其事的推說他已知道是什麼回事。但他的兄弟們全然不信，仍是窺伺着他，使他像受難一般的喫完了飯。這時候，他纔能脫空身子關在房裏。他心裏焦灼萬分，幾乎在拆開信封時把信紙都撕破。他擔心着不知寫的是什麼，但一讀到最初幾個字就心花怒放了。

那是非常親切的幾行，彌娜偷偷地寫給他的。她稱他爲『親愛的克利斯德蘭』，告訴他她痛哭了好幾回，每晚都望着星，她曾到過弗朗克府，那是一個偉大的城市，有華麗的大商店，但她甚麼都不在意，因爲一心只想着他。她又提醒他對她忠誠的誓言，他答應在她出門的時期不見任何人，以便專心一意的想念她。她希望他在她出門的時期努力工作，以便成名，並且使她也成名。末了她問他想不想起她動身的那天珍重作別的小客廳；她叫他揀一個早上再去，她的精神一定仍舊在那邊，還是同樣的和他道別。她的署名是：『永遠是你的！永遠！……』後面加了一條附啓，勸他買一頂狹邊的草帽，把難看的呢帽丟掉——『此地所有漂亮的先生們都戴的：狹邊的粗草帽，周圍緊着藍色的絲帶。』

克利斯朵夫讀了四遍纔完全懂得。他恍恍惚惚，連快活的力氣都沒有了；他突然覺得手足軟癱，不得不躺下，時時刻刻重讀着信，把它親吻，把它藏在枕下，不斷的用手摸着，看看是否在老地方。一陣鬆快的感覺流遍他全身。他一覺睡到了天明。

他的生活變得容易捱受了。彌娜忠誠的思想環繞着他。他試寫回信；但他沒有和她自由通信的權利，他得把自己的情操隱藏起來；這是艱難而且痛苦的。他笨拙地把他的愛情掩藏在過分周張的客套下面；這在他應用起來總是很可笑的。

信寄出了，便等着彌娜的回信，他只在等待之中討生活。爲使自己耐心起計，他試着散步、讀書。但他只想着彌娜，喃喃的念着她的名字；他對它崇拜到如偶像一般，甚至把一册萊辛（按係德國文學家）

的書藏在袋裏，因為書中有彌娜這名字；每天從戲院裏出來，總得繞一個大圈子，在一家雜貨店門口走過，因為招牌上有這五個心愛的字母。

當她堅決要求他努力工作以便使她成名時，他埋怨自己荒廢學業。這項請求所包含的天眞的虛榮心使他很感動，認為是信仰他的一種表現。他決心寫一部作品來報答她，不但是題贈給她，而且眞正為她作的。他這時候任何別的事情都不能做。他一有這個計劃，樂思便如潮水般湧現上來。幾個月來在積水池裏蘊蓄着的水，一朝奔瀉時便決了堤岸。八天之中他不出房門一步。魯意莎把三餐放在他門外，因為他簡直不讓她進去。

他寫了一闋銅簫與弦樂器的五重奏。第一部是青春的希望與欲願的歌；最後一部是嗚咽的情話，流露出克利斯朵夫的粗野的性情。但全部作品都集中在第二部緩奏曲（Larghetto）裏，克利斯朵夫在其中描寫一顆熱烈而質樸的心靈，暗示着彌娜的小影。沒有人會認得她，她自己更認不得，但主要的是在於他完全認得清楚；他覺得把情人的靈魂抓握住了時，快樂到身心顫抖。沒有一件工作比此更容易更愉快：離別所引起的過度緊張的愛情由此獲得了寬弛；同時，對於藝術品的操心，要控制激情把它貫注入一種美妙清楚的形式中的努力；使他恢復了健全的精神，恢復了各種器官的均衡，給予他生理上的快感。這是一切藝術家所熟稔的最大的愉快：在創作的時候，他不復爲欲念與痛苦役使；他成爲它們的主宰了；一切使他歡悅的東西，一切使他苦惱的東西，他覺得都是他意志的自由的遊戲。只可惜這種時間太短，因爲此後他覺得現實的枷鎖更加沉重了。

當克利斯朵夫埋頭於這件工作中時，幾乎沒有餘暇想着彌娜的遠離：他和她在一處生活着。彌娜不復在彌娜身上，而是整個地在他心中。但當他完工之後，他重又覺得孤獨，比從前更孤獨更困倦：他想起寫信給彌娜已有兩星期了，她可還沒有回音。

他再寫信去；這一次卻不能完全像第一封信般守着自己定下的約束。他用說笑的口吻責備彌娜——因爲他不信果有這一回事——把他忘記了。他取笑她的懶惰，和她說些親切的調侃話。他用非常神秘的語氣講述他的作品，想刺激她的好奇心，想等她回來時使她出驚。他把新買的帽子描寫得十分詳細！他說爲服從小母后的命令起計，——因爲他是採納她書信中所有的勸告的，——他便再不出門，託病謝絕一切邀請。他並不補充的說他甚至和大公爵也冷淡起來，因爲在過度的熱情中他有一晚竟不會應召到宮中去。信裏始終充滿着得意忘形的氣息，和情人們最歡喜的小小的隱語；他以爲只有彌娜能夠懂得，自以爲用了非常巧妙的手段，因爲他到處把友誼這字代替了愛情。

寫完之後，他一時覺得寬慰了些：第一因爲寫信的時候好像就和彌娜晤對一樣；第二因爲他確信彌娜將立刻回覆。所以他在三天以內很有耐性，這是他預計郵局把他的信遞去而帶回彌娜的復信所必需的時間。但第四天一過，他重新覺得活不下去了，只有在每班郵差來到以前的時間內纔有些少精力，纔關心着事情。他焦灼萬狀，變得非常迷信，在某些表記中——譬如爐竈裏的爆發聲，或是一句偶然的說話——探尋信到的預兆。時間一過，他又垂頭喪氣。也不工作也不散步，生活的唯一的目標是等待下次的郵班；全副精神都用在集中等到那時候的精力。及至黃昏降臨，當天的希望斷絕之後，那纔是渾身崩潰：他似乎永遠沒有法子活到明天了；幾小時的坐在桌前，不言語不思索，甚至沒有睡覺的力氣，直要些少剩餘的意志逼得他上牀，纔昏沈入睡，做着亂夢，以爲黑夜永無窮盡了。

這種繼續的等待慢慢地成爲一種眞正的疾病。克利斯朵夫終竟疑心他的父親、兄弟，甚至郵差。疑心他們收到了他的信藏起來。不安的情緒侵蝕他。至於彌娜的忠實問題，他沒有一刻兒懷疑過。所以要是她不寫信，那她定是生了病，生了快要死下來的重病，或許已經死了。他抓起筆來寫了第三封信，那是狂亂的幾行，他的情操，他的字跡，這一次可甚麼都不加顧慮了。郵班的時間已經近了；他東塗西抹，翻過紙張時都弄髒了，封口時又把信封弄汚了：沒有關係！他不能等下一次的郵班。他連奔帶跑的把信送到郵局之後，又在悲痛欲絕的心境中開始等待。第二天夜裏，他清清楚楚的看到彌娜病着，在叫喚他；他起來，幾乎要動身走得去了。但哪兒？上哪兒去找她呢？

第四天早上，彌娜的信來了，——半頁信紙，——冷冷的，嚴肅的。彌娜說她不懂什麼事情使他生出這些荒唐的疑懼，她是好好的，只是沒有功夫寫信，她請他以後不要這樣狂亂，目前且停止通信。

克利斯朵夫呆住了。他可不懷疑彌娜的眞誠。他埋怨自己，以爲彌娜很有理由對他那些冒昧而荒唐的書信着惱。他把自己視同蠢才，用拳頭敲着自己的腦袋。但這些都是白費：他不得不感到彌娜並不像他愛她那樣的愛他。

以後幾天的陰鬱沈悶，簡直無可形容。虛無是不能描寫的。使克利斯朵夫留戀人生的唯一的樂趣，和彌娜通信的樂趣，被剝奪了，如今他只機械地生活着；他生活中唯一有意思的行爲便是在晚上如小學生似的用筆在日曆上把分隔着他和彌娜的無窮的日子劃去一天。

* * * * * *

回來的日子已經過了。一個星期以前，她就應該回來了。克利斯朵夫沮喪之後繼以狂熱的騷動。彌娜臨走時答應把行期和時刻通知他。他也隨時等待去迎接她；他猜測遲到的原因，想來想去把自己弄糊塗了。

有一天晚上，祖父的一個朋友，鄰居的地毯匠費希，照例在晚飯後啣着煙斗過來和曼希沃談天。克利斯朵夫空望着最後一次的郵差過後，悶悶地正想回房睡覺，忽然聽見一句話使他打了一個寒噤。費希說他明天清早得往克里赫家去懸掛窗簾。克利斯朵夫呆了一呆，問道：

——可是她們已經回來了麼？

——不要說笑話！你和我知道得一樣明白，費希老頭兒咕嚕着說。已經長久了！她們大前天就回來的。

克利斯朵夫不再往下聽了；他到自己房裏收拾着準備出去。一直在暗中留心着他的母親，跟他到甬道裏怯生生的問他哪兒去。他一言不答逕自走了，心裏很難過。

他跑到克里赫家已是晚上九點。她們倆都在客廳裏，對於他的來到一些不表驚奇。她們安安靜靜的和他道晚安。彌娜一邊寫信一邊從桌上伸過手來，心不在焉的問他近況。她對於自己的失禮道着歉意，假裝留心聽着他說話，可是常常打斷他的談鋒向她母親詢問什麼事情。他本來預備好一套動人的說辭訴述她們遠行時他所感的痛苦：他僅僅吐露了幾個字，沒有人留意，他便沒有勇氣繼續下去了：這種說話明明是不合時宜。

彌娜的信寫完了，拿着一件活計坐在離他不遠的地方，開始和他講述她的旅行。她講着幾星期中愉快的事情，騎馬啦，宮堡中的生活啦，有意思的人物啦等等；她慢慢的興奮起來，隱喻着許多事情和人物，在克利斯朵夫是完全茫然，但在她們回憶起來時都笑開了。克利斯朵夫覺得自己對於這段敘述毫無關係；他不知如何是好。勉強陪着笑臉，他眼睛釘住着彌娜，哀求她望他一眼。但當彌娜望着他時，——這也是難得的，因爲她不像對他而是對她的母親說話，——她的眼睛，如她的聲音一樣，是和氣而淡漠的。她爲了母親的緣故而提防着麼？他很想和她單獨談話；但克里赫夫人一刻都不離開。他試把談話轉移到關涉他個人的問題上去；他談着他的工作，他的計劃；他覺得彌娜在躲避他，便努力使她關心他。果然，她似乎非常注意的聽着；她插進幾個驚嘆辭，不一定常常是中肯的，但語氣之中好似很關切。可是當彌娜那種魅人的微笑使他重新生起希望來時，他看見她已把小手掩着嘴打呵欠了。他突然中止談話。彌娜覺察之下，立刻婉轉地道歉，推說是因爲疲倦之故。他站起身來，滿以爲人家還要留他；哪知她們一言不語。他行禮時故意延宕着，等候人家請他明天再來，但半點口風都沒有。得走了。彌娜不送他，嬾洋洋的，冷冰冰的給他握一握手；於是他在客廳中間告辭了。

他滿懷疑慮的回到家裏。兩個月以前的彌娜，他親愛的彌娜，此刻一絲影踪都沒有了。其中有什麼蹊蹺呢？她變得怎樣了呢？可憐的孩子從未感到一顆活潑潑的心會不斷地變化，會整個的消滅，會需要絕對的更新；這些心靈大半並非是心靈，而是各種心靈的彙集，先後相繼，先後死滅；對於這樣的一個孩子，這條簡單的眞理是太殘酷了，使他下不了決心去相信。他驚怖之餘，竭力排遣心中的疑慮，想是自己誤會了，彌娜是依然未變。他決意明天再去，無論如何得和她說個明白。

他轉輾不能入寐，夜裏數着大鐘每小時的鳴聲。一待天明，他就到克里赫家周圍蹀躞；等到能夠進去時便立刻進去。他看見的可並非彌娜，而是克里赫夫人。素來起早與勤儉的她，在玻璨廊下提着吊桶澆花；看見克利斯朵夫時，她俏皮地喊道：

——哦！是您！……您來得正好，我正有說話和您談一談。請等一等，等一等……

她進去了一會，放下水桶，擦乾着手，回出來望着感到禍事將臨的克利斯朵夫失色的面容微微一笑。

——到花園裏去罷，她說，我們可以更加安靜些。

他跟着克里赫夫人走去，花園裏充滿着他的愛情。她看着孩子慌亂的情景覺得好玩，並不急急於說話。

——就在這裏坐下罷，她終於這樣的說。

他們坐在櫈上，即是他們分別的前夜彌娜把口脣就他的櫈上。

——我想所要談的事情您應該知道了罷，克里赫夫人換了嚴肅的口氣使孩子愈加發窘，接着又說：我眞意想不到，克利斯朵夫。我認爲您是一個規矩老成的少年。我一向信任您。眞想不到您會濫用我的信任心來顚倒我的女兒。她是在您的守衛之下。您應當敬重她，敬重我，敬重您自己。口氣之中稍稍帶有譏諷的成分：——克里赫夫人並不怎樣重視這兒女之情；——但克利斯朵夫感覺不到；在他是認爲了不得的這些責備，好似他對付所有的事情般心裏慌張起來：

——可是，夫人……可是，夫人……（他噙着淚囁嚅道）我從沒濫用您的信心……不要相信，我請你……我不是一個壞人，我敢對您發誓！……我愛彌娜小姐，我全心全意的愛她，但我是要娶她的啊。

克里赫夫人微微一笑。

——不，我可憐的孩子，（她這樣和善的說，心裏其實是含着鄙薄的意思，他終究要明白了罷?）不，這是不可能的，這是孩子氣。

——爲什麽？爲什麽？他問。

他握着她的手，不信她說的是正經話，她的更加温婉的聲音幾乎使他寬心。她依舊微笑着說：

——因爲。

他再三追問。她便用着幽默的口吻——（她並不把他完全當眞）——告訴他，說他沒有財產，彌娜趣味不同。他抗辯說這是沒有關係的，他將來會富有、成名，會有名譽和金錢，以及彌娜所要的一切。克里赫夫人表示懷疑；她覺得這種自信心很好玩，只是搖搖頭表示否認。他卻老是固執己見。

——不，克利斯朵夫，她用着堅決的音調說，不，這毋庸討論，這是不可能的。不單是金錢一項。還有多少問題！……譬如身世門第……

她用不到說完。這無異一針見血的直刺入他骨髓裏。他的眼睛睜開了。在友誼的微笑中他看到了譏諷，在和藹的目光中他看到了淡漠，他突然懂得雖然自己用着兒子般的愛情愛着她，雖然她把他當作兒子一般看待，他和她之間究竟有無數的藩籬分隔着。他覺得在她的親切之中有部親與保護的成分。他面色蒼白的站起來。克里赫夫人繼續用着柔和的聲音和他談話：但一切都完了；他再不聽見這說話之中的音樂，而在每個字面之下感到一顆體面堂皇的心靈的冷酷無情。他一句都回答不出。他走了。一切在他四周打轉。

他回到家裏倒在牀上，怒氣與傲氣的反抗使他渾身抽搐，好像小時候一樣。他咬着枕頭，把手帕捲在口裏，恐防人家聽見他的聲音。他恨克里赫夫人，恨彌娜。他對她們都深惡痛絕，覺得自己豬鬃挨了巴掌，羞憤交集的抖個不住。必得立刻報復纔行。要是不能雪恥的話，他寧可死。

他爬起來寫了一封又愚蠢又激烈的信：

『夫人，我不知是不是像您所說的您錯看了我。我所知道的是我錯看了您，這是我引為痛心的。我曾把您們當作朋友。您也這麼說，做得如我的朋友一般，我愛您們甚於我自己的生命。如今我看到這些都是謊言，您對我的親熱只是一種欺騙：您利用我，把我作為消遣品，替您們奏音樂——

我是您們的僕役。哼，您們的僕役，我可不是呢！我不是任何人的僕役！

『您冷酷地使我知道我沒有愛您的女兒的權利。可是世界上甚麼也不能阻止我的心愛它的所愛；即使我不是您們的一階級，我可和您們一般高尚。唯有心纔能使人高尚：如果我不是一個子爵，也許我的榮譽比多少子爵都要多些。當差的也好，子爵也好，只要侮辱我，我便鄙夷他。一切自命高貴而沒有高貴的心靈的人，我鄙薄他當他如一塊汚泥。

『別了！您誤會我了。您欺騙我了。我鄙薄您。

『不論您怎樣，愛彌娜小姐的將永遠愛她至死方休，因爲她是他的，因爲甚麼東西都不能把她從他那邊劫奪去。』

他把信丟入郵筒之後，立刻對於自己所做的事情駭怕起來。他想不去想它，但有些句子記得淸淸楚楚；他想起克里赫夫人讀到這些瘋話時，不禁流着冷汗。先是還有憤怒的情緒支持他；但一到明天，他明白那封信除了使他和彌娜完全斷絕以外不會有別的後果：這可是他不幸中的大不幸了。他還希圖克里赫夫人爲了素來知道他的激情之故不放在心上，只把他訓戒一頓了事，而且——誰知道？——或許她會被他眞誠的熱情所感動。他等待着只要有一點端倪就去匍匐在她腳下。他等了五天。五天之後是來了一封信。她說：

『親愛的先生，既然您的意思，認爲我們之中有些誤會，那麼最好是切勿把這誤會延長下去。您既已覺得我們的交誼於您很痛苦，我便決不敢有所勉強。中止我們的來往，您一定覺得是很自然的罷。我祝望您將來不乏別的朋友，像您所渴望的眞能賞識您。我相信您前程遠大，我將遠遠地用着同情的心思注意您的音樂生涯。

約瑟芬・洪・克里赫。』

最嚴厲的責備也不至這樣的殘酷。克利斯朵夫眼見自己戰敗了。對於侮辱你的人是容易對付的，但對於這禮貌週全的冷淡可怎麼辦？他驚駭欲狂了。他想從此不復再見彌娜實在是受不住的他覺得在些微的愛情旁邊，世界上所有的傲氣都輕於鴻毛。他忘記了一切的尊嚴，他變成卑怯的懦夫，又寫了幾封請求原諒的信，和他發瘋般狂怒的信一樣荒謬。沒有回音。——所有的話都說完了。

* * * * * *

還是一死之爲愈。他想自殺，想殺人。至少他自以爲想如此。他懷着烈火一般的欲望。有些兒童的愛與憎的頂點是成人們意想不到的。這是他童年最劇烈的苦惱。在這苦惱之後，他的童年告終了，他的意志受過鍛鍊了，但離開一蹶不振的地步也就間不容髮。

他活不下去了。幾小時的憑窗望着院子裏的磚地，像他小時候一樣，想着在這磚地上面有一個逃避生之苦難的方法。方法就在這裏，在他眼底，立刻……立刻麽？誰知道？……也許要被痛苦煎熬了幾小時以後，但這幾小時不等於幾世紀麽？……但他那樣的悲苦絕望，禁不住在這些思念中打轉。

魯意沙看到他在痛苦；雖不能確知他心中想些什麽，但本能地知道定是很危險的事情。她試着去接近兒子，探聽他的痛苦，以便安慰他。但可憐的婦人久已失掉和克利斯朵夫作親密的談話的習慣；幾年以來，他老是把思想抑在心裏；她呢，太操心物質方面的生活，沒有餘暇去猜測兒子的心情。如今她想來幫助他時，便不知從何下手了。她在他四周徘徊，有如一個在地獄中受難的幽靈，她渴想找到一些使他寬慰的字句；可是不敢開口，恐防惱了他；因爲她不復十分婉轉，而他也不復十分寬容。但他愛母親，他們相愛着。然而只需極些微的事情便可把相親相愛的人隔離！一句稍微過火的話，笨拙的舉動，眼睛或鼻子的全無惡意的欠動，喫飯、走路、笑的方式，一種無可分析的生理上的不舒服……儘管你說這些是毫無意思的，但實在包含着多少事情。這已夠使母子、兄弟、朋友永遠變成陌路。

因此克利斯朵夫在精神苦悶中不能在母親身上找到依傍。而且對於只顧自己的自私自利的情欲，別人的親切又有何補？

一天晚上，當家人完全睡熟了，他坐在房裏不思索不動彈正沈浸在危險的思念裏時，一陣腳聲在靜寂的小路裏響亮起來，一下子敲門的聲音把他從迷惘中驚醒了。只聽見模模糊糊的囈語。

他想起父親還沒回家，憤怒地想又是人家把他如醉鬼一般送回來了，如上星期人家發現他橫倒在路旁的形境。因爲曼希沃此刻已毫無忌憚；恣意縱酒的程度，在別人是早已受不住的了，而他的體育家般的健康卻絲毫不受影響。他大量的喫喝，灌得爛醉，在外面冒着冷雨過夜，和人家打架，明天一早在地下醒來又哈哈大笑，要周圍的人都和他一樣快活。

魯意莎已經起來，急急忙忙的去開門。克利斯朵夫一動不動，掩着耳朵，免得聽到曼希沃酒醉的聲音，和鄰居咕嚕埋怨的聲音……

突然一種不可思議的苦惱在他心頭湧起：他害怕將要發生的事情……立刻一聲淒厲的呼號使他擡起頭來向着門外撲去……

在黝黯的甬道中，在燈籠的微光裏，在一羣低語的人羣中，在一張昇牀上，如當年的祖父一樣躺着一個濕淋淋的僵直的身體。魯意莎俯在他的頸上痛哭。人家在磨坊旁邊的小溝裏發見了曼希沃淹死的屍體。

克利斯朵夫叫了一聲。其餘的世界都消滅了，他其餘的痛苦一掃而空了。他撲在父親身上在魯意莎旁邊，他們倆一齊哭泣着。

* * * * * *

牀上躺着長眠着的曼希沃，臉上如今浮着莊嚴端肅的表情；克利斯朵夫在牀側守夜的辰光，覺得死底靜謐的影子透進了他的心窩。他兒童的熱情消散了，如一場寒熱一般；墳墓裏冰冷的氣息把一切都帶走了。什麼彌娜，什麼驕傲，什麼愛情，噯！多麼可憐！一切都顯得不足道，要是和現實相比起來：死，死纔是唯一的現實啊！還值得那樣的痛苦、願欲、騷動，爲的是終於到達那個地步麼！……

他望着他睡着的父親，覺得無限哀憐。他生前最細微的溫柔慈祥的行爲都記起了。因爲在那麼多的污點之外，曼希沃終究不是一個惡人，內心也有許多善良的成分。他愛家人。他誠實不欺，頗有克拉夫脫世代相傳的坦白正直的古風，在道德和名譽問題上絕不假借，也從來不容忍有一般人不當爲過失的那種細微的醜行。他也很勇敢，在一切危險的關頭會高高興興的望前衝刺。卽算他自己很會化錢，但在別人面上亦是一樣闊綽：他受不住人家發愁；在路上遇到窮人時他會傾其所有的——還要把不屬於他的一概拿出來——慷慨施與。這一切優點，此刻在克利斯朵夫眼前顯現了：他更把它誇張起來；覺得自己一向錯看了父親。他責備自己沒有好好地愛他。他眼見父親向人生屈服：以爲聽到這可憐的靈魂，沈淪墮落沒有勇氣奮鬭的靈魂在呻吟哀嘆他無端虛擲的一生。他又聽到這從前使他心碎的哀求：

——克利斯朵夫！不要鄙薄我！

他滿心懷着內疚的痛苦，撲在牀上，哭着，吻着死者的臉。他像從前一般反覆嚷着：

——我親愛的爸爸，我不鄙薄你，我愛你！寬恕我罷！

但那哀號的聲音沒有平靜，還在慘痛地喊道：

——不要鄙薄我！不要鄙薄我！……

突然之間，克利斯朵夫彷彿看見自己躺在死者的地位；他聽見可怕的說話在他自己口中喊出，他覺得虛度一生，無可挽救地虛度一生的絕望壓在心上：『世界上甚麼痛苦，甚麼災禍都好，可不要到這地步！』……他已經多麼迫近了啊！他豈非幾乎受着毀滅生命的引誘，想卑怯地逃避他的苦難麼？在這欺妄自己的最大罪惡之前，在這毀滅自信，以一死來輕自鄙薄的罪惡之前，一切的痛苦一切的欺妄竟不像是兒童的哀傷了！

他看到人生是一場沒有休息沒有僥倖的戰鬥，凡是要成爲無愧於「人」這名稱的人，都得時時刻刻向着無形的敵人抗戰：天性中致人死命的威力，搖惑人心的欲望，曖晦幽密的思想，那些使你墮落使你毀滅自己的念頭，都是這一類的頑敵。他看到自己已經到了下墮深淵的關口。他看到幸福與愛情是一刹那的誘惑，只使你心靈解體，捨棄一切。於是這十五歲的清教徒聽見他的上帝在呼喊道：

——前進罷，前進罷，永遠不要歇息。

——但主哪，往何處去呢？不論我幹什麼事，不論我往哪兒去，結果豈非都是一樣，終局豈非老是擺在那裏麼？

——啊，去死罷，你們這些不得不死的人！去受苦罷，你們這些必得受苦的人！人生來不是快樂的，而是生來完成我的律令的。痛苦罷！死罷！但你得成爲你所應該成爲的生物：——你應當做一個人。

卷二終

卷三 · 少年

第 I 部 于莱之家

少年

家裏是一片靜寂。自從父親死後，髣髴一切都死了。曼希沃響亮的聲音如今緘默了，從早到晚所聽見的不過是河水嫋嫋的喁語。

克利斯朵夫重新發奮工作。他暗暗地痛恨自己，要懲罰自己的希圖幸福。對於人家的唁慰和親切的好話，他一言不答，滿腹的高傲之氣使他咬緊牙齒，他勤奮地幹着日常的作業，扳起冰冷的面孔仔細教課。知道他不幸的遭遇的學生們，看不慣他這種麻木不仁的態度。但一般年事稍長而嘗過痛苦的滋味的，知道一個兒童在冷酷的外表之下藏着何等的悲辛，不禁憐憫他。他可並不感激他們的同情。卽是音樂也不能給他絲毫慰藉。他彈弄音樂時毫無樂趣，不過當作一種功課罷了。他在任何事情上找不到樂趣，或勉強認爲如此，失去了一切的生活意義而不得不生活下去；似乎他在這種情景中覺得有一種痛苦的快感。

他的兩個兄弟害怕這喪中的家庭的岑寂，急急的往外逃去，洛陶夫進了丹奧陶伯伯的商店，住宿在那裏了。恩斯德則試了兩三種技藝以後，投効到萊茵河上往來於瑪楊斯和科侖之間的航船上服務去了：祇有在需要銀錢的時候纔回家露面。因此在嫌得太大的屋子裏只住着克利斯朵夫和他的母親；經濟來源的枯窘，父親死後纔發見的債務，使他們決意熬着無論何種的痛苦去尋一所比較簡陋而便宜的住處。

他們在菜市街上一座房子裏找到了一個二層樓的樓面，一共有兩三間房。地帶是在城中心，很喧鬧嘈雜的，萊茵河啦，樹木啦，一切親切的地方都離得遠了。但得聽從理智，不該一味逞着感情；在此克利斯朵夫又找到了一個克制自己的好機會。而且，那邊的房東老書記于萊是祖父的一個朋友，對他們都熟識的：這一點已儘夠叫魯意沙決心搬家了，因爲她守着這座冷清清的空屋好不淒涼，凡是記念她所愛的前人的人都對她有一種特殊的吸力。

他們一面端整搬場的事情，一面體味着逗留在這所一去不返的親切的屋子裏的最後幾天。

或是因爲羞慚，或是因爲害怕，他們不敢說出心裏的難過。各人都想不應該表示出心中的弱點。在飯桌上，兩個人坐在半圓着護窗的陰沈沈的屋裏，不敢擡高聲音，急急忙忙的用餐，避免互相矚視，唯恐藏不住惶亂的心緒。喫完之後便分手了。克利斯朵夫重新幹他的事情，但只要他有一刻兒的空閒，便偷偷地回家，躡足爬到他的臥室裏或擱樓上。他關上門坐在屋角裏一隻舊箱子上或窗檻上，甚麼思念都沒有。這座一舉一動都會格格作響的舊屋，有一種無可形容的模糊的聲音老是在他耳中盤旋。他的心如舊屋一樣的顫抖，煩躁地窺伺着室內室外的聲息，樓板的響聲，和種種細小的熟習的聲音：一切他都稔悉。他失去了知覺，腦海中充滿着過去的形象；直到聖馬丁寺鐘聲嘹亮的辰光纔從迷惘中驚醒過來，想起是再去上工的時候了。

在下一層樓上，魯意莎輕輕地走來走去。她的腳聲聽不見了，一無聲息的直可有幾小時之久。克利斯朵夫伸直着耳朵靜聽着，心神不安的走下樓去，好似發生了甚麼大禍以後的情景。他把門推開一半：魯意莎背對着他，坐在壁櫥前面，四周堆滿着許多東西：破布啦、舊東西啦、七零八落的物件啦，都是她想清理而搬出來的。但她沒有勇氣收拾，每件東西都使她回想起什麼事情：她把它們翻來覆去，沈入夢想中去了；東西在手中墮下，幾小時的垂着手，軟癱在椅子裏，在痛苦的癡瞑狀態中茫然若失。

可憐的魯意莎，如今只有在過去的回念中消磨她較爲甜蜜的歲月，——這過去可也是多麼悲慘，賜與她的歡樂又是多麼吝嗇；但她那樣的慣受痛苦，些少的恩情已足使她感激不盡，一生中幾道微弱的光芒已夠照臨她的心。曼希沃對待她的一切凶惡都忘記了，她只記得他的善行。結婚的經過是她一生最大的事情。雖然曼希沃當時不過逞着一剎那的使性而過後立即後悔，但她確是傾心相許的；而且相信人家的愛她完全如她的愛人家一樣；在這一點上，她對曼希沃抱着心底裏發出來的感激。他以後的轉變與墮落，她並不想去了解。因爲不能看到事實的眞際，她祇知道全盤忍受事實，處處活畫出一個謙卑勇敢的女子，用不到懂得人生而生存。凡是她不能解釋的，都讓上帝去解釋。由於一種特殊的虔敬心，她把曼希沃和別人給她的苦處全歸上帝負責，只有她從他們受到的好處纔算在他們本人頭上。所以這悲慘的生命沒有留給她一件苦澀的回憶。她只覺得筋疲力盡，——衰弱的體格再加上營養不足與疲勞過度；如今曼希沃既已下世，兩個孩子從老窠裏飛走，另外一個似乎也可以用不到她了的時候，她喪失了動作的勇氣；又嬾又倦，恍恍惚惚的，意志昏迷了。她正經歷着神經衰弱的各種症象之一；在一般勞碌的人，到了暮年被意外的打擊消滅了勞作的意義時，這是常有的現象。她再沒有勇氣織完她的襪子，收拾她尋找東西的抽斗；站起來關閉窗子；她坐着，腦子裏空空洞洞的，除了回想以外更沒有別的精力。她覺得自己日趨沒落，不禁臉紅起來，竭力不給兒子窺破；自私自利的克利斯朵夫，只顧耽溺在自己的苦惱中間，也沒有注意到這等情景。當然，他暗中亦覺得母親此刻的嬾於開口嬾於動作令人不耐；但不管她和平時勤勞的行徑如何不同，他從不曾爲之擔心。

他第一次的覺得驚駭是他有一天撞見母親在地下、腳下、手裏、膝上，滿堆着破布的時候。她伸直頸項，腦袋前俯着，呆着臉。聽見他進來時她嚇了一跳，蒼白的面頰泛起紅暈，自然而然藏起手裏的東西，勉強笑着說：

——你瞧，我在收拾……

他突然悲痛地感到這顆可憐的心在她往事的殘跡中崩潰破裂，不由得生出同情心。可是他仍舊用着粗暴而埋怨的聲氣和她說話，想驅散他的癱瘓狀態：

——嘿！媽媽，嘿，可不該留在這窗戶緊閉的室內，坐在這些灰塵中間，這於你是不好的。得振作一下，收拾的事情也該結束了。

——是，她柔順地說。

她試着站起來，想把東西歸還到抽斗裏去。但她又立刻坐下了，垂頭喪氣的讓手裏的物件掉在地下。

——我不能夠，我不能夠，她嚎啕着說，我永遠沒有精力的了！

他駭呆了，俯在她身上撫摩着她的前額：

——喂，媽媽，怎麽啦？他說。你要不要我幫你忙。你害病了麽？

她不回答，只是暗暗抽咽着。他握着她的手，跪在她前面，以便在黝黯的室中把她看個仔細。

——媽媽！他不安地喊道。

魯意莎把頭側在他的肩上，眼淚直淌下來。

——我的孩子，她緊摟着他說，我的孩子！……你不離開我麼？答應我，你不離開我罷？

他憐憫之餘，心都碎了。

——不，媽媽，我不會離開你的。你怎麼會有這種念頭的呢？

——我這麼可憐！他們都丟掉我了，都……

她指着周圍的東西，不知她說的是這些物件還是她的兒子與死者。

——你將和我一起罷？你不離開我罷？……要是你也離開了我，我將變得什麼樣子啊？

——我不去的。我們將住在一起。不要哭了。我答應你便是。

她繼續哭泣，沒法停止。他用手帕替她擦去眼淚。

——你想什麼啊，親愛的媽媽？你難過麼？

——我不知道，我不知道為什麼。

她勉強鎮靜下來裝出笑臉。

——我的理性毫無用處：為了莫須有的事情我就會下淚……唔，你瞧，我又來了……原諒我罷。我眞愚蠢。我老了，甚麼都沒有精力了，甚麼都沒有意味事事都不中用了。我眞想把自己和這些東西一起埋葬。

他緊緊摟着她，像一個孩子那樣。

——不要難過了，你休息一下罷，不要再想了……

她漸漸平靜下來。

——這是胡鬧，我眞害羞……但我怎麼啦？怎麼啦？

這位勞碌的老婦不能懂得爲何她的精力一下子就衰退了；她覺得非常可羞。克利斯朵夫卻假裝甚麼都沒有留意。

——大概是疲乏的緣故罷，媽媽，他竭力裝出毫不介意的口吻說。這是沒有多大關係的，你瞧就是……

但他心中也有些不安了。他從幼年起便看慣母親勇敢、隱忍、默默無言的抵抗一切磨難。這次的崩潰卻使他害怕了。

他幫她把地下零落散亂的東西收拾起來。不時她拿着一件東西停住了；但他溫柔地握着她的手，她也就聽他擺佈。

*　*　*　*　*　*

從這天起，他盡量和母親作伴。工作完畢以後就去斯伴她，不復獨自幽閉在房裏了。他覺得她那麼孤單，也覺得她受不住這種淒淸寂寞：長此以往是很危險的。

黃昏時，他坐在她身旁，靠近打開着的臨街的窗子。田野裏慢慢黝黯下去。人們一個一個的回家。遠遠裏細小的燈光在屋子裏映射出來。這些景色他們看過千百次，但不久將看不見了。他們斷斷續續的交談幾句，互相指出黃昏時一切細小的事故，雖然都是熟識的，早已料到的，但此刻覺得次次都新鮮有味。他們長久地靜默着。她偶意涉提起她腦海中忽然映過的一件回憶、一樁往事，可並無顯明的理由。如今覺得有一顆愛她的心靈在旁時，她比較有談話的興致了。她費了許多力氣來講話。這可不是容易的事情：因爲她已過慣和家人隔離的生活，認爲丈夫與兒子太聰明了，和她談不攏來；她亦不敢參與他們的談話。克利斯朵夫現在這種虔敬親切的態度於她是破天荒的遭遇，使她感到無窮甜蜜，但也使她畏怯。她找尋字眼，達不出胸中的意思；句子都是沒有說完的，曖昧不明的。有時她對於自己所說的話害羞起來，在一樁故事中間突然停住了，望着她的兒子。但他握着她的手：她寬慰了。他對於這顆兒童般的慈母的心靈充滿着憐愛，他幼時曾經在她心中蹲伏過，如今卻是她在他身上尋找依傍了。所以這些對於別人毫無興味的瑣屑的嘮叨，這些永遠平庸而沒有歡樂的一生的回憶，儘管毫無意義，對於魯意莎卻有無窮價值，克利斯朵夫也感到一種淒涼的快意。他設法用什麼事情打斷她，恐怕這些回憶使她格外難過，便勸她去睡覺。她懂得他的用意，就用感激的目光和他說：

——不，我老實說；這倒使我覺得舒服一些；再躭擱一會罷。

他們一直坐到夜深，街坊上全都睡熟的時光。於是他們互相道了晚安，她呢，因爲宣洩了一部分胸中的鬱積覺得寬解了些，他可爲了這新的責任而暗自悲傷。

搬家的日子到了。隔夜，他們逗留在不點燈的房間裏比往常格外長久。他們不交一言，時而魯意莎呻吟着喊一聲『啊！天哪！』克利斯朵夫講着明天搬家的一切小節目，想轉移她的思念。她不願去睡覺。克利斯朵夫親切地催逼她。但他自己回到臥室之後，也隔了好久方纔上牀。他俯在窗上竭力想穿過黑暗，對着在屋下黑魆魆動盪的河流瞅視最後一眼。風在彌娜的花園裏的樹木中間吹吼。天上漆黑。路上沒有一個行人。一陣冷雨開始淅瀝淅瀝的下起來。屋頂上的風針在格格打轉。鄰家一個小兒在啼哭。黑夜壓在地上陰慘得怕人。單調的時間在淒清的岑寂中用着破裂的聲音報出時刻，和屋頂上雨點的聲音交錯並起。

當克利斯朵夫抱着戰慄的心決意上牀時，聽見下層的窗子關閉聲。他躺在牀上想，對於可憐的人們，依戀過去是非常慘痛的……因爲他們沒有區處，大地上沒有一角可以收藏他們的回憶：他們的歡樂，他們的苦惱，他們所有的歲月都在風中飄零四散。

*　　*　　*　　*　　*　　*

明天，他們在傾盆大雨中把簡陋的家具搬往新居。老地毯匠費希借給他們一輛小車和一匹小馬；他自己也來幫忙。但他們不能把所有的家具全搬過去；新租的房子比老屋狹小得多。克利斯朵夫只能勸母親把最舊而最無用的一部分留下。這也費了很多氣力；頂細微的東西在她眼裏都有價值：一張跛足的桌子啦，一張破舊的椅子啦，她甚麼也不願犧牲。直要費希擺出他與祖父老朋友的身分，和克利斯朵夫一齊用着埋怨的口吻勸說，甚至這懂得她的苦衷的好人答應把那些寶貴的破東西寄存在他家裏，等他們將來可以搬得去的時候，她纔忍痛答應把它們暫時丟下。

兩兄弟也接到了搬家的通知。恩斯德隔天來說他不能在場；洛陶夫只在中午時分出現了一下：他看着家具的裝運，發表了幾句議論，便忽忽忙忙的走了。

行列開始在泥濘的街上前進。克利斯朵夫拉着韁馬在黏液似的磚石上滑來滑去。魯意莎走在兒子身旁，竭力替他擋着雨。隨後是在潮濕的室內安頓一切，陰沈低鬱的天色使房間顯得愈加黝黯。要是沒有房東們的照顧，他們早就被心灰意懶的情緒壓倒了。車子走後，家具凌亂地堆滿在房裏，黑夜已經來到，克利斯朵夫和魯意莎筋疲力盡，一個倒在木箱上，一個倒在袋上；這時忽然聽見樓梯上乾咳一聲：有人來叩門了。老于萊一進門便禮貌週全的道歉，說他打擾了他親愛的房客；又說為慶祝這可喜的喬遷起計，希望他們到他家裏去用晚餐。滿腹悲哀的魯意莎想拒絕。克利斯朵夫也不大高興參與這家庭的團聚；但老人一再邀請，克利斯朵夫也想不讓母親包裹在她的思念裏獨自消磨這新居的第一晚，便勸她答應了。

他們走到下一層樓，看見于萊全家都齊集在那裏：老人，他的女兒，他的女壻伏奇爾，他的外甥，一男一女，年紀比克利斯朵夫稍爲小一些。大家搶着上前，說着歡迎的話，問他們是否累了，是否滿意他們的住處，要不要什麼東西，向他們提出許許多多的問句，克利斯朵夫狼狽不堪，甚麼都不曾弄明白，因爲他們七張八嘴同時說話。晚餐已經端整好：他們開始坐席。但喧鬧之聲繼續不絕。于萊的女兒阿瑪利亞立刻把許多本區的事情告訴魯意莎，告訴她附近的街道地形，告訴她家裏的習慣和便利之處，告訴她送牛奶的人走過的時間，她起身的時間，和其他的商販以及她所付的各種物品的價錢。她直要把一切都解釋明白之後纔肯放鬆魯意莎。她呢，昏昏沈沈的裝做對於這些消息很關心的模樣，但她偶然承應的幾句證明她全沒懂得，把阿瑪利亞弄得氣惱非凡，從頭再說一遍。老書記于萊則對克利斯朵夫解釋音樂生涯的如何渺茫如何艱難。克利斯朵夫的另一個鄰座是阿瑪利亞的女兒洛沙，她從晚餐開始時起就講個不停，滔滔汩汩，又快又急，甚至連喘氣的功夫都沒得：她在一句句子中間氣吁吁的噎住了：但她立刻接下去再說。陰鬱的伏奇爾對着飯菜咕嚕。

這便掀起了一場熱烈的辯論。阿瑪利亞、于萊、小孫女,都打斷了自己的話頭來加入論戰;關於紅燒肉裏的鹽太多或太少的問題簡直是無窮的爭辯:他們互相叫別人作證,卻沒有一個人的意見和旁人的相同。每人都鄙薄鄰人的口味,以爲只有他自己的纔是正則而合理的。大家在這一個問題上竟可一直辯論到「最後之審判。」

但末了,大家在怨嘆宇宙的殘酷這一點上都表示同意了。他們都憐憫督意涉和克利斯朵夫的苦難,用着動人的辭句稱讚他們的勇敢的行爲。他們在這些客人的不幸以外,又提起了他們自己的不幸,和他們的朋友以及一切熟人的不幸。他們終究一致同意的說好人永遠是不幸的,唯有壞蛋與自私自利之徒纔有歡樂。他們的結論是,人生是悲慘的,毫無意義,要不是上帝的意志(這是無疑的)定要人活着受苦的話,簡直是死了的好。這些思想和克利斯朵夫的悲觀主義非常相近,所以他把這般居停主人看重起來,瞧不見他們小小的缺點了。

當他和母親回到凌亂不堪的房間裏時,他們覺得又悲哀又疲倦,但不像以前那麼孤單了;克利斯朵夫眼睜睜的躺在牀上,因爲疲倦和街上吵鬧的聲音而睡不着覺,聽着沈重的車子走過,把牆壁都震動了，聽着下層樓上一家人的鼾息，竭力叫自己相信，在這些善良的——實在說來是有些惹厭的——人中間，和他一樣受苦而似乎懂得他——至少他自認懂得他們的人中間，他雖不能更加幸福，總不至像從前那樣的苦惱了罷。

但等他倦極之後，在天方破曉的時分，他已被鄰人的聲音吵醒了，聽得他們已經開始爭論，悄悄地旋開水管，隨後是把多量的水冲洗庭院和樓梯的聲響。

* * * * * *

烏斯多斯・于萊是一個身材矮小的駝背老人，眼睛常帶着不安和陰沈的表情，一張紅紅的臉滿是皺痕與凹凸，牙齒都脫落了，一叢亂蓬蓬的鬍子，老是用手指拈來拈去。心地很好，爲人正直，很重道德，從前和祖父也還投機。人家說他們很相似。實際他們確是同一代而在同樣的原則下教養起來的；但他沒有約翰・米希爾那樣結實的體格，換言之，他們雖然在許多問題上意見一致，實在可並不相像；因爲造成一個人底因素的，氣質比思想尤爲重要；雖然人與人間因智慧而形成或虛或實的區別，人類最大的畛域還是在身體強健與衰弱這一點上。于萊老人可並不屬於前一流。

他如祖父一樣談論道德；但他的道德並非祖父的道德；也沒有祖父那般健旺的胃與肺，和活潑快樂的面色做他的道德根基。他和他的家人，一切都建築在更小氣更狹隘的方案上。做了四十年的公務員而退休之後，他感着無事可做的痛苦，這在一般不能在內心生活中消磨殘年的老人，確是非常沈重的苦悶。所有他先天的和後天的習慣，所有他在職業方面養成的習慣，都使他有一種過分謹慎與悲哀的氣息，他的兒女也多少有些這種性格。

他的女壻伏奇爾，在衙府秘書處辦事，約摸有五十歲。高大強壯，頭已全禿，戴着金邊的眼鏡，臉色還不壞，卻自以為病着，的確他是病着，雖然並無他疑慮之中的全套的病，可是職業上的無聊使他容易動怒，終日伏案不動的生活也把他的身體弄壞了。做事倒很勤奮，並非全無長處，也有相當的學識，只是做了荒謬的現代生活的犧牲者，如多數束縛在公事房中的人一樣，他受不住憂鬱這魔鬼的壓迫。歇德常常嘆惜一般所謂『悲愁而非希臘調子的憂鬱病者』，伏奇爾便是這些可憐蟲中的一員。

阿瑪利亞卻既不像她的父親，又不像她的丈夫。身體強健，說話的嗓子很響，人又是活潑非凡，絕不哀憐丈夫的長吁短歎；她老實不客氣的埋怨他。但既然老是在一起生活，便任是如何也抵抗不住；夫婦之中有一個患了神經衰弱症時，很可能幾年之後兩個人都變得神經衰弱。阿瑪利亞徒然呵責伏奇爾：一忽兒後，她比他還要怨嘆得厲害；而且因為從譴責別人到自己哭訴轉變得那麼突兀，所以她對他也全無裨益；她對於丈夫的無聊恐妄表示大驚小怪，反而加增他的痛苦。她不但使伏奇爾看到他怨嘆所引起的出乎意料的反響而為之驚駭，並且結果把她自己也弄得銷沈了。她對於自己的康健的身體，對於父親的以及兒女的身體，居然也無緣無故的呻吟起來。這簡直變成一種癖：因為常常放在口邊說，竟把自己也弄得信以為真。極輕微的傷風感冒都看得嚴重非凡；一切全是令人着慌的題目。當大家身體很好時，她還要想着將來的疾病而苦惱。這樣，唯有在永久的疑慮中討生活了。其實，他們的身體並不因此更壞；似乎這種永無窮盡的呻吟只是用來維持全家的健康的。每個人照常飲食、睡眠、工作；家庭生活並未因之有什麼鬆懈。阿瑪利亞活動的性格，從早到晚從樓上到樓下還不夠發洩：必得大家跟着她忙：搬動家具啦，洗濯玻璃窗啦，擦地板啦，到處是叫喊聲，腳步聲，震撼聲，總而言之是沒有停歇的動作。

兩個孩子在此毫無自由的、大叫大嚷的威嚴之下認爲服從是天然的。男孩子萊沃那有一張美麗而愚蠢的臉和一副拘束不堪的態度女孩子洛莎生得一頭金黃的頭髮，藍藍的眼睛還算得美人也很溫柔親切，要是沒有那部位不正而微嫌太大的鼻子把臉孔變得笨重而給她一種蠢相的話，她的細膩嬌嫩的皮膚與善良的神氣倒還討人歡喜。她令人想起瑞士京城美術館中霍爾朋（十六世紀德國名畫家）畫的一幅少女像，題目叫做曼哀市長的女兒，垂着眼睛坐着，雙手放在膝上，淡灰的頭髮披在肩上，臉上有一種好似爲了醜陋的鼻子而自慚形穢的表情。但洛莎並沒如何擔心她的缺陷，她滔滔不竭的談鋒簡直不受影響。老是聽見她講着什麼故事，永遠是上氣不接下氣的樣子，好似來不及講完一般，不管母親父親外祖父把她怎樣的訶責也打不斷她的一團高興；至於他們的生氣也並非因爲她聒噪不休，主要是因爲她妨礙他們的聒噪。這些出色的人物，天性溫良，光明正直，待人也竭忠盡力，——這些都是好人的精華，——差不多一切的德性都具備了，只缺少一件，便是構成人生雋永的樂趣的「靜默的德性」。

* * * * * *

克利斯朵夫正在非常耐心的當口，他的憂患把他暴躁激烈的性情改好了許多，一般體面堂皇的人物實際卻懷着冷酷的心腸，這種經驗更使他覺得那些毫無丰采而非常可厭的人倒反有價值，因爲他們對於人生畢竟抱着嚴正的觀念，因爲他們過着毫無歡樂的生活，並沒被人性中的弱點所屈服。一朝斷定他們是好人，是合他脾胃的人之後，他便顯出純粹德國人的性格，竭力叫自己相信的確歡喜他們。可是他並沒成功：日耳曼民族有一種一相情願的天賦，凡是看見了心裏要不舒服的事情一概不願也不會看見，爲的是不肯驚動他輕易所下的批判和生活的樂趣；克利斯朵夫卻沒有這等本領。他反而在心愛的人身上更容易感到他們的缺點，因爲他要愛的是整個的他們，絕對沒有保留：這是一種潛意識的絕對的坦白，一種對於眞理的渴望，使他對心愛的人愈加看得明白愈加苛求。因此，他不久便對房東們的缺點暗中惱怒了。他們也絕對不想遮掩他們的短處；所有令人不堪忍受的疵點一齊擺在外面，好的部分反而隱藏了。克利斯朵夫就是這種想法，他埋怨自己不公平，竭力想在最初的印象之外探尋他們加意隱藏着的出色的優點。

他試和于萊交談，這是老頭兒求之不得的。因爲看在從前愛他而稱道他的祖父面上，克利斯朵夫對這老人很有好感。但約翰·米希爾這好人，比克利斯朵夫更容易相信朋友，這一點，克利斯朵夫以後自己也發覺了。他徒然想知道一些于萊關於祖父的回憶，結果只能獲得約翰·米希爾的一個褪色的形象，勉勉強強像漫畫似的東西，還有的是毫無價值的零星談話。于萊開講的辰光，每次總是用這麼一句開頭：

——我和你可憐的祖父說過……

在于萊和祖父的談話中，于萊只聽見他當年自己所講的話。

約翰·米希爾在當時說不定也只聽見他自己的說話。一個人能和別人講起自己，自有一種快意；大半的友誼即是彼此的快意交融而成的。但約翰·米希爾雖然那樣天真，會在談話之中得意忘形，可至少還有同情心，不論對於什麼事情都預備隨時宣洩。他樣樣覺得有興趣；他抱憾自己不復是十五歲的少年，不能看到新時代的種種奇妙的發明，不能參加青年人的思想。他賦有生命中最寶貴的一種品性，即是新鮮的好奇心，爲年齡所改易不了的，日日新又日新的。雖然他沒有充分的才具來運用這天賦，但已足使多少人士妒羨他了。大半的人在二十或三十歲上心靈即已死滅，過了這個時期，他們只是自己的反映罷了；以後的生涯都消磨在模倣自己上面，把以前眞正生活着的時代所說過、做過、想過、愛過的重複一遍。

老于萊眞正生活着的時代已是那麼悠久以前的事了，而且他當時的生活又是那末微渺不足道，所以留下來的更加貧弱可憐。除了他從前的職業和他的家庭生活以外，甚麼都不知道，不願知道。他對於一切事情全抱着少年時代就形成的現成意見。他自命懂得藝術，但他只曉得幾個婦孺皆知的老名字，搬出幾句空空洞洞的說話：至於其他則是全都不存在的。人家和他講起現代藝術家時，他充耳不聞，顧左右而言他了。他自言熱愛音樂，要求克利斯朵夫彈奏。但當克利斯朵夫偶而聽從他而開始彈奏時，老頭兒卻開始和他的女兒高聲談話，彷彿音樂加增了他對於一切音樂以外的東西的興趣。克利斯朵夫憤慨之下等不到一闋終了便站起來：這也是一個人也不會注意的。只有三四支老歌謠，有的是很美的，有的是惡俗的，但全是風行已久的老調，纔能獲得這些聽衆的比較的安靜和絕對的贊成。在最初幾個音符上，老頭兒就出神了，眼眶裏噙着熱淚，不見得是爲了體味這種樂趣而感動，倒是因爲當年體味過這種樂趣而感動。雖然這些老調中儘有克利斯朵夫心愛的作品，如貝多芬的阿台拉伊特之類，但結果使克利斯朵夫把這批舊曲全都憎厭了；老頭兒低聲哼着開頭的拍子，說『這纔是音樂』同時用諧謔的神氣把它和『那些完無旋律的該死的現代音樂』相比。——的確，他關於現代音樂是完全茫然的。

他的文學識較為豐富，關於藝術的潮流也很明白；但這反而更糟：因為他在判斷時永遠想貶抑別人。趣味與聰明，他都不缺少；可是他不能欣賞一切屬於現代的東西。要是貝多芬與莫扎爾德生在他同時代，他也會一樣的貶抑他們，至於華葛耐與史脫洛斯（德國現代音樂家。），只要是一世紀前死掉的人物，他也會識得他們的長處。他的陰鬱的天性不肯承認在他活着的時候還會有活着的偉人；這種思想是他最憎厭的。他因為自己虛度了一生，滿心懷疑，甚至堅信所有的人都虛度了一生，那是一定的，倘若有人以為不然，那末這種人不是無聊便是開玩笑。

因此他講起新興的名人時，總帶着挖苦與諷刺的口吻；而且因為他並不傻，所以別人的弱點和可笑之處他一眼就會發見。一切新的名字都引起他的猜疑；對於某藝術家的事情還一無所知的時候，他已準備批評了，——就因為他並不認識這藝術家之故。他對於克利斯朵夫所以抱有好感的緣故，也只因他相信這厭世的孩子和他一樣認爲人生是要不得的，而且也沒有什麼天才。一般貧窮困苦，憤世嫉俗的弱小的靈魂，發見與他們同類的人也在嗟怨，他們所嗟怨的渺小無能時，最容易互相接近。至於一般健康的人，和庸俗病態的人底無聊的悲觀主義（他們因爲自己不幸福，故對於別人的幸福也要加以否認）接觸之下，卻更能鼓動自己對於健康的愛好。克利斯朵夫卽有這等經歷。伏奇爾那種陰鬱的思想原是他很熟習的；但他所詫異的是，當他在伏奇爾口中重新聽到那種思想的流露而他反認不得了：他討厭那種思想，覺得自己被它激怒了。

克利斯朵夫對於阿瑪利亞的態度更覺憤懣。其實這善心的婦人不過實踐克利斯朵夫的關於責任問題的理論罷了。她無論講起什麼事情，總把責任這個字眼掛在口邊。她一刻不停的工作，還要別人和她一樣工作。這工作的目的可並非爲增加別人和她自己的幸福：正是相反呢！我們竟可說這工作的目的倒是給大家一種拘束，並且把人生盡量弄得難受，——因爲這樣纔可使人生變得聖潔。甚麼也不能使她把神聖的家政的忙碌暫停片刻，不少女子就把這至高無上的職務代替了一切別的道德的與社會的職務。要是她不會在每天同一的時間擦地板，洗地磚，把門鈕擦得雪亮，用勁擊拍地毯，搬動箱櫥桌椅的話，她便自以爲沈淪墮落了。在這些事情中間，她頗有炫耀的心思。簡直可說是她名譽攸關的事情。大多數的婦人，豈非在這種形式上面來懸想並且保衛她們的名譽麼？這是要把家具弄得精光發亮，地板上足了蠟，弄得堅硬平滑那一回事。

伏奇爾夫人雖然盡了她的職務，心緒可並不因之轉好。她頑固地躭溺在無聊的家務中間，彷彿是上帝限令她做的功課。凡是不像她那般死幹的，想休息的，在工作中間停下體味一會人生的人，她都瞧不起。她甚至會直闖到魯意莎的房裏，她呢，不時要在工作的當兒坐下來夢想一番的。魯意莎逢到在這種情景中遇見阿瑪利亞時便嘆一口氣，不好意思地笑了笑，也就服從了。幸而克利斯朵夫絕對不知道：阿瑪利亞總等他出去之後纔闖入他們家裏；而且至此爲止，她還不敢直接去數說他：他是不能忍受的。他覺得和她暗中處於敵對的狀態。他所最不能寬恕的是她的喧鬧。他簡直被她吵昏了。關在房間裏，——一間面臨院子的低矮的小屋——緊閉着窗子，只求不聽見騷亂的聲音，也顧不得氣悶了，但還是無法抵禦。他不由自主地要格外留神的注意樓下任何輕微的聲響；靜寂了一回之後，可怕的聲音又透過樓板傳上來了，他禁不住大怒起來，跺腳，叫嚷，隔着樓板用各式各種的說話咀咒她。在全體騷亂的響聲中，人家簡直不覺得，還以爲他在哼着作曲哩。依他的心思，恨不得把伏奇爾夫人交給魔鬼帶去。簡直沒有尊重與敬意之可言。在這些時候，他認爲那些貞潔賢淑而大聲吵鬧的婦人還不如不聲不響的蕩婦。

* * * * * *

這種厭惡喧鬧的脾氣使他和萊沃那接近。在大家的擾攘中，唯有這少年始終很安靜，從沒有擡高聲音的時候。他說話很得體，很有節度，措辭都是經過一番選擇的，老是從容不迫的態度。暴躁的阿瑪利亞沒有耐心等他說完；大家都對他遲緩的性子不耐煩。他可絕不因之着慌。甚麼也不能改易他的沈靜的，恭順謙和的態度。克利斯朵夫得悉萊沃那是預備進教會的；於是他的好奇心大大地興奮起來了。

關於宗教，克利斯朵夫是處於頗爲奇特的狀態中的：究竟是什麼一種狀態，連他自己都弄不明白。他從沒有時間去仔細思索。他學識既不夠，謀生的煩慮又佔據了他全部的心思，不能把自己分析一下把思想整理一下。生性激烈的克利斯朵夫會從這一個極端到那一個極端，從完全的信仰一變而爲絕對的不信仰，也不顧自己矛盾不矛盾。他幸福的時候，便難得想到上帝，但他預備相信它。他苦惱的時候，雖是想到上帝，可難得相信它：他覺得決不會有一個能夠容忍苦難與編枉的上帝。然而他並不把這些難題放在心上。實在是他的宗教情緒太濃厚了，用不到常常去想上帝。他生活在上帝心中，毋需去相信上帝。唯有弱者，萎靡者，貧血病者纔有這種需要！他們之望上帝有如植物之望太陽。垂死的人方纔留戀人生。至於那些自身具有太陽和生命力的人，爲何還要到他們自身之外去尋找呢？

要是克利斯朵夫一向獨自生活着的話，他可能永遠想不到這些問題。然而羣居生活的種種約束，逼他要在這些幼稚而無謂的問題上固定他的見解。這些問題在社會上所佔的地位已經越出了範圍，但既然到處要碰到它，也就不得不決定一種態度。其實，一顆健全的、大度的、洋溢着力與愛的心靈，除開去追究上帝是否存在以外，正還有無數更迫切的事情要幹哩！……要是只需相信上帝就算，倒也罷了！但還得相信一個某種體積、某種形式、某種色彩、某種種族的上帝呢！關於這一着，克利斯朵夫簡直想不到。在他的思念中，耶穌是絕無地位可言的。並非因爲他不愛耶穌：他想到時是愛他的，但他根本就不想他。有時他責備自己爲之發愁，不明爲何自己不能對這些事情更加關心。可是他是奉行宗教的，他的家人也奉行的，老祖父也念聖經；他自己也去做彌撒；還可說他參加彌撒祭，既然他是教堂裏的大風琴手；他對於這件職務的忠誠亦是堪爲模範的。但若要他在走出教堂時說一說他心裏想些甚麽，可就爲難了。他有時也朗誦福音書，但不過是爲靜靜心，他覺得好玩，甚至覺得有些樂趣，完全如讀什麽美麗奇妙但並不見得如何特殊也沒有人會想到稱做神聖的書一樣。老實說，即算他對於耶穌抱着好感，對於貝多芬卻抱着更大的好感。當他星期日在聖弗洛里昂寺彌撒祭中彈奏大風琴時，他是把大風琴看得比彌撒祭更重要的，而在奏着羅哈的樂曲的日子比着奏孟特爾仲的樂曲的日子更加虔誠。（譯者按羅哈爲十八世紀古典派音樂家，忠於宗教然諧，作有祭樂甚多。孟特爾仲爲十九世紀?浪漫派音樂家，亦作有宗教樂曲）。有些儀式使他熱情迸發，如醉若狂。但他那時候所愛的究竟是上帝還只是音樂？有一次一個冒昧的神甫曾經開玩笑地這樣問過他，全沒想到這句話會使他如何煩惱。換一個人便決不會放在心上，決不會因此而改變他的生活方式，——（多少的人慣於不去知道自己所轉的念頭！）——但克利斯朵夫深中眞誠的毒，甚麽事情都要想個澈底。一朝有了心事之後便永遠排遣不聞。他深自苦惱，髣髴他的行為中間含有欺罔的成分。他相信呢還是不相信？……凡是一個人獨自解決問題時所需的物質的和智的方法——那是需要知識與空閒的）——他都沒有。然而總得解決纔好，否則將是一個麻木不仁之徒或是偽善之輩，而這兩種人物又是他所做不來的。

他試着膽怯地去試探周圍的人。他們都有一副對於自己很有把握的神氣。克利斯朵夫滿懷焦灼，急欲知道他們所以能如是安定的理由。可是終於不能成功。人家幾乎從來不給他一個確切的答復：老是些題外的議論。有些人以為他的發問是由於高傲，便告訴他這種事情是不能置辯的，多少比他聰明而優秀的人都不加辯論就信服了，他只須學他們的榜樣便是。也有人聽了他的問話而表示生氣的，好像提出這樣的一個問題來是對他們個人的侮辱，他們的信仰也許並非他們的行為中頂有把握的。另一般人則聳聳肩微笑道：『哦！這不會有什麼害處的……』他們的微笑髣髴是說：『這是多麼容易做到的事！……』這些人是克利斯朵夫深惡痛恨，最瞧不起的。

他也試過把這種煩惱告訴一個神甫：結果是失望了。他不能好好的討論。雖然談話的對手方那樣慇懃，總不免在客套之中令人感到在他和克利斯朵夫之間沒有真正的平等可言；神甫的大前提是他的高人一等的地位與知識是毫無疑義的，所有的討論不能超過他指定的界限，否則便是有失體統……這是一種全不相干的裝點門面的把戲。當克利斯朵夫想越出範圍提出這種嚴的人物不願置答的問題時，他便用着長輩的神氣一笑了事，背幾句拉丁文的名言，如父執般嚴辭訓令他祈禱，祈禱，求上帝來啓示他指引他。——克利斯朵夫在這種談話之後，覺得被神甫的有禮的、自命不凡的口吻屈辱了。不管自己對不對，無論如何他總不願再去請教一個神甫了。他承認這些人物在智慧與神聖的名位上面比他高；但當討論的時候就沒有什麼高低、名位、年歲、姓氏等等的區別可言：除了眞理之外，甚麼都不相干，而在眞理之前，大家都是平等的。

因此，他的發見一個與他年紀相仿而有信仰的少年是很高興的。他自己也只求信仰；希望萊沃那能給他信仰的根據。他向他試探了。萊沃那照例用着溫和的態度回答他，但並不如何熱心；他對甚麼事情都是這樣的。因爲在家裏談話總不能避免阿瑪利亞或老頭兒來打斷話頭，克利斯朵夫便提議喫過晚飯同去散步。萊沃那是極講禮貌的，雖然心裏不大情願，也不會拒絕，因爲他無精打采的性子素來怕走路，怕談話，怕一切費他幾分氣力的事情。

克利斯朵夫在開場談話時很是爲難。說了兩三句不相干的笨拙的話以後，他突如其來的提到他念念不忘的問題。他問萊沃那是否眞的要去做神甫，並且是否爲了他歡喜之故。萊沃那初聽之下，對他不安地望了一眼；但看到克利斯朵夫並無惡意時便安心了：

——是的，他答道。不然又是怎樣呢？

——啊！克利斯朵夫嘆道。您眞是幸福！

萊沃那感到克利斯朵夫口聲中頗有豔羨的成分，不禁得意起來。他立刻改變態度，肯吐露衷曲了，臉上也發出光彩：

——是呀，他說。我是幸福的。

他愈發眉飛色舞了。

——您怎樣纔能到這地步呢？

萊沃那在回答之前，提議在聖馬丁寺的走廊中揀一條櫈子坐下。從此可以望見廣場的一角，種着薊球花，稍遠處，可以望見沈在暮靄中的田野。萊茵河在山崗下流過。一座荒廢的公墓湮沒在蔓草中在他們旁邊在緊閉的鐵柵後面沈睡着。

萊沃那開始說話了。他高興到眼睛發光，說逃避人生，找到一個可以托庇的、永遠不受災害的處所是何等甘美。克利斯朵夫新近的愁恨還未消盡，熱烈地渴想休息與遺忘一切；但還抱着惋惜的心情。他嘆了一口氣問道：

——可是，完全捨棄人生您不覺得犧牲麽？

——噢！萊沃那安靜地答道，有什麽可以惋惜呢？人生豈非悲慘醜惡麽？

——可也有美妙的地方，克利斯朵夫望着幽美的黃昏說。

——有些美妙的地方，但是極少。

——這極少的一些，於我還是很多呢！

——噢！那也是一判便明的事。一邊是些少的善與多量的惡；一邊是無善亦無惡，這是指在塵世的時間而言；以後卻是幸福無窮：這之間，還容得您遲疑麽？

克利斯朵夫不大歡喜這種打算。一場那麽枯索的人生於他顯得那麽貧弱可憐。但他勉強叫自己相信這是所謂明哲。

——這樣說來，他微微帶着俏皮的口氣問道，您決沒有被一小時的享樂所誘惑的危險了麼？

——多餘啊！當您明知這快樂不過是一小時而以後卻有無窮恆久的時候！

——那麼您對於這永恆是絕對肯定的了？

——自然囉。

克利斯朵夫儘管詢問他。欲願與希望使克利斯朵夫渾身抖戰。要是萊沃那終竟能給他明白的證據使他相信的話！他自己也將如何熱情地捨棄世界上的一切而跟萊沃那一起奔赴上帝啊。

最初，萊沃那因爲自己扮着使徒的角色而很得意，並且確信克利斯朵夫的懷疑不過是關於形式方面的，不必多少論證就可使他信服，便引經據典，搬出聖徒行述、福音書、奇跡、與自古相傳的說數。但克利斯朵夫聽了幾分鐘後便阻斷他的話頭，說萊沃那是用問題來回答問題，說他並不要求萊沃那把正是他心中懷疑着的題目敷陳演繹，而是指示他解決的方法；這樣之後，萊沃那沒有先前的高興了。他不能不承認克利斯朵夫的病勢比他意想中的更爲沈重，竟聲言只有用理智的方法纔能說服他。然而他還以為克利斯朵夫自恃頑強——（他想不到一個人真的非理智不能信服。）——於是他不卽失望，仗着新近得來的才學，運用他從學校裏得來的知識，滔滔汩汩的，亂七八糟的傾吐出來，沒有什麼系統，但用着很威嚴的樣子，所說的無非用玄學的論證來證明上帝的確存在，靈魂的確不死。克利斯朵夫心神緊張着，皺着額角，聚精會神的聽着，結果只暗暗叫苦；他要求把那些說話反覆申述，努力想參透其中的意義，把它灌進自己的腦海裏，留神跟着他推理的綫索。終於他喊起來，說這是人家和他開玩笑，是思想的遊戲，是能言善辯之徒的打趣，造出種種說話自以為言之有物，萊沃那受了這番駁詰，竭力為經典的作者辯護，說他們是真誠的。克利斯朵夫卻聳聳肩，發誓說如果這些人不是滑稽之徒，定是什麼該死的舞文弄墨的人；他定要萊沃那提出別的證據。

當萊沃那驚愕地發見克利斯朵夫已經病到無可救藥的田地時，便不再對他發生興趣了。他記得人家的囑咐，說不要虛擲光陰去和根本無信仰的人爭辯，——至少在他們頑固地不願相信的時候應得如此。這既不會使對方得益，反有把自己也弄得迷糊疑惑的危險，最好把這種可憐蟲聽由上帝的意志去安排，要是上帝有意思的話，自然會點醒他的；要是上帝無意，那是誰也沒有辦法的。於是萊沃那不再固執己意的繼續談話了。他只溫和地說暫時毫無辦法，在一個人決意不肯睜開眼來看一看時，任何推理都不能指示出道路，目前祇能祈禱，求上天的恩寵：沒有恩寵是甚麼都不成的；要信仰，必得心裏先有信仰的意欲。

意欲？克利斯朵夫苦悶地想道。這樣說來，上帝是存在的，因爲我要它存在！死是沒有的，因爲我歡喜否認它！……唉！唉！……對於那般毋需看到眞理的人，意欲看到什麼眞理便能看到什麼眞理的人，能夠造出稱心如意的夢而甜甜蜜蜜的睡去的人，生活眞是何等容易！但在這理想的安適的牀上，克利斯朵夫自知無論如何睡不熟的……

萊沃那繼續說話。他把話頭轉到最心愛的題目上，講着默想生活的可愛等等；在這毫無危險的陣地上，他的說話又滔滔不竭了。用着快樂到發抖的聲音，他說着和上帝一起生活多麼幸福，在世界之外遠離着叫囂的聲音，（他提到聲音兩字時的口吻竟有出人意外的憤恨；他差不多和克利斯朵夫同樣厭惡喧鬧）遠離着強暴，遠離着譏諷。遠離着苦惱不堪的小災難，每天只在溫暖的信仰的窠裏，平平安安的靜觀着不相干的遙遠的世界的災禍。克利斯朵夫一邊聽着一邊覺察到這種信仰的自私自利。萊沃那也覺得他在猜疑，便急急的解釋。冥想的生活並非一種閒散疏嬾的生活！只是在一個人的行爲中，祈禱多於行動罷了；世界上要是沒有祈禱，又將成何局面？我們用祈禱來爲人贖罪，代人受過，把自己的功績獻給別人。在上帝面前爲人緩頰。

克利斯朵夫靜聽着，愈來愈憤慨了。他感到萊沃那的出世觀念頗有僞善的成分。他並非居心褊枉，把一切信仰之士都當做僞善者。他很明白爲一小部分的人，這種出世是因爲不能生活之故，是悲痛的絕望，是求死的呼號，——而在更少數的一般人，則是一種熱情到出神的境界……（這出神的境界能有多少長久卻又是問題了）……但在大多數人豈非往往爲了但求自己安寧不顧別人幸福或眞理所在而纔有信仰的麼？這是冷靜的利害觀念。倘若眞誠的心靈感覺到了這一點，豈非要爲了褻瀆他的理想之故而大感痛苦麼？……

滿心喜悅的萊沃那，此刻在陳說世界底美與和諧了，那是他在神光照耀的雲端裏望出來的：在下面，一切是黑暗的，褊枉的，苦惱的；從上面看，一切變得明白了，淸楚了，整然有序了；世界有如一坐校準的時鐘一樣……

克利斯朵夫不復留神諦聽他了。他自忖道：「他究竟是真信仰呢，還是不過自以為信仰？」可是克利斯朵夫自己的信仰和對於信仰的熱望並未因之動搖。那決非如萊沉那般庸俗的心靈與可憐的論證所能給以打擊的……

黑夜降到城市裏。他們坐着的椅子淹沒在陰影中；群星放光了，一層白霧從河上浮起。蟋蟀們在公園的樹下叫成一片。寺鐘開始響了：先是最尖銳的音獨奏，有如一頭鳥呻吟着向天發問；隨後是低三音程的音，和入這尖音的嗚咽聲中；末了是最嚴肅的五音程的音，好似在答復前者。三種音交融在一起。這在鐘樓下面彷彿是一個巨大的蜂房裏的嗡嗡的合唱。空氣和心都在顫抖。克利斯朵夫凝神屏息，想着音樂家們的音樂，和這千千萬萬的生靈一齊叫吼的音樂之海比較之下是何等可憐：這纔是猙獰的野獸，音響底自由的天地，決非那人類的智慧所冷靜地分門別類的馴服的世界所可比擬。他在這無垠的音響中惘然若失了，無邊無岸的音的世界啊……

當威嚴的鳴聲靜寂之後，當最後的顫動在空氣中消散的時候，克利斯朵夫突然驚醒了，錯愕四顧……甚麼都認不得了。周圍的一切都變了，他心中的一切也都變了。上帝也沒有了……

失掉信仰和得到信仰一樣，往往也是一種天意，有如一道突兀的閃光。理智是毫不相干的；用不到什麼因素：只要一句說話，一剎那的靜默，一下的鐘聲已儘夠。儘可在你散步，夢想，全然不預備發生什麼變故的時候。突然一切都崩潰了；發覺四周是一片廢墟。你孤獨了，不復信仰了。

克利斯朵夫驚駭之餘，不明白這情形爲何發生，如何發生，這好像春水暴漲一般……

萊沃那依舊在那裏喃喃不已，聲音比蟋蟀的鳴聲更單調。克利斯朵夫聽不見了。黑夜已經完全來到。萊沃那停住了。克利斯朵夫呆着不動使他非常怪異，又擔心着恐怕夜深，提議回去。克利斯朵夫不則一聲。萊沃那便去挽他的手臂。克利斯朵夫卻微微跳了一下，失神地瞧着萊沃那。

——克利斯朵夫，應得回去了，萊沃那說。

——見你的鬼去罷！克利斯朵夫暴怒地回答。

——天哪！克利斯朵夫，我什麼地方得罪了您呢？萊沃那狠狽地問他。

克利斯朵夫定了定神。

——是的，你說得有理，他用着更溫和的口氣回答。我不知說些什麼。見上帝去罷！見上帝去罷！

他獨自留下，心裏充滿着悲苦。

——啊！天哪！天哪！他喊道，雙手抽搐着，仰望着漆黑的天。爲何我不復信仰了呢？爲何我不復能信仰了呢？我心中發生些甚麼啊？……

在他信仰的破滅和他剛纔與萊沃那的談話中間相差太遠了：當然，這場談話決不比阿瑪利亞的叫囂和她的家人們的可笑更能成爲他信仰破滅的原因。這不過是導火綫罷了。精神的煩亂並非從外界來的，而是在他自身之內。他覺得心中有多少莫名其妙的妖魔在騷動，他竟不敢檢察一下他的思想，免得劈面見到他的創痛……他的創痛？這是一種創痛麼？一種疲乏，一種醉意，一種令人覺有快感的悲愴深深地透入了他的內心。他不由自主了。他徒然想在昨天的刻苦精神中努力振作。一切都一下子崩潰了。他突然感覺到巨大的世界，沸熱的，曠野的，不可測的……淹蓋神明的世界！……

這不過是一剎那間的事。但他以前的生活中的均衡是從此失去了。

* * * * * *

于萊一家之中，克利斯朵夫不曾注意過的人只有一個，那是小姑娘洛沙。她生得全然不美；但自己也並不俊俏的克利斯朵夫，對於別人的美貌卻很苛求。他有一種青年人的殘忍心，凡是一個女人生得醜陋時簡直當她不存在，——除非她已經過了相當的年齡，不再令人感到溫情，或是索性到了祇能給人以嚴肅恬靜幾乎是虔敬的情操的階段。洛沙雖然有些聰明，卻並無特殊的天賦足以引人注意；何況她的聒噪不休更使克利斯朵夫存身不得。因此他絕對不想去認識她，以爲她身上根本沒有東西值得認識；充其量不過望她一眼罷了。

可是她比多數的青年女子有價值，至少比他熱戀過的彌娜高明得多。這是一個善心的小姑娘，既沒有風情，也沒有虛榮心，直到克利斯朵夫搬來的時候，她沒有覺察到自己的面目醜陋，或即使覺得也沒有爲之不安；因爲她周圍的人也並未把她的醜陋放在心上。要是祖父或母親偶而在埋怨她時說她難看，她只是笑笑，不信是眞的，把它認爲無關重要；至於他們，也並不比她更操心。多少和她一樣醜或更醜的女子都會找到愛人！德國人對於生理上的缺陷有一種天賜的寬容心，能夠看不見醜，甚至會化醜爲妍，因爲他們一相情願的幻想能在任何面貌上找到與人間最有名的美容的關連。于萊老人不必別人鼓勵就會宣稱他的甥女的鼻子像古美女于傑影像上的鼻子。若而他老是咕嚕的脾氣使他不肯輕易恭維別人；至於洛莎，全不理會鼻子的什麼形式，只依着當時的習俗把她的自尊心放在處理家務這件責任上面。凡是人家教她的，她一概當做福音書般接受。平時既難得出門，也就很少比較的機會，所以她天眞地讚美自己家裏的人，相信他們的說話。她天性愛流露眞情，容易信任別人，輕易能夠滿足，努力學着家裏人怨嘆的口吻，把聽到的悲觀的見解依樣葫蘆地說出來。她的心卻是最好不過的，永遠想着別人，設法叫人歡喜，代人分憂，迎合人家的心理，需要愛別人，卻毫無獲得回報的希圖。自然囉，她的家人濫用她的善心，雖然他們也是好人而且很愛她：但一個人總是容易濫用一個對他身心相與的人的愛情。大家認爲她的慇懃好意是分屬當然，以至總不會滿意她的了：不論她怎樣的好，大家總要她更好。而且她是不玲瓏的，粗手粗腳的，忽忙急迫的，動作鹵莽像男人一樣，過分的好意常常闖禍。打破了杯子啦，倒翻了水瓶啦，門關得太響啦等等：一切都使全家的人惱怒她。因爲老是挨罵，她便掩在屋角裏啜泣。可是她的流淚是不長久的。一忽兒又笑嘻嘻的大聲聒噪起來，對誰也不記仇恨。

克利斯朵夫的來到，在她生活中是一件大事。她時常聽見人家講到他。克利斯朵夫在城中是被人作爲談助的資料之一：在地方上可說是小小的物望；他的名字在于萊一家的談話中時常提到，尤其是當老約翰・米希爾在世的時候他總是得意揚揚的在一切熟人前面諛揚他的孫兒。洛涉在少年音樂家的音樂會中見過他一兩次。當她知道他將住到她們家裏來時不禁連連拍手。爲這失態的行爲大大地受了一頓訓斥之後，她覺得羞慚了。她可並不覺得這種舉動有什麽邪氣。在她那麽單調的生活中，一個新客是一種求之不得的消遣。他搬來的前幾天，她簡直等到心焦起來。她唯恐他不歡喜她們的房子，便盡量把它裝點得討人歡喜。在搬來的那天，她並且在壁爐架上插上一小束花，表示歡迎的意思。至於她自己，可絕對不想引人注目；但克利斯朵夫一瞥之下便足判定她生得既醜，穿扮得又難看了。她對他的看法可並不如此，雖然也儘有判斷他難看的理由；因爲那時克利斯朵夫筋疲力乏，忙碌非常，毫未修飾，比平時更加醜陋。但洛涉無論對什麽人都不會有惡意，一向又是把外祖父與父母認作生得完美的人，所以和克利斯朵夫一見之下也並不覺得他與她的理想有何不合，便全心全意的嘆賞他了。用餐時她和他鄰席，覺得非常畏怯；不幸她的畏怯又是用一大堆嘮嘮叨叨的說話來表現的，第一着就使她失掉了克利斯朵夫的好感。她卻不曾覺察，這第一晚在她精神上留下了一個光明的紀念。等到他們上樓之後，她獨自一人在臥室裏，聽着新來的客人的腳聲在她頭上走動，在她心中引起歡樂的回響；屋子裏似乎重新有了生意。

明天，她破題兒第一遭對鏡照了一回，在仔細端相之中帶着不安的心緒；雖然還不知道她的不幸究竟有多少邊際，但已開始有些預感。她努力想批判一下她臉上的綫條，一部分一部分的檢閱過去；可終批判不了。她頗有些悲哀的疑慮，深深地嘆了一口氣。想在化裝上面翻些花樣。結果卻弄得更難看。而且她還不識趣地向克利斯朵夫表示慇懃。她天真地希望時時刻刻看見她的新朋友們，替他們效勞，便老是在樓梯上爬上爬下，每次總帶一件無用的東西給他們，一心想幫他們忙，永遠笑着，聒噪着，叫喊着。唯有她母親用不耐煩的聲音呼喚她時，纔能把她的熱情與嘮叨打斷。克利斯朵夫沈着臉，要是不竭力按捺住自己的話，他早已發作過幾十次了。兩天之內，他還忍着，第三天他竟把門下鎖了。洛沙來敲門，呼喚，懂得了，羞愧地下樓，從此不來了。他見到她時告訴她說因爲正在幹件緊要的事情，所以不能招待她。她羞怯地道歉。她想像不出這種無邪的進攻的失敗：她筆直的望着目標挺進，反把克利斯朵夫嚇得退避三舍。他簡直不再遮掩他惡劣的心緒；她說話時簡直不聽，也不隱藏他的不耐煩。她覺得自己使他着惱，便下了決心在一部分的晚上保持靜默；但這是按捺不住的，一下子嘰嘰咕咕的又來了。克利斯朵夫等不到她一句說完便丟下她跑了。她可不恨他，倒是恨她自己。她罵自己愚蠢，惹厭，可笑；她的缺點顯得巨大無比，想革除它；但幾次的嘗試的失敗使她灰心了，自忖永遠不能改革，沒有這種力量的了。但她還是嘗試。

然而有些別的缺點是她無能為力的：她的醜陋又將怎麼辦呢？這是她不能無疑的了。註定的惡運突然在她眼前顯現：有一天當她攬鏡自照的時候，簡直是一個晴天霹靂。自然，她把自己的缺陷更加誇大了些，把她的鼻子看做比實際大上十倍，彷彿占據了她全部的臉龐；她再不敢在人前顯露，寧可死去的好。但少年人自有一種希望的力量，這些失望的情緒是不會久存的；隨後她便自以為看錯了，竭力叫自己相信先前的確看錯了，甚至有時覺得她的鼻子還過得去，幾乎可說生得不錯。於是她本能地，但很笨拙地運用孩子氣的手段想法把頭髮梳攏的式樣使額角的部分不要顯露太多，使臉部的不相稱不要過分顯得觸目。其中可並無賣弄風情的動機；她腦海裏從沒有過愛情的念頭，或至少是她自己不覺得。她要求的並不多；只需些少的友誼罷了；但這區區，克利斯朵夫似乎並不想給她。只要他肯在相見時說一聲日安，友好地說一聲日安，洛莎也就心滿意足了。但往常克利斯朵夫的目光那麼冷酷那麼無情！她見了心都冰冷了。他絕沒對她說什麼難堪的話；她卻寧願受幾句埋怨而不要這殘忍的靜默。

一天晚上，克利斯朵夫在彈琴。他安頓在一間擱樓上的小室裏，在屋子最高的地方，爲的是避免嘈雜的聲音打擾他。洛莎在下面心潮起伏的聽着。她愛音樂，雖然因爲沒有受過薰陶而趣味很低級。只要母親在前面，她便坐在室內的一角埋頭工作，好似很認真的模樣；她的心卻戀戀於從上面傳來的琴聲。好運氣，阿瑪利亞走開了到鄰近買什麼東西去，洛莎一躍而起，丟開活計，心頭忐忑的一直爬到擱樓門口。她屏着氣把耳朵貼在門上，這樣地直等到阿瑪利亞回來纔躡手躡足的回下去，恐怕鬧出什麼聲響來；但因爲她是不大伶俐的，常是急急忙忙的，險些兒從樓梯上滾下的事情是常有的。有一次她俯着身子，面頰靠在鎖眼上聽着的時候……不小心身體失了均衡，額角向着門上直撞過去。她驚駭到連氣都喘不過來。琴聲突然停住了：她來不及溜走；門開處她正在地下爬起來。克利斯朵夫憤憤地望了她一眼，粗暴地把她推開，逕自下樓望外去了。他直到晚餐時纔回來，她的抱歉萬分的目光，哀求他寬宥的眼神，他睬都不睬，好似沒有她這個人一樣，幾星期中竟絕對不彈琴了。洛莎暗中痛哭流涕；可沒有一個人發覺，沒有一個人留意她。她熱烈地祈求上帝……求什麼呢？她亦不大明白。他需要傾訴胸中的哀傷，認定克利斯朵夫是厭惡她了。

雖然如此，她依舊希望着。只要克利斯朵夫對她表示些少關切，或是似乎聽她說話，或是比往常更友愛地和她握手……於她已經足夠了。

可是她家人幾句莽撞的說話，畢竟把她的幻想引入一條慫恿自己的路上去。

*　*　*　*　*　*

全家的人都對於克利斯朵夫抱着好感。這十六歲的大孩子，嚴肅的，孤獨的，對於自己的責任抱有很高的觀念，使他們肅然起敬。他的壞脾氣，他的死守沈默，他的抑鬱的性格，他的突兀的舉動，在這樣一個家庭裏是決不會令人駭異的。即是伏奇爾夫人，雖然把一切藝術家都看做懶蟲，雖然看見他在黃昏時靠在擱樓的窗上對着院子呆望幾小時，心裏雖想埋怨他，可也不敢嚴厲地責備他：他因爲她知道在白天別的時間他已被教課的事情弄得筋疲力盡；於是她和別人一樣好好地敷衍他，——爲了一種大家心裏明白而不說出來的理由。

洛涉和克利斯朵夫交談時，常常發見她的父母在旁擠眉弄眼，竊竊私語。先是她並不在意。後來她疑惑起來，渴欲知道他們說些甚麼，但又不敢問。

一個晚上，她踏上櫈子去解開縛在兩株樹上晾衣服的繩子，她往地上跳下來時，在克利斯朵夫的肩頭撑了一下。這時節，她瞥見父親與外祖父靠牆坐着抽烟斗。兩個男人互相丟了一個眼色；于萊和伏奇爾說：

——這倒是出色的一對。

伏奇爾發覺女兒在旁聽着，用肘子把老人撞了一撞，他便大聲的『哼哼！』了兩聲，髣髴要叫周圍的人都聽見似的，自以爲把剛纔的說話巧妙地遮飾過去了。克利斯朵夫轉着背，絲毫不曾覺得；但洛涉聽了大大地騷動起來，竟忘記自己在往下跳，把腳都蹩扭了。要不是克利斯朵夫一面咕嚕着埋怨她的笨拙一面把她扶住時，她早已跌倒了。她覺得很痛；但一些不露聲色，她簡直沒有想到疼痛，腦子裏只有剛纔聽到的說話。她望着房裏走去；走一步痛一步，卻是硬撐着，不使人家覺察。她心裏又是騷亂又是暢快。她望着牀前的一張椅子上倒下，把頭埋在被窩裏。臉上在發燒，眼中在流淚，她笑了。她羞得幾乎想鑽下地去，沒法固定自己的思想；太陽穴裏突突亂跳，腳踝又在劇烈作痛。一面痲痹若失，一面渾身發熱。她隱隱約約聽見外面的聲音和街上玩耍的孩子的喊聲；外祖的說話依舊在耳中作響；她低聲的笑，滿面通紅的只望被底下掩藏。她祈禱着，感謝着，願欲着，害怕着，

——她戀愛了。

母親呼喚她了，她勉強站起，剛一舉步就覺疼痛難忍，幾乎暈去，腦袋昏昏沈沈的在打轉。她以爲要死了，她樂意死了，同時又拚命想活，想爲了那已經許諾他的幸福而活。終於母親來了，全家的人都着了慌。照例埋怨了一頓之後，包紮好了安排她睡下，肉體的痛苦與內心的歡樂混成一片，在朦朧中失了知覺。甜蜜的良夜啊……這似睡非睡的一晚，卽是極細微的事故也成了她後來的神聖的回憶。她並不想着克利斯朵夫，她不知自己想些什麼。她幸福了。

明天，克利斯朵夫自以爲對於這件事故負有多少責任，便來詢問她的病況；他破題兒第一遭對她表示親切。她滿心感激，竟至祝福她的病痛了。她眞願終生受苦，以便換得終身享有這種愉快。——她躺了好幾天。一動不能動，在牀上只顧推敲着外祖父的說話，還要加以討論：因爲她心裏有些疑惑。他究竟說：

——將是……

或

——可能是……？

但他究竟說過這種話不曾呢？——是的，他的確說過，那是她可以肯定的……怎麼！他們難道不覺得她生得醜而克利斯朵夫不歡喜她麼？……但「希望」是多麼甜蜜！她甚至以爲自己弄錯了，她並不如她自認的那麼醜；她在椅上撐起身來照照挂在對面的鏡子：她不知道怎樣想纔好。總而言之，她的外祖父與父親是最高明的批判者：一個人是不能自己判斷自己的……天哪！要是這竟可能的話！……要是，碰巧……要是她竟是美麗而她自己也不知道的話！……或許她把克利斯朵夫些少的好感也加以誇張了。無疑的，這冷淡的少年在出事的翌日表示關切她過後，已不把她放在心上，忘記再來問候她了；但洛涉很原諒他：他忙着那麼多的事情！怎麼能想到她呢？對於一個藝術家是不應該當做一般人看待的。

可是她雖然處處隱忍，總禁不住在聽見他走過時心頭亂跳，希望他能有一言半語的好話……只要一個字，望一眼就得……其餘的自有她的幻想來完成。愛情萌動的時期，只需極少的養料！能夠互相見到，走過時互相拂觸一下已經足夠；這時候心中自有一種想像的力量湧現出來，差不多已足造成心裏的愛；一件莫須有的事情就能使你銷魂，這種情境，在你以後慢慢地獲得滿足，佔有了你的目的物，心情變得更加苛求的時候，便不容易再找到了。洛涉神不知鬼不覺的完全在她一手構成的傳奇中討生活，那傳奇是這樣的：克利斯朵夫暗中戀着她，可不敢說出來，因爲膽怯，或是別的不相干的原因，荒唐怪異的或傳奇式的，總之是這多情的小妮子愛怎麼想就怎麼想的原因。她在這上面構造出無窮盡的故事，完全是荒唐無稽的；她自己亦明知是荒唐，可不願去知道；她埋頭在活計中可以幾天的自己對自己撒謊。她連說話都忘記了：她的滔滔汨汨的言語倒流到肚裏去了，好似一條河忽然隱沒到地下去了一樣。但在她胸中，這些言語依舊擡起頭來。多少的議論，多少的無聲的談話！有時可以看見她口唇牽動，猶似一般人看書時默念字句以便了解意義一樣。

這些幻夢消散的時候，她又是幸福又是悲哀。她知道事情並不像她所想的那麼順利；但這些夢有一道幸福的反光，使她以後的生活更加充滿信心。她在征服克利斯朵夫的事業上並沒失望。

她不知不覺的着手進攻了。偉大的熱情令人本能地處事很有把握，這笨拙的小姑娘一下子想出了可以望着他的弱點進攻的路子。她並不直接去進攻他。但等她全愈之後，能夠重新在屋子裏跑來跑去的時光便去和魯意莎親近。無論何等微末的藉口總不肯放過。她想出無數的事情來幫她忙。當她上街時，從不忘記爲魯意莎帶買東西，免得她到菜市去和商販論價，也不要她自己到院子裏的龍頭上去打水；甚至魯意莎一部分的家事，如洗濯地磚，擦拭地板等等也由洛莎代勞了，雖是魯意莎倔促不安的攔阻也是無用，何況這位太太精神不濟，也沒有多大勇氣拒絕人家幫忙。克利斯朵夫整天在外，獨個子守在家裏的魯意莎有這股慇懃熱鬧的小妮子作伴也覺好過些。洛莎簡直在她家裏存身了。她拿了活計來和魯意莎閒扯。笨拙的少女常常用笨拙的手段把話題轉到克利斯朵夫身上。聽到提起他，只要聽到他的名字，就使洛涉心裏快活，手指顫抖，不敢擡起眼睛。魯意涉亦很高興講到她心疼的兒子，敍述他童時的許多小事情，無聊的，可笑的；但洛涉決不會覺得無聊可笑：活畫出克利斯朵夫小時候的種種憨態和疼人的舉動，於她正是一種難以形容的快樂和感動；每個女子心裏蘊藏着的母性，和另一種的柔情交融起來，益發甜蜜了；她眞心的笑着甚至笑得流淚。魯意涉被洛涉對於克利斯朵夫的關切大大地感動了。她亦猜到小妮子的心事，只是假裝不知；但她心裏很歡喜：因爲在這座房子裏，唯有她懂得這顆少女的心的價值。有時她停住了話頭對洛涉望着。洛涉聽不到聲音而奇怪起來，便從活計上擡頭張望。魯意涉對她微微笑着。於是洛涉倏的站起，熱情地撲在她的臂抱裏：把臉孔藏在她的懷裏。隨後，她們重新做工，談話，如以前一樣。

晚上，當克利斯朵夫回家時魯意涉滿懷着對洛涉的感激之情，依照着她私下決定的計劃，竭力稱讚這年輕的鄰女。克利斯朵夫也被洛涉的好心所感動了。他看到她給他母親的好處：母親的氣色清明多了；他眞心的謝了她。洛涉卻嚅嚅着溜走了，恐防要露出惶亂的心緒：這在克利斯朵夫心目中比着對他講話顯得聰明多了。他對她的目光不再像以前那麼懷着很深的成見，並且明白表示他發覺她有些出人意料的德性而覺得詫異。洛莎覺察到這一點，眼見他的好感一天天的增長，以爲這好感結果會達到愛情的階段。她比先前更耽溺於夢想了。她用着年輕人的萬事如意的推想，幾乎相信凡是一心一意所追求渴望的，終於會得成功。——何況在她的欲望根本沒有不合情理的地方。克利斯朵夫對於她的好心，對於她竭忠盡力的善意，豈非應該比別人感覺更清楚麼？

然而克利斯朵夫並不想她。他敬重她，可是在他的思念中絲毫沒有她的地位。這時候他正還有別的事情要操心呢！克利斯朵夫不復是克利斯朵夫了。他自己不認得自己了。一種巨大的轉變在他心中醞釀，把他整個的靈魂都顛倒了。

* * * * * *

克利斯朵夫感到極度的困乏與煩躁。他無緣無故的全身崩潰了，腦袋沉重，眼睛耳朵，一切的器管都醉了，嗡嗡作響。任何事情都不能使他定一定神。他的思想從這一個對象跳到那一個對象，完全沉沒在困人的狂亂中。這種五光十色的意象的轉變使他頭暈目眩。初時他以爲是疲勞與春天的困倦所致。然而春天過了，他的病狀有增無減。

這是詩人們輕描淡寫地稱爲少年的煩惱,愛的欲望在青春期內的身心中蘇醒。在這駭人的大轉變中,肉體在分裂,在死亡,在到處再生;在這洪水中,信仰、思想、行動、整個的生命似乎預備在痛苦與快樂的抽搐中自行毀滅而重新鼓鑄,似乎變成孩提的胡鬧一般!

他全部的靈和肉在發酵。他用着又驚奇又厭惡的目光估量它們,可沒有力氣掙扎。他不懂內心經過怎樣的變化。他的生命四分五裂了,在恍惚癱瘓的狀態中過活。工作於他簡直是一種苦難。夜裏,睡眠是沈重而斷續的,做着怪異可怖的夢,燃燒着種種的欲望:內心充滿着獸性。發熱,發汗,他看自己只覺得可厭;他努力想驅除邪惡錯亂的思想,自忖是不是瘋了。

白天也不能使他避掉這些獸性的糾纏。在心靈深處,他覺得一切都四散奔流,甚麼也支撐不住,甚麼藩籬都抵擋不住這片混沌。他所有的武器,所有儼然圍繞他的堅固的壁壘:他的上帝,他的藝術,他的道德信仰,一切都崩潰了,瓦解了,散成片片。他看到自己赤裸裸的,重重困縛着,僵直的躺着,一動都不能動,宛如被蟲蛆吮食的一具屍身。他有時想奮起反抗:他的意志到哪裏去了呢?他白白的呼喚它:好像一個人在睡眠中明知夢着,竭力想驚醒而不能。結果只是從這一個夢轉到別一個夢，如鉛塊一般沈重。終於他覺得還是不去掙扎倒可以減少些痛苦，便抱着無可奈何的、麻木不仁的心思由它去了。

他生命的正則的流動似乎中斷了。時而它在地下的罅隙中流着，時而又出其不意的湧躍出來。日月的連鎖也打斷了。在一片連綿的時間中會裂開巨大的窟洞把生命吞下。克利斯朵夫日睹這種情形，髣髴與己無干的一般。生靈萬物，——連他自己在內，——於他都變得不相干了。他繼續做他的事情，機械地盡他的職務；他覺得自己生命的機械會隨時停下：輪軸已經出了軌。和母親與房東們坐在飯桌前面，在樂師與聽衆之間，突然頭腦裏會變得一片空虛：他錯愕地望着周圍鬼怪的臉相：他什麼都不明白了。他自問：

——這些生物和……之間有什麼關係呢？

他甚至不敢說出

——和我……

兩字。因爲他已不知道自己究竟存在不存在。他說話時覺得聲音是從別個肉體中發出來的。他動彈時又看見他的舉動是在遠處，在高處，在塔頂上面。他失神地把手按着腦袋。他竟要做出荒唐的行爲來了。

尤其當他從近處看自己，當他格外留神自己的時候，更容易發見這種情形。例如當他晚上到爵府裏去的時候，或是在大衆前面演奏的時候，他突然被一種強烈的需要鼓動着，想裝鬼臉，說粗野的話，向大公爵吐吐舌頭，或是望某個女人的屁股上踢一腳。在他指揮樂隊時，他整晚都得支撐着，把要在大衆前面脫下衣服的欲願按捺下去；可是他愈想驅遣這念頭，念頭愈緊逼他，得使盡全身之力纔勉強抵抗得住。每逢這樣的掙扎過後，總是汗流浹背，只覺得頭裏一片空虛。他眞是發瘋了。只要他想不應該做某件事情就可使某件事情糾纏着他硬逼他做，那種頑強執拗的程度眞是駭人的。

這樣，他的生活就在這狂亂的撑拒與墮入虛無之間輪迴。這有如沙漠上的狂風。哪裏來的這陣風呢？這種狂暴又是什麼呢？磨折他四肢與頭腦的這些欲望，又是從哪個深淵裏躍出的呢？他彷彿是一張弓，被強暴的膂力緊拉着要到折斷的程度，隨後又被委棄一旁當做無用的枯枝。——緊拉着，究竟射向哪個目標呢？役使他的又是誰呢？他不敢追究下去。他覺得戰敗了，屈服了，不敢對着自己的失敗正視一眼。他又是疲乏又是懦怯。如今他方懂得那些他從前瞧不起的人，那些不願正視可怕的眞理的人。在這些虛無的時間，當他想起往日，想起久已廢止的工作，想起完全喪失的前程，不禁駭怕到渾身冰冷。可是他並不振作；只絕望地認定一切都是虛無，並把這種肯定的信念來寬恕自己的懦怯；他在聽任自己湮沒在虛無中時還覺得有一種悲苦的快感，好似要在水流中沈下去的船一樣。奮鬬又有何用？四大皆空，一切俱無：美、善、上帝、生命、任何生物都沒有。當他在路上走時，忽然雙腳離地了；既沒有地，沒有空氣，沒有光明，也沒有他自己。他的腦袋拖着他，額角向着前面；他的支撑得住而不傾跌也是間不容髮了。他想他要突然跌倒了，被雷劈了。他以爲他已經死了……

* * * * * *

克利斯朵夫在脫胎換骨。克利斯朵夫在換一顆靈魂。眼見他童年底破舊而枯萎的心靈脫下時，他想不到正在蛻化出一顆新的、更少壯更有力的靈魂。一個人在生命中脫胎換骨時同時亦換了一顆心；而這種蛻變並非常常是按步就班慢慢地來的：往往在幾小時的劇變中，一切都一下子更新了，老的皮骨脫下了。在這些苦悶的時間，一個人以為一切都完了。不知一切都將開始呢。一個生命死了。另外一個已經誕生了。

* * * * * *

一天晚上，他獨自在臥室裏，就着燭光把肘子靠在桌上。他背對着窗子。他並不工作。幾星期來，他不能工作了。一切在他頭裏打轉。宗教、道德、藝術、整個的人生，一古腦兒同時成為問題了。而在這思想的總崩潰中，毫無系統與方法可言；只是偶然到祖父留下的或是伏奇爾的書堆中抓幾本書看看：神學書、科學書、哲學書，大都是零落不齊的，因為樣樣都得從頭學起，便甚麼都看不懂；而且從不能看完一本書，翻翻這，看看那，永遠的迷離彷徨，只使他困頓不堪，憂鬱萬狀。

這天晚上，他正在恍惚迷離的狀態中。全座房子都睡着了。窗子開着，庭院裏可沒有一絲風影。濃密的雲堆滿了一天。克利斯朵夫像獃子似的望着蠟燭慢慢地燒到燭臺底裏。他不能睡覺，甚麼也不想，只覺得愈來愈空虛，不由自主地俯在邊上瞰望。在虛空中，混沌在搖幌，黑暗在動盪。苦悶直透入他心底，背脊裏打着寒噤，皮肉直豎，他抓住桌子纔不跌下，顫危危的等待着什麼不可思議的事情發現，一樁奇蹟，或是一個上帝……

忽然之間，在他背後，院子裏好似開了水閘一樣，一陣傾盆大雨浩浩蕩蕩直倒下來。停着不動的空氣受着驚動了。乾燥堅硬的泥土淋着雨點如鐘聲一般錚錚作響。沸熱的泥土的香味，花果的香味，動了愛情的肉的香味，夾着暴怒與狂歡的氣雰直衝上來。克利斯朵夫眩惑之下，全身緊張着，連心底裏都顫抖了……障蔽去掉了。這是一陣眩暈。在閃電的光芒中，在黑夜之中他看見了神，——他自己就是神。神就在他心中：它穿過臥室的屋頂，四面的牆壁；把生命的界限衝破了；它充塞於天地之間，宇宙之間，虛無之間。世界投入它的懷裏，當它如甲殼一般。對着這驚天動地的總崩潰驚駭出神之餘，克利斯朵夫也捲入了這陣把自然的律令掃蕩無餘的旋風。他失掉了呼吸，他與神合一了，他陶醉了……深淵的神！生命的火！把生命的旋風！生存的瘋狂啊，——沒有目的，沒有限制，沒有理由，只為了生的瘋狂而生存！

* * * * * *

當他精神上的恐慌消失了以後，便沈沈睡去，他長久以來不曾這樣酣睡了。明天他醒來時，頭裏在打轉，好似酒醉過後的全身癱瘓。隔宵使他驚倒的陰沈強烈的光，在他心底還剩下一道反照。他想使它重新發光，可是徒然。他愈追逐它，它愈逃避他。從此以後，他全副精神都想使一刹那的幻象再現一回。勞而無功的嘗試啊。恍惚的境界是不由你的意志作主的。

可是這神秘的迷亂的情況，以後又發生了好幾次，只是從沒像第一次那般強烈，而且老是在克利斯朵夫不防備的時候，祇有極短的一刹那，那麼迅暫，那麼突兀，——只在他一舉目一舉手之間，——幻象已經過去了，連他想到「這是幻象」的時間都沒有；過後他更自問是不是做了一個夢。自從灼熱的隕石在那晚降過了以後，便是無數的毫光，迅暫的微光，使你僅僅能夠瞥見罷了。但它們的出現是愈來愈頻數了，終於把克利斯朵夫包圍在模糊的連續不斷的夢境中，把他的精神溶解了。凡是足以驅散他這種朦朧的幻景的，都惹他惱怒。他非但無法工作，簡直連工作的念頭都沒有了。一切的人物他都厭惡，尤其是最親密的人，他的母親更令他不快，因爲他們自以爲有權支配他的靈魂。

他離開了家，慣在外邊消磨他的日子，直到夜晚纔回來。他尋求田野間的清靜，把他的靈魂全部浸潤在內，好似一個頑固的人死執着固定的思想。——但在瀟灑鹿懷的大氣中，和大地接觸之下，這種固執的意念寬弛了，不復像糾纏不休的幽靈了。他的激昂興奮的心情可並未因之稍減，反更加強；但這已非危險的精神狂亂，而是整個生命的健全的陶醉：身心靈肉都充滿着精力。

他發見了世界，與從前所見的迥不相同。這又是一個童年了。似乎一切都聽見了『急急如律令——勅！』的神咒。自然放出輕快可愛的火花。絢爛的太陽沸騰了。天色清澄如水。河流明澈如鏡。大地作響，吐出裊裊的煙霧令人心醉。草木蟲魚，生靈萬物，都好似生命底偉大的火舌在空中飛騰盤旋。一切都在歡呼吶喊。

而這歡樂是屬於他的。這精力是屬於他的。他在萬物之中分辨不出自己來了。迄今爲止，卽在他童時快樂的日子，懷着驚訝喜悅的熱情矚視世界的時候，天地間的萬物在他眼中亦祇是門戶緊閉的小天地，可怕的，奇怪的，與他毫無關係，他亦無從了解。那時連他信不信那些生物是否也有感覺也有生命都還是問題。那不過是古怪的機械罷了；克利斯朵夫曾經用着童年底無意識的殘酷的心情把可憐的蟲蟻扯成片片，看着他們欠伸扭動而覺得好玩；毫未想到他們所受的痛苦；高脫弗烈特舅舅雖然平常那麼沉靜，也禁不住憤慨地從他手裏搶下他正在磨難的蒼蠅。起初孩子還想笑，後來也被舅舅的神情感動到哭了。這時候他纔明白他的俘虜實實在在也有生命，和他一樣，而他是犯了凶殺的罪。但從此以後，雖然他不復作弄動物，卻並不對他們有什麼同情；他在旁邊走過，從不想到在他們小小的機械中去作一番體驗；倒是當作惡夢似的怕去想這些。——如今可一切都顯得明白了。這些曖昧的意識也成為光明的境界了。

克利斯朵夫撲臥在萬物繁殖的草上，在蟲類嗡嗡作響的樹蔭下面，眼看着忙忙碌碌的螞蟻，走路如跳舞般的長腳蜘蛛，隨處飛躍的蚱蜢，笨重畏縮的螘蟲，還有生着細毛、皮色粉紅、伸縮自如的赤裸的蟲，印着雪白的花斑。或者他手枕着頭，閉着眼睛，聽着無形的樂隊合奏：一群飛蟲在一道陽光裏繞着清香的柏樹打轉，無數的蒼蠅嗡嗡的有如軍樂，黃蜂的聲音彷彿大風琴，大隊的野蜂好似在樹林頂上飄過的鐘聲，搖曳的樹在喁喁私語，迎風招展的枝條又似低聲的哀嘆，水浪般的青草互相輕拂，有如一陣微風在清澈的湖上吹過，又有如溫柔的腳步在空中掠過，慢慢地消失了。

這些聲音，這些呼喊，他都在內心聽到。這些生物中從最小的到最大的，都有同樣的生命之河在奔流：克利斯朵夫也受着它的浸潤，他和千萬的生物都有同樣的血肉，他聽到它們歡樂的回聲；它們的力和他的交融在一起，好似萬流匯合，齊貫江河。他在它們中間沈沒了。大氣衝進他的心扉，包裹着他窒息欲死的心；他受着壓迫時，胸懷幾乎爆裂了。變動來得太突兀了：當他只顧注意他自己的生命時，他到處只見虛無，覺得自己的生命如雨水一般分解了；如今當他勉力在宇宙中忘卻自己時，便到處發見無窮無限的生命。他似乎從墳墓裏擡起頭來。生機洋溢，他如醉如狂的在其中游泳，讓它帶去飄流，自以爲完全自由了。殊不知他從此愈加束縛了，沒有一個生物是自由的，即是運行宇宙的律令本身亦是不自由的，唯有死，——或許唯有死纔能解放一切。

但剛在舊殼中蛻化出來的蛹，只知在新的甲殼中暢快地欠伸呼吸：牠還來不及認識牠新的牢籠底界限呢。

* * * * * *

一組新的圓周式的日子開始了。黃金的日子，狂熱的日子，神祕的、銷魂蕩魄的日子，好似他幼年時件件東西都是第一次發見一樣。從黎明到黃昏，他生活在連亙不斷的幻影中間。所有的事務都放棄了。索性認眞的少年，多少年來卽是生病也從未缺過一課，在樂隊預習會中從未缺席一次，而今卻找到種種藉口來躲避工作了。他不怕撒謊，也不會因之覺得慚愧。一向自願用來制服他的意志的禁慾主義底原則：道德啊，責任啊，如今於他都顯得虛假了。它們專制的威權，與人類的天性相遇之下立刻毁滅淨盡。健全的，強有力的，自由的人類天性，這纔是唯一的德性，其餘的都是見鬼！拘拘小節的謹愼的手段，社會稱之爲道德，說是可以用來鎖住生命的，眞是可笑可憐！這樣的東西也可說是樊籠，豈非荒唐之尤！生命過處，一切都一掃而空了……

克利斯朵夫充滿着精力，竟發瘋般想用盲目奮激的行爲把壓迫他的力量毁掉，焚掉，破壞得乾乾淨淨。這種興奮的結果往往是突然的寬弛，他哭，他撲在地下，擁抱着泥土，想把他的牙齒和手陷到泥裏去，把泥土吞下肚去；狂熱與欲望使他渾身發抖。

一天傍晚，他在一座樹林旁邊散步。他的眼睛被光明幻惑了，頭裏昏昏沈沈的在旋轉；他處於一種亢奮的情景中，甚麽都爲之改觀了。黃昏時柔和深沈的光彩更加增了萬物的神幻。殷紅的與金黃的落光在栗樹下面閃爍浮動。變幻無定的暮色好似從草地上發射出來。天空的柔和像媚眼一般迷人。鄰近的草原上有一個少女在割草。穿着襯衣和短裙，裸露着頸與手臂，她抓起乾草，堆在一處。她生着短短的鼻子，寬闊的面頰，圓圓的額角，頭上裹着一方手巾。落日曬着她鮮紅的皮膚，好似一個土罐盡量吸收着白天最後的幾道陽光。

她把克利斯朵夫弄得神魂顛倒了。他倚在一株櫸樹上望着她向林邊走來。她並沒留神。一忽兒，她冷冷地擡頭望了他一眼：他看見在她黝黑的臉上生着一副嚴肅的藍眼睛。她走到那麼近，以至在俯身檢拾乾草時，竟可從她半開的襯衣裏瞥見頸窩與脊背上淡黃的毛。他胸中潜伏着的莫名其妙的欲望頓時發作起來，他從後面撲在她身上，摑住了她的頸和腰，把她的頭望後仰去，把他的嘴唇用力壓在她半開的嘴裏。他吻了她乾枯龜裂的口唇，撞在她狂怒地把他咬着的牙齒上。他的手在她堅硬的手臂與汗濕的襯衣上摸來摸去。她掙扎着。他把她抱得更緊了，只想勒死她。終於她擺脫了，叫喊着，吐着唾沫，用手揩着嘴唇，說出許多辱罵的話。他一鬆手就往田裏逃去。她向他丟石子，繼續用種種難聽的名稱咒罵他。他臉紅耳赤，並不因為她當他或說他是什麼樣的人，倒是因爲自己想起覺得可怕的緣故。這種突如其來的無意識的行爲把他駭住了。他做了什麽呢？他那時想要怎麽幹下去呢？他所能想像得到的不過使他更厭惡自己。而他卻極想做這厭惡的事情。他自己抗拒着自己，不知道究竟哪一副面目是眞的克利斯朵夫。一股盲目的力量侵襲他，逃避也是枉然：這無異自己逃避自己了。這力量要把他怎樣呢？明天又將如何擺佈他呢？……在一小時內，……在他穿越耘過的田到大路以前的時間又將如何？……甚至他還能到達大路不能呢？他會不會停下來，往後再去追那少女？以後呢？……他記起狂亂的一刹那，擋住她的喉嚨的幾秒鐘。甚麽事情都做得出。甚至會犯兇殺罪！……是的，甚至兇殺也會……心裏的騷亂使他喘息不定。到了路上，他停下來呼一口氣。少女在那邊和另一個聽見叫喊而跑來的姑娘談話；拳頭插在腰裏，她們望着他哈哈大笑。

他回去以後，幾天的關在家裏不動。卽在城裏也只在不得已的時候纔出去。他戰戰兢兢的避免一切走過城門往田野裏去的機會：唯恐又遇到那壓在心底的瘋狂的氣息，像雷雨前的沈靜中的一陣風。他以爲城牆可以保護他。實在只要在緊閉的護窗中露出一線的空隙敵人就會溜進來：

這一層他還不會想到。

第二部　薩皮納

在屋子兩翼中的一翼，院子對面的樓下，住着一個二十歲的新寡數月的少婦和一個女孩子。薩皮納・弗洛哀列克夫人也是于萊老人的房客之一。她佔據着臨街的店面，另外還有朝着院子的兩間房，附帶着一小方的花園，和于萊家的只隔一道繞滿長春藤的鐵絲門。可是她難得在園中露面；只有孩子獨自在裏面玩，從早到晚的扒着泥土；花園便逞心像意的自由長發着，叫老于萊大大的不高興，他是愛把小徑掃除得淸淸爽爽，把自然界弄得齊齊整整的。關於這個問題，他曾和他的房客說過幾回；或許正是爲了這個緣故她竟不到園裏來了；可是園子並沒收拾得更好。

弗洛哀利克夫人開着一個小雜貨鋪，在這城中心商業繁盛的街上原可以弄得很發達的；但她對於鋪子並不比對花園更加關心。她也並不自己處理家事，據伏奇爾夫人認爲一個自尊的女子應該的職務，——尤其是爲一個並不富有到能夠開蕩的女子，——卻雇了一個女僕，一個十五歲的小姑娘，每天早上來工作幾小時，替她收拾房間，看望店鋪，使年輕的主婦得以嬾嬾地賴在牀上，或慢條斯理的梳洗化裝。

有時，克利斯朵夫從玻璃窗裏望見她赤足穿着長睡衣在房裏走來走去，或幾小時的坐在鏡子前面發獃；因爲她那樣的不知顧忌，常常忘記放下窗帘，卽使覺察了也嬾得動彈。克利斯朵夫卻顧着廉恥，從窗邊走開了，免得驚動她。但那誘惑的力量眞是不小：他還是禁不住望一望她微嫌清瘦的裸露的手臂，有氣無力地放在披散的頭髮四周，兩手勾搭着按在頸窩裏，她在這種姿勢中出神了，直到覺得酸痲時方纔放下胳膊。克利斯朵夫確信自己的看到這幕可愛的景象完全是出於無意的，他在搜索樂思時也並不因之心中有所慌亂；但他慢慢地有了嗜好，終竟他在眺望方面化費了和薩皮納夫人在梳裝上面同等的時光。並非她賣弄風情：她實在是過於大意，在穿着方面她還不及阿瑪利亞或洛莎的仔細週到呢。她對鏡照得那麼長久，純粹是爲了慵嬾；每扣上一支針，總得休息一回，在鏡子裏還要裝扮一下苦臉。直到傍晚，她還未穿扮齊整。

女僕往往在薩皮納未曾端整完畢之前走了；顧客在門外打鈴，她直要等到鈴響了一二次，叫了一二聲，方纔下了決心從椅上站起。她來了，笑容可掬的，慢吞吞的，——又慢吞吞的尋找顧客所要的貨色，——要是找了一會找不到，或必須多費氣力，例如把梯子從屋子這邊搬到那邊纔能拿到時，——她就安安靜靜的說她已沒有這樣東西了；又因她不肯費心把屋裏整理一下，也不肯把所缺的貨色添辦，顧客們失望之餘便往別家舖子裏去了。可是他們心中並不怨恨。這可愛的女人，講話的聲音多和氣，無論如何也不會着慌；對這種人還有法子生氣嗎？任是你說什麼她都不在意；人家也覺得這一點，以至那些開始怨嘆的人也沒有勇氣繼續下去，只得領受她的微笑，還用微笑來回報她可愛的微笑；可是他們從此不來了。她也並不因此煩惱。她永遠微笑着。

她的相貌很有翡冷翠少女的風味。眉毛向上，畫得很清楚，灰色的眼睛在睫毛的簾幕下面半開半闔。下面的眼皮稍帶浮腫，之下又有一條淺皺。玲瓏的小鼻子有一條柔和的曲綫。鼻尖和上唇中間另有一條小小的曲綫。微啓的嘴巴之上，口唇稍稍撅起，帶着一副又困倦又微笑的神情。下唇微嫌太厚，渾圓的臉龐的下部，頗像斐利卜·利比（按係意大利文藝復興期名畫家）所畫的聖母，有一種天真的嚴肅。皮色不十分清白，頭髮是淺褐色的，蜷曲的部分非常凌亂，挽的髻尤其不知所云。身材瘦小，骨格很細氣，動作老是疏嬾的無法振作。穿扮並不講究，——一件敞開着的小衫，鈕扣七零八落，腳下拖着破爛的鞋子，有些放浪的神氣，——可是她的青春的嫵媚，溫和的情趣，天性的愛嬌，自有迷人的力量。當她站在鋪門口換換空氣時，路過的青年們歡喜瞅她幾眼；她雖然不留心他們，但也覺察了。她目光中便露出感激與喜悅之情，如一切女子覺得有人好意睨視她們時的目光一樣。這意思彷彿是說：

——多謝……再來一下！再來一下！瞧我罷！……

可是她儘管在討人歡喜時覺得快樂，嬾惰的天性卻使他不高興努力去討人歡喜。

在于萊和伏奇爾這些人看來，她正是給他們發揮清議的目標。她的一切都使他們憤慨：她的不知痛癢的性情，家裏的雜亂，服裝的隨便，永遠的微笑，對於他們的批評的不反駁也不理睬，丈夫死後的若無其事，對於孩子的放任，一天壞似一天的營業，不問日常生活中或大或小的煩惱絲毫不改變她的習慣和永遠的閒蕩，——她的一切都叫他們生氣：最糟的是這樣一個人居然會討人歎喜。這一點，伏奇爾夫人簡直不能原諒她。髣髴薩皮納是特地用她的行爲來取笑堅固的傳統，真正的規律，無味的責任與可厭的工作的，取笑那忙碌、叫囂、爭吵、怨歎，和有益身心的悲觀主義的，而這悲觀主義是于萊一家，如一切守本分的人一樣，認爲是生存的意義，並且爲他們的生命預先做一番洗惡贖罪的準備的。要是一個女人能食終日無所事事，過着舒服的光陰，把神聖的日子糟塌在恬靜懶散中間，而他們倒忙忙碌碌，苦得像罰作勞役的囚徒一般，——這樣之外，人家還要派她有理，——這豈非過分了，豈非使守本分的人灰心！……幸而，謝謝上帝！世界上究竟還不乏頭腦明白的人，還可叫伏奇爾夫人慰情聊勝。大家每天把從百葉窗裏偵察得來的小猥瑣的事情評論一番。晚上在飯桌周圍，這些閒話爲全家的人增添了不少樂趣。克利斯朵夫心不在焉的聽着。伏奇爾一家對鄰人的行爲道長說短的話，克利斯朵夫早已聽膩了，不再留意。何況他只認得薩皮納夫人的頸窩與裸露的手臂，雖然很好玩，究竟還談不到對她的爲人有何確切的見解。然而他覺得自己對她非常寬容；而且由於一種愛和人作對的心思，因爲薩皮納不討伏奇爾夫人歡喜之故，克利斯朵夫更歡喜薩皮納。

* * * * * *

晚上，喫過夜飯以後，在天氣很熱的辰光，便不能留在燠悶的院子裏，那是整個下午曬着陽光的屋裏唯一可以舒舒氣的地方是臨街的一面。于萊，他的女壻，有時和魯意涉在門階上坐一回。伏奇爾夫人和洛涉不過露一露面：她們忙於照顧家事；伏奇爾夫人要格外表顯她沒有閒蕩的時間；而且爲令人聽見之故，更高聲的說所有倚着門打呵欠而不動一動他們的十指的人，她都見了頭痛。既然她不能——(那是她非常抱憾的)——强迫他們做事，她唯有不看見他們，憤憤地回到屋裏去工作。洛涉自以爲應當學她的樣。于萊與伏奇爾覺得到處是過路風，爲提防受涼起計，便回到樓上去了；他們睡得極早，並且卽是你許他們一個帝國，也不能叫他們改變最細微的習慣。從九時起，只剩下魯意涉和克利斯朵夫兩人了。魯意涉整天關在房裏；晚上，克利斯朵夫有空時便陪着她，硬要她換換空氣。她獨自一人是決不會出來的：街上的聲音就叫她害怕。孩子們尖聲怪叫的奔逐着。街坊上所有的狗都汪汪的叫起來，與他們呼應。有鋼琴聲，遠處又有笛聲，旁邊的街上又有喞筒號角聲。種種的談話聲混在一起。三三兩兩的人來來往往，在他們屋前走過。要是讓魯意涉單身留在這混亂嘈雜的環境中，她將覺得徬徨失措哩。但和兒子一起，她幾乎覺得這些有趣了。聲音漸漸沈靜下去。孩子與狗最先去睡覺。一羣一羣的人散了夥。空氣變得更淸新。慢慢靜寂了。魯意莎用細小的聲音講着阿瑪利亞與洛涉告訴她的小新聞。她並不覺得這有多大的興味，不過因爲她需要和兒子親近，借此談談罷了。克利斯朵夫覺得這種用意，假裝關心着她所講的事情；但他並不留心聽。他迷迷惘惘的出神，想着白天經過的一件件的事情。

一晚正當母親這樣講着的時候，他看見隔壁雜貨鋪的門開了。一個女性的倩影悄悄地出來坐在街上。克利斯朵夫雖然瞧不見她的臉，但已認得是什麼人。他心神回復了。空氣於他顯得很柔和。魯意莎沒有覺察薩皮納在場，繼續低聲的絮絮不休。克利斯朵夫比較留神諦聽了，還感到需要插些議論進去，需要講話，或許竟需要別人聽得。纖弱的影子獃着不動，有些困倦的模樣，兩腿交叉着，雙手握着半放在膝上。她向前呆望着，似乎甚麼都沒聽到。魯意莎倦了，進去了。克利斯朵夫聲言還要就擱一會。

時間已經到了十點。街上空空的。最後幾個鄰人次第進去了。只聽見店鋪關門的聲音。玻璃窗內的燈光映着小眼睛，熄滅了。還有一兩處亮着，隨後也隱滅了。四下裏靜悄悄的……只有他們兩個，可並不彼此瞧一眼，他們屏着氣，髣髴不知道各人身旁另有一個人。遠處的田裏傳來一陣新近割過的草原的香味，鄰家的平臺上飄來瓶裏的丁香花的香味。空氣凝着不流動。天河緩緩地在移轉。在一座烟突上面，大熊星和小熊星的車軸在滾動；羣星點綴着淡綠的天空，好似朵朵的翠菊。城區教堂的大鐘敲着十一點，其餘的教堂都在四下裏遙遙呼應，有些是清脆的聲音，有些是遲鈍的聲音，家家戶戶的座鐘也傳出重濁的音調，其中雜着喉音微啞的鷓鴣聲。（按係指一種以鷓鴣的叫聲，報告時刻的掛鐘。）

他們在幻想中驚醒了，同時站起。正當進去的辰光，他們互相點首行禮，可不說一句話。克利斯朵夫回到樓上，燃起蠟燭，坐在桌前，手捧着頭，長久地發獃。後來他嘆了一口氣，上牀了。

明天他起身後，機械地走近窗口望着薩皮納那邊的房間。但窗簾垂着，整個上午都是這樣。從此也永遠這樣。

* * * * *

下一天晚上，克利斯朵夫向母親提議再到門前去坐一回。他養成習慣了。魯意莎覺得很快慰：

她一向因爲他喫罷晚飯就去關在窗戶緊閉的屋子裏而有些擔憂。——靜悄悄的細小的影子也依舊出來，坐在她坐慣的地位。他們很快地點首行禮，沒有時間被魯意莎覺察。克利斯朵夫和母親談着話。薩皮納對她的女孩子微笑，她在街上玩着；到了九點，薩皮納弄她去睡了，隨後又悄悄地回到外邊。當她多耽擱了一些辰光時，克利斯朵夫就擔心她不出來了。他竊聽着屋裏的動靜，不肯睡覺的小女孩的笑聲；在薩皮納不曾在鋪門口露面以前，他已聽到她衣裾拖曳拂觸的聲息。於是他旋轉目光用更加興奮的聲調和他的母親談話。有時他覺得薩皮納在覷視他。他匆匆地向她一瞥。可是他們的目光從不會相遇。

終於孩子做了他們的媒介。她在街上和別的兒童奔逐。一條馴良的狗躺在地下打盹，把面孔伸長着擱在腳上；他們去挑撥牠，牠微微睜開一隻紅紅的眼睛，末了終竟被惹得厭煩而咆哮起來：於是他們一邊叫一邊四散奔逃，又是驚駭又是開心。女孩子尖聲嚷着，儘管往後面跑，好似被追逐的神氣：她一直撲到魯意莎的腿間，引得魯意莎笑開了。她拉住孩子向她問話，便和薩皮納交談起來。克利斯朵夫並不加入她們的談話。薩皮納也不向他說話。彷彿是由於一種默契，他們裝做各不相識。但他們所說的話，他句句留神聽着。啓意涉似乎覺得他的緘默含有敵意。薩皮納卻並不這樣想；她只是有些畏怯，在答話之中不免露出慌張的情緒，便隨便借端進去了。

整整一星期中，啓意涉因爲感冒，不得不守在房裏。這樣，就祇剩克利斯朵夫與薩皮納在外乘涼了。第一次，他們都有些害怕。薩皮納爲遮掩她的慌張起計，把女兒抱在膝上拚命親吻，像要吞她下去似的。侷促不安的克利斯朵夫，不知道是否應得繼續裝做若無其事的神氣。這種情形真有些爲難：雖然他們沒有交談過一句，究竟啓意涉已經從中使他們相識了。他試從喉嚨裏迸出一兩句說話；但聲音在中途擱淺了。幸而小女孩又來解了他們的厄。她在捉迷藏時繞着克利斯朵夫的椅子打轉，他攔住她把她擁抱了一會。他不大歡喜小孩子；但在擁抱這一個時覺得有一種奇特的快感。小女孩一心要遊戲，竭力掙脫；他一鬆手把她滑在地下。薩皮納笑了。他們一邊瞧着孩子一邊交換幾句無聊的說話。隨後，克利斯朵夫試着——（他自以爲應當如此）——繼續談話；但他沒有多少話題；薩皮納也並不幫他忙：她只顧把他所說的話重覆申述一遍：

——今晚很舒服。

——是的，今晚眞是出色。

——在院子裏無法喘氣。

——是的，院子裏很悶人。

談話變得困難了。薩皮納借着送孩子進去的機會不再出來了。

克利斯朵夫深恐她以後幾晚將取同樣的態度，避免魯意莎不在的時候和他單獨相對。事實可並不如此；明天，薩皮納試着重新交談。她的這種談話倒是因爲意欲談話而談話，可並非爲了有趣而談話。她費了多少氣力纔找到話題，她對她自己所發的問話也覺厭煩：這是感覺得到的：問答往往在難堪的靜默中停住了。克利斯朵夫想起從前和奧多最初幾次的晤面；但和薩皮納的談話範圍是更狹隘了，加以她也沒有奧多的耐性。當她嘗試失敗時，就不堅持下去：因爲太費氣力了，她不願意。她緘默了，他也跟着緘默了。

這樣之後，一切重復變得很溫和。黑夜重歸恬靜，心靈重復展開它的幽思。薩皮納在椅中緩緩搖擺，沈入遐想。克利斯朵夫也在一旁出神。他們一言不語。半小時後，一陣薰風從滿裝楊梅的小車上吹來，挾着醉人的氣息，克利斯朵夫不禁喃喃自語。薩皮納回報他一兩個字。重歸靜默了。他們體味着這種寧靜與那些無聊的言辭。他們經歷着同樣的夢境，充塞着同一的思想；哪一種思想呢？他們可不知道，也不對自己說出來。敲了十一點，他們微笑着分別了。

下一天，他們簡直不想再開始談話了：只是保守着他們心愛的靜默。隔了許多辰光纔交換一言半語，卻證明他們都想着同樣的事情。

薩皮納笑道：

——不必勉強自己說話眞是舒服多了！一個人自以爲應當開口，可是多麼煩！

——啊！克利斯朵夫用着中心感動的聲音說，要是大家都像您這樣想！

他們一齊笑了。他們想着伏奇爾夫人。

——可憐的女人！薩皮納，她使人多不耐！

——她自己卻並不厭倦，克利斯朵夫帶着慨嘆的神氣回答。

薩皮納瞧着他的神色，聽着他的說話，暗暗歡喜。

——您覺得這是好玩的麼?他說。這對於您是不相干的。您是聽不到的。

——自然囉,薩皮納說。我在家把門鎖上。

她溫柔地默默地笑了一笑。克利斯朵夫在靜寂的夜裏聽着她的說話很快樂他陶醉地呼吸着清新涼快的空氣。

——啊!不則聲是多麼舒適!他一邊伸着懶腰一邊說。

——說話多無聊!她回答。

——是啊,大家心裏多明白!何必開口呢?

他們重又閉口了。黑暗使他們彼此瞧不見,卻一齊微笑着。

然而,即算他們相處時有同樣的感覺,——或即算他們自以爲如此,——他們可還彼此一無所知。這問題薩皮納是全不關心的。克利斯朵夫較爲好奇,一天晚上,他問她:

——您愛音樂麼?

——不,她簡單地回答。我覺得厭煩,一些都不懂。

這種坦白使他非常歡喜。他已聽厭一般人的謊言，自命爲熱愛音樂而一聽就煩悶欲死的人的謊言，他幾乎因之把不愛音樂而能老實說出來當做一種德性了。他又問薩皮納看書不看。

——不，第一她就沒有書。

他提議把他的借給她。

——正經的書麼？她不安地問。

——不是正經的書，要是她不歡喜。但是詩歌一類。

——但那便是正經的啊！

——那麼，小說。

她撅着嘴。

——這也引不起她的興趣麼？

——興趣是有的；但小說總嫌太長；她永沒有耐心把它讀完。她會忘記了開頭，她跳過幾章，甚麼都不明白了；便把書丟下。

——這眞是表示興趣的好證據！

——哦，對於一樁並不眞實的故事，這些興趣也就夠了。她的興趣是留給書本以外的東西的。

——留給戲劇的，或許？

——啊！不！

——她不上戲院麼？

——不。那邊太熱了。人太多了。在家裏舒服得多。燈光使眼睛發痛。演員們又是那麼難看！

在這一點上，他們同意了。但在戲院裏還有別的東西呢，例如劇本。

——是啊，她心不在焉的說。但我不得空閒。

——您有些什麼事情要做呢，從早到晚？

她笑道：

——要做的事多着哩！

——不錯，他說，您還有鋪子。

——嗅！她安靜地答道，這倒並不叫我如何操心。

——那麼是您的女孩子費了您許多時間？

——嗅！不，可憐的孩子！她很乖，她獨個子會玩。

——那麼？

他對於自己的冒昧表示歉意。但她只覺他有趣。

——有那麼多，那麼多的事情！

——什麼呢？

——她可說不出，有各式各種的。只要起身、洗臉、梳裝、想飯菜、做飯菜、喫中餐、再想晚餐、收拾一下房間……白天已經完了……並且究竟還得有些一事不做的時間！……

——您可不厭煩麼？

——從來不。

——即當您一事不做的時候也不麼？

——尤其在我一事不做的時候不會厭煩，倒是做甚麼事情時覺得氣悶。

他們相視而笑。

——您眞幸福！克利斯朵夫說。至於我，可不能一事不做。

——我覺得您很能夠。

——我纔學會幾天。

——那麼，您慢慢的便能夠了。

他和她談話時心裏很平靜很安適。只要看見她，就可使他在煩躁中、在惱怒中、在磨難他的心緒緊張的苦悶中寬弛下來。他和她談話時毫不騷亂。他想到她時也毫無惶惑。他雖然不敢承認：但一朝迫近她時，便覺一種甘美無比的癱瘓狀態深深地侵入了他的內心，他差不多朦朧入睡了。這些夜裏，他便沈沈熟睡，這是他從未有過的酣眠。

* * * * * *

工作畢後回家的辰光，克利斯朵夫總要向店鋪裏瞥一眼。他難得不看見薩皮納。他們互相笑着行禮。有時她站在門口，兩人便交談幾句；或是他把門推開一半，叫小女孩走過來塞一塊糖果在她手裏。

有一天，他決意進到鋪子裏去，推說需要幾顆上衣的鈕扣。她找了一會找不到所有的鈕扣都混在一起：沒有法子認清楚。這種雜亂的情形被他看見，她不免有些懊惱。他卻覺得好玩，俯下頭去想看個仔細。

——不！她一邊說一邊用手遮着抽斗，不要看！這是一堆亂東西……

她繼續搜尋。但克利斯朵夫在旁，使她格外侷促。她懊惱之餘，把抽斗一推道：

——我找不到了。您還是到隔壁街上李齊鋪子裏去罷。她一定有。那裏是應有盡有的。

他對她這種做買賣的態度笑了。

——您是不是把所有的主顧都送給她？

——這也不是第一遭了，她坦然答道。

可是她究竟有些害羞。

——要整理是太麻煩了，她又道。我總一天天的捺下去：但明天我一定整理。

——您要不要我幫忙？克利斯朵夫問。

她拒絕了。她心裏是願意的：但是不敢怕人閒話，而且這也使她畏怯。

他們繼續談着。過了一會，她和克利斯朵夫說：

——可是您的鈕扣呢？您不到李齊那邊去麽？

——永遠不，克利斯朵夫說。我等您整理。

——噢！薩皮納答道（她已忘記剛纔的說話），不要等得那麽久！

這句不知不覺流露出來的說話使他們倆都笑開了。

克利斯朵夫向着她關上的抽斗走去。

——讓我來找，好不好？

她跑上去攔阻他：

——不，不，我懇求您，我確信是沒有了。

——您一定有，我敢打賭。

一下子他得意揚揚的找到了。但他還要別的呢，他想繼續搜尋；但她把匣子搶過去，負着氣自己找了。

天色暗下來。她走近窗口。克利斯朵夫坐在一旁，離開她不過幾步，女孩子爬在他的膝上。他裝做聽着孩子的說話，心不在焉的回答着。實在他是望着薩皮納，薩皮納也知道他望着她。她埋頭在匣子上面。他見到頸窩與一部分的面頰，——瞥見她臉紅耳赤。他也臉紅了。

孩子老是在講話，沒有人回答。薩皮納一動不動了。克利斯朵夫看不見她在做什麼；但相信她甚麼也不做，甚至對手裏的匣子也不望一望。一直靜默着。孩子不安起來，從克利斯朵夫的膝上滑下：

——爲什麼你們一句話也不說了？

薩皮納突然旋過身來把她摟在懷裏。匣子掉在地下；小孩子快活得叫起來，連奔帶爬的去追逐那些望家具下面亂滾的鈕扣。薩皮納重新回到窗前，把臉緊貼着玻璃，好似朝外望得出神了。

——再見，克利斯朵夫心緒慌亂的說。

她頭也不回，只輕輕地答一聲：

——再見。

* * * * * *

星期日下午，全座房子都空了。所有的人都到教堂裏去做晚禱。只剩薩皮納留在家裏。有一次當幽美的鐘聲響個不歇催促人們前去祈禱的時候，克利斯朵夫看見她坐在小花園裏的門口前面，便開玩笑地責備她，她也開玩笑地答說只有彌撒祭是非到不可的；晚禱卻是不必：熱心過分非但無用，且還有些不識趣；她認爲上帝對於不去晚禱的人不獨不見恨反而覺得愜意。

——您的上帝是照了您自己的意境造成的，克利斯朵夫說。

——叫我處在他的地位，那些儀式纔使我厭煩透哩！她肯定地說。

——要是您做了上帝，便決不會常常理會人家了。

——我但求他不要來理會我。

——這或者並不見得更糟，克利斯朵夫說。

——噓！薩皮納叫道，我們都是說的褻瀆不敬的話啊！

——說上帝像您一樣，並不見得有何褻瀆之處。

——您且住口，好不好？薩皮納佯嗔假怒的笑道。她深怕上帝要為之憤怒，便趕快轉換話題。

——並且，她說，這是一星期中能夠靜靜地欣賞花園的唯一的時間。

——是的，克利斯朵夫答道。他們都不在家。

他們彼此望了一眼。

——多麼清靜！薩皮納又道。這是難得的……我們不知身在何處了！……

——呔！克利斯朵夫憤憤地喊道，有些日子我真想置之死地！

說的是什麼人是毋需解釋明白的。

——還有別個呢？薩皮納欣然問道。

——不錯，克利斯朵夫懊喪地說。還有洛沙。

——可憐的小姑娘！

他們緘默了。隨後克利斯朵夫又嘆道：

——要是永遠能像現在這樣！……

她舉起笑眼瞅視了他一下，重新低下去了。他發覺她在工作。

——您在做什麼呢？他問。

（他和她之間隔着兩方花園間的繞滿長春藤的鐵絲欄。）

——瞧，她舉起膝上的鉢盂說；我在剝豆莢。

她深深地歎了一口氣。

——可是這並非討厭的工作啊，他笑着說。

——呋！她答道，永遠要照顧三餐眞是膩死人！

——我敢打賭，要是可能，您寧可不喫飯而不願費心去預備。

——自然囉！她喊道。

——等一等！我來幫助您。

他跨過柵欄，走到她身旁。

她坐在進門的地方，他坐在她腳下的階沿上。在她撩起着結在腹部的衣兜裏，他抓了一把碧綠的豆莢；隨後把滾圓的小豆傾在擺在薩皮納膝間的鉢盂裏。他望着地下，瞧見薩皮納的黑襪包裹着她的腳和踝骨。他不敢仰首望她。

空氣很沈悶。天上白茫茫的，顯得很低，一絲風都沒有。沒有一張飄動的樹葉。花園關在高牆裏面：世界盡於此了。

孩子跟着鄰家的婦人出去了。祇有他們倆默默相對。甚麼話都不能再說了。但望都不望的只顧在薩皮納的膝頭掏起一把把的豆莢，顫抖的手指在鮮潤光滑的豆莢中觸到了她一樣顫抖的手指。他們繼續不下去了。一動不動，不互相瞧一眼：她仰在椅子裏，嘴巴微啓，垂着手臂；他坐在她腳下，倚靠着她，覺得沿着肩膀與胳膊有一股薩皮納腿上的暖氣。他們氣吁吁的。克利斯朵夫把手按在階石上想使它冷卻：一隻手卻觸到了薩皮納伸在鞋外的腳，便逕自放在上面，拿不開了。他們打着一個寒噤，都近乎昏迷的境界。克利斯朵夫的手緊握着薩皮納纖小的足指。薩皮納流着冷汗，有氣無力的俯向克利斯朵夫……

一陣熟識的聲音把他們從恍惚的情境中驚醒了，嚇了一跳。克利斯朵夫一躍而起，越過籬垣。薩皮納把豆莢撩在衣裙裏望屋內進去了。在院子裏他回頭一望，她正站在門口；彼此瞅了一眼。雨點開始簌簌的打在樹葉上……她把門關上了。伏奇爾夫人和洛沙回來了……他也跑上樓去……

昏黃的日光黯澹了，在陣雨中漸漸消失，他從桌邊站起，一種按捺不住的力量在他心中衝動；他奔向關閉的窗前，朝着對面的窗子伸着手臂。同時，在對過緊閉的玻璃窗後，在黝黯的室內，他看見——自以爲看見——薩皮納亦向他張開着臂抱。

他急急忙忙從家裏出來，走下樓梯，望着園中的籬垣奔去。不顧別人看見與否，他正想跨過去。但當他望着她剛纔顯露的窗子時，看見護窗都關得緊緊的。屋子似乎睡着了。他遲疑着要不要繼續前進。于萊老頭兒正要到地窖裏去，瞥見了他和他招呼了。他便走回來，自以爲做了一個夢。

＊　＊　＊　＊　＊　＊

沒有多久洛沙就發見了周圍的情形。她並不猜忌，因爲她還不知什麼叫做嫉妒。她預備傾心與人，不求酬報。但她雖然淒涼地忍受着克利斯朵夫的無情，卻也從未想到克利斯朵夫有鍾情他人的可能。

一天晚上，喫過夜飯以後，她剛把一條做了幾個月的絨毯完工了。她覺得很快活，很想放肆一下，去和克利斯朵夫談談。趁母親轉背的時光，她溜出房間，溜出屋子，偷偷摸摸的，宛似一個犯了過失的小學生。克利斯朵夫曾經輕蔑地斷定她永遠做不完工，如今她可以去駁倒他了，想到這兒，不由得非常高興。可憐的小姑娘白白地識得克利斯朵夫對她的情操；她老是以爲自己看見別人時覺得很愉快，別人看見她也定有同樣的感覺。

她出去了。克利斯朵夫和薩皮納坐在門前。洛沙一陣心酸，可是並未因了這直覺的印象而停住，仍是高高興興的招呼克利斯朵夫。在靜寂的夜裏，她尖銳的聲音給克利斯朵夫一種異樣的感覺。他在椅子裏抖戰了一下，憤怒地咬牙齒。洛沙得意揚揚的把她的絨毯一直送到他鼻子前面。

克利斯朵夫不耐煩地把它推開了。

——完工了，完工了！洛莎再三喊道。

——那麽，再開場做一條！克利斯朵夫冷冷地回答。

洛莎喫了一驚。所有的快樂都消散了。

克利斯朵夫繼續刻薄地説道：

——當您做完了二三十條時，當您老了時，您至少可以對您自己説您沒有虛度一生！

洛莎眞想哭出來：

——天哪！您多狠心，克利斯朵夫！她説。

克利斯朵夫羞愧之下，和她説了幾句友愛的話。她是衹要些少的好感就會滿足，就會立刻恢復她的信心的；便拚命直着喉嚨聒噪：她不能輕聲説話，總是依着家裏的習慣大叫大嚷。克利斯朵夫雖然竭力忍着，究掩不住他惡劣的心緒。起先他還忿忿地回答她一言半語；後來簡直不作聲了，旋轉背去坐在椅上煩惱不堪，聽着她的叫囂咬牙切齒。洛莎明明看見她令他不耐，明明知道自己應當住口；但她只是聒噪得更凶。不聲不響的薩皮納半在幾步以外的陰影中，用着無關痛癢的神氣冷眼旁觀。後來，厭煩了，覺得這一晚是糟塌了，便站起身來進去。但克利斯朵夫直等到她已經不在眼前的時光方始覺察。他立刻站起，也不道歉，只冷冷說了一聲晚安便不見了。

洛沙獨自在街上，不知所措的望着他進去的大門。眼中噙着淚，急急忙忙回進屋裏，輕輕地上樓，免得再和母親說話，趕緊脫下衣服，等到上牀之後，便蒙着被嚎啕大哭。她並不細細思索剛纔的情形；也不想追問克利斯朵夫愛不愛薩皮納，克利斯朵夫與薩皮納是不是討厭她；她只知道一切都完了，人生失掉了意義，唯有一死。

明天早上，永遠的自欺的希望又在她的念頭裏萌動了。在回想隔天的事情時，她確信自己不該把它看得那麼重要。固然，克利斯朵夫是不愛她；她也忍受着，心底裏卻抱着一個隱祕的念頭，相信她盡力的愛他，久而久之終會使他眞的發生愛情。但她從哪裏看出他和薩皮納有多少關係呢？像他那樣聰明的人，怎麼會愛一個大家都瞧不上眼的無聊平庸的女子？這樣一想，她放心了，——但她並不因此不監視克利斯朵夫。白天她甚麼都沒見到，既然甚麼事都沒發生；但克利斯朵夫看見她整天在他周圍蹓躂，又不說是什麼道理，不禁大大地懷恨了。她晚上居然還要到街頭去坐在他們旁邊，更加使克利斯朵夫怒不可遏。這是重演一遍隔天的故事：只有洛莎在講話。薩皮納等不多久便進去了；克利斯朵夫學着她的樣。洛莎成爲他們的眼中釘是洛莎自己也看得明明白白無可假借的了；然而可憐的妮子依舊想欺矇自己。她不覺得最糟的事情是莫過於強迫別人注意她；以後的幾晚，依着她生就的愚蠢，繼續來那麼一套。

明天，克利斯朵夫被洛莎糾纏着，空等了一場薩皮納。

後天，祇有洛莎一人了。他們倆都不願掙持下去了。但她甚麼也沒有贏得，要卽是克利斯朵夫的仇恨，因爲被她破壞了那些可愛的黃昏、那唯一的幸福而深惡痛絕。加以克利斯朵夫一心耽溺在自己的情操中，從沒想去猜測一下洛莎的心情，所以尤其不能原諒她。

薩皮納可久已識得洛莎的心情：她在連自己是否動了愛情還未明白之前，已知道洛莎懷着嫉妒的心思，只是不說罷了；並且像一切美貌的女子般因爲對於自己的勝利確有把握之故，祇靜靜地、狡猾地、冷看着她笨拙的情敵白費氣力。

*　*　*　*　*　*

洛涉成了戰場上的主人以後，悲哀地對着她的戰略的結果沈思默想了。為她，最好的辦法是不要固執，不要和克利斯朵夫糾纏，至少在目前應得如此：這正是她所稟賦不為的；最壞的辦法是和他提起薩皮納；這正是她所實行的。

她懷着鬼胎，心頭忐忑的，想試探他的意思，和他說薩皮納生得俏。克利斯朵夫冷冷地回答說她很俏。雖然這種答語是早在洛涉意料之中，但總不免心頭受了一下打擊。她很知道薩皮納是美人兒，卻從沒仔細注意過；此刻是用了克利斯朵夫的眼光第一次看到她的美；她看到薩皮納面目細膩，鼻子很小，嘴巴玲瓏可愛，身材很窈窕，舉止很溫婉動人……啊！多痛苦啊！……她有什麼東西會捨不得拿去換這樣一個肉體呢！人家不愛她而愛薩皮納的原因，她也徹底明白！……她的肉體麼？……她犯了甚麼罪惡而要有這樣的肉體呢？他對它又作何感想？他看它多醜！他一定覺得非常可厭。得想到唯有死纔能使她擺脫這軀殼！……可是她太高傲同時亦太謙卑了，決不肯因為不得人家的愛悅而怨嘆：她沒有這種權利；她想盡方法使自己感到更卑微更畏怯。但她的本能起來反抗了……不，這是不公平的！……爲何這肉體是她的，她的，而非薩皮納的呢？……並且人家爲何愛薩皮納呢？她用什麼方法叫人愛她的呢？……洛莎又用毫無假借的眼光看待她了，她是懶惰的，疏忽的，自私的，對誰都不理會，不照顧家，不照顧孩子，甚麼都不管，只愛她自己，只爲了睡覺、閒蕩、一事不做、……而活着。這倒討人歡喜……討克利斯朵夫——那麼嚴肅的、爲她那麼敬重的、視爲高於一切的克利斯朵夫的歡喜！嗬！這太不公平了！也太混帳了！……克利斯朵夫怎麼會瞧不見的呢？——她禁不住在他面前偶然說幾句對於薩皮納不大中聽的話。她並不願意說，但不由自主地要說。她常後悔，因爲她心腸很好，不歡喜說任何人的壞話。但她更加後悔，因爲這些言語惹出克利斯朵夫刻毒的答話，表明他怎樣的鍾情于薩皮納。他的情愫被人損傷之下，他便設法損傷別人，也居然成功了。洛莎一言不答，垂着頭，咬着口唇，忍着不哭出來。她想這是她自己的過錯，因爲她攻擊克利斯朵夫心愛的人使他難過，所以她咎有應得。

她的母親可不像她那麼耐煩了。伏奇爾夫人和老于萊一樣，什麼都逃不過她的眼睛的，很快就注意到克利斯朵夫和鄰家少婦的談話：要猜到其中的情節是不難的。他們暗中想把洛莎將來嫁給克利斯朵夫的願望受了打擊；而這在他們看來是克利斯朵夫個人對他們的一種侮辱，至於克利斯朵夫的未曾知道人家在未徵求他同意之前已把他支配定當，那是他們不管的。阿瑪利亞專橫的性格不答應別人和她思想不同；而克利斯朵夫在她幾次三番表明過她的鄙薄的意見以後仍舊去和薩皮納親近，尤其是她認爲甘冒不韙的行爲。

她毫無顧忌的把這種輕薄人的見解反覆申說。每當克利斯朵夫在座的時候，她總要借端講到這鄰婦；尋出最難堪的叫克利斯朵夫最受不了的話頭來說；依着她大膽的目光和談吐，這是很易找到的。在刻薄別人的藝術中，如在好意待人的藝術中一樣，女人的殘忍的本能遠過於男子；這種本能使阿瑪利亞對于薩皮納的淫猥，比着對她的懶惰與道德的缺點攻擊得更厲害。她的不知迴避與東張西望的眼睛，透過玻璃窗直射到臥室裏面，在薩皮納淨身等等的瑣事上面搜尋淫猥的證據；隨後再用下流的興致把它們鋪張出來給人家聽。當她爲了體統關係不能全說時，便運用強有力的暗示，表露得格外明顯。

克利斯朵夫又羞又怒，面孔氣得像白布一般，嘴唇抖個不住。洛莎預料要發生事情了，哀求她的母親住口；她甚至爲薩皮納辯護。但對於阿瑪利亞不啻火上添油，愈發凶狠了。

克利斯朵夫突然從椅上躍起，拍着桌子，嚷着說這樣地議論一個女人，窺探她而說出她的隱事是卑鄙的；眞要刻毒到極點纔會攻擊一個好心的、可愛的、安靜的、閃在一邊的、不加害於任何人也不說任何人壞話的人。但要是以爲這樣對付她就可使她喫虧那就錯了：這種舉動反而加增別人對她的好感，愈顯出她的良善。

阿瑪利亞也覺得自己過分了些；但她被這頓教訓惱怒了，把爭論轉換了方向，說這樣的良善眞是太輕易了：用了這個字眼一切都可寬恕了。哼！只要什麽事也不做，什麽人也不理，丟開自己的責任，就可被認爲善良眞是太便當了！

對於這些辯難，克利斯朵夫回答說人生第一義務在於使生活對別人顯得可愛，但在有些人的心目中，所謂責任，單是指醜惡的陰鬱的事情而言，是麻煩別人，妨害別人的自由，傷害鄰居，傷害僕人，傷害自己的家庭，甚至傷害他自身。但願上帝使我們防備這些人物和這種責任，當他們如瘟疫一般纔好！……

爭論愈來愈激昂。阿瑪利亞變得十分尖刻了。克利斯朵夫一些不讓她。——結果是很明白的，從此以後，克利斯朵夫故意常和薩皮納混在一塊。他去敲她的門，和她快快活活的有說有笑。並且他特地揀着阿瑪利亞與洛莎看得見他們的時候做。阿瑪利亞用憤怒的說話作爲報復。可是無邪的洛莎被這種着意渲染的殘忍弄得心碎了；她覺得他們瞧不起她和她的母親，他立意要報仇；她傷心的哭了。

這樣，從前受過多少次不公平的苦處的克利斯朵夫，也學着叫別人不公平地受苦了。

* * * * * *

過了幾時以後，薩皮納的哥哥舉行一個男孩子的受洗典禮；他是麵粉師，住在離城數里外一個名叫朗台格的小村上。在受洗典禮中，薩皮納做了孩子的教母。她邀請克利斯朵夫同去。他本不歡喜這種慶宴，但爲故意叫伏奇爾一家着惱而又因能和薩皮納一起之故，就欣然答應了。

薩皮納明知阿瑪利亞與洛莎不會接受，卻有心賣弄狡獪去邀請她們，結果不出她的意料。洛涉滿心想答應。她並不輕視薩皮納，甚至因爲克利斯朵夫愛她之故有時還對她抱着溫情，很想和薩皮納說明，跳上她的頸項。可是她的母親在面前，母親的先例也擺在面前：只得高傲地硬硬頭皮拒絕了。後來，等到他們動身了，想起他們在一塊，因爲在一塊而很幸福，這時正在田野裏散步，消磨這七月裏美麗的午晝，至於她，卻關在房裏，面前放着一大堆衣服得修補，母親又在旁邊咕嚕，她這麼想着的時候，覺得自己好似窒息了；不禁咀咒她剛纔的高傲。啊！要是還來得及的話！……要是還來得及的話，唉！她也可以同樣的去作樂……

麪粉師派了一輛兩旁有板櫈的小車來迎接克利斯朵夫和薩皮納。他們一路又接了幾位別的客人。天氣又涼快又高爽。明晃晃的太陽把田野間一串串鮮紅的櫻桃照得發亮。薩皮納微微笑着。她的蒼白的臉色吹着新鮮的空氣顯得紅潤了些。克利斯朵夫膝上抱着小女孩。他們並不尋找話頭來談講，只對着坐在近旁的人閒扯着，不管對方是誰，也不管談的是什麼：他們因互相聽到聲音而快活，因同載一車而快活。他們交換着天真的歡悅的目光，指着一座房子，一株樹，一個走路人。薩皮納歡喜田野；但她幾乎從來不到鄉間：不可救藥的懶惰把她一切的散步都禁絕了；她不出城門已快有一年：所以些小東西都使她覺得趣味無窮。對於克利斯朵夫，這些景色已絕對不是新鮮的了：但他愛着薩皮納，便像一切戀愛中的人一樣，對一切都用着情人的眼光來看，她每次快樂的激動他都感到，更把她的情緒鋪張揚厲：因爲在他和愛人交融合一的時候，他把自己的生命也貫注在愛人的身心中了。

到了磨坊，他們在院子裏又遇到些莊子裏的人和別的來客，高聲叫喊着歡迎他們，亂鬨鬨的鬧成一片，幾乎把耳朵震聾了。麵粉師貝爾多是一個生着黃毛的壯男子，頭顱和肩膀全是方的，薩皮納格外生得瘦小纖弱，他就格外生得高大結實。他把小妹妹抱起來，重又輕巧地把她放在地下，髣髴怕要摔壞了她一樣。克利斯朵夫不多時就看出這小妹子向來對她的哥哥是要怎麼就怎麼的，而做哥哥的儘管百般取笑她的任性、懶惰、和她一千零一件的缺點，仍舊是卑躬屈膝的奉承她。她受慣了這些，認爲是很自然的。她把一切都認爲自然的，對什麼都不詫怪。她並不有何舉動來逗引人家的愛；她覺得被愛是很簡單的一回事；要是人家不愛她，她也全不放在心上：因了這個緣故纔人人愛她。

克利斯朵夫又發見另一樁事情，可沒有這麼愉快了。因為洗禮不單需有一個教母，還得有一個教父，他之於她享有一種要是教母年青美貌的話便不大肯放棄的權利。克利斯朵夫看見一個莊稼人滿頭蓋着金黃的蜷髮，耳上戴着環子，走近薩皮納，笑着在她兩頰上親吻。忘記請克利斯朵夫當教父固然是傻，但因此而生氣是傻之又傻；克利斯朵夫卻非但不這樣想，反而懷恨薩皮納，好似故意逗引他進入圈套裏去的。在以後的儀式中和薩皮納隔離着的時候，他愈加憤懣了。大家在草地裏蜿蜒前進，薩皮納不時從隊伍中旋轉身來友好地望他一眼。他假裝不見。她覺得他生氣了，也猜到是為什麼緣故；但她並未因之着慌：反覺得好玩。即使她和一個心愛的人失和了，雖然她會非常難過，可永遠不會用任何細微的力量去消釋誤會：那是太費力了。一切終會自然而然安排好的……

在餐桌上，他被派坐在麵粉師太太和一個面頰鮮紅的胖姑娘中間，那是他剛纔伴送到彌撒祭去而不屑一顧的；此刻卻發見她還勉強過得去，便盡力向她獻媚，逗引薩皮納注意，算作對她的報復。他果然成功了；但薩皮納不是一個會嫉妒什麼事情嫉妒任何人的女子；只要人家愛她，那麼即令他再去愛別人，她亦不在乎；她非但不懊惱，反而因爲看見克利斯朵夫尋歡作樂而快慰。她從桌子的那一端對他報以最迷人的微笑。克利斯朵夫弄得不知所措了；薩皮納的毫不介意是無可懷疑的了；於是他益發生氣，不論你打趣他也好，灌他酒也好，總不能打破他的沈默。終於，他昏昏沈沈的自問究竟到這吃不完的筵席中間來做什麼，以至麵粉師提議說大家到河上去一遊划船一遊送一部分客人回去的話也沒有聽見。他也不看見薩皮納對他示意叫他上她的船。等他想到時，已經沒有位置，不得不上別條船了。這件新的倒霉事情決不會使他變得更和氣，要不是他馬上發見他們差不多在路上將把所有的伙伴都放下的話。這時他方始展開眉頭，表示和顏悅色的樣子。並且在水上消磨這美麗的下晝，划船的樂趣，這些淳樸的人的歡悅，終竟把他惡劣的心緒驅散了。薩皮納不在眼前，他毋需留神自己，毋需顧慮，唯有和別人一樣痛痛快快的樂一下子。

他們一共坐了三條船，互相銜接着，努力搶前。大家打趣地咒罵。當幾條船走近時，克利斯朵夫看見薩皮納含笑的目光，也不由得對她笑了：講和了。因爲他知道等一回他們將一塊兒回去。

衆人開始四重音的歌曲。每組的人在輪到時唱一段；然後是一段合唱的複唱辭。疏散遠離着的幾條船，像回聲一般遙相呼應。聲音溜滑在水面上有如飛鳥掠過。不時一條船靠着岸，一兩個鄉人上去了；他們站在河邊向着遠去的船揮手送別。一小羣一小羣的人四散了，唱手也一個個和樂隊脫離了。末了只剩下克利斯朵夫、薩皮納、和麵粉師。

他們同坐着一條船順流而下。克利斯朵夫和貝爾多握着槳但並不划。薩皮納坐在後面，正對着克利斯朵夫，一邊和她的哥哥談話一邊望着克利斯朵夫。這段對話恰好使他們能夠靜靜地彼此端相。要是那些表面上敷衍的說話一停止，他們便不能這樣了。他們的談話似乎在說：『我看的並不是您。』但眼睛互相詢問着：『你是誰啊？我所愛的你啊！……總之你是我所愛的，不管你是誰！……』

天色陰沈，霧從草地裏昇起，河上冒着煙，陽光在水汽中熄滅了。薩皮納抖索着把頭和肩用小黑圍巾包裹起來。她好似乏力的模樣。船沿着岸，正打伸在水上的柳條下面浮過時，她閉上眼睛：小小的臉龐變得蒼白了；嘴唇上有一條痛苦的皺痕；她縮着不動，似乎有什麼難過，——似乎受着痛楚，——似乎死了。克利斯朵夫滿心悒鬱的，俯身向她。她睜開眼來，看見克利斯朵夫用不安的目光在詢問她，便對他微微一笑。這於他不啻一道陽光。他低聲問道：

——您病了麽？

她搖搖頭說：

——我覺得冷。

兩個男人把他們的外衣一齊披在她身上，蓋着她的脚、腿、膝，好似一個要抱上牀去的孩子。她聽任他們擺佈，只用目光來向他們致謝。一陣冰冷的細雨開始降下了。他們拿起槳急急忙忙趕着回去。沈重的烏雲遮黑了天空。河裏捲起烏黑的水浪。田野裏東一處西一處的屋子裏透出燈光，當他們到達磨坊時，已經倒下傾盆大雨，薩皮納渾身濕透了。

廚房裏生起旺盛的火，等待陣雨過去。但雨勢越來越大，再加狂風助威。他們還得走十幾公里的路方得到城。麵粉師聲言決不讓薩皮納在這種天氣中動身，勸他們兩人都在農莊中過夜。克利斯朵夫躊躇着不卽答應，在薩皮納的目光中徵求意見；但她呆呆望着竈肚裏的火：好像怕要影響克利斯朵夫的決定一般。但當克利斯朵夫答應下來時，她滿面通紅的旋過來了，——（是不是被火光照紅的呢?）——他看到她很歡喜。

可愛的一晚……外面下着大雨。金黃的火星奮勇往漆黑的煙突裏鑽。他們圍着火團團坐定。他們的奇怪的影子在牆上跳動，麪粉師教薩皮納的孩子怎樣用手來做出種種影子。孩子笑着，可不大放心。薩皮納向着火，拿一把笨重的鐵棒機械地撥觸着；她有些困倦，微笑着沈在懵騰的境界中，一面聽着嫂子談些家常，點點頭，可並不留神細聽。克利斯朵夫坐在麪粉師旁的陰暗中，輕輕的拉着孩子的頭髮，望着薩皮納的笑容。她知道他在望她。他知道她在向他微笑。整個晚上他們可沒有機會互相講一句話，互相正視一眼：也絕對沒有這種願欲。

* * * * * *

晚上他們很早就分手睡去了。兩人的臥房是貼鄰，裏面有門相通。克利斯朵夫機械地察得那扇門在薩皮納一邊是上了鎖的。他上牀竭力想睡。雨點打在窗上，風在烟突裏呼呼的叫。樓上有一扇門咿咿啞啞的碰着。一株被大風吹倒的白楊在窗前簌簌作響。克利斯朵夫的眼睛闔不攏來。他想到住在她旁邊，在同一的屋頂之下，祇隔着一堵壁，在牀上坐起，他隔牆低低呼喚她，和她說了溫柔的熱情的話。髣髴聽見可愛的聲音在回答他，說着和他一樣的話，輕輕地呼喚他；他不知是不是他自己在問答，或真是她在說話。在較高的一聲呼喚之下，他忍不住了；便一跳下牀，暗中摸索着走近門邊；他不想去打開它，以為它鎖着而很定心。但當他重新觸到門鈕時，發覺門已開了……

他怔了一怔，輕輕地重新關上，又重新推開，又重新關上。剛纔門不是關上的麼？是的，他明明看到是關的。那麼是誰打開的呢？……他的心突突的跳，幾乎窒息，靠在牀上，坐下來呼一呼氣。情欲把他困住了，使他失去了官能的運用，絲毫不能動彈；只是全身打戰。幾個月來希冀着的這種無名的歡樂，此刻擺在他眼前，甚麼阻礙都沒有了時，他反而駭怕起來。這激烈的，為愛情控制的少年，對着這一朝實現的欲望突然覺得驚怖厭惡。他為之害羞，為他所欲做的行為而害羞。他太愛了，不敢去享受他的愛，倒反覺得害怕：無論如何，他想用種種方法避免自己快樂。愛情啊愛情，難道定要作踐他的所愛纔能換得麼？……

他回到門旁；愛情與恐懼使他渾身發抖，手握着門鈕，沒有推開的決心。

門的那邊，赤裸的腳踏在地磚上，冷得發抖，薩皮納也站着了。

這樣，他們遲疑着……多少時間呢？幾分鐘？幾點鐘？……他們不知道他們都站着；但他們又都知道。他們彼此伸着手臂，——他呢，被那麼強烈的愛情抑壓到沒有勇氣進去，——她卻呼喚他，等待他，可又怕他眞的進去……而當他決意進去時，她剛好決意下鍵。

於是他自以爲發瘋了。他盡力把門推着，嘴巴緊貼在鎖眼上哀求道：

——開開罷！

他輕輕的呼喚薩皮納；她連他氣喘的呼吸都可聽到。她停住在門旁，不能動彈，渾身冰冷，牙齒格格作響，既沒有力氣開門，也沒有力氣退回到牀上……

狂風繼續吹打着樹木，把屋裏的門碰得震天價響……他們各自回到牀上，拖着疲累的身子，心裏充滿着苦悶。雄雞唱出微啞的聲音。黎明時最初的光芒在滿佈水霧的窗上顯露淒慘黯澹的黎明，沈沒在繼續不斷的雨水裏……

克利斯朵夫等到能夠起身時便立刻起身，走到廚房裏和人們閒談。他急於動身，唯恐和薩皮納單獨相對。主婦來說薩皮納不舒服，昨天散步時受了涼，今天不能動身時，他幾乎覺得快慰了。

歸途很凄涼，他拒絕坐車，獨自走回去，田裏很溼，黃黃的霧籠罩着大地、樹木與屋舍。如天色一般，生命彷彿熄滅了。一切像幽靈似的。他自己也像一個幽靈。

* * * * * *

他看見家裏個個人的臉上含着怒氣。他和薩皮納在外面過夜，天知道在哪裏：大家爲了這件醜事非常憤慨。他關在房裏從事工作。明天薩皮納回來，也藏着不露面。他們都提防着，不使彼此相見。天氣老是陰霾不散，冷雨不止：兩個人全沒有出門。他們在關着的玻璨窗中互相窺望。薩皮納蜷縮着蹲在火旁幻想。克利斯朵夫埋頭在紙堆中。他們在兩窗之間冷冷地行禮，不明白心裏究竟有什麼感覺。彼此恨着，恨着自己，恨着一切。農莊裏的一夜已經不在他們心上：他們想到就臉紅，可不知臉紅是爲了他們的情欲還是爲了沒有向情欲低頭；但兩人暗中一致同意，深藏在臥室裏使彼此完全相忘。但這是不可能的，他們爲了這暗中的仇恨而痛苦。克利斯朵夫有一次在薩皮納冰冷的臉上看出有一種幽密的懷恨，心中便永遠被這印象糾纏着。她爲了這些思念亦一樣的難過；她想驅除它們，否認它們，只是枉然：她沒有法子擺脫。其中更加上因爲被克利斯朵夫猜到她的心思而羞愧……自己去遷就他而始終沒有委身於他的羞愧。

克利斯朵夫被人邀請到科侖與杜賽道夫兩地去舉行幾次演奏會，他馬上接受了。他很樂意離家到外邊去耽擱二三星期。這些音樂會的準備，和想在那時演奏的新曲的製作，把他全部的心思都佔了去，竟然忘掉了那些難堪的回憶。他在薩皮納心目中的形象亦漸漸消滅了，她重復過着照常的迷迷糊糊的生活。他們甚至到了可以彼此想起而毫不動心的田地。他們曾經眞的相愛過麼？他們不禁懷疑起來。克利斯朵夫幾乎想不和薩皮納告辭，逕向科侖出發。

動身的前日，不知什麼因素使他們接近了。這是大家出門的一個星期日的下午。克利斯朵夫爲摒擋行裝的事情也出去了。薩皮納坐在小花園裏，在夕陽中取暖。克利斯朵夫匆匆忙忙的回到家裏，瞥見她時行了一個禮就想走過了。但這時不知什麼東西把他留住了：由於薩皮納蒼白的臉色呢或是甚麼不可捉摸的情操：悔恨，恐懼，溫情？……他停住腳步，回過來靠在籬垣上和她說了一聲晚安。她一言不答，逕自把手伸給他。她的笑容充滿着好意，——這是他從未見過的好意哩。她的態度似乎說：『我們講和罷……』他在籬垣上面握住她的手親吻。她並不縮回去。他眞想撲在他的腳下和她說：『我愛您』……他們默默相視，可一句話也不加說明。過了一會，她縮回手，把頭轉向別處。他也旋轉身去，遮掩心中的慌亂。隨後，他們重新相視，眼神又變得清明了。落日正在西沈。晚霞在明淨寒冷的天空幻出橙黃青紫的顏色。她用着慣有的姿勢，瑟索地把圍巾在肩上裹一裹緊。

他問道：

——您好麼？

她撅一撅嘴，好像這句話不值得回答似的。他們繼續相視，非常快樂。他覺得他們髣髴在失散過後重新相聚……

終於他打破了沈默，說道：

——我明天走了。

薩皮納怔了一怔：

——您走？

他急忙聲明道：

——呋！不過是兩三星期罷了。

——兩三星期！她喫驚的說。

他說明他出去演奏，但這次回來之後，便整個冬天不到別處去了。

——冬天，她說，還遠得很……

——不，他說，那是不久就要來到的。

她眼望別處，搖搖頭。停了一會又道：

——我們幾時再能相見？

他不懂這問句：他不是早已回答了麼？

——當我回來之後就可相見：十五天，至多二十天。

她仍是顯出驚惶的神氣。他試着打趣她道：

——時間不會長久的。您可以睡覺。

——是的，薩皮納說。

她勉強微笑，但嘴唇顫抖着。

——克利斯朵夫！……她突然向他站起來說。

在她的聲音之中有一種極悲哀的音調好像是說：

——留着罷！不要走啊！……

他握着她的手，望着她，不懂她爲何把這半月的旅行如此重視；但他只要她說出一句要求他不走的話就可告訴她：

——好，我不走……

正當她要說話的時候，臨街的門開了，洛莎回來了。薩皮納灑脫了克利斯朵夫的手，急忙回進家裏。在門口，她又回頭望了他一下，——便不見了。

* * * * *

克利斯朵夫想在晚上再和她相見，但伏奇爾一家人監視着他，他的母親跟着他，又是照例慢吞吞不曾把行李預備妥當，他找不到一刻功夫溜出去。

明天，他清早就動身了。走過薩皮納屋子前面時，他很想進去，敲她的窗子：沒有和她告別而離開她是很難過的；——因爲隔天正當要作別的辰光被洛莎來阻斷了。但他想她還睡着，驚醒她是一定要使她不快的。而且即使見了面又和她說什麽呢？要不去，此刻也嫌太晚了；但若她竟要求他不去呢？……最後，他模模糊糊的感到試試自己對她的魔力，——必要時甚至叫她痛苦一番……也是有意思的。他並不把叫薩皮納感到的別離的痛苦如何當眞；祇想這短期的暌隔還可增加她對他（說不定是對的）的溫情哩。

他奔往車站。無論如何他總覺有些內疚。但車子一動，全都忘記了。胸中充滿着青春之氣，城中的屋頂和鐘樓在朝陽裏映成悅目的薔薇色，他欣然和它們作別，又用着出門人無罣無慮的心思對着一切留着的人告辭之後便把他們丟開了。

所有他勾留科侖與杜賽道夫的時期，他腦經裏一天也不曾轉到薩皮納。自朝至暮忙着預奏會和音樂會，公宴和談話，心思都化在新的見聞上面，人家對他的恭維與歡迎使他非常得意，簡直沒有功夫回憶到她。只有一次，在他動身後第五夜，他突然從惡夢中驚醒，發覺自己在睡夢中想着她，而他是被這個念頭驚醒的；但他記不起怎樣的想到她。他又是悲苦又是騷亂。這是不足爲奇的：晚上他在音樂會中表演，散會後又被人家拉去用晚餐，喝了幾杯香檳酒。因爲睡不着覺便起來了。一縷樂思在他腦中縈繞。他自以爲睡眠不安是爲了這個緣故，他把那段樂思寫了下來。當他重讀一遍時，覺得其中含有悲哀悽愴的情調，不禁詫異起來。在寫作時他並不哀傷啊：至少他覺得如此。但他記起有幾次他眞的悲哀時，卻只能寫出歡樂的音樂而非常難堪。因此，這時的寫出悲哀的樂曲也並不使他如何顧慮。這內心世界的矛盾，他雖然不明白，但已習慣了。隨後他又立卽睡熟。明天早上，一切都忘了。

他的旅行時期延長了三四天。那是爲好玩起計而延長的，因爲他明知只要自己願意，便可立卽回來：可是他並不急急於此。直到上了歸途的車廂，薩皮納的印象方纔重新在他腦中浮現。他不曾寫信給她。他是那樣的無罣無慮，連向郵局問問有沒有別人寄給他的信也懶得去。他覺得這種杳無音信的態度非常快意，他知道那邊有人等他，有人愛他……有人愛他？她可從未向他這麼說過，他亦從未向她這麼說過。無疑的，他們都心照不宣。可是最有意思的豈非披瀝肝膽所給予人的保證麼?爲何他們要等到那麼久纔開口呢?當他們正要說出什麼知心貼己的話時，永遠有一件偶然的事故，一種阻礙把說話擋住了。爲什麼呢?爲什麼呢?他們錯過了多少時間!……他滿心焦灼的期望聽到可愛的字句從心愛的人口中吐出。他滿心焦灼的要說出來，要在這閑無一人的車廂裏高聲說出來。他離家愈近愈煩躁不耐，愈苦悶，愈傷感……快些罷!快些罷!呋!一小時之內他將重新見到她了!

* * * * * *

他回到家裏時正是早上六點半。一個人還沒有起來。薩皮納的窗子緊閉着。他躡足走過院子，不使她聽見。他想出其不意的叫她發見他的回來，他笑了。上得樓來，母親還睡着。他不聲不響的洗了臉；肚子很餓，但恐到食櫥裏尋找東西時要驚醒母親。他聽見院子裏有腳聲，便輕輕地打開窗子，看見照例最先起牀的洛莎在掃地。他低聲呼喚她。她瞥見之下，做了一個又驚又喜的動作，隨後卻又扳起嚴肅的臉。他想她還在恨他；但他興致很好，便下樓走到她身旁。

——洛莎，洛莎，他高高興興的說，給我些東西喫，不然就得把你吞下!我餓死了!

洛涉微笑着，領他到樓下的廚房裏。一邊替他倒一碗牛奶，一邊不由得對他的旅行和音樂會提出一大串的問話。但雖然他很樂意回答，——（因爲歸來了覺得異常快活，幾乎聽到洛涉的絮聒也是歡喜的了，）——洛涉卻在問話中間突然停住，挂着臉，眼睛轉向別處，好似想心事的神氣。隨後又重新嘮叨起來；但她似乎埋怨自己的多嘴，又突然停住了。終於他詫怪了，問道：

——你心裏究竟想些甚麼啊，洛涉？你對我生氣麼？

她用力搖搖頭，表示否認；旋過身來向着他，依着她慣有的突兀的舉動，蓦地兩手抓住了他的胳膊：

——呋！克利斯朵夫！她說。

他喫了一驚，把手裏的麪包掉在地下。

——什麼！有什麼事？

她又道：

——呋！克利斯朵夫！……出了一件那樣的禍事！……

他把桌子一推，嗫嚅着說：

——這裏？

她指着院子那邊的房子。

他嚷道：

——薩皮納！

洛莎哭道：

——她死了。

克利斯朵夫甚麼都看不見了。他站起來，覺得要跌下，急忙撲住桌子，把桌上的東西都倒下了，他想叫喊。他感着劇烈的痛苦，嘔吐了。

驚惶的洛莎趕緊上前，捧住他的頭，哭了。

他喘過氣來能夠開口時就說：

——這決不是眞的！

他明知是眞的，但他要否認，要已經發生的事情不會發生。當他見到洛沙淚流滿頰的臉龐時，他知道那是千眞萬確，不容懷疑的了，便嗚咽痛哭起來。

洛沙擡起他的頭說道：

——克利斯朵夫！

他躺在桌上遮着臉。她俯向着他說：

——克利斯朵夫！……媽媽來了！……

克利斯朵夫站起來：

——不，不，他說，我不願她看見我。

她牽着他的手；他搖幌不定，眼睛滿着淚水，看不出了，讓她一直領到臨着院子的一間柴房裏。她關上了門，完全漆黑。他暗中碰到一顆用來劈柴的樹根，便坐下，她坐在柴堆上。外面的聲音傳到這裏是微弱了；他在裏面也可大聲叫嚷，不怕外邊聽到了。他盡量的嚎啕大哭。洛沙從沒看見他哭過，也想不到他會哭；她只知道小姑娘會流淚，這男人的絕望可使她又驚駭又哀憐了。她對克利斯朵夫抱着一腔熱愛。這愛情中間可全無自私的成分：只是一種爲他犧牲的需要，爲他受苦、代他受罪的渴望。她如慈母般用手臂圍繞着他：

——親愛的克利斯朵夫，她說，不要哭！

克利斯朵夫旋轉身去答道：

——我情願死！

洛莎合着手：

——不要說這種話，克利斯朵夫！

——我情願死。我活不下去了……我活不下去了……活着有什麼意思？

——克利斯朵夫，我的小克利斯朵夫！你不是一個人。還有人愛你……

——這於我有什麼相干？我甚麼都不愛了。其餘的儘管死也好活也好。我甚麼都不愛，我只愛她，只愛她！

他哭得更傷心了，把頭埋在手裏。洛莎再沒有什麼可說了。克利斯朵夫自私的熱情使她心如刀割。在她以爲和他最接近的時候卻感到自己更孤獨更可憐。痛苦非但不曾使他們接近，反把他們分隔更遠了。她悲苦地哭着。

過了一回，克利斯朵夫停住哭泣問道：

——可是怎麽的？怎麽的？……

洛莎懂得了：

——你走的那晚，她染着流行性感冒，便從此一病不起……

他嗚咽道：

——天哪！……爲何人家不寫信給我呢？

她說：

——我寫的，但不知你的通信處，你不曾告訴我們。我到戲院裏去問過，也沒有人知道。

他知道她是怕羞的，這樁舉動一定很難爲了她。他又問：

——是不是……是不是她教你寫的？

她搖搖頭

——不。但我想……

他眼睛裏表示感激她的情緒。洛莎的心融化了。

——我可憐的……可憐的克利斯朵夫！

她流着淚跳上他的頸項。克利斯朵夫感到這純潔的感情的價值。他多麼需要慰藉！便擁抱她：

——你眞好，他說，那麼你愛她麼，你？

她掙脫了身子，向他熱情地望了一眼，不答一語的哭了。

這一瞥於他不啻一道光明，它的意思是說：

——我所愛的並不是她……

克利斯朵夫幾個月來一向不看見不願看見的情操，終於看到了。他看到她愛他。

——噓！有人喊我了。

他們聽見阿瑪利亞的聲音。

洛涉問道：

——你願意回到你家裏去麼？

——不，他說，我還不能，不能和母親談話……等一忽……

——那麼留在此地，她說，我去去就來。

他留在黝暗的柴房裏，只有從結着蜘蛛網的風洞裏透進一些日光。在此可以聽到街上一個賣菜婦人的叫嚷；一匹馬在隔壁馬房裏咕嚕作響，馬蹄踢在牆上。克利斯朵夫對於這些發見絲毫不感興趣，只使他分心了一會。他從前不明白的事，如今統統明白了。從來不加注意的無數的小事情都回想起來，顯得簡單明瞭。他覺得會想到這些很是可怪，又覺得自己會把苦難丟開幾分鐘很不應該。然而這苦難是那麼慘痛，以至他的比愛情更強烈的生存本能強迫他旋轉眼光，望新的念頭上想，宛似一個溺在水裏的絕望的人，不由自主地望着第一件遇到的，能夠支持他留在水面上的東西抓住。並且因爲他受苦，方始覺得別一個女子也在受苦，——被他磨難。他懂得他剛纔使她流的眼淚，他哀憐洛涉。他想起他從前對她何等殘忍，——將來還是要殘忍。因爲他不愛她。她愛他有什麼用呢？可憐的小姑娘！……他白白裏對自己說她是溫良的（她剛纔已在他面前表露了。）她的溫良與他有什麼相干？她的生命與他又有什麼相干？……他想道：

——爲什麼她倒不死而死了那一個呢？

他又想：

——她活着，她愛我，她這種心思今天可和我說，明天也可和我說，終身可以和我說；——可是另外一個，我唯一愛着的一個，她可不和我說出她愛我就死了，我也沒有和她說我愛她，我永遠不能聽她說的了，她也永遠不能知道的了……

最後一晚的情景又在心頭浮起：他記得他們正要說話時被洛涉來衝散了。於是他恨洛涉。柴門開了。洛涉低聲喚着克利斯朵夫，暗中摸索着找他。她抓着他的手。他觸到她的手覺得有種敵意：他埋怨自己也是無用，這是不由自主的。

洛涉緘默着。她的深刻的同情把她教會了靜默。她不用無聊的說話來擾亂他的哀戚，那是克利斯朵夫很滿意的。可是他想知道……唯有和她纔能講起她。他低聲問道：

——她幾時？……

（他不敢說……死的）

她答道：

——到上星期六剛好八天。

一件往事在他腦海裏閃過。他說：

——在夜裏？

洛涉詫異地望着他說：

——是的，在夜裏，兩點和三點之間。

淒涼的曲調又在他心中響亮起來。

他戰抖着問：

——她有沒有受到劇烈的痛楚？

——不，不，靠老天的恩，親愛的克利斯朵夫，她差不多沒有痛苦，她是那樣的衰弱！她一些沒有撐持。我們眼見她一下子就完了。

——可是她，她自己有沒有覺得？

——我不知道。我相信……

——她有沒有說什麼話？

——不，一句也不。她像小孩子般叫苦。

——你在場麼？

——是的，開始二天，在她哥哥未到之前，我一個人在那邊。

他感激之餘，緊緊握着她的手。

——多謝你。

她覺得自己的血望心裏倒流。

靜默了一會，他吞吞吐吐地說出他念念不忘的問句。

——她沒有給我的……給我的遺言麼？

她悲哀地搖搖頭。要是她能夠說出他期待中的答語，她眞是什麼都肯犧牲；她埋怨自己不會撒謊，但仍試着安慰他：

——她失去了知覺。

——她說話麼？

——我們不大聽得懂。她講得極輕。

——女孩子到哪裏去了呢？

——哥哥帶着她到鄉間去了。

——她呢？

——她也在那邊。上星期一，她從這裏出發。

他們重新哭泣。

伏奇爾夫人的聲音又在呼喚洛莎了。重新變得孤獨的克利斯朵夫重新喚引起那些死者的日子。八天！八天已經八天了……吠！老天！她變成了什麼呢？這星期中地上哭得多傷心！……而他，這時間卻在笑卻在快活。

他覺得袋裏有個紙綑包的小包：這是他買的一副鞋子上的銀扣子預備送她的。他記起他的手放在她脫着鞋子的腳上的那晚。她纖小的腳如今在哪裏？定是多麼冷啊！……他又想這溫暖的接觸是他所有對於這心愛的肉體的唯一的回憶。她永遠不敢觸到她的肉體，把它抱在懷裏。而今她去了，他卻完全不曾認識她。關於她，他一無所知，靈肉雙方都是茫然。她的外形，她的一生，她的愛情，他沒有絲毫紀念可尋……她的愛情麼？……他有什麼證據呢？沒有一封信，沒有一件遺物——甚麼也沒有。除了他自己的心以外，到哪裏去抓握，去尋到這證據？……呋！虛無啊！她所遺下的唯有他對她的愛，換言之，所遺留的只有他自己……——雖然如此，他拼命想把她從毀滅中搶奪下來，想否認死，這種願望使他在激昂的虔信的衝動中，緊緊抓握着最後的殘灰餘燼：

「……我不曾死，我只改換了住處；
我在你心中常住，你這見到我而哭泣着的人。

被愛者化身爲愛人的靈魂。」

他從沒讀到這幾句至高無上的名言；但它們的確藏在他的心底。每個人要輪着去登上千古常存的加爾凡閣（救係基督受刑之地）。每個人要遇到千古不滅的痛苦與絕望。每個人要踏上抗拒過死、否認過死、而終於不得不死的人的步子。

*　　*　　*　　*　　*　　*

他幽閉在家裏，整天關着護窗，免得看見對面屋上的窗子。他和伏奇爾一家避不見面：只覺得他們萬分可厭。實在他定無可以責備他們的地方：這些人生性如是忠厚如是虔敬，不能隱藏他們對於死者的情操。他們知道克利斯朵夫的痛苦，雖然不免有種種感想，但仍尊重他的痛苦；他們留神着，在他面前絕對不提薩皮納的名字。但在她生前他們是她的敵人，即此一點已足使他在此薩皮納物故之後和他們作對了。

再加他們叫囂吵鬧的習慣絲毫不曾改變；雖然他們感到一時的眞誠的憐憫，究竟這件禍事並未打動他們的心——（這也是天然的，不足爲怪）——或許他們還暗中覺得擺脫了一重障礙。至少克利斯朵夫是這樣猜想。當此伏奇爾一家對他的用意在他眼前顯得明明白白的時光，他更容易把他們的心思加以誇張。實際上他們也並不如何屬意於他，只是他自以爲如何了不得罷了。但他確信薩皮納的死既然爲伏奇爾們的計劃去掉一重障礙，他們一定相信洛莎會有希望了。因此，他也厭惡洛莎。祇要人家——（伏奇爾一家和魯意莎，連洛莎在內）——用手段來支配他，他就會在無論何種情勢中和人家硬要他愛的人隔離得更遠。每當人家似乎干涉到他的憂鬱的僻性時，他就生氣。這可不單是他一個人的事情。人家自以爲對他有支配之權這種心思，不但是侵犯了他個人的權利，且更冒犯了他一心相許的死者的權利。所以雖然實際並沒人攻擊，他也頑強地保衛這些權利。洛莎因爲看他痛苦而很難過，時常來敲他的門，安慰他，和他講起死者。他懷疑洛莎這種好意，可並不拒絕：他需要和認識過薩皮納的人談談薩皮納；也想知道她病中一切細小的事情。然而他並不因此感激洛莎，認爲她的善心是有作用的。他豈非看到她一家，連阿瑪利亞在內，都允許這些長時間的談話麼？要是阿瑪利亞在其中並無好處的話是決不會答應的。洛莎是不是和他們有默契的？他不能相信她的同情是完全真誠而沒有私心的。

當然她不能毫無私心。洛莎的哀憐克利斯朵夫是真的；她努力想用克利斯朵夫的眼光來看待薩皮納，因了克利斯朵夫的緣故而愛薩皮納；她嚴厲地責備自己不該對死者懷着不好的情操，甚至在晚上的禱告中祈求薩皮納的寬恕。但她，她是活着，一天中時時刻刻都看到克利斯朵夫，她愛着他，不用再畏懼別一個，這別一個是消滅了，卽是她的印象也會有消滅的一天，而她或者有成爲他唯一的……一天……這些念頭，洛莎能夠忘懷麼？她能不能在痛苦之中把她的朋友的痛苦抑捺下去，能不能把自己心中的非分的希望和快樂抑捺下去？她隨卽責備自己。這種念頭不過如電光般一閃罷了。但已夠了。克利斯朵夫已經瞥見了。他對她目光一射，使她一直冷到心裏；她覺察他的仇恨的心思；薩皮納旣然死了，她爲何仍舊活着？他恨她這一點。

麪粉師用車子來搬取薩皮納的用具。克利斯朵夫教課回來，看見門前街上堆着一張牀、一口櫥、被褥、衣裳，她所有的所遺下的一切。這種景象使他非常憎厭。他急急忙忙走過去。在門框下他撞見了貝爾多把他攔住了：

——啊！親愛的先生，他興奮地握着克利斯朵夫的手說，唉！我們那天在一塊的時候誰想得到！但的確是從那天起從那次該咒的遊河起她得了病的。總之！怨歎也是無用！她死了。之後，將輪到我們。這便是人生……您，您身體怎樣？我麼？謝謝老天！很好。

他滿面通紅，流着汗，噴出一股酒氣。想到他是她的哥哥，對於死者過去的事情有種種權利，克利斯朵夫便不高興了。麪粉師卻因爲遇到一個朋友能夠和他談起薩皮納而滿心歡喜；他不懂爲何克利斯朵夫這樣的冷淡。他的出現，他的突然提到農莊中一天的情景，直捷了當的提起往事，他一邊講一邊用腳踢着薩皮納的可憐的遺物，都引起克利斯朵夫心裏的難過，這是麪粉師所萬萬想不到的。只要他口中提到薩皮納的名字已使克利斯朵夫心爲之碎。他想借端叫貝爾多住口，便踏上樓梯，但麪粉師依舊纏住他，在踏步上擋住他，繼續絮絮不休。貝爾多又像一切鄉下人般，興高彩烈的歡喜談講病情，細微末節都描摹盡致：克利斯朵夫可再也忍不住了：（他硬撐着使自己不致痛苦地叫喊出來。）他老實不客氣地打斷了貝爾多的話頭，冷冷的說道：

——對不起，我還有些事情，必得走了。

他走了，連告辭的說話都沒有。

這種冷酷無情的舉動使麪粉師大爲氣憤。他也猜到他的妹子和克利斯朵夫暗中相戀的情形。而克利斯朵夫竟表示這樣的不關痛癢，眞叫他覺得不近人情，有如魔怪一般：他認爲克利斯朵夫毫無心肝。

克利斯朵夫逃到房裏幾乎窒息。在搬場的時間，他再也不出門了。他發誓不從窗裏張望，但總是禁不住；他躲在一角，掩在窗帘後面，瞧着愛人的零星衣服一齊搬走了。那時候，他眞想跑到街上喊道：『不！不！給我留下罷！不要把它們帶走啊！』他想懇求人家至少留給他一件東西，只要一件東西，不要全部拿去。但他怎敢向麪粉師要求呢？他在她的哥哥面前是毫無地位的。他的愛情她本人都沒有知道：他怎麼敢向別人宣佈呢？而且即使他開口，只要說出一個字就會使他嚎啕大哭呢……不，不，應當緘默，應當坐視這整個的消滅而不能在淹溺的東西中搶救一絲一毫……

等到一切都完了，整個屋子搬空了，車馬出入的大門關上，車輪慢慢地輾遠，把玻璃震動作響，所有的聲音都靜下之後，他撲在地下，一滴眼淚都沒有，難過與掙扎的念頭都沒有，只是全身冰冷，像死去一樣。

有人打門了，他仍是不動。門又敲了一下。他忘記把門鎖上：洛涉進來了。她看見他躺在地下時，驚叫了一聲，嚇得停住了腳。克利斯朵夫憤憤地擡起頭來說：

——什麼？你要什麼？讓我一個人！

她卻不走，遲疑着靠在門上，嘴裏再三的說：

——克利斯朵夫！……

他一聲不響爬起來；覺得被她看見這種情形很是慚愧。他撲着身上的灰塵，狠狠的問道：

——哦，你要什麼？

洛涉畏縮地說：

——對不起……克利斯朵夫……我進來……我替你拿……

他看見她手裏拿着一件東西。

——瞧，她授給他說。我向貝爾多討了她的一件紀念品。我想這會使你歡喜……

那是一面鑲銀的小鏡子，手袋裏用的，她生前並非爲了賣弄風情而是因懶散無事之故幾小時的照着的鏡子。克利斯朵夫把它一把抓了，也一把抓着伸給他的手：

——呋！萊齊！……（按萊齊係洛莎二字之轉音表示親暱的稱呼）

他被她的好意和他自己的不公平深深地感動了。熱情衝動之下，他跪在她面前吻着她的手：

——原諒我……原諒我……他說。

洛莎先是不懂；隨後卻是太懂了；她臉頰一紅，哭了出來。她懂得他的意思是說：

『原諒我要是我不公平……原諒我，要是我不愛你……原諒我，要是我不能……不能愛你，要是我永遠不愛你！……』

她並不把手縮回來：她知道他所親吻的並非她的手。他呢，面頰偎着洛莎的手，熱淚交流，知道她窺見了他的心事：他因爲自己不能愛她使她難過而十分悲苦。

兩人便這樣的在黝暗的室中嗚咽對泣。

終於她灑脫了手。他繼續喃喃地說：

——原諒我！……

她溫柔地把手放在他的頭上。他站起來。兩人在靜默中擁抱，舌尖上覺得有些淚水的辛酸味。

——我們將永爲朋友，他輕輕地說。

她點點頭跑了，心中酸楚到不能說話了。

他們都想世界構造得不好。愛人的不被愛。被愛的不愛人。愛而被愛的又遲早有分離的一天……自己痛苦之外還要令別人痛苦。但最不幸的倒並非一定是痛苦的人。

*　*　*　*　*　*

克利斯朵夫又逃開他的家了。他在家裏存身不住。他不能看對面沒有窗帘的窗，空無一人的房子。

還有更難受的呢。老于萊急急把下層的房子重新出租。有一天，克利斯朵夫看見薩皮納的房裏有些陌生面孔。那些新的生命，把逝去的生命的最後的遺跡也抹去了。

他簡直不能留在家裏了，整天蕩在外邊，直到夜晚，甚麼都看不見時纔回來。他又像從前那般望鄉間亂跑，不知不覺總走到貝爾多的農莊上。但他不進去，不敢走近，只在遠遠裏繞圈子。他在山崗上發見了一個地點，正好臨着農莊、平原、與河流：這便成爲他每日散步的目的地。由此，他的目光跟着紆曲的河流望去，直到柳樹蔭下，在那邊，他曾在薩皮納的臉上見到死神的影子。由此，他辨識出他們倆宿過一宵的房間的窗戶，在那邊，兩人終夜不曾闔眼，雖然比鄰而居，可是咫尺天涯，被一扇門分隔着，——永恆的門啊。由此，他得以俯瞰公墓。他躊躇着不敢進去：從小他厭惡這些霉腐的地方，從來不願把愛人的形象看作和它相關的。但從高處遠處看，這座亡人的小園並無陰森的氣象，很清靜，在陽光下睡着……睡！……她是愛睡的啊！……這裏甚麼也不來驚擾她了。田野裏雞聲相應。農莊裏傳來磨子的隆隆聲，雞塒中的聒噪聲，孩子嬉戲的呼號聲。她瞥見薩皮納的小姑娘，笑聲隱約可辨。有一次，在靠近農莊的進門之處，他躲在牆四周隱僻的小路上；等她跑過時把她攔住了狂暴地親吻。小女孩駭哭了。她差不多已經把他忘掉。他問她：

——你在這裏快活麼？

——是的，我玩……

——你不願回去麽？

——不！

他放她去了。孩子的無關心使他很悲哀。可憐的薩皮納！……但這的確是她，有些是她……雖然那麽少！孩子不像母親；她只在母腹中經過，但在這神祕的勾留期中，孩子只保留着母親的極輕淡的香味，如聲音的振動，口唇上極小的皺痕，腦袋微微側着的神氣。其餘的部分是別一個人的遺跡；而這個和薩皮納混合過的人使克利斯朵夫非常憎厭，雖然他心裏並沒明白承認。

克利斯朵夫祇有在自己心中纔能重新找到薩皮納。她到處跟踪着他；但只有在他獨自一人的時光，方始眞正覺得和她在一起。無論哪裏，都不及在此幽居靜思之所的和她接近：在高崗上，遠離着別人的目光，在這充滿着她的回憶的地方。他走着十幾里路到這裏，一邊奔跑一邊心跳的爬上來，宛似赴什麽約會一般：的確，這可以算得一個約會。他一到便躺在地下，——這塊曾經她的身體躺過的地；——他閉上眼睛，就被她的印象完全包圍了。他不見她的面貌，不聞她的聲音：他不需這一切；她進到他的內心，她抓住了他，他也佔有了她。在此熱情憧憬之時，除了和她同在以外一無其他的知覺。

這種境界也並不持久。——實在說來，他只有一次是自然而然地感到這境界的。以後就不免含有強求的成分。雖然克利斯朵夫努力使其再現，也是枉然。到了這種時候，他方想起把薩皮納的眞切的形貌喚引起來；以前他是沒有這個念頭的。他在閃電般短暫的時間內居然成功了，覺得眼前一亮。但這直要幾小時的與整夜的等待方能得到。

——可憐的薩皮納！他想道。他們都把你忘掉了，唯有我愛着你，永遠紀念着你，吠！我的寶貝！我占有你了，抓住你了，不放你逃掉的了！……

他這樣的說，因爲她已經逃掉了：她在他的思想裏隱去，好似水在手裏溜走。他老是回到這裏來赴這約會。他要想念她，便閉上眼睛。半小時，一小時，甚至兩小時以後，他發覺自己一無所思。山谷裏的聲響，閘口下面的潺潺的水聲，在山崗上嚙草的兩頭羚羊的鈴聲，在他頭上的小樹間的風聲，一切都透入他鬆軟的思想裏好似浸透一塊海綿那樣。他對着自己的思想發氣，強迫它服從他的意志，釘住在那已經消失的形象上面；但他的思念痛苦疲乏之後，寬慰地嘆着氣，重又受着外界種匕相形聲的催眠了。

他想驅散他朦朧恍惚的境界，望田野裏亂跑，去尋訪薩皮納的印象。他到鏡子裏去尋找，那是她的笑容曾經在其中映現過的。他到河邊去尋找，那是她的手曾經在水中浸過的。但鏡子與水所反射出來的只是他自己的影子。走路的刺激，清新的空氣，奔騰活躍的熱血，喚醒了他心中的音樂。他想既然找不到她，即把這縷樂思來聊以自慰罷：

——呋薩皮納！……他嘆道。

他把這些歌曲題贈給她，努力把他的愛情與苦惱寄託在裏面……一切都是徒然：愛情與苦惱固然重現了，但全沒有薩皮納的名分。克利斯朵夫簡直無法抵抗他的青春。生命的元氣又挾着新的威勢在他胸中迸發了。他的悲戚，他的悔恨，他的貞潔的沸騰的愛情，他的隱晦的肉欲，激起他的熱狂來了雖然懷着哀痛，他的心卻奏起輕快激昂的節拍；興奮的歌曲按着如醉如狂的韻律響亮起來；一切都在慶祝生命，即悲哀本身也帶着祝賀的性質。克利斯朵夫生性坦白，不能長此自欺，以爲眞的在懷念愛人；於是他鄙視自己。但生命在鼓動他；心靈滿着死氣而肉體滿着生氣，他悲哀地聽任他再生的精力和求生的盲目的狂潮把他擺佈；痛苦、憐憫、絕望，無可補救的損失的創傷，一切關於死的苦悶，無異是猛烈的鞭撻把強者的求生力刺激得更加旺盛。

克利斯朵夫也知道在他心靈深處，有一所不受攻擊的隱祕的地方，牢固地保存着薩皮納的影子。那是生命的狂流無法衝掉的。每個人的心底，都有一座埋藏愛人的墳墓。他們在其中成年累月的睡着，甚麼也不來驚醒他們。但終有一天，——我們知道，——地窖會重新打開。死者將從墳墓裏出來，褪色的口脣會向愛人嫣然微笑；他們的前塵往事原來潛伏在愛人胸中，有如兒童躺在母腹裏一樣。

第三部 图录

多雨的夏季過後，接着是晴朗的秋天。果園裏，各種果實在樹枝上累累排滿。紅的蘋果如象牙球般發光。有些樹木老早已經蒙上晚秋的葉子；如火如荼的顏色，果實的顏色，熟透的甜瓜的顏色，橘子與檸檬的顏色，美味的烹調物的顏色，燻肉的顏色。林中到處是褐色的光彩；透明的野花在草地裏好似點點的火焰。

一個星期日的下午，他在一座山坡上走下來。他大踏步的走着，因爲下坡，幾乎是連奔帶跑的了。他口裏哼着一句曲調，在散步開始時就有這句的節拍在他耳中盤旋。滿面通紅，袒開着衣服，他一邊走一邊揮舞手臂，眼睛骨碌碌的亂轉如瘋子一般，在路上拐灣的地方，他忽然撞見一個高大的黃髮女郎，騎在一堵牆上，用力拉着一根粗大的椏枝，摘着紫色的棗實狠吞虎嚥。他們倆一見之下都怔住了。她塞了一嘴的東西，失神地對他望了一會，笑了。他也跟着笑了。她的樣子令人見了好玩。圓圓的臉嵌在蜷曲的黃髮中間，粉紅色的面頰很飽滿，一雙大眼睛是碧藍的，微嫌太大的鼻子，鼻尖朝上仰着，嘴巴又小又紅，露出一副雪白的牙齒，堅固的犬齒望前突出着，下顎肥碩，還有她又大又胖，精壯結實的身體，都很有趣。他對她喊道：

——祝頌您好胃口！

隨後他想繼續趕他的路。但她喊住他說：

——先生！先生！請您發發慈悲幫我下來。我不能……

他回來了，問她怎樣上去的。

——用我的手腳囉，……上來總是容易的。……

——尤其在頭上挂着開胃的果子的時候。……

——是啊……但喫過之後，勇氣沒有了。再也找不到路了。

他看着她吊在高頭，說道：

——這樣您很舒服。安安寧寧的留在這裏罷。我明天再來看您。再會！

但他身子並不動，只顧站在她下面。

她裝做害怕的神氣，嬌態可掬地哀求他不要把她丢下。他們彼此望着笑起來了。她指着她抓住的椏枝問道：

——您要不要？

克利斯朵夫自從和奧多同遊的時代以後，尊重私人業產的心思並未發達，便毫不躊躇的答應了。她把棗實望他身上大把的丢下來，引爲笑樂。等他喫過之後，她說：

——現在！……

他還俏皮地叫她等了一會。她在牆上開始不耐煩了，末了他說：

——好，來罷！……

一邊說一邊對她張開手臂。

但她正要跳下來時又道：

——等一等，先得存儲一些糧食！

她把所能採到的最好的漿實統統採下，裝滿了一腰兜：

——當心！不要把它們壓壞了！

他幾乎想故意把它們壓壞。

她從牆上俯下身子，跳在他的臂抱裏，雖然他很結實，她的重量也把他撞得倒退了幾步。他們的身材一樣高。他們的臉接近了。他吻着她喫過漿實的口脣，她也大大方方的還了他一吻。

——您往哪兒去？他問。

——我不知道。

——您獨自出來散步麽？

——不。我同着朋友來的。但我和他們走失了……嗳啨！她突然拚命的叫起來。

沒有回音。

她也不理會。他們隨着腳步向前走去。

——您呢，您往哪兒去？她問。

——我也不知道。

——很好。我們一起去罷。

她從腰兜裏掏出漿實咬起來了。

——您要把牙齒弄壞了，他說。

——從來不會！我整天都喫。

從腰兜的隙縫裏，他窺見她的襯衣。

——此刻這些漿實都是熱的哩，她說。

——哦！

她笑着授給他一個。他喫了。她一邊睨着他一邊像小孩子般吮着漿子。這樁奇遇怎樣結束呢？他不大知道。可是她心裏在盤算。她等着。

——哴啨！有人在樹林裏喊。

——喨唷！她答應道……啊！他們在那邊，她和克利斯朵夫說。究竟不算倒霉！實在她想這倒是不幸。但女人是沒有說出眞正的意思的名份的……謝上帝！幸虧世界上已沒有什麼眞正的禮教。……

人聲漸漸逼近。她的朋友們快要走到路上來了。她突然一跳，躍過路旁的淺溝，爬上土堆，躲在樹木中間。他看着她這種舉動非常詫異。她威嚴地對他示意叫他過去，他便跟踪着她。她鑽到樹林裏面去了。等他們走遠時，她又喊道：

——喨唷！……

她向克利斯朵夫解釋道：

——得叫他們來尋我。

那些人停着腳步，聽這聲音從何方來。他們回答了她一聲，也走進樹林了。但她並不等待他們，一忽兒往東，一忽兒往西。他們直着喉嚨呼喚她。終於他們也厭煩起來，確信要她來的最好的辦法是不去尋她，便對她喊道：

——祝您一路順風！

說完逕自唱着歌走了。

他們把她置之不理的態度使她大爲憤怒。她的確想擺脫他們：可不答應他們這麼輕易的對付她。克利斯朵夫在一旁呆住了：和一個陌生女子玩捉迷藏的遊戲，於他並無多大興趣；他也不想利用這祇有他們兩人的機會替自己打算。她也沒有這念頭，在憤恨的心思中她已忘掉克利斯朵夫。

——哎！這太過分了，她拍拍手說，他們把我丟掉了？

——但，克利斯朵夫說，這是您自己願意的啊。

——絕對不是！

——您躲避他們的。

——我躲避他們是我的事情，不干他們的事。他們應當尋找我。要是我迷失了呢？……

她想着可能遭遇到的情形難過起來，如果……如果發生了和剛纔那種事情相反的事情。如果……

——呋！我要去罵他們一頓，她說。

她望着回頭的路上奔去。

在路上，她想起了克利斯朵夫，重新望着他。——但已太晚了。她笑了出來。幾分鐘前盤據在她心裏的小妖怪已經不在了。在等待另一個妖魔來到之前，她對於克利斯朵夫變得無關心了。而且她肚子很餓。她的胃使她想起已經到了晚餐的時間；她急於要到鄉村客店中去和朋友們會集。她拉着克利斯朵夫的手臂，用力靠在胳膊上，呻吟着說她沒有力氣了。但她依舊把克利斯朵夫拖着下坡，一邊跑一邊叫笑，像發瘋一般。

他們一路上談着話。她得悉他是什麽人；她不知道他的名字，對于音樂家的頭銜似乎並不如何尊重。他知道她是大街上一家帽子舖裏的女職員；名字叫阿台哀特，——朋友們都稱她阿逹。她今天同遊的伴侶是一個女同事，兩個高尚的青年，一個是惠萊銀行的職員，一個是百貨公司的店員。他們趁着星期日出來遊玩，原是決定到勃洛希鄉村客店去的，那邊可以眺望萊茵河上美麗的京以後再搭船回去。

他們走進客店時，所有的夥伴都已安頓好了。阿達對朋友們發了一陣脾氣；說他們把她丟下是何等可羞；隨後介紹克利斯朵夫和大家相見，說是他救了她的。他們全不把她的訴苦放在心上；但他們認得克利斯朵夫，那位店員還聽見過他的幾支樂曲，——（他馬上哼了一段；）——他們對他表示的敬意引動了兩個女郎的好奇心。阿達的女友彌拉——（眞名是叫耶娜）——是一個映着眼睛的褐髮女子，額上骨格嶙露，頭髮很硬，一張臉龐很像中國婦人，黃澄澄的油油的皮色，有些古怪的腔調，但心機靈活，頗有動人之處。她立刻對「宮廷樂師先生」慇懃獻媚。他們請他賞光和他們一起用餐。

他從沒經歷過一個同樣的宴會；個個人尊重他奉承他，兩個要好的女友竭力要搶奪他，爭取他的歡心。她們都在追求他：彌拉用着週到的禮貌，俏皮的眼睛，在桌下觸着他的腿，——阿達無恥地對他擠眉弄眼，把所有的迷人的力量一齊施展出來。這種不大雅觀的賣弄風情，使克利斯朵夫侷促不安，心裏慌張起來。但這兩個大膽的女子究竟和他家裏的那些可厭的面孔不同。他覺得彌拉很有趣，猜她比阿達更聰明；但她那種過分的客套和含糊的笑容使他又是歡喜又是惝厭。她可鬬不過阿達的引人入勝的魔力；她很明白這一點。當她見到她確已失敗時，也就不再堅持，仍舊微笑着，等待着她或者會得勝利的日子。至于阿達，看到自己已能左右大局，也不復繼續進攻；她剛纔的舉動的主要目的，特別在于使她的女友掃興；目的既已達到，她便滿足了。但她已經被她的遊戲迷住。她在克利斯朵夫的眼中感到她已燃起他的熱情；而這熱情也在她自己胸中燃燒起來了。她緘默着，無聊的捉弄人的玩意也停止了：只是默默相視，各人的嘴上留着親吻的滋味。不時，他們突然附和着同桌的伴侶大聲說笑；笑之後又緘默了，偷偷地彼此瞅望。末了他們連瞧都不瞧一眼了，彷彿怕流露出自己的眞情一般。他們不聲不響的各自培養着各人的情欲。

喫完飯預備動身了。他們還得在樹林中走兩里路纔能到達輪埠。阿達首先站起，克利斯朵夫跟着她。他們在門口的階沿上等着其餘的同伴：——兩人不交一言的並立着，濃霧中只有客店門前的燈籠透出些少光明。……

阿達抓着克剎斯朵夫的手，拉着他沿着屋子望園中暗處走去。在一座滿掛着葡萄籐的平臺面他們躲藏起來。周圍是沈沈的黑夜。他們彼此望不見。風在松林頂上吹過。他在被阿達緊握着的手上，覺得阿達手指上的暖氣，和繫在她胸口的花的香味。

她驀地把他拉到懷裏；克利斯朵夫的嘴觸到了阿達的被霧水沾濕的頭髮，他吻着她的眼睛、睫毛、肥胖的面頰、和她的嘴角，找到了她的口唇，啣住了。

其餘的人出來了，只聽得叫着：

——阿達！

他們不動，緊緊摟抱着，幾乎停止了呼吸。

他們聽見彌拉的聲音說：

——他們走在前面去了。

同伴的腳聲在黑暗中遠去。他們摟得更緊了，喃喃地在唇邊說着些熱情的話。

村裏的大鐘遠遠裏響了。他們彼此鬆了手。應得趕快跑到埠頭纔行。他們一言不發，手挽着手，調整着腳步上路，——那是像她的爲人一樣玲瓏急促的步子。路上很荒涼，沒有一個行人，十步之外就不辨事物，在這可愛的夜裏，他們心神鎮定的走着，從來不蹴到地下的石子。因爲已經落後，便抄近路過去。曲折的小道在葡萄園中忽上忽下，沿着山腰蜿蜒前進。他們在濃霧中聽見河水的泅泅聲，輪船靠埠時的機軸聲。他們離開了正路，望田間斜刺裏奔去；終於到了萊茵河畔的堤上，但離開船埠還有一程。兩人清明的心境並未受着驚擾，阿達忘記了晚間的疲倦。在無聲的草地上，在飄浮着更濕更濃的霧的河畔，在朦朧的月光中，他們覺得能夠走一整夜。輪船的汽笛響了，隱約迷離的巨獸笨重地遠去了。他們笑道：

——我們搭下一班罷。

一陣水浪衝在河邊的沙灘上；在他們的腳下四散分濺。

埠頭上有人告訴他們：

——最後一班剛纔開出。

克利斯朵夫的心忐忑跳着。阿達的手把他的臂膀握得更緊：

——罷！她說，明天總得有一班罷。

幾步路外，在霧的光暈中，一盞燈籠挂在臨河的平臺上，發出微弱的光芒。更過去一些是幾扇照得通明的玻璨窗，那是一家小客店。

他們走進小小的園子。細砂在腳下作響。他們摸索着找到了梯子的級步，進門時裏面正在開始熄火。阿達扶着克利斯朵夫的臂膀，說要一間客房。人家把他們領到一間正好前臨花園的臥室。克利斯朵夫凴窗望着河中變幻不定的水光和豆一般的燈光，巨大的蚊蟲張開着翅膀望玻璨上亂撞。房門關上了。阿達站在牀邊微笑。他不敢望她。她也不瞧他；但在睫毛底下留神着克利斯朵夫的一切動作。樓板在腳下格格的響。屋內任何輕微的聲息都可聽見。他們坐在牀上，在靜默中緊緊摟抱了。

*　　*　　*　　*　　*　　*

園子裏搖搖不定的燈光熄滅了。一切都熄滅了……

黑夜髣髴深淵……沒有光明，沒有意識……祇是無窮的生命。它的力量是曖昧的，猛烈的。還有強烈無比的歡樂。痛快淋漓的歡樂。如空隙吸引石子一般吸引生命的歡樂。情欲把思想捲去了。

在黑夜中蠕動的陶醉的世界，充滿着荒唐的狂熱的律令……

夜裏……他們的氣息混和着，兩個身體交融着，發出暖氣；他們一齊墮入痲痹的深淵裏去了……一夜有如幾十百夜，幾小時有如幾世紀，幾秒鐘的光陰如死一般恆久……他們做着共同的夢，閉着眼睛說話，朦朧中互相探索着赤裸的腳，感到甜蜜的接觸，哭着，笑着，無掛無礙的相愛着，分享着睡眠中虛無的境界，腦海中都有騷亂的意象在浮動，都有黑夜的幻覺在映現……萊茵在屋下小灣中唧唧作響；遠遠裏，水波擋着暗礁，髣髴細雨打在沙上。泊船的浮埠在水流激盪中發出呻吟聲。繫着浮埠的鐵索一鬆一緊，發出釘鐺聲。水聲奔騰而上，一直傳到臥室裏。臥牀宛似一條小船。他們偎倚着在眩目的波浪中浮沈，——又像盤旋的飛鳥一般懸在空中。黑夜變得更黝黯，空虛變得更深沈。他們互相擠得更緊了。阿達哭着，克利斯朵夫失去了知覺，兩口子一齊在黑夜的波濤中消失了……

黑夜有如死……——為何還要再生？……

潮濕的窗上透出熹微的晨光。兩個軟癱的肉體中重新燃起生命的微光。他醒了。阿達的眼睛對他望着。他們的頭放在一個枕上，手臂相連。嘴脣膏在一塊。整整的一生在幾分鐘內過去了：陽光燦爛的歲月啊，莊嚴恬靜的光陰啊！……

「我在哪裏？我變了兩個人麼？我還是我麼？我再也感覺不到我的本體。無窮把我包圍着。我髣髴一座石像，睜着巨大的安靜的眼睛，心裏是一片莊嚴的平和。……」

他們重復墮入無邊的睡夢中去了。清澈的遠鐘，輕輕掠過的一葉扁舟，槳上溜滑下來的水珠，路人的腳步，一切黎明時分熟習的聲音非但沒有驚擾他們，反使他們知道他們生存着，撫摩着他們睡夢中的幸福，使他們加意吟味。……

* * * * * *

渡輪在窗前軋軋作響，把克利斯朵夫從朦朧中驚醒。他們預定七時動身，以便準時趕回城裏去做各人的日常事務。他低聲問道：

——你聽見麼？

她依舊閉着眼睛微笑，把口脣湊上前來。掙扎了一下去親吻他，隨後腦袋又倒在克利斯朵夫的肩上了……他從玻璃窗裏望見船上的煙突，空無一人的跳板，一大抹一大抹的濃煙在白色的天空映過。他重新昏昏入睡了。……

一小時過去了，他絲毫不曾覺得；聽到時鐘敲響纔驚跳起來：

——阿達！……他輕輕地在她耳邊叫道。愛第！已經八點了

永遠閉着眼睛，她皺皺眉毛，歪歪嘴巴，表示不高興的神氣。

——吠！讓我睡罷！她說。

說完便從他的臂抱裏掙脫身子，疲乏地嘆了一口氣，轉過背去重新入睡了。

他躺在她的身旁。同等的溫度在兩個身體中流過。他開始幻想。他的血流又壯闊又平靜。清明的知覺對於任何細微的印象都能靈敏地新鮮地感到。他的精力與少壯的年華使他非常快意。他想起自己已經成人非常驕傲，對着自己的幸福微笑，覺得自己很孤獨，像他從前一樣的孤獨，也許更甚，但毫無悲戚，那是神聖的孤獨啊。再沒有什麼狂亂。再沒有什麼陰翳。天地自由無礙的反映在他清明的心靈上。他仰睡着，面對着窗子，眼睛沈浸入光明的霧雾中，微笑着：

——生活是多麼甘美啊！……

生活！……好似一條船駛過……他突然想到亡故的人，想到他們曾經同舟共濟的人，那條船是已經駛過了：他——她……——是她麼？……不是這一個睡在身旁的她。——而是那唯一的、愛過的、可憐的已死的少婦麼？但目前這一個又是什麼呢？她怎麼會在這裏？他們怎麼會到這間房裏，這張牀上？他望着她，不認識她了：她是一個陌生人；昨天早上，他心中還沒有她。他知道她的什麼呢？——知道她並不聰明，知道她並不溫良。他知道她此刻並不美麗，那副憔悴的渴睡的面相，低低的額角，張開着呼氣的嘴巴，虛腫而緊張的口脣，做出一副蠢相。他知道他絲毫不愛她；又相起一開始就吻過這不相識的口脣，第一天相遇的晚上就接觸了她的肉體，——至於他所愛的，眼見她在旁邊生與死的，卻從不敢撫摩一下她的頭髮！永遠不能一親她的芳澤：想到這裏，他心如刀割。甚麼都沒有了。一切都溶解了。塵土把她全部劫奪了去，他沒有起而抗拒……

他俯在這無邪的睡熟的女人身上，端相着她的面貌，用着惡意的目光瞅着她，她覺得了。她被他瞧得不安起來，盡力睜開沈重的眼皮對他微笑；像兒童夢囈一般喃喃地說：

——不要儘瞧我，我是難看的。……

她渴睡欲死，立刻又睡去了，還微笑着說：

——呋！我倦……我倦極了；

說罷重新回到她的夢裏去了。

他禁不住發笑，溫柔地吻着她小孩子般的口鼻，之後又望了一會這大女孩子的酣睡，跨過她的身體，悄悄地起牀了。等他走後，她寬慰地嘆了一口氣，伸手伸腳的躺個滿牀。他一邊梳洗一邊留神着不去驚醒她，其實這是毋庸顧慮的；他洗完臉坐在靠窗的椅子裏，眺望着霧氣繚繞的江面；一忽兒他已沈入遐想，聽着一陣凄涼的田園音樂在耳中縈繞。

她不時微睜倦眼，茫然望着他，費了幾秒鐘的功夫纔認得，對他微笑，從這個夢轉到別個夢。她問他是什麼時候了。

——九點差一刻。

她朦朧中想了一想：

——九點差一刻，這有什麼意思呢?

到了九點半，她四肢欠伸了一會，嘆了一口氣，說要起牀了。

十點敲了，她還沒有動。她發氣道：

——鐘又響了：……時間老是過去。……

他笑了，到牀邊挨着她坐下。她把手臂繞着他的頸項，講她的夢境。他並不留神聽，時時說些溫柔的話阻斷她。但她叫他不要則聲，裝着嚴肅的神氣，好似所講的是最重要的事情：

——她在宴會中間：大公爵也在座；彌拉是一頭新陸種的狗……不，是一頭蜷毛的羊，侍候着他們……阿達在桌上站起，走路，跳舞，睡在空中。瞧，這是很簡單的：只要做去就是……這樣……這樣……那便行了……

克利斯朵夫取笑她，她也笑了，但對他的笑有些生氣。她聳聳肩說：

——啊！你一些都不懂！……

他們在牀上用了早餐，用同一隻碗同一把匙喫喝。

終於她起來了：推開被褥，伸出她美麗的雪白的腳，肥胖的大腿，滑到牀前的地毯上。之後她坐着喘氣，望着她的腳。末了，她拍拍手叫他出去；他稍一遲疑，她便抓住他的肩膀把他推到門外，房門下了鎖。

她慢騰騰的把美麗的四肢細細瞧了一番，舒舒暢暢的欠伸了一陣，哼着一支十四節的情歌。克利斯朵夫在窗上彈指，她把水望着他臉上潑去。臨走時又在花園裏摘了最後的一朵玫瑰，終究上船了。霧還沒有消散，但陽光已經透射出來：人們髣髴在乳白色的光中蠕動。阿達和克利斯朵夫坐在船尾，依舊帶着慵倦與生氣的神情，咕嚕着說陽光射在她的眼裏，要害她頭痛一整天的了。克利斯朵夫不理她這種怨嘆，她便沈着臉不響了。她眼睛半開半闔的，好似剛剛睡醒的孩子般有種正經的神氣令人看了好玩。但下一站上，有一個漂亮的婦人來坐在和他們相離不遠的地方，阿達就立刻興奮起來，和克利斯朵夫說了許多好聽的情話。她和他又用起客套的『您』字來了。

克利斯朵夫盤算着她將用什麼理由來向店主婦掩飾她的遲到。她可不大在乎：

——罷！這也不是第一次了。

——什麼第一次？

——我的遲到囉，她對他的問句有些生氣。

他不敢再追問她遲到的緣故了。

——這一次你將怎麼說呢？

——母親病了，死了……我怎會知道等會兒怎麼說法呢？

她這種輕薄的口氣使他很不快。

——我不願你撒謊。

她動氣了：

——先是，我從不說謊……再則，我終究不能告訴她。……

他半說笑半正經的問道：

——爲什麼不能？

她聳聳肩笑了，說他粗野不堪，一派下流神氣，她第一先請他不要稱她『你』。

——難道我沒有這權利？

——絕對沒有。

——在發生了那些事情以後？

——什麼事情也沒有發生。

她輕蔑地瞅着他笑了；雖然她在說笑，但他覺得她幾乎會真的這樣說，甚至會真的這樣想。但大概一件有趣的回憶使她念頭轉到別處去了；她突然望着克利斯朵夫哈哈大笑，把他擁抱着親吻，毫不顧忌旁邊的人；他們也似乎全然不以爲怪。

* * * * *

如今他每次散步總脫不了那些女店員和男店員，他們的俗氣使他非常憎厭，時時想在路上丟下他們；但阿達，由于那種故意和人作對的脾氣，再不願在林中迷路了。要是爲了下雨或別的緣故而不到城外去時，他就領阿達到戲院裏，美術館裏，公園裏；因爲她定要和他一塊出去。她甚至要他陪去參加彌撒祭；可是他的無理可喻的真誠的天性，使他自從不信宗教之後再不願踏進教堂，

——（他所擔任的大風琴手的職務，早已借端辭去了；）——同時他卻不知自己是宗教心極重的人，所以認爲照阿達的提議做去實在是褻瀆的行爲。

晚上他到她家裏去，總會遇見住在一座屋子裏的彌拉。彌拉心上並不記恨他，仍是伸出溫柔的軟綿綿的手，談些不相干的或輕鬆的故事，便幽幽地溜開了。在這種兩個女子最不容易親密的情景中，她們卻格外的親密：簡直形影不離。阿達甚麽也不瞞彌拉；彌拉甚麽都聽在肚裏：她們倆似乎感有同等的樂趣。

克利斯朵夫在兩個女子前面很是侷促。她們的友誼，古怪的談話，無拘無束的態度，尤其是彌拉看待事情和議論事情時的大膽，——（在他面前已遠沒有當他不在時的厲害了，但那些背後的談話自有阿達述給他聽，）——她們的不怕冒昧的好奇心，老是歡喜涉及無聊的或淫猥的題目，所有這些曖昧的帶有獸性的空氣，使克利斯朵夫覺得又難受又好玩；因爲他從未認識這一類的境界。一對小野獸似的女人講着無謂的廢話，無頭無尾的言語，放肆的嬉笑，提到什麽淫蕩的故事時格外津津有味：克利斯朵夫處於這等環境中簡直不知所措。彌拉一走，他的心就寬慰了。兩個女子碰在一塊時，竟造成了一個陌生的世界，他全然不懂其中的言語。他空費唇舌，他的說話她們聽也不聽，只是嘲弄這個門外漢。

當他和阿達單獨相對時，他們仍舊說着兩種不同的言語；但至少他們都還努力想彼此瞭解。實在說來，他愈瞭解她，實際是愈不瞭解她。她是克利斯朵夫第一個認識的女子。雖然薩皮納是可以算是他認識的，但他對她一無所知：她之於他不啻一場空夢。如今阿達可使他挽救已經錯失的時間。他也竭力想解決女人的謎：——實在女人之成爲謎，或許只是爲一般想在其中尋求多少意義的人而言。

阿達毫無智慧；但這還不過是她的極小的缺點而已。要是她肯承認自己愚蠢，克利斯朵夫倒也心死了。然而雖然她專門注意那些無聊的事情，卻自命在思想方面也很能幹：她對於一切都有把握地加以批判。她談着音樂，對克利斯朵夫解釋克利斯朵夫最內行的東西，定下絕對的界限與禁條。那是沒有法子說服她的：她對於一切事情都有主張，都能領略；自視甚高，頑固不化，虛榮心極重；無論什麼她都不願——也不能領受。而且她有什麼事情肯承認是完全不懂的呢！要是她願意保存本來面目老老實實的保存着她的優點和缺點，克利斯朵夫眞是歡喜得多哩！

事實上，她最不注重思索。她所注意的不過是喫、喝、唱歌、跳舞、叫喊、嬉笑、睡覺；她希望幸福；要是她能夠幸福已經很不錯了。可是她雖然賦有一切成爲幸福的條件：貪喫懶做，性感很強，還有那使克利斯朵夫又好氣又好笑的天眞的自私自利，總而言之，雖然使人生於她顯得可愛——（於朋友也可顯得可愛，因爲只要一副快樂的臉相，再加上美貌，已能對於周圍的人發出幸福的光芒。）——的一切惡習都已具備，雖然她對於生活已極應當感到滿足，她卻蠢笨到不知滿足。這美貌苗壯的少女，鮮艷嬌嫩，會得享樂，神色健全，充滿着快樂的心情，胃口極旺，可愁着她的健康。她一面狼吞虎嚥的喫喝，一面怨着身體衰弱。她怨嘆一切：她不能舉步了，不能呼吸了，頭痛啦，腳痛啦，眼睛痛啦，胃痛啦，精神上不好過啦。她又懼怕一切，迷信到像發瘋一般，樣樣事情裏都有預兆：喫飯的時候，那是刀子啦，交錯的叉啦，同席的人數啦，倒翻的生菜盆啦：於是便得奉行種種的禮數來消災化吉散步時，她數着烏鴉，也不忘記留心牠們從哪兒飛來；她心神不安地在路上窺探，望着腳下要是上午看見走過一只蜘蛛就要發愁，就要回頭，不肯繼續向前的了，唯一的方法是叫她相信時間已經

過午，這樣一來，預兆就由凶而變爲吉了。她懼怕她的夢，絮絮不休的講給克利斯朵夫聽；當她忘記
了什麼細節時，會幾點鐘的想下去：一樁都不肯遺漏；總是一大串荒唐的瑣事，關於古怪的婚姻的，
亡人的，女裁縫的，親王的，怪誕的，有時又是淫亂的事情。她定要克利斯朵夫聽着，表示意見。她往往
被這些不倫不類的形象纏繞到幾天之久。她覺得人生不如意，對人對事都用苛酷的眼光看待，在
克利斯朵夫面前老是抱怨訴苦。克利斯朵夫離開了那些陰鬱的小市民而到這裏來重新遇見他
永遠的冤家『全然不是希臘式的憂鬱病者，』實在不值得。

在這些咕嚕惱怒中間，快樂的心情驀地恢復了，喧鬧叫囂的，誇張過度的；這種快樂和以前的
陰鬱都同樣是無從解釋的：那是嘻嘻哈哈的狂笑，正因爲毫無笑的理由，所以可以笑得沒有終止，
望田裏亂跑，發瘋般的，玩着小孩子的遊戲，肆意搗蛋以爲快樂，扒着泥土和一切腌臢的東西，抓着
動物，蜘蛛，螞蟻，蟲，捉弄牠們，磨難牠們，使牠們互相殘殺，捉小鳥給貓喫，捉蟲給雞喫，捉蜘蛛給螞蟻
喫，可是心裏並無惡意，或是由於無心的作惡的本能，由於好奇，由於無事可做的閒情逸致。這簡直
是她的一種強烈的需要，需要說廢話，需要把毫無意思的字句反覆不休，需要提弄一切，需要激怒

一切，需要惹人厭，需要使自己發瘋。在路上不論遇到誰，就要賣弄風情。她會立刻興奮起來，笑着，叫嚷着，裝做鬼臉，引人注目，做出種種不自然的急激的舉動。克利斯朵夫預感到她要說出荒唐的話來了。——果然她不錯過機會！她變得多情了。在這一方面，如在其餘的方面一樣，她是毫無節制的；她盡量喧嘩，肆無忌憚。克利斯朵夫心裏非常難過，竟想打她一頓。他所不能寬恕她的，就只爲她的不眞誠。他還不知道眞誠是如智慧與美貌一樣難得的天賦，要大家都有這種性格是褊枉的思想。他受不住撒謊；但阿達就供給他大量的謊話，她時時刻刻撒謊，對着鐵一般的事實泰然自若的撒謊。她最容易忘記使他不快的事情，也最容易忘記使他歡喜的事情，——這是一切得過且過的女子的通病。

雖然如此，他們究竟相愛着，一心一意的相愛着。阿達在愛情中的眞誠是不減於克利斯朵夫的。他們的愛情雖未必建築在精神的同情上面，但並不因此而減少其眞實性；且亦不能與低級的情欲相提並論。這是青春時期的美妙的愛；雖然肉感很強，究竟不是粗俗的，因爲其中一切都很年靑；這種愛是天眞的，幾乎可說是貞潔的，受過單純熱烈的快感洗練的。阿達即使在愛情方面未必和克利斯朵夫一樣的童眞未鑿，但還保有一顆少年的心，一個少年的身體，一副清新、明淨、活潑的感官如溪水一般，差不多還能予人以純潔的幻影，爲任何東西都不能替代的機能：而這一切稟賦又是天賜的特殊權利。在日常生活中她固然是自私、平庸、不眞誠，愛情卻使她變得單純，眞實，幾乎是善良的了；她終究懂得一個人爲他人而忘卻自己的樂趣。於是克利斯朵夫瞧着她，心神陶醉，竟願爲她而死。一顆戀愛中的心靈，所有一切可笑而又動人的幻覺，誰又數說得盡呢？克利斯朵夫因爲賦有藝術家天生的幻想力，所以戀愛時的天然的幻覺，更比常人擴大百倍。阿達的一顰一笑，對於他是意義無窮；溫婉的一言半語，簡直是她善心的證據。他愛她身心方面所包含的一切宇宙之美。他稱她爲他的我，他的靈魂，他的生命。他們愛極而哭了。

連繫他們的還不止快樂一端：那是往事與幻夢交錯而成的一種無可言喻的詩意，——是他們的往事與幻夢麼？抑是在他們以前的戀愛過的人，在他們以前生存過而化身在他們心中的人的往事與幻夢？他們林中初遇時的最初幾分鐘，他們耳鬢廝磨的最初幾天，最初幾晚，躺在彼此懷裏酣睡，沒有動作，沒有思想，沈溺在愛與歡樂的熱流中的最初的時光：這些初期的魅惑沈醉他們各自藏在心裏，不說出來，也許還不會知道。倉猝之間的浮現，種種的形象，潛在的思想使他們一轉念間就會暗暗的臉上變色，在快感中渾身融解，髣髴周圍滿着蜜蜂的嗡嗡之聲。灼熱而溫柔的光啊……過度的甘美把他們壓得心神恍惚，默無聲息了……接着是狂熱之後的沈靜與疲倦，正如大地照着初春的陽光，一邊發抖一邊嬸嬸的微笑……兩個少年的清新的愛情髣髴四月裏的早晨。它像朝露一般過去。心的青春無異是光明的食糧。

* * * * * *

使克利斯朵夫和阿達的戀愛關係愈加密切的因子，莫如社會人士批判他們時所取的態度。

從他們初次會見的翌日起，所有的街坊鄰舍都知道了。阿達絲毫不曾想法隱瞞那段姻緣，反而要把她征服男子的勝利在人前眩耀。克利斯朵夫很想保守祕密；但他覺得被大衆的好奇的目光釘住着；又不願躲閃那些目光，便索性和阿達公然露面了。小城市裏頓時紛紛議論起來。克利斯朵夫樂隊裏的同事們帶着調侃的口氣恭維他，他卻置之不理，因爲他不答應人家顧問他的私事。在爵府裏，他的有失體統的行爲也受到了指摘。一般小市民都嚴厲地批判他。他失去了一部分家庭的教課的差使。還有一部分，則是從此以後在克利斯朵夫教課時由母親用着猜疑的神氣在旁監視，好像怕他要把這些寶貴的小母雞劫去似的。小姐們是甚麼都不許知道的，但實際上她們樣樣知道，於是一方面認爲克利斯朵夫眼界太低而冷待他，一方面更渴想知道這件事情的細底。克利斯朵夫唯有在小商人和商店職員羣中享有多少聲譽但恭維與謗譏使他一樣着惱；他既然無法對付毀謗，便設法不受恭維：這自然不是難事。他對於大衆的冒昧不識趣覺得非常憤慨。

對他最氣憤不過的自然要推于萊和伏奇爾一家。克利斯朵夫的踰閑蕩檢在他們心目中是一種故意侮辱他們的行爲。實在他們對他並無多大確切的打算：他們提防着——尤其是伏奇爾夫人——那種藝術家的性格。但因爲他們天性陰鬱多疑，老是以爲受着運命的虐待，所以一朝確知克利斯朵夫與洛莎的婚事無望時，便相信他們原來眞是想促成這件婚事的：在此，他們看到他們的不如意事又增加了一件。假使他們的不如意是應當由宿命來負責的話，論理克利斯朵夫便不該負責了；但伏奇爾一門的邏輯是能夠使他們獲得最多的理由來抱怨的那一種。因此，他們認爲克利斯朵夫的行爲不檢，不但是爲他自己高興起見，並且是爲觸犯他們之故。何況他們對於這件醜行還抱着一腔義憤哩。大凡一般虔敬的，有道德的，具備一切家庭德性的人往往把肉體的罪惡看作一切罪惡中最可恥的，最嚴重的，而且因為是最可怕的，故幾乎是唯一的罪惡……（當然安分守己的人永遠不會偷盜殺戮，故這兩件罪惡應當除外；）——伏奇爾一家便是這一等人。這種推論的結果，使他們覺得克利斯朵夫根本是個壞蛋，便對他改變了態度。他們扳起冰冷的面孔，見他走過便旋轉背去。克利斯朵夫素來不希罕和他們交談，對他們的做作也就聳聳肩。阿瑪利亞一方面裝做鄙薄他，一方面又設法使他走近她，以便說出她心裏的說話，但克利斯朵夫只做不看見。

使克利斯朵夫眞正感動的，唯有洛莎的態度。這小妮子對他的態度比她的父母更苛酷。並非因為克利斯朵夫這段新的戀愛消滅了她最後的被愛希望：那她知道是毫無的——（雖然她心裏還說不定在希望着……永遠希望着！）——而是因為她把克利斯朵夫當作一尊偶像看待，而這尊偶像如今是傾倒了之故。在她無邪的心裏，這是比受他輕視更殘酷的痛苦。從小受着淸教徒式的教育，親炙慣了狹隘的道德（那是她熱誠信奉的），一朝得悉克利斯朵夫的行為是非但使她惋惜，而且心痛。他愛薩皮納時，她已非常難過；她對於她心目中的英雄的幻象已經消失了一部分。克利斯朵夫竟會愛這樣一個平凡的人物於她顯得不可解而不體面。但至少這段戀愛是純潔的，薩皮納也並非不配消受這愛情。何況死神的降臨把一切都超昇了……但這樣之後，克利斯朵夫立刻愛上別一個女子，——又是怎樣的一個！——這真是卑污下賤了！洛莎竟至替死者抗辯了。她不能原諒他忘掉薩皮納……——可憐他比她想念得更苦呢；但她想不到在一顆熱烈的心中同時可有兩種情操的地位，她認為一個人要忠於「既往」就非犧牲「現在」不可。她那麼純潔，那麼冷靜，對於人生，對於克利斯朵夫，都沒有絲毫觀念。在她心目中，一切應當是純潔的，狹隘的，像她一般在責任前面低頭。她儘管做人很謙卑，卻也有一樁驕傲，即是純潔：她對己對人，都要求這一點。克利斯朵夫這樣的墮落，污辱純潔的墮落，是她不能、永遠不能寬恕的。

克利斯朵夫即使不想和她有所聲辯，也試着和她說話——（對于一個清教徒式的少女，他能解釋些什麼呢？）——他很願告訴她，他是她的朋友，他把她的敬意看得很重，他也還有受這敬意的資格。但洛莎躲避他，扳着嚴肅的面孔一言不發；他覺得她瞧不起他。

他對之又是悲戚又是氣憤。他確信自己不應受此輕蔑；但他終究爲之迷惑起來，認爲自己犯了罪過。最嚴酷的責備乃是他想起薩皮納時的自責。他苦悶地想道：

——天哪，怎麼會呢？……怎麼我變得這樣的呢？……

然而他抵擋不住衝擊挾制他的巨浪。他想人生是罪惡的；便閉上眼睛生活，不對人生正視一眼。他多麼需要生存，愛，幸福！……不，在他的愛情中毫無可以輕蔑的成分！他知道他愛了阿達可以說是不智，不聰明，甚至不十分幸福；但其中有什麼卑賤的地方呢？即使——（他竭力這樣想）——阿達沒有很高的道德價值，可是他對於阿達的愛怎麼會因此而減少其純潔性？愛是在於愛人的人的心裏，而非在於被愛的人。純潔的人的心中，一切都是純潔的。強壯健全的人的心中，一切都是純潔的。愛情，把有些禽鳥裝飾上最美麗的顏色的愛情，在誠實的心靈中表顯出最高尚的成分。因了愛的緣故，一個人只希望顯出他最有價值的品性，令人覺得唯有與「愛情彫塑成的美妙的形象」調和的思想及行動方有美感。浸潤心靈的青春的甘露，精力與歡樂的神聖的光芒，使一個人的心靈變得更偉大了。

他的朋友們誤會他使他難過，這只不去管它。但最嚴重的是他的母親也開始苦惱了。

這善心的婦人決不會贊成伏奇爾一家的狹隘的原則。她曾經營過多少眞正的悲苦，斷不會再去自尋煩惱。她自視卑微，受盡人生的磨折，沒有享到多少快樂，心裏更不希求快樂，逆來順受，處處退讓，既不想去瞭解事故，也不敢去批判別人監督別人；她自以爲沒有這種權利。要是別人的想法和她的不同，她便自認愚蠢，不配說別人錯誤；她覺得強要他人遵守她的道德與信仰方面的嚴格的規律是可笑的。而且，她的道德與信仰完全出之於本能：她只顧自己守着純潔與虔敬，全不管別人的行爲，這種容忍的態度，正是一般平民容忍一部分的人類弱點時所固有的。這也是當年約翰・米希爾所不滿意她的一點：在體面的與不體面的兩等人中，她不大加以區別；在街上或菜市上，她不怕停住腳步去和街坊上人盡皆知的可愛的蕩婦握手，親熱地談話，上流人對那般女子是假裝不認識的。她聽任上帝去分別善與惡，去決定懲罰或寬恕。她所要求別人的只是那些爲使彼此的生活容易擔受起計所必須的極少的同情。主要是在於心地好，其餘的都無關大體。

但從她住到伏奇爾家裏之後，大家開始改造她的性格了。房東全家愛說壞話的性情，使一向無力反抗的她更容易受着傳染。阿瑪利亞向她進攻了；從早到晚，兩個婦人在一起做活，阿瑪利亞獨個子說着，魯意莎只是柔順地受着她的薰陶，不知不覺也養成了一副批判一切訐隳一切的習慣。伏奇爾夫人決不肯不把她對於克利斯朵夫的意見告訴魯意莎。魯意莎鎮靜的態度使她很氣惱。大家非常憤激的事情，魯意莎竟不加顧問，這是阿瑪利亞認爲有悖禮法的；她因爲還不能完全惹動魯意莎而不痛快。克利斯朵夫已經覺察了。魯意莎雖然不敢埋怨他；但天天總是畏畏縮縮的指摘，不安的，絮絮不休的；要是他不耐煩了突然對答她幾句，她便默然不語；但他仍舊看出她眼中含着愁苦；當他回家時，有幾次看出她流過淚。他對于母親認識那麼透澈，自然知道這些不安並非從她自己心中發出的。——從哪裏來的呢？他肚裏明白。

他決意要結束這種局面了。一天晚上，魯意莎止不住眼淚，在晚餐喫到一半時就站起，不讓克利斯朵夫知道她爲何難過，他便急忙奔下樓梯去敲伏奇爾家的門。他憤怒極了：不但因爲伏奇爾夫人挑撥他的母親而氣惱，還要把她的教唆洛莎，中傷薩皮納，以及他幾個月來隱忍着的一切大大地報復一下。數月來他胸中的仇恨愈積愈多，急急要全盤脫卸。

他衝入伏奇爾夫人家裏，用着勉強裝做鎮靜但禁不住氣得發抖的聲音，問她向母親說了些甚麼，以致把她弄成這個模樣。

阿瑪利亞對他不稍假借，回答說她愛說什麼就說什麼；毋須把她的行爲申報給任何人知道，——對他尤其用不到。她借些機會把久已準備妥當的說話全盤端出，說要是魯意莎苦惱，他除了他自己的行爲以外，用不到再找旁的理由，那種行爲於他是羞恥，於大衆是醜史。

克利斯朵夫巴不得她先來攻擊以便反攻。他激昂地喊說他的行爲只關他自己，至於是否能合伏奇爾夫人的意，他可全然不管，假使她要抱怨，那麼向他抱怨就是，她愛對他怎麼說都可以：這不過像下了一陣雨罷了，但他禁止她，——（她聽真麼？）——他禁止她和他的母親去嚼舌，侵犯一個又老又病的可憐的婦人是卑鄙懦怯的行爲。

伏奇爾夫人高聲大叫起來。從來沒有一個人膽敢用這種口吻和她說話。她說她決不受這野孩子的教訓，——並且還在她自己家裏！——她便用着傲慢暴橫的態度對待他。

吵架的聲音把大家都驚動了，一齊奔來，——除了伏奇爾，他是躲避一切足以妨害他健康的騷亂的。老于萊聽着氣憤的阿瑪利亞的訴說，嚴厲地請克利斯朵夫將來免開尊口免勞尊駕，說他們用不到他來告訴他們做人之道，他們盡他們的責任，將來也永遠要如此。

克利斯朵夫聲言他自然要走的，不再插足到他們家裏來了。可是在他沒有把關於這該死的責任（此刻這責任已幾乎成爲他的私仇了）的說話向他們說個痛快之前，他是不走的。他說這責任適足使他愛好惡習。他們拚命把「善」弄得可厭，所以使人不願爲善的就是他們。而使人在對照之下覺得那些雖然下流但很可愛的人頗有魅力的，也是他們。到處濫用責任這名辭，把它加在無聊的苦役頭上，加在不相干的行爲頭上，那種專橫強迫的手段非但毒害了人生，而且是褻瀆「責任」。責任是例外的，應當留在眞正需要犧牲的時間應用，絕對不該把自己惡劣的心緒和要麻煩別人的願望混在這個名辭裏面。一個人決無理由因爲自己憋氣失意而悲苦愁悶，也要所有的人跟他一塊悲苦愁悶，要所有的人都學他那種殘廢者式的生活方式。德性中第一條是歡樂。德性應該有一副快活的、自由的、無拘無束的面貌！行善的人應該覺得自己快樂纔是！但這所謂永久的責任，這老師式的專制，這大叫大嚷的口氣，這些可厭的辯論，這心緒惡劣的幼稚的喧鬧，這種聲響，這種毫無丰度的氣概，這種無韻味、無禮貌、無靜默的生活，這種竭力使人生變得貧弱枯索的悲觀主義，這種傲慢的愚昧，覺得輕蔑別人比瞭解別人更容易，所有這種無氣魄、無幸福、無美感的小市民層的道德，都是有害的，令人作惡的，反使惡習顯得比德性更近人情。

克利斯朵夫這樣的想着；只顧去傷害把他傷害了的人，不覺得他自己和他們一樣的不公平。

無疑的，這些可憐蟲大致和他心目中所見到的相仿。但這不是他們的過錯：這是無情義的人生造成了他們的面目，造成了他們的態度和他們的無情義的見解。他們經受苦難，——並非一下子傷害他們生命的大難，而是循環不已的厄運，從生命之初到生命末日點點滴滴地來的小苦難，在這種磨蝕中，他們變形了……多大的悲苦啊！因爲在這些令人憎厭的外表之下，藏着多少的珍寶，多少的正直，善心，默默無聲的英雄精神！……那是整個民族的生命力，整個民族的未來的元氣。

* * * * *

克利斯朵夫相信責任是例外的固然不錯。但愛情亦一樣是例外的啊。一切都是例外的。一切有些價值的東西底最可怕的敵人，——並非是不好的東西（即惡習也有其價值），——而是反覆不已；習爲故常。心靈的致命的仇敵，乃是歲月的磨蝕。

阿達開始厭倦了。她沒有相當的聰明，不知在像克利斯朵夫那麼豐富的性靈中去更新她的愛情。她的感官與虛榮心，已經把她在這場戀愛中所能獲得的快感完全獲得。如今，所謂快感，只剩毀滅愛情這一着了。她具有一種潛在的本能，爲世界上多少女子連賢淑的在內，多少男子連聰明的在內所共有的；他們一方面既不能創造事業、兒童、行爲，——無論什麼都不能，連創造一種生活也不能，——一方面又是生氣蓬勃，忍受不了自己的庸碌無能。他們但願別人也如他們一樣的無用，並且竭力使得人家無用。有時這是不由自主的；當他們覺察這種罪惡的欲望時，便發憤打銷。但他們鼓勵這種欲望的時候居多；他們在力所能及的範圍內，盡量摧毀一切生存的，愛生存的，配生存的分子；這種行爲，在一般比較謙卑的人，還不過在他們周圍的親近的人羣中實行，另外一般簡直對着廣大的民衆實行了。凡是拚命把偉大的人物、思想，壓得和他的身材一樣高低的批評家，和引誘愛人沈淪墮落的女子，是兩種異曲同工的惡獸。——不過後面一種更討人歡喜罷了。

阿達因此極想把克利斯朵夫腐化一下，使他覺得屈辱。實在她的力量還嫌不夠。即在腐化別人的行動中，也需要更多的聰明。她也覺得這一點；所以她的愛情不能叫克利斯朵夫有何喫虧之處是她懷恨他的一大原因。她自己並不承認有加害他的意念；如果能夠的話，她或者也不會加害他。然而她覺得絕對不能加害他是非常可惱的。倘若不使一個女人獲有一種幻象，令她覺得對於所愛的人具有不論是好是壞的威力，那無異證明被愛的男子對她缺少愛情，並且逼得她定要造成這種威力了。克利斯朵夫沒有留意這些。當阿達故意問他：

——你肯不肯爲我而去掉音樂？（雖然她全無這個意思）

時，他便老老實實的答道：

——呋！這個，不論是你，不論是誰，都沒有辦法的。我永遠要弄音樂的。

——而你竟自命爲愛我？她懊喪地說。

她恨音樂，——尤其因爲她全然不懂，且也尋不出一個空隙來攻擊這無形的敵人，以傷害克利斯朵夫的熱情。倘若她試用輕蔑的口吻談着音樂，用鄙夷不屑的神態批判克利斯朵夫的樂曲，他只是哈哈大笑；阿達雖然非常上勁，終究也閉口不言了；因爲她明白她是可笑的。

但若她在這方面沒有辦法，她還發見克利斯朵夫的另一弱點，更容易下手：那是他的道德信仰。雖然和伏奇爾一家鬧翻了，雖然青年期的熱情使他沈醉了，克利斯朵夫卻依舊保有他的一種本能的純潔，一種純潔的需要，雖然他自己不覺得，但對於一個像阿達般的女人，先要使她詫異，繼而覺得好玩，繼而覺得不耐煩，終竟中心憤懣起來。她不從正面進攻，只狡獪地問道：

——你愛我麼？

——當然囉。

——你愛我到什麼程度？

——一個人所能愛到什麼程度的程度。

——這不能算多……究竟！……你可以爲我做些什麼？

——你要什麼就什麼。

——你肯不肯做壞事？

——要這樣的愛你，眞是多古怪的方式！

——不是古怪與否的問題。只問你做不做?

——這是永遠用不到的。

——但假使我，我要的話?

——那你便錯了。

——也許……但你做不做?

他想擁抱她，但被她推開了。

——你做不做?說一聲：做或不做?

——不，我的小寶貝。

她憤憤地旋轉背去。

——你不愛我，你不曉得什麼叫做愛。

——也許是罷，他笑嘻嘻的說。

他明知自己在熱情猝發的一刹那，會像任何人一樣做出一樁蠢事，也許一樁惡事，或——誰知道?——比此更進一步的事情;但他覺得鎮靜地以此自豪是可恥的,在阿達前面承認是危險的。他本能地感到他心愛的敵人埋伏在一旁,只等他漏出一些信息便乘機而起:他可不願授以把柄。

又有幾次,她重行進攻時問他道:

——你因爲你愛我而愛我呢,抑是因爲我愛你而愛我?

——因爲我愛你而愛你。

——那麽,假使我不愛你了之後,你還是愛我?

——是的。

——要是我愛了別人,你也永遠愛我?

——啊!這個,我不知道……我想不會……總而言之,你將是聽我說出意見的最後一個。

——那麽又有什麽變動呢?

——變動的事情多哩。我,也許。你,一定的。

——我?我改變,這有什麽關係?

——全部都有關係。我愛的是你現在這樣的你。假使你變了一個人，我不能再負愛你之責。

——你不愛我，你不愛我！這些廢話有何意思？一個人要就愛，要就不愛。如果你愛我，你就應愛我，不論我怎樣做什麼，永遠得愛下去。

——這樣的愛，不啻當你像一頭畜牲般的愛了。

——我就要這樣的被愛。

——那麼你弄錯了，他打趣她說，我不是你心目中的人。我可以願意這樣做，可是未必做得到。而且我究竟不願意。

——你因爲聰明而自鳴得意！你愛你的聰明甚於愛我。

——但我愛的是你，負心的女人，我愛你比你愛你自己還深切。我的愛你，尤其因爲你美貌，因爲你出衆的善良。

——好一個教師的辭令，她懊惱地說。

——你要我怎麼辦呢？我愛美的東西。醜的一見就憎厭。

——即是我身上的醜也憎厭麼？

——尤其在你身上。

她怒氣冲冲的跺腳：

——我不願受你批判。

——抱怨罷，抱怨我批判你的和愛你的部分能，他溫柔地說着想撫慰她。

她讓他抱在懷裏，甚至肯報以微笑，允許他親吻。但一忽兒後，當他以爲她已忘記的時光，她又不安地問道：

——你在我身上找到些甚麼醜的地方？

他不肯告訴她；只卑怯地答說：

——我一些都找不到。

她思索了一會，微笑道：

——聽着，克利斯蒂，你說你不歡喜撒謊，是不是？

——那是我痛恨的。

——你有理，她說，我也恨。而且我很安心，我從不撒謊。

他瞅着她：她是眞誠的。這種無意之間的流露使他防備鬆懈了。

——那麽，她把手臂勾着他的頸接下去說，爲何你要恨我，假使我一朝愛了別人而告訴了你？

——不要老是磨難我。

——我不磨難你：我不和你說我現在愛了別人；而且還可說不……但將來，要是我愛了……？

——哎喲，別去想了罷。

——我，我要想……那時你不恨我麽？你不能恨我的罷？

——我不恨你，只離開你罷了。

——離開我？爲什麽？如果我仍舊愛你？……

——在一邊愛着別人的時候愛我？

——自然。這是可能的。

——對於我們不可能。

——爲什麼?

——因爲當你愛上別一個的時候我便不再愛你了，不再……不再愛你了。

——剛纔你却說：或許……啊！你瞧，你不愛我！

——就算是罷。這對你是更好。

——因爲?……

——因爲假使在你愛着別人時我仍愛你，會於你，於我，於別人，都有不好的結局。

——哦！……你此刻是瘋了。那麼判定我終身和你一塊的了?

——放心罷。你是自由的。你愛什麼時候離開我就什麼時候離開我。不過這並非再會而是永訣。

——但若我仍舊愛你呢?

——愛的時候勢必要互相犧牲。

——那麽，你犧牲罷！

他禁不住對她的自私自利發笑了；她也笑了。

——片面的犧牲，他說，只能造成片面的愛。

——絕對不。它能造成雙方的愛。如果你爲我而犧牲，我將更加愛你。想一想罷，克利斯蒂！在你一方面，你因爲極愛我，將爲我而犧牲，所以你將十分幸福了。

他們覺得互相把爭執當眞而笑了。

他笑着望她。實在她的確像她所說的，絕無此刻就離開克利斯朵夫的欲念；雖然他常常使她厭倦使她惱怒，她可知道像他那樣的忠誠具有何等的價值；而且她也並不愛着別人。她這樣的說着玩，一半因爲她知道他不歡喜這種談話，一半因爲她覺得玩弄着這些曖昧而不潔的思想自有一種樂趣，好似小孩子攪着腌髒的水作爲消遣一般。他也明白這些，所以不恨她。但他對于這些有害身心的辯難，對於和他愛着而也許也愛着他的捉摸不定的女子的爭執，覺得厭倦了；他爲要努力在她身上造出許多空中樓閣來欺朦自己而厭倦了，有時甚至厭倦到哭了。他想：『爲何她要這樣？一個人爲何要這樣？人生眞是多無聊！』……同時他望着俯在他身上的嬌艷的臉龐，蔚藍的眼睛，花一般的皮色，含笑而多言的嘴巴有些蠢相，微啓着，露出雪白的舌頭與濕潤的口齒，他不禁微微的笑了。他們的口脣差不多要相接了；可是他髣髴從遠處望着她，很遠很遠，如在別一個世界裏；他望着她慢慢遠去，在一層霧雰中消失了……隨後，他再也瞧不見她了，聽不見她了。他墮入一種可愛的忘我的境界裏面，想着音樂，想着他的幻夢，以及與阿達完全無關的事情。他聽見一個曲調，他安安靜靜地在作曲……啊！美妙的音樂！……那樣的淒涼欲絕！可又是溫婉的，慈愛的……啊！多甘美！……是它，是它，……其餘的一切都是虛幻的。

有人撼着他的手臂，對他喊道：

——喂，你怎麼了？你眞發瘋了麼？爲何這樣的瞅着我呢？爲何你不回答呢？

他又看到那對望着他的眼睛。是誰啊？……——啊！是的……——他嘆了一口氣。

她仔細端相他，要知道他想什麼。她不明白，但覺自己白費氣力：總不能完全把他抓住，他老是有一扇門可以遁去。她暗暗着惱。

——爲何你哭？在他有一次在這種奇異的旅行中回醒過來時她問他。

他把手扶扶眼睛，覺得溼了。

——我不知道，他說。

——爲何你不回答？我一句話已說了三遍。

——你要我怎麼辦呢？他溫和地問。

她又開始那些古怪的辯論了。

他做一個厭倦的手勢。

——是，是她說，我就完了，只有一個字！

可是她又滔滔不竭的儘說下去。

克利斯朵夫氣惱之下，跳起來了。

——你肯不肯不再把這些下流話和我歪纏？

——我說說笑話罷了。

——那麼，找些乾淨的題目！

——至少可以討論一下。說說你討厭的理由。

——沒有什麼可說的！爲何垃圾發臭？那是毋庸討論的。它發臭，那就完了，我掩着鼻子走開。

他憤憤的走了；大踏步的踱着，呼吸着冰冷的空氣。

但她又來了，一次，兩次，十次。她把所有能夠傷害他的良知的材料一齊擺出來。

他想這不過是一個憂鬱性女子的病態的遊戲，她愛捉弄別人以爲快樂。他聳聳肩，或是裝做不聽她：他並不把她當眞。但他有時仍舊想把她從窗裏攆出去：因爲憂鬱病與憂鬱病者都不合他的口味……

然而只要離開她十分鐘，就會把一切他所憎厭的事情忘記得乾乾淨淨。他又挾着新的希望與幻象回到阿達身邊來了。他愛她。愛情是一種永久的信仰。不管上帝存在與否，一個人總是因信仰而信仰，也總是爲愛而愛：這是毋須多大理由的！……

* * * * * *

自從克利斯朵夫和伏奇爾一家吵了一場之後，不能再在他們屋子裏住下去了，魯意莎便另外找了一所房子，和兒子倆住下。

有一天，克利斯朵夫最小的兄弟恩斯德，在久無音訊之後突然回家來了。他閑着無事，試過各種的行業，都被人家攆走了，袋裏沒有一個大，身體弄得衰弱不堪，於是他認爲還是回到老窠裏來休養一會的好。

恩斯德和兩個哥哥都不甚投機；他們也不大瞧得起他，他知道這點，可是並不介意，所以也不恨他們。他們也不恨他，因爲這是徒然的。人家的說話在他耳邊刮過，絲毫不留痕跡。他瞇着諂媚的眼睛微笑，裝做痛悔的神氣，心裏想着別處，口裏諾諾連聲，向人稱謝，結果終在兩個哥哥身上敲剝了些錢去。克利斯朵夫對這討人歡喜的怪物，不由自主的很有好感。他的外貌更像他們的父親曼希沃。如克利斯朵夫一樣高大壯實，五官端正，神情豪爽，眼睛很清明，鼻子很正直，笑嘻嘻的嘴巴，美麗的牙齒，舉一動都有迷人之處。克利斯朵夫一見他便軟心了，預先準備好的呵責，連一半都沒說出：實在他對於這美少年有一種慈母般的溫情，因爲他和他同一血統，而且至少在體格上是替他掙面子的。他認爲這兄弟的心並不壞，何況恩斯德也全然不傻。雖然沒有教養，可並非沒有思想；對於思想的事情甚至還感到興趣。他聽着音樂的時候也體味到一番樂趣；儘管不懂哥哥的作品，可仍好奇地聽着。克利斯朵夫在家人方面一向不曾獲得多少同情，所以在有些音樂會中瞥見小兄弟在場也很覺快活。

但恩斯德主要的才能，是徹底識得兩個哥哥的性格和玩弄他們的手段的巧妙。克利斯朵夫明知恩斯德如何自私如何薄情，明知他只有在用得到母兄時纔想到他們；他還是照樣受他甘言蜜語的哄騙，難得會拒絕他的要求。他對他比對另外一個兄弟洛陶夫歡喜得多。洛陶夫爲人規矩安分，做事認眞，很重道德，不向人要錢，也不肯拿出來給人，每星期日循例來向母親作一小時的探望，老講着他自己的事情，吹捧自己，吹捧他的商店和有關他的一切，對別人從不問詢一下，不表示一些關心，時間一到便因爲義務已盡而中心滿足的走了。這一個兄弟，克利斯朵夫簡直受不住。他在洛陶夫回家的時候總設法外出。至於洛陶夫，則是妒忌克利斯朵夫：他原就瞧不起藝術家，眼見克利斯朵夫名氣漸大心裏非常難過。然而他在來往的商人社會中不免利用哥哥的聲譽地位：但他從沒在母親或克利斯朵夫前面提起一個字，哥哥的聲名等等，髣髴他全不知道。反之，凡是於克利斯朵夫不利的事情，無論如何微末，他都知道。克利斯朵夫鄙夷這些卑鄙的行為，只做不曾留意到；但他最難受的是，他想不到洛陶夫所得悉的關於他的壞消息，一部分是從恩斯德那裏得來的。這小壞蛋把克利斯朵夫跟洛陶夫的不同之處分辨得很清楚：當然他承認克利斯朵夫的優越，或許還對他的坦白戇直感有一種略帶譏諷的同情。但他決不肯不利用各人的性格：一方面儘管瞧不起洛陶夫的惡劣的情操，一方面還是不顧羞恥的逢迎吹拍。他迎合洛陶夫的虛榮心和嫉妒心，恭恭敬敬的領受他的埋怨，把城裏的醜事，尤其是關於克利斯朵夫的告訴他，——而恩斯德對於克利斯朵夫的事情也知道得特別詳細。終於他的目的達到了：雖然洛陶夫那樣吝嗇，結果也和克利斯朵夫一樣被他把錢騙到了手。

這樣，恩斯德一視同仁的利用他們，又一視同仁的嘲笑他們。他們也一樣的歡喜他。

* * * * * *

恩斯德雖然詭計多端，等到回轉老家時也究竟弄得很可憐相了。他從慕尼赫來，在那裏他把最後得來的差使照例不多久就丟了。大半的路程他不得不徒步趕回，冒着大雨晚上天曉得住在哪裏。他渾身泥污，衣衫襤褸像乞丐一般，又加咳嗽非常厲害；在路上染了惡性的氣支管炎。看見他回來時的那副形景，魯意莎駭壞了，克利斯朵夫眞心感動的迎上前去。容易淌淚的恩斯德，免不得利用一番眼淚的作用；於是大家都動情了；三個人哭做一團。

克利斯朵夫騰出他的房間；大家薰暖了牀舖，把看來快要死下來的病人安置睡下。魯意莎和克利斯朵夫更番在牀頭陪護。要請醫生，買藥，房裏生起暖暖的火，安排一些特殊的食物。

隨後得設法替他從頭到腳裏裏外外辦起衣服鞋襪，恩斯德聽讓他們安排。魯意莎和克利斯朵夫到處張羅銀錢，弄得滿頭大汗。這時候他們本來手頭很拮据：新近的搬家費，房子雖然不方便但是更貴的租費，克利斯朵夫教課的家庭減少了，支出卻更加浩繁。他們僅僅弄個收支相抵。此刻便不得不大大地籌些款子了。當然，克利斯朵夫可以向財力寬裕的洛陶夫去設法；但他不願：他認定獨力幫助兄弟是他名譽攸關的問題，以他長兄的地位，尤其因爲他名叫克利斯朵夫，他更加以爲是分內之事。半個月以前，有人來向他接洽，說一個富有的音樂鑒賞家願意出資收買一部作品用他的名字出版，克利斯朵夫當時憤慨地拒絕了，而今卻不得不滿面通紅的答應下來？而且還是他去央求的呢。魯意莎出去做散工，替人家縫補衣服。他們的犧牲都彼此瞞着；關於弄到家裏來的錢，總是互相說謊。

恩斯德剛剛病愈之後，縮在火爐旁邊，一面咳嗽一面說出他還有多少債務。他們替他還了。沒有一個人埋怨他。對於一個病中的回頭浪子，責備的說話似乎是不應該出口的。恩斯德也似乎喫了許多苦而改變了。他噙着淚講起他從前的錯處；魯意莎擁抱他，勸他不要多想。他很會奉承的：老是懂得用溫柔的表現來哄騙母親。從前，克利斯朵夫是有些嫉妒他的；如今卻覺得最年輕最幼弱的兒子最受疼愛是天然的了。他雖然和恩斯德年紀相差不多，對他可不止作兄弟看待，簡直視同兒子一樣。恩斯德對他又表示非常尊敬；有時提起克利斯朵夫沈重的擔負。金錢的犧牲……克利斯朵夫不讓他說下去，恩斯德便謙恭地親切地望着他不響了。克利斯朵夫對他的忠告，他總點首稱是；似乎他準備一朝身體恢復之後立刻換過生活，認眞工作。

他痊愈了；但休養的時間很長。醫生說他從前糟塌了的身體還需要好好將護。因此他繼續住在母親家裏。和克利斯朵夫合睡一牀，胃口旺盛的嚼着哥哥的麪包和魯意莎給他預備的好菜。他絕口不提動身的話。魯意莎與克利斯朵夫也不和他提起。一個是重逢了兒子，一個是重逢了兄弟，他們都太高興了。

克利斯朵夫和恩斯德一塊度着悠長的夜晚，漸漸地和他談得親密起來。他需要向什麼人傾吐一番。恩斯德人很聰明，思想敏捷，人家稍稍露些口風他便懂得。和他談話是很有趣味的。可是克利斯朵夫還不敢把心中最親切的念頭——他的愛情告訴他。他把愛情視同神聖，不肯輕易訴說出來。恩斯德雖然備知底蘊，也毫無表示。

有一天，恩斯德完全復原了，趁着晴朗的下午沿着萊茵河閒步。離城不遠，有一所熱鬧的鄉村客店，人們都在星期日來此喝酒跳舞；恩斯德瞥見克利斯朵夫和阿達、彌拉圍坐一桌，正在高聲說笑，鬧成一片。克利斯朵夫也瞥見了他，臉紅起來。恩斯德做出識趣的樣子，逕自走過了。

這次的相遇使克利斯朵夫非常爲難：他尤其明白他所同道的是什麼一些人；被兄弟撞見格

外不好意思，非但因爲從此失掉了批判兄弟的行爲的資格，也因爲他對於長兄的責任抱着很高、很天眞、有些過時的、在有些人看來未免可笑的觀念：他想像他那樣的不盡長兄的責任，他在他自己的心目中就已墮落。

晚上，當他們在臥室裏聚首時，他等恩斯德先來提起那椿事情。但恩斯德謹愼地緘默着，讓他先說。直到他們脫衣的辰光，克利斯朵夫纔決意和兄弟講他的愛情。他心裏慌亂得厲害，簡直不敢望一望恩斯德；加上羞怯的心情，他假裝突如其來的提起。恩斯德一些不幫他忙；不則一聲，也不瞧一眼，但一切情形都看得明明白白；克利斯朵夫笨拙的說話中所有可笑之處都不曾逃過恩斯德的感覺。克利斯朵夫簡直不大敢道出阿達的名字；他所描寫的她的面貌可以適用於一切被愛的人。但他講着他的愛情慢慢地在中心洋溢的溫情裏面忘形了，他說愛情予人何等的恩澤，說他在黑夜中未曾遇到這道光明之前是何等苦惱，又說沒有一場深刻的戀愛，人生等於虛度一樣。恩斯德肅然靜聽着，對答得很巧妙，絕對不提出問句；只是感動地握一握手，表明他和克利斯朵夫抱有同感。他們交換着關於戀愛與人生的意見。克利斯朵夫見到兄弟如是徹底的了解他，快慰極了。他們在睡覺之前友愛地互相擁抱了一回。

克利斯朵夫從此養成了把他的愛情向恩斯德傾訴的習慣，因爲這位兄弟的謹愼與識趣使他很放心，但他仍不免畏怯，不敢盡情傾吐。他向他露出些少對於阿達的疑慮；但他從來不指摘阿達；只埋怨他自己；噙着淚說要是失掉了她，他就活不了。

他也不忘在阿達前面提起恩斯德，說他如何美貌，如何有思想。

恩斯德並不向克利斯朵夫要求把他介紹阿達；只是悲哀地幽閉在房裏不願出門，說是沒有熟識的人。克利斯朵夫想起自己每星期日繼續和阿達到鄉間去玩而兄弟卻獨自守在家裏時，不免暗暗慚愧。但若他不能和情人單獨相處也是非常難受的；然而他總責備自己的自私自利，終竟邀請恩斯德和他們一塊去了。

在阿達家裏的門前石階上，他把兄弟介紹了。恩斯德和阿達很客氣的行了禮。阿達後邊跟着形影不離的彌拉，她一見恩斯德便驚訝地輕輕叫了一聲。恩斯德微微一笑，擁抱了彌拉，彌拉若無其事的接受了。

——怎麼!你們是相識的?克利斯朵夫錯愕地問。

——當然囉,彌拉笑道。

——從幾時起?

——好久了。

——而你也知道?克利斯朵夫問阿達,爲什麼你不和我說?

——你以爲我認識彌拉所有的情夫麼?阿達聳聳肩說。

彌拉捉住了阿達的字眼,假裝生氣。克利斯朵夫所能知道的盡於此了。他很不快,覺得恩斯德彌拉、阿達都不坦白,雖是實在說來他不能責備他們有何說謊的行爲;但要說事事不瞞阿達的彌拉單把這件瞞着阿達是難於置信的,說恩斯德和阿達以前不曾相識也是不近事情。他留神他們。他們只交談幾句極平常的話,在其餘的散步時間,恩斯德只關心着彌拉。另一方面,阿達也只和克利斯朵夫談話,對他比平時格外和藹。

從此以後,每次的集會必有恩斯德參加。克利斯朵夫很想擺脫他,可不敢說。他的動機單單是因爲把兄弟引做作樂的同伴是可恥的緣故，至於猜疑提防的心思，卻絕對沒有。恩斯德的行爲也全無可疑之處：他似乎鍾情於彌拉，對阿達抱着一種有禮的敬重的態度，幾乎是微嫌過分的；蹤跡他要把對於哥哥的敬意也在哥哥的情婦面前表示一番。阿達不以爲怪；她對待他也十分謹愼。

他們一塊作着長時間的散步。兩兄弟走在前面，阿達與彌拉笑着喁語着跟在外面。她們停在路中間絮絮長談。克利斯朵夫與恩斯德也停住腳步等待她們。結果克利斯朵夫不耐煩起來，逕自望前走了；但不久他聽見恩斯德和兩個嚼舌的女子一齊嘻笑時又懊惱地轉過身來。他很想知道他們說些甚麼；可是他們走近時，談話便突然中止了。

——你們老是在一塊密議些甚麼啊？他問。

他們用一句笑話回答他，把他混過了。他們三個非常契合，有如同謀的奸黨一般。

* * * * * *

克利斯朵夫剛和阿達劇烈地爭執了一場。從早起他們就生氣。平時，阿達在這種情形中會扳起一副莊嚴的惱怒的臉，百般做作的惹人厭，算做報復。這一次卻是例外，她不過做得好似不知有克利斯朵夫一般，對其餘的兩位伴侶仍是興高彩烈。竟可說她並未爲了這場爭吵而氣惱。

反之，克利斯朵夫卻極想言歸舊好：他比任何時都更熱烈了。除了他自己的溫情以外，還有對於他們的愛情所賜的一切恩澤的感激，在無聊的爭論中糟塌了寶貴的光陰的悔恨，——更加上一種莫名其妙的恐懼，以爲這場戀愛就要完了。他悲哀地望着阿達假做不看見他而和別人有說有笑的美麗的容顏；這副面貌在他心中喚起多少珍貴的回憶，這迷人的臉龐有時——（它這時候就是如此）——竟多麽慈祥，含着多麽純潔的微笑，以至克利斯朵夫自問他們中間保持着這種情景豈非更好，爲何他們以作踐幸福爲樂，爲何她拼命要忘卻光華四射的時間，爲何她要抹煞她所有的誠實與善良的天性，——爲何她在念頭裏必欲把他們的感情的純潔性加以擾亂汚瀆而後快，豈非怪事！他覺得非相信他的愛人不可，他便試在心中再來造一次種種幻象。他責備自己不公平，痛恨自己缺少寬容。

他走近她，試和她談話：她冷冷的回答幾句，毫無跟他講和的意思。他緊緊逼着她，附在她耳朵上要求她離開別人單獨聽他說話。她不大高興的跟着他。等他們落在幾步之後，在彌拉與恩斯德瞧不見他們時，他突然握了她的手向她求恕，在林中的枯葉上面跪下。他告訴她，他不能這樣的活下去了；與她失和之後，什麼散步，什麼美麗的風光，任是什麼他都不感樂趣了：他需要她愛他。是的，他往往很褊執，暴烈，令人不快；懇求她原諒他：這些過失就是從他的愛情上來的；凡是平庸的，凡是和他們可愛的往事不相稱的，他都不能忍受。他提起前情往事，提起他們的初遇，初期的共同生活；他說他永遠那樣的愛她，將來亦永遠那樣的愛她。但望她不離開他！她是他的一切……

阿達聽着，微笑着，慌亂了，差不多軟心了。她的眼睛變得很柔和，表明他們相愛，不再生氣了。他們互相擁抱，緊緊偎倚着望着寥落的林中走去。她覺得克利斯朵夫很可愛，他的溫柔的說話使她很滿意；但她並不因此就放棄她心中所有的作惡的僻性。雖然她躊躇着，不像前此那樣的固執，可是她胸中所計劃的事情不會就此丟下。爲什麼啊？誰又能說呢？……因爲她以前已經立意要做的緣故麼？……誰知道？或許她覺得，在這一天上去欺騙朋友以對他證明、對自己證明她的不受拘束是更有意思。她並不想丟掉克利斯朵夫：那是她不願意的。只是她自以爲比任何時都更能左右他了。

他們到了林間的空地上，兩條小徑分路的地方。克利斯朵夫揀了其中的一條。恩斯德卻說從別一條路到他們想要去的崗上更近。阿達表示贊成他的意見。克利斯朵夫因爲常常走過非常熟稔，堅謂他們弄錯了。他們卻不肯承認。結果是決定大家來實驗一下；每人打賭爭說先到。阿達跟恩斯德一路。彌拉和克利斯朵夫一塊；她裝做相信他一定對的；還加上一句：『而且每次總是他對的。』克利斯朵夫把遊戲看得很眞；又因他不願失敗，便走得很快，照彌拉的心思簡直太快了。她是一些不着急的。

——不要這樣的急啊，朋友，她和他說，口氣之中帶着安閒的和譏諷的意味，我們總是先到的。

他躊躇了一會說道：

——不錯，我想我走得太快了些：這竟不像遊戲了。

他放慢腳步，接着說：

——但我知道他們一定跑着，想搶在我們前面。

彌拉大聲笑了：

——不，不，別擔心罷！

她吊在他的手臂上緊緊偎着他，她身材比克利斯朵夫稍稍矮一些，一邊走一邊舉起她聰明與愛嬌的眼睛望着他。她眞是很美，很迷人。他簡直不認得她了：她眞會變化啊。在平時，她的面貌有些蒼白浮腫；可是只要些微的刺激或是一縷快樂的思想，或是想取悅人的念頭，便能使這憔悴的神色消失。雙頰泛起紅暈，下眼皮的皺痕隱滅，目光炯炯有神，整個臉相充滿着朝氣和生機，與乎神思煥發的光輝，那是阿達的面上所沒有的。克利斯朵夫對着她的變化驚奇不置；他旋過頭去，覺得與她單獨相處有些慌張。她使他侷促不安；他不聽她的說話，也不回答，或是答非所問：他苦苦想着——一意想着阿達。他想起她剛纔的柔和的眼睛，心裏便充滿着愛。彌拉要他欣賞林木的秀美，疏疏的枝條映在清朗的天空……是啊，一切都美：雲翳散了，阿達回到他的懷抱裏了，他居然把他們中間的冰山摧倒了；他們重覆相愛，合而爲一。他寬慰地呼吸着，空氣多輕鬆！阿達回到他的懷抱裏了……一切都使他想念她……天氣很潮溼：她不至於受涼罷？……美麗的樹上點綴着冰花：可惜她沒有看見！……他忽然記起所賭的東道，便加緊腳步，留神着不使自己迷路。等到到達目的地時，

他勝利地喊道：

——我們第一！

他得意非凡的揮着帽子。彌拉微笑地望着他。

他們所處的地位是樹林中間一片很長的危崖削壁。山巔的平地上，周圍盡是胡桃樹與小橡樹。腳下是鬱鬱蒼蒼的山坡，罩在紫色的霧霧中的松林，萊茵如帶，躺在蔚藍的山谷中間。沒有一聲鳥語。沒有一聲人語。沒有一絲風影。這是冬季恬靜岑寂的一天，瑟瑟縮縮的曬在朦朧黯澹的陽光中。不時遠處傳來一聲短促的呼嘯，那是在山坳裏馳過的火車。克利斯朵夫站在崖邊，鑒賞着風景。彌拉鑒賞着克利斯朵夫。

他轉身向着她，高興地說：

——唔！那些懶蟲，我老早告訴他們的！……好！只有等待他們。……

他在陽光中就着高低不平的地面躺下。

——是啊，我們等着罷……彌拉打開了髮髻說。

她語氣中頗有深刻的譏諷的意味，以至他擡起身來對她望着。

——什麼啊？她安閒地問道。

——你剛纔說甚麼？

——我說：等着罷。眞是不必要我跑得那麼快的。

——……眞是。

他們倆一齊在地上躺下。彌拉哼着一支歌謠。克利斯朵夫跟着唱了幾句，但時時停下來，伸着耳朵聽：

——我好像聽見他們。

彌拉繼續唱着。

——你靜一會，好不好？

——不，什麼也沒有。

她又哼起來。

克利斯朵夫坐立不安了：

——或許他們迷路了。

——迷路？不會的。恩斯德認得所有的路。

一種古怪的思想在克利斯朵夫腦中閃過：

——要是他們先到，隨後又已從這裏出發了呢？

彌娜仰睇着望着天，在歌聲中突然狂笑了。克利斯朵夫固執着，定要回到車站上去，說他們一定已經在那裏了。彌拉這纔決意開口：

——這纔是叫他們失散的好法子哩！……什麼車站不車站！我們應該是在此地相會的。

他重新在她身旁坐下。她看着他焦灼等待的情景好玩。他覺得她用着譏諷的目光觀察他。他開始眞正的不安起來，——爲他們擔憂，可並非猜疑他們。他重又站起，說要回到樹林中去找他們喚他們。彌拉輕輕嗤了一聲，袋裏掏出針綫剪刀，安閒地拆開帽上的羽毛把它重新縫過：她好似預備在此逗留一天的了。

——不，不，傻子，她說。要是他們願意來，你以爲沒有你，他們便不能來了麼？

他覺得心裏一震，回身向她：她卻不瞧他，專心做她的工作。他走近去叫道：

——彌拉！

——哦？她一邊說一邊依舊做她的事。

他屈膝想對她瞧個仔細：

——彌拉！

——怎麼啦？她舉起眼睛，微笑地望着他說，什麼事？

她看着他倉惶失措的神氣不禁露出嘲笑的臉色。

——彌拉！他喉嚨梗塞着問道，告訴我，你以爲……

她聳聳肩，微微一笑，重新低頭工作。

他握着她的手，把她縫着的帽子拿開：

——放下，放下這個，告訴我……

她正面瞧着他，軟心了。她看見克利斯朵夫的口脣在發抖。

——你想，他更輕聲地說，恩斯德和阿達……

她笑道：

——嘿！嘿！

他憤慨得直跳起來：

——不！不！這是不可能的！你決不是這樣想的！……不！不！

她把手按在他肩上，笑倒了：

——你多蠢！多蠢！我的親愛的！

他用力搖着她說：

——不要笑！爲什麼你笑？如果這是眞的，你便不會笑。你是愛恩斯德的……

她繼續笑着，把他拉到懷裏擁抱他。他不由自主地還了她一吻。但當他覺得口脣相接，而在這口脣上面友愛的親吻猶有餘澤時，便望後一退，遠遠地捧着她的頭問道：

——那麼你早知道的！你們中間早已商量好的？

她一邊笑一邊說『是』。

克利斯朵夫一聲都喊不出，沒有一個發怒的動作。他張着嘴，髣髴不能呼吸了，他閉着眼睛，雙手緊壓着胸脯：他的心要爆烈了。隨後他倒在地下，扶着頭，受着痛惡與絕望的磨難，像他小時候一樣。

不大溫柔的彌拉，至此也哀憐他了；她在母性的同情衝動之下，俯在他身上，親切地和他說話，想叫他聞一聞她的鹽瓶提提神。但他厭惡萬分的把她推開，猛地站起，駭了她一跳，報復的力氣與意念，他都沒有。他瞅着她，臉孔抽搐着：

——女棍，他頹喪地說，你不知害我多痛苦。

她想留住他。但他望着林中奔逃，對着這些無恥的事情，汚濁的心靈，和他們想拖他下水的亂倫的淫猥，深惡痛恨。他哭着，抖着，又恨又怒，嚎啕大慟。她，他們，他自己，他的肉體和愛情，他一概唾棄。心中充滿着鄙薄的心思：這是醞釀已久的事了；對於這種卑鄙的思想，下賤的陰謀，惡毒害人的空氣，他遲早總要奮起反抗的：他處在這環境中已有幾個月，只因需要愛別人需要把愛人造成種種幻象，纔盡量的延宕着不卽爆發。此刻卻突然爆發了：而這樣還算是好的。一股精純的大氣，一陣冰冷的寒風，把烏煙瘴氣一掃而空。厭惡的心情一下子把阿達的愛情毀滅了。

如果阿達以爲這件行爲可以增強她控制克利斯朵夫的威力，那麼更證明她庸俗不智。不能了解她的愛人。嫉妒心可使卑鄙之徒更加依戀他的所愛，但像克利斯朵夫那樣年青、純潔、高傲、尊貴的人，只能使其憤恨，使其反抗。他所尤其不能而且永遠不能原諒的，是這樁欺騙在阿達既非由於熱情衝動，也非由於女人的理智所難於抗拒的、誘人墮落的、一時的使性。不，——他如今明白了，——她的心思是要羞辱他，屈服他，懲戒他道德的抵抗力，因爲她痛恨他的信仰，要他墮入凡俗的水準裏，把他推在腳下，使她自己感到作惡的力量。於是他悲憤地自問：這些大多數的人爲何定要把自己的與別人的所有純潔的部分一齊喪失而後快？這般下流的東西，定要叫自己陷入汚泥之中，使自己不留一塊乾淨的皮肉方纔滿足：這究竟是什麼道理？……

阿達在兩天之中等克利斯朵夫回去就她。之後她開始擔心了，寄給他一封親熱的短簡，絕口不提過去的事情。克利斯朵夫置之不答。他對于阿達切齒痛恨，簡直沒有言語可以形容。他把她從他的生活中擯除掉了。她不復存在了。

* * * * * *

克利斯朵夫從阿達的羈絆中解放了出來，但還沒有擺脫他自己的束縛。他竭力對自己作種種的幻想，竭力要回復到過去的恬靜堅毅的境界，只是徒然。人是不能回到過去的。必得繼續他的途程；回頭是無用的，除非是爲看看我們經過的地方，看看我們住過的屋頂上的遠煙繚繞，在往事的霧雰中裊裊散去。但使我們和昔日的心情隔離得最遠的，莫如幾個月的熱情。大路拐了一個灣，景色全非；我們好似和以往的陳跡永訣了。

克利斯朵夫不肯承認這種道理。他向過去伸直着臂膀，定要叫他從前高傲地隱避了的心靈再生過來。但這心靈已經不存在了。情欲本身的危險性，還不及被情欲破壞的愈聚愈多的精神的殘灰餘燼。克利斯朵夫不再愛了，甚至一時間還厭惡愛情，也是枉然：他已經受了它的創傷，心上有了一個必須設法塡補的空隙。渴求温情與享樂的欲望固然可怕，固然能把嘗過一次温情與快樂的人侵蝕凈盡，但若沒有這個強烈的欲望時，就得有別種熱情來替代，不問是否與前此的相反，例如憎厭一切的熱情，渴求純潔的高傲的熱情，信仰道德的熱情等等。——且這些熱情也不復能饜足他的飢渴；祇是敷衍一時而已。他的生活變成一組劇烈的反動，——從這一極端跳到那一極端的反動。時而他想實行不近人情的禁欲主義的規律：不喫東西，只喝淸水，用走路、疲倦、失眠等等作踐身體，拒絕一切享樂。時而他堅信「力」是像他那一類的人的眞正的道德；便拼命去追逐快樂。禁欲也好，縱欲也好，他總是苦惱。他不復能孤獨自處，卻又不能不孤獨。

他唯一的救星或者是找到一種眞正的友誼，——也許洛莎的那一種，可借以自慰。但兩家之間已經完全鬧翻，彼此不復相見。克利斯朵夫只遇見過洛莎一次。她剛在彌撒祭後從教堂裏出來。他逡巡不敢上前；她呢，初見之下也像要迎着他走來的樣子；但當他穿過潮水般的教徒想迫近她時，她只冷冷地行了一個禮，走過了。他感到這少女懷着深刻的鄙薄的心思。但她的隱衷，他還不曾覺察：她始終愛着他，極想告訴他；但她又責備自己不該愛他，當做一樁罪過一樣，因爲她認克利斯朵夫是壞人是墮落的，與她相距太遠了，在這等情形中，他們倆是永遠不能契合的了。而這對於兩人也許是一種好處。因爲她雖心地極好，可還沒有相當活潑的生機去了解他；他雖極需要溫情與敬意，但決計受不了一種平庸的、閉塞的、無歡樂、無痛苦、無空氣的生活。他們兩人定要痛苦，——他因爲使她痛苦而痛苦，她亦因爲使他痛苦而痛苦。所以使他們無法結合的厄運，歸根結蒂還是幸運，——這在一般剛強持久的人是往往如此的。

然而眼前，這於他們究竟是大大的不幸與苦惱。尤其是爲克利斯朵夫。這種道德的不容忍，這種心地的褊狹，似乎使最聰明的人不聰明，使最善良的人不善良；克利斯朵夫自不免對之萬分憤慨，惱怒非常，甚至爲表示他的抗議起計，而趨於極端放縱的一途。

在他和阿達常常到郊外的酒店中去閒坐的時候，他結識了幾個坦白的青年，——都是些無愁無慮無拘無束的漢子，他們的態度舉動倒也並不惹厭。其中有一個，叫做弗烈特曼，也如他一樣是音樂家，當着大風琴手，約摸有三十歲年紀，頗有些思想，技藝也不差，但是不可救藥地嬾惰，要他費些力量來改革他的積習，他是寧可飢渴而死的。他爲替自己的怠慢解嘲起計，常常說一般在人生中忙亂的人的壞話；他的不大輕靈的譏諷令人聽了好笑。他比他的同事們更加放肆，時常擠眉弄眼隱隱約約的當場開發別人；甚至對於音樂也敢不抱現成的見解，會狡猾地對於當時頗負虛名的大人物加以尖刻的批評。女人在他前面亦是不會沾光的，他歡喜在說笑時反覆申述憎厭女性的某僧的名言：

『女人的靈魂是死的』

這句說話中所含的悲辛之味，克利斯朵夫比任何人都體驗得更親切。

克利斯朵夫苦悶的時候，覺得和弗烈特曼談天是一種消遣。他把這位朋友批判一番，不久也就厭惡這種粗俗的幽默；嘲笑的口吻和事事加以否定的脾氣，很易令人着惱，覺得是說話的人庸碌無能的表現；但克利斯朵夫還是在這種無聊的言語舉動中獲得些少慰藉，心裏儘管瞧不起這伴侶，實際仍舊少不了他。他們倆到處厮混在一起，跟一般下流無恥的人同桌共飲，弗烈特曼的這些朋友比弗烈特曼更無價值。他們賭博，喧嘩，終夜的喝酒。在令人作惡的煙味與肉味中，克利斯朵夫突然驚醒過來，失神地望着周圍的人，不認識他們了；只悲苦地想道：

——我在哪裏呢?這些是什麼人啊?我同他們幹什麼呢?

他們的議論與嘻笑使他作嘔,但沒有勇氣離開他們。他怕回家,怕孤獨着對付他的欲念與悔恨。他墮落了,知道自己墮落了:他在弗烈特曼身上明白看到他將有一日要轉變成的那副下賤的形相;可是他心灰意懶,勇氣全無,不想精神抖擻的振作起來,儘管萎靡頹喪下去。

要是他能夠,他早已墮落了。幸而像他那一類的人,自有別人所無的防禦破滅的機能:第一是他的精力,他的生存本能,不願聽死的本能,比智慧更智,比意志更強。此外他還不知不覺中具有藝術家的奇異的好奇心,熱烈的客觀態度,這是凡眞有創造天賦的人所必然秉受的性格。戀愛,痛苦,耽溺,雖然他都親身經歷,但都冷靜地看到。這些情緒在他的內心,可並非就是他本身。在他的靈魂上,有無數細小的靈魂向着一個固定的,陌生的,但的確可靠的目標爬去:有如整個星球的體系在太空中受着一個神祕的窟窿所吸引。這種永永不息的分化的行爲是潛意識的,發生的時間往往在朦朧恍惚的辰光,當你的日常生活暫時停止,在酣睡中間張開着神祕的目光露出生命的多樣的面目的時候。一年以來,克利斯朵夫老是在睡夢之中淸淸楚楚的感到一種幻象,髣髴自己在同一秒鐘內同時是幾種不同的生物，而這些不同的生物又是相隔很遠，有幾個世界的距離，有幾個世紀的相差。在醒覺的狀態中他只感到一種眩惑慌亂的境界，可絲毫記不起促成這境界的原因。這好似一個已經消滅的固定的思念，使你非常困倦，還留下多少磨滅不掉的痕跡，但你一時無從明白。當他的靈魂在日常境域中痛苦地掙扎的時候，另有一顆清明的細緻的靈魂在他內心眼看着他徒勞無功的努力。他瞧不見這另外的一顆靈魂；但明明受着它隱祕的光芒反射。這靈魂是渴欲感覺，受苦，觀察，了解這些男男女女，這個塵世，這些情欲，這些思想，不問是磨折人的，平庸的，卑賤的；而且還因爲能夠感覺，受苦，觀察，了解而快樂：——就是這一點賜予了克利斯朵夫多少光明，把他從虛無中救度出來。它使他感到他並不完全孤獨。這第二重的心靈什麼都要嘗試，什麼都要認識，在破壞心靈的熱情前面築起堅固的堡壘。

固然，它已能使克利斯朵夫的頭伸在水面之上不致淹溺，但還不能使他單靠自己的力量跳出水來。他還不能控制自己，不能深自韜晦。甚麼工作都無心下手。他正經歷着一個靈智的轉變時期，它的結果應該是美滿豐腴的：——他將來全部的生命都在其中有了萌芽；——但這種內心的充實豐滿目前只有縱情放蕩的表露;這種洋溢的生命力所產生的眼前的結果,實在和最貧弱的心靈沒有多少分別。克利斯朵夫沈沒在生命的狂流中間。他所有的精力都受着猛烈的推動,長發得太快了,簡直是同時並進的。只剩他的意志不會跟其餘的部分同樣迅速的長成,反而被這些巨靈式的力駭壞了。他的身心爆裂了。但在這驚天動地的洪水中,別人是一無所見的。克利斯朵夫自己也只覺得懦弱無能:沒有勇氣去願望、創造、生存。其實是欲念、本能、思想、先後湧現出來,宛如琉璜的濃煙從火山中奔騰直冒;於是他自忖道:

——此刻產生些什麼呢?從我心中又將湧出些什麼來呢?克利斯朵夫將永遠如此,或從此完了麼?他始終無所成就了麼?

於是,所有遺傳得來的本能,前人的惡習,都在此刻暴露出來。

他喝得酩酊大醉了。

*　　*　　*　　*　　*　　*

他回到家裏,酒氣衝人,嘻嘻哈哈的笑着,完全銷沈了。

可憐的奧意沙望望他，嘆着氣，一言不語，只顧祈禱。

有一天晚上，當他從一家酒店裏出來的時候，在城門口瞥見幾步以前，高脫弗烈特舅舅背着包裹的搖搖晃晃的影子。這矮小的人物不到本城來已有幾個月了，在外邊躭擱的時期也越來越長了。克利斯朵夫非常高興的招呼他。背着東西傴着背的高脫弗烈特回過頭來：瞧見克利斯朵夫手舞足蹈的神氣，便坐在路旁的界石上等待他。克利斯朵夫眉飛色舞的奔躍過來，握着舅舅的手拼命的搖，表示十二分的親熱。高脫弗烈特望了他好一會纔說道：

——你好，曼希沃。

克利斯朵夫以爲舅舅認錯了，禁不住哈哈大笑。

——可憐的人老了，他想道，他已失掉了記憶力。

的確，高脫弗烈特的神氣老了許多，愈加癟縮瘦小；呼吸也覺急促困難。克利斯朵夫還在那裏絮絮不休。高脫弗烈特把包裹從新背上，默默無聲的向前走去。他們倆並肩回家，克利斯朵夫直着喉嚨說話。高脫弗烈特咳了幾聲，不發一語。克利斯朵夫向他作什麼問訊時，高脫弗烈特仍舊叫他曼希沃。這一下，克利斯朵夫可賫問他了：

——啊！你叫我曼希沃是什麽意思？你明明知道我名叫克利斯朵夫，難道你忘記了麽？

高脫弗烈特一邊走一邊擡起眼睛來瞧了他一下，搖搖頭冷冷地答道；

——不，你是曼希沃，我淸淸楚楚認得是你。

克利斯朵夫停着脚步，呆住了。高脫弗烈特繼續蹩着小步走着，克利斯朵夫不作一聲的跟在後面。他酒醒了。當他走過一家有音樂的咖啡店門口時，在反射着門口的煤氣燈與冷淸淸的走道的玻璨鏡中照了一下：也在自己的面貌中認出曼希沃來了。他心神惶亂的回到家裏。

整個夜裏，他反省着自己，搜索自己的內心。如今他懂得了。是的，他認出了潛在的本能與下流的傾向，覺得非常厭惡。他想起在亡父遺骸旁邊守夜的情景，想起當時的許願，又把他那時以後的生活細細檢察一遍：件件事情都違背了他的信誓。一年以來他做些什麽呢？爲他的上帝，爲他的藝術，爲他的靈魂，他做了些甚麽呢？爲他永久不朽的事業又做了些甚麽呢？沒有一天不是蹉跎過去的，不是糟塌掉的，不是墮落的。沒有一件作品、一種思想、一次努力是可以久存的。只有一大堆混亂的欲念相繼沓來，旋生旋滅。狂風，塵埃，虛無……志願於他又有何用？他所願欲的事情一件也不會做，所做的全是與他志願相反的事情。他成爲了他所不願成爲的人物：這便是他生活的總帳。

他一夜不曾閤眼。到了早上六點鐘（天還沒有亮）聽見高脫弗烈特預備動身了。——因爲他不願多耽留。他這次經過本城，照例要來看看他的妹妹與外甥；但隔夜即聲明翌朝就要走的。

克利斯朵夫下得樓來，高脫弗烈特瞧見他面色蒼白，一夜的痛苦使他形容憔悴。他向克利斯朵夫親切地微笑，問他願不願意送他一程。天未破曉，他們就出發了。他們用不到談話，彼此很了解。走過公墓時，高脫弗烈特說道：

——我們進去，好不好？

他每到城裏，從不忘記向約翰·米希爾和曼希沃作一次訪問。克利斯朵夫不到這裏已有一年了。高脫弗烈特跪在曼希沃的墓前說道：

——我們祈禱罷，但願他們安寧平靜地長眠，不要使我們煩惱。

他的思想中間混和着奇怪的迷信與清明的良知：有時使克利斯朵夫非常驚異；但這一次，他十二分的了解舅舅。直到他們走出公墓，彼此不再交談一句。

他們把咿啞作響的鐵門關上。沿着牆脚走去，寒冷的田野正在蘇醒，小徑上面是伸在公墓牆外的柏樹椏枝。積雪一滴滴的在枝上墮下。克利斯朵夫哭了：

——啊！舅舅，他說，我多痛苦！

他不敢把他所受的愛情的磨難說出來，恐怕使舅舅侷促不安，他只講着他的慚愧羞恥，他的平庸，他的懦怯，他的違背信誓。

——舅舅，怎麼辦呢？我有過志願，我奮鬥過；但一年之後，我仍和一年前一樣，仍在一年前同樣的地方！我望後退了。我一些不中用，一些不中用！我蹉跎了人生，違背了我自己的信誓！……

他們正向着矗在城上的山崗走去。高脫弗烈特慈祥地說道：

——這還不是最後一次呢，我的孩子。人是不能爲所欲爲的。志願與生活是兩件事情。應得自尋安慰。主要是勿灰心，繼續抱着你的志願，繼續生活下去。其餘的便不由我們作主了。

克利斯朵夫絕望地再三嘆說：

——我違背了我自己的信誓。

——你聽見麼？高脫弗烈特說……

（雞在田野裏啼。）

——牠們也在爲了別個違背自己信誓的人啼叫。牠們每個早晨爲了我們中每個人而啼叫。

——將來終有一天，克利斯朵夫悲苦地說，牠們將不再爲我啼叫……那是沒有明朝的一天。

我對於我的生命還有什麼辦法呢？

——明朝是永遠有的，高脫弗烈特說。

——但若有了志願也是徒然，又將怎麼辦？

——那麼你得願望，得祈禱。

——但我已不信神了。

高脫弗烈特微笑道：

——如果你不信神，你便活不了。人人都有信仰。你祈禱罷。

——祈禱什麼呢?

高脫弗烈特指着在絢紅的天際顯現出來的朝陽說道:

——對着這新來的日子虔誠些罷。別想一年十年中的事情,只消想着今天。丟開理論罷。你不看見麼,所有的理論,連道德的理論在內,都是不好的,愚蠢的,令人受苦的。不要誣蔑人生。先過了今天再說。對每一天都應當抱着虔敬的心思。愛它,尊敬它,尤其不要損害它,不要妨礙它發榮。即使像今天這樣灰色的悲慘的日子也得愛。不要着急。此刻是冬天,一切都睡着。美好的土地將會蘇醒。只要你做成一片美好的土地,像它一般耐心就得。虔誠啊。等待啊。如果你是善的,一切都會順利。如果你不善,如果你是弱者,如果你不成功,你還是應當快樂。因爲這顯而易見是你的力量不足。既然如此,爲何要作進一步的願望?爲何要爲了你不能做的事情而悲戚?應當做你所能做的……竭盡所能(Als ich kann)。

——這太微末了,克利斯朵夫皺皺眉頭說。

高脫弗烈特親切地答道:

——這已超過一般人所努力的程度。你是一個虛驕的人。你要做一個英雄，你的所以只能做出傻事就是爲此。……一個英雄！我不大知道什麼叫做英雄；但我的理想是：一個英雄是竭盡所能的人。平常人則做不到這一點。

——啊，克利斯朵夫答道，那麼生活還有什麼意思呢？這簡直不必多此一舉了。可是有些人說『願即是能！』……

高脫弗烈特又笑了，溫和地說：

——是麼？……那末這是些說謊大家，我的孩子。或者他們根本就沒有多大志願……

他們走到了崗上，親熱地互相擁抱。小販拖着疲乏的腳步走了。剩下克利斯朵夫目送他遠去，凝神想着。他反覆的念着舅舅的說話：

——竭盡所能(Als ich kann)。

他微笑着想道：

——是的，……究竟……這已不錯了。

他向着城中回去，冰凍的雪在脚下格格作響。冬天尖利的寒風在山崗上把赤裸的枯枝吹得發抖。他的臉也吹得通紅，皮膚熱刺刺的，血流迅速地奔騰着。崗下紅色的屋頂迎着寒冷而明亮的陽光微笑。空氣凜冽。冰凍的大地精神抖擻着好似非常輕快歡樂。克利斯朵夫的心也和它一樣。他想道：

——我也將有蘇醒的一天。

他眼裏噙着淚，用手揩了一下，笑容可掬的望着沈在水霧中間的旭日。雲端裏還挾着濃厚的雪，在狂風吹襲的城上飄過。他對着烏雲輕蔑地扮了一個鬼臉。寒風吹嘯……

——吹罷，吹罷！任你把我如何處置罷！把我吹去罷！……我知道我將往哪兒去，……

卷三終

中華民國二十六年一月初版
中華民國二十六年五月再版

(82441A)

世界文學名著 約翰·克利斯朵夫
Jean-Christophe

第一冊實價國幣壹元肆角
外埠酌加運費匯費

原著者 Romain Rolland
譯述者 傅雷
發行人 王雲五 上海河南路
印刷所 商務印書館 上海河南路
發行所 商務印書館 上海及各埠

三三七一上 長

(本書校對者章德宜)